山の音（やまのおと）

大森克己

プレジデント社

山の音

大森克己

PRESIDENT

はじめに

こんにちは、写真家の大森克己です。『山の音』を手に取ってくださってありがとうございます。ボクは１９６３年に兵庫県神戸市に生まれ、10代の頃に写真を見ることや撮影することの楽しさを知って、写真の学校に入学するため、１９８２年に上京しました。そして、20代の半ばから仕事を始め、さまざまな人や出来事と出会ってシャッターを切り、現像した写真を吟味し、セレクトし、プリントして、雑誌に寄稿したり、展覧会で発表したり、写真集をつくるということを続けてきました。

そんな日々の暮らしの中で、いつの頃からか、音や匂い、手触りといった目に見えないものが、どのように写真に影響を与えているのかに思いを巡らすようになりました。ボクが見ることのなかった景色、写真の四角いフレームの外側にあったものはどうなってしまったのかを考えるようにもなりました。

この本には20世紀の終わりから21世紀の初め、主に２０１１年から２０２２年にかけて書きとめた、写真とぴったりくっついていた、写真のすぐとなりにあった見ることのむずかしいさまざまなことがらについての言葉を収めました。

ひといきれ、衣擦れ、虫刺され。あくびと胸焼け。夕立とクラクション。溶けていく氷。ストロボの発光。ビル風と寝汗。電車の行き先アナウンス。弦楽器のチューニングとハーモニクス。携帯電話の着信。電子レンジ。あっ、卵の孵化。まばたき。ヘルプ！

ボクはジョン・レノンに会ったことがありません。しかしボクはジョン・レノンの声を知っていて、ジョン・レノンについて言葉を綴ることが出来ます。ジョン・レノンの写真を撮ることは既に不可能となってしまいました。この本は写真と言葉、２つのあいだで揺れ動きながら、いまなおジョン・レノンの写真を撮りたいと思っている人間の記録です。

どこから読んでいただいても大丈夫です。

どうぞよろしくおねがいします。

目次

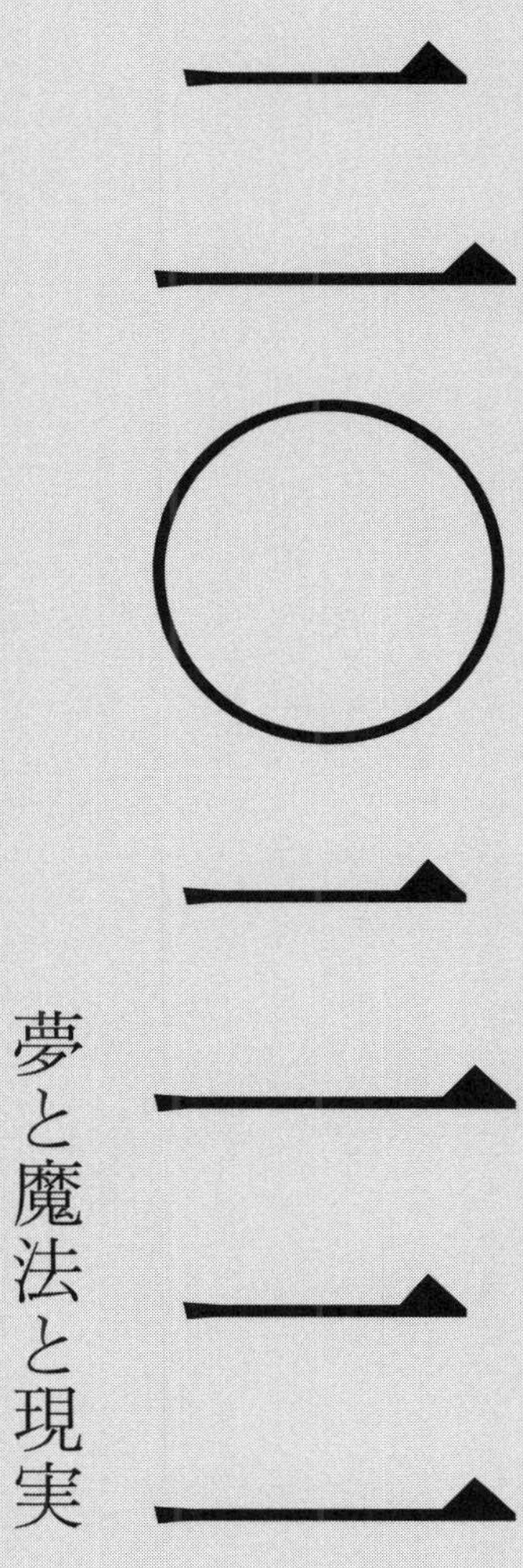

夢と魔法と現実

写真の歌

ああ、たしかに。たしかにその人はここに居る。ここに光が射している。それはここに存在する。私はここに立っている。ほかならぬその人に挨拶し、カメラを構えてフォーカスと露出を合わせ、世界はフレーミングされ、シャッターを切ると、光がレンズを通って像を結ぶ。私の目の前の人の姿、もの、瞬間がハッキリと定着される。しかし世界は動き続け、私は生きている。いましがたのフォーカスは既に前後し、フレーミングが揺れる。ルールにのっとった光の反射を受け止める世界の凸凹と、それを見る私の制御不能。現像されたイメージと対峙する、きのうの私、きょうの私、あしたの私。

「まずたしからしさの世界をすてろ」(※1)という過去からの声。アレ、ブレ、逆光線。フォーカスの甘い世界の無限遠。写真があまりにも、かんたんに、はっきりとうつってしまうことへの怖れと逡巡と疑い。見る側と見られる側の非対称。綿密なコミュニケーションとリサーチによって非対称から対称へ向かうのか。いや、暴くことの後味の悪さをもっと実直に受け止めて噛みしめるべきなのだ。証拠と妄想とファンタジー。より簡便に安価に写真を撮るための進化に対する抗い。いいねいいねいいね。銀塩写真、大型カメラ、写真好きな人とつながりたい。

弁護士を傭う金はない。愛を注がれて育った嫡出子の兄が相続税に頭を悩ませているという風の便りに、父の顔を知らない私生児の妹はやりきれない。イメージとイメージの間の豊穣な空白に音が響き、木々を揺らす。スマートフォンのオートフォーカスは作動せずシャッターチャンスを逃し続ける。判決は有罪、あろうことか執行猶予まで。いや、もともとお前には見えていなかったのだろう。何も、なんにも。よかったじゃないか、おめでとう。腰痛としゃっくりに悩まされてこそ、改めて身体が自分の所有物でないことに気づくのだ。この痛みと呼吸の不愉快が自分という他人を連れてくる。あなたの眼差しは本当にあなたの眼差しなのですか。あなたの生きている実感は本当にあなたの実感なのですか。触れて、舐めて、聴いて、語る。ほら、もう一度、さわって、飲み込んで、震えて、歌う。痛くない？　ちょっと痛い、でも平気。痛くない？　痛い痛い。またもう一度、撫でて、濡れて、囁いて、裏声に、とこしえに。

　看守に人生相談を重ねながら、練習を繰り返すことのみが生きるということなのか。20歳の私の欲望の輪郭を57歳の私が把握できると思うのは大間違いかもしれないが、細胞はすべて入れ替わり、17歳の私はマティーニを飲んだことがない。28歳の私は父親ではなく、3歳の私は円周率を知らない。「たとえば、虎といえば、そこにはその虎を産み落とした虎たちや、その虎が貪り食った鹿や亀、鹿が食んだ牧草、牧草の母である大地、大地に光をもたらす空も含まれている」(※2)。つまり私はマティーニを飲んだことのない、父親ではない、円周率を知らない57歳の男。毎日、私は初めて何かに出会う。23歳の娘がいってきますと挨拶して出勤する声に応えて、いってらっしゃいと生まれて初めて発し、生まれて初めて目玉焼きを食べる。目玉焼きを食べ終わった食器を流しに運ぶ動作と、シャワーを浴び、生まれて初めて水を流す動作はつながっているが、目玉焼きを食べていたテーブルと流しの3m少しの距離を5分の1ほど歩いた私は5分の4まで進んでしまった私と同じではないので、いつも私は初めてなのだ。皿にこびりついた黄身は油画のようで、つまりそれは立体である。そしていま目の前の蛇口から水はほとばしり、太陽から8分19秒前に放たれた光が照らしたその反射が眩しい。光は骨に響く。身体中の骨に響く。ああ、たしかに、たしかに。

※1　多木浩二、中平卓馬共編『まずたしからしさの世界をすてろ』（田畑書店）より
※2　ホルヘ・ルイス・ボルヘス『エル・アレフ』木村榮一訳（平凡社ライブラリー）154ページ「神の書き残された言葉」より

多木浩二（1928-2011）：美術評論家、写真評論家、建築批評家。

中平卓馬（1938-2015）：写真家。編集者。

ホルヘ・ルイス・ボルヘス（1899-1986）：アルゼンチン出身の作家、小説家、詩人。

あのふしぎなよろこびの感覚

漁業や海苔の養殖が盛んな半農半漁の小さな村だった千葉県浦安市。人々は、ときに津波や台風といった大きな災害に見舞われながらも懸命に暮らしていた。

１９５８年には旧江戸川の水が本州製紙工場からの排水で汚染され、監督官庁からの中止勧告を無視して操業を続け、漁師たちとの面会にも応じない工場に対して、被害を受けた漁師たちが激怒して工場に乱入。この本州製紙工場事件をきっかけに、政府は同年12月「公共水域の水質の保全に関する法律」と「工場排水等の規制に関する法律」の「水質二法」を公布。しかし、浦安の漁民たちの漁業の先行きに対する不安は強まり、漁民たちは海面埋め立てを受け入れることになる(※)。

１９７１年には漁業権を完全に放棄し、漁場であった海は埋め立てられ、いまでは集合住宅や鉄鋼団地が立ち並び、世界的に有名なアミューズメントパークには多くの観光客が集い、東京郊外のベッドタウン、観光地として栄えている。

どんなコミュニティもときと共に変化をするが、浦安ほど日本の社会や経済の写し鏡のように変貌した街もそうそうないのではないか。土地とのつながりを一見感じることのない新しいファミレスやコンビニでの人々の会話や立ち振る舞いに、ふとかつての浦安、遠い昔のアウラが立ち上がる。あおやぎを剥いていた漁民の曾孫の中学生が、塾帰りにパスタを頬張っているそのテーブルの後ろには、初期ルネッサンスの画家フラ・アンジェリコの作品『受胎告知』が控えている。ケーズデンキの人目につかない階段の下で濃厚な抱擁を交わしている高校生のカップルは、山本周五郎の『青べか物語』に登場する海辺の小屋で逢い引きしている「助なあこ」と「お兼」の姿を彷彿させる。


「あたしあんたが好きよ」とお兼は彼の耳に囁いた、「あんた、芳野の海苔漉き小屋、知ってるでしょ、知ってるわね」助なあこは黙って頷いた。

「あたしあんたに話したいことがあるの」とお兼は続けた、「今夜ね、七時ごろあそこへ来てちょうだい、来てくれる、ねえ」

お兼はそっと助なあこの手に触れた。彼はびくっとなり、軀をいっそう固くし、そしてお兼の手に伝わるほど激しくふるえた。お兼はまた、あのふしぎなよろこびの感覚におそわれ、助なあこの手首をぎゅっと握ってから、それを放した。


（山本周五郎『青べか物語』）

人間のやることはいつの時代も変わらないのかもしれないが、街の姿は変わり続ける。いまボクが住んでいる集合住宅は、かつては海苔の養殖場で、１９７８年に埋め立てられた場所に建っている。『青べか物語』の登場人物がそのことを知ったら、夢か魔法のように思うのだろ

フラ・アンジェリコ（1395頃-1455）：15世紀前半のフィレンツェを代表するイタリア人画家。

山本周五郎（1903-1967）：小説家。

イビチャ・オシム（1941-2022）：旧ユーゴスラビア・サラエボ出身のサッカー選手、指導者。

うが、実際のところ夢と魔法と現実というものは地続きなのだろう。海岸線を歩いた散歩の帰り道、ローソンでダブルエスプレッソラテを買って飲みながらそんなことを考える。イビチャ・オシムが監督をやっていた当時のジェフユナイテッド市原・千葉はいいチームだったな、とか、入船少年サッカークラブ出身の玉田圭司がつい先日引退したれど、ドイツワールドカップのブラジル戦の先制ゴールは凄かったな、とか思い出しながら。

※　本州製紙工場事件に関しての記述は浦安市の公式ウェブサイトを参照しました。

玉田圭司（1980-）：柏レイソル、名古屋グランパスなどで活躍した千葉県浦安市出身のサッカー選手。

名前のない4つのはなし

さまざまな概念、ジャンルや領域、関係や状態を示す言葉がありますね。たとえば、サンバとかブルースとか。マルクス主義とか参政権とか。友情とか税金とか。で、そんな言葉の意味を考え、その意味が、ある文脈でふさわしいかどうか手探りしながら喋ったり書いたり、ということをボクたちは日常において無意識にやっていると思うのですが、初めての体験というものには名前がない。何を当たり前のことをいまさら言っているのだ、とも思うのだが、夏が終わって急に気温が下がった夜明け前に自宅の集合住宅のベランダで煙草を吸いながらぼんやりして、ついこないだまでたくさんのエアコンの室外機が高い湿度の空気と混然となって唸っていたのに、羽を擦り合わせている何種類もの虫たちの声、風で木々が揺れて葉っぱが触れ合う音、ときおり走っている自動車のタイヤと地面の接触する音が、はっきりと、かなり遠くの方からも聴こえてきて、この魂の薄皮が剥けたような状態はなんと言うのか、先日の蒸し暑かった時期のことを、この涼しく乾いた空気の中で思い出しながら違いを考えている状態をなんと言うのか、なんてことを一瞬思って、まあでも、なんだか気持ちいいなとベッドに入って眠りにつく。その後、日々の暮らしがまた続き、日中も気温が30℃に届く日はまったくなくなり、しかしあのベランダでの体験が身体のどこかに居座り続けていて、あー、音っていうのは何かと何かが触れ合うその摩擦と反響なんだな、と改めて気づく。弦を擦ったり弾いたり、レコード盤の溝を針が擦ったり、ドラムの皮を叩いて震えたり。

グレン・グールドがピアノで演奏する「ゴルトベルク変奏曲」が好きで、若い頃よく聴いていたが、いつだったかほかの誰かがチェンバロで同じ曲を弾いている録音を聴いて、それがとてもエキゾチックに感じた。チェンバロの音色にあまり馴染みがなく、どこか民俗楽器のように響いたのだろう。バッハという、普遍中の普遍と思われているような存在も、元来はヨーロッパのある時代の特定の狭い地域から出てきたローカルなものなんだな。それからいろんな人の録音を聴いたけれども、いま自分がいちばん好きな「ゴルトベルク」はアンドレアス・シュタイアーのチェンバロで、それはエキゾチックには聴こえず、グールドをたまに聴くとちょっと奇妙に聴こえる。グールドもシュタイアーもバッハの時代にピアノは未だ発明されていなかったことを知っていて、その上で、グールドはピアノを弾き、シュタイアーはチェンバロを弾いている。どちらも鍵盤楽器だが、その鍵盤から伝わった力でハンマーが弦を叩くのがピアノ、チェンバロは爪が弦を弾く。

クリスチャンホームに育ったので、高校1年生まで近所の教会に毎週日曜日に家族と一緒に通っていた。教会生活でのいちばん印象的なことは、オルガンの伴奏と共に、みんなで讃美歌を歌うことである。プロの音楽家の集団ではないのだから必ずしも上手というわけではない。

カール・マルクス（1818-1883）：プロイセン王国出身の哲学者、経済学者、革命家。
ヨハン・ゼバスチャン・バッハ（1685-1750）：ドイツの作曲家。バロック音楽の重要な作曲家の一人。
グレン・グールド（1932-1982）：カナダのピアニスト。

ただ自分が音楽好きになったのは間違いなく教会で歌う体験が関係しているように思うし、音楽というのは聴いて楽しむものではあるが、まず自分で歌うものなんじゃないか、といまでも少し思っている。「主よみてもて」という讃美歌285番がボクはとても好きで、いまでも歩いているときに無意識に口ずさんでいるときがある。大人になってから知ったのだが、この歌詞はホレイシャス・ボナーというスコットランド人牧師の作で、曲の方はカール・マリア・フォン・ウェーバーというドイツの作曲家が1821年に作曲した『魔弾の射手』というオペラの序曲からメロディーが採られていて、原曲では主旋律をホルンが奏でている。人間の意志ではなく、神の恵みに、御心に従って生きていきますという歌が、悪魔に魂を売る狩人が主人公のオペラのメロディーに乗っているのも不思議な話である。小学生のボクはスコットランドもドイツもウェーバーもオペラも知らなくて、ただ美しいメロディーだな、と思って歌っていた。12小節目の半音ずつ上がっていく音階は、いま口ずさんでみるととても官能的でびっくりする。

久しぶりに友人と話していて、狭義の意味での言葉を使ったコミュニケーションのほかにも、身体を使ったやり取りっていろいろあるな、離れた場所から手を振ったり、お互いに触れ合って握手とかハグとかキスとかセックスとか、あるいは手話とか、そんな話の流れから1997年にサッカー日本代表が初めてワールドカップに出場を決めたアジア予選の最後の試合、日本対イラン戦の話になった。延長戦の後半、ベルマーレ平塚の中田英寿選手がシュートしてGKが弾いたところを浦和レッズの岡野雅行選手がゴールに押し込んで日本が予選突破を決めた試

アンドレアス・シュタイアー（1955-）：ドイツのチェンバロ、フォルテピアノ奏者。

ホレイシャス・ボナー（1808-1889）：スコットランドの牧師、詩人。

カール・マリア・フォン・ウェーバー（1786-1826）：ドイツのロマン派初期の作曲家。

合。延長戦では日本が優勢に進めながらもジリジリと時間が過ぎていく中、試合後半に途中出場して同点ゴールを決めていた横浜マリノスの城彰二選手がGKと接触してゴールポストに衝突してしまい、フラフラと意識が朦朧としているのがTVの画面からも伝わってきたそのとき、中田は城に歩み寄ってかなり長い時間、城のおでこに自分のおでこを密着させながら何かを囁いていた。大人の男がもうひとりの大人の男に額を合わせて念を送るような励ますようにするその行為はなかなかに新鮮で、ちょっと形容しがたい感動を覚えたものだった。おでことおでこの密着。


中田英寿（1977-）：ベルマーレ平塚、ペルージャ、ASローマなどで活躍したサッカー選手。

岡野雅行（1972-）：浦和レッズなどで活躍したサッカー選手。

城彰二（1975-）：ジェフユナイテッド市原、横浜マリノスなどで活躍したサッカー選手。

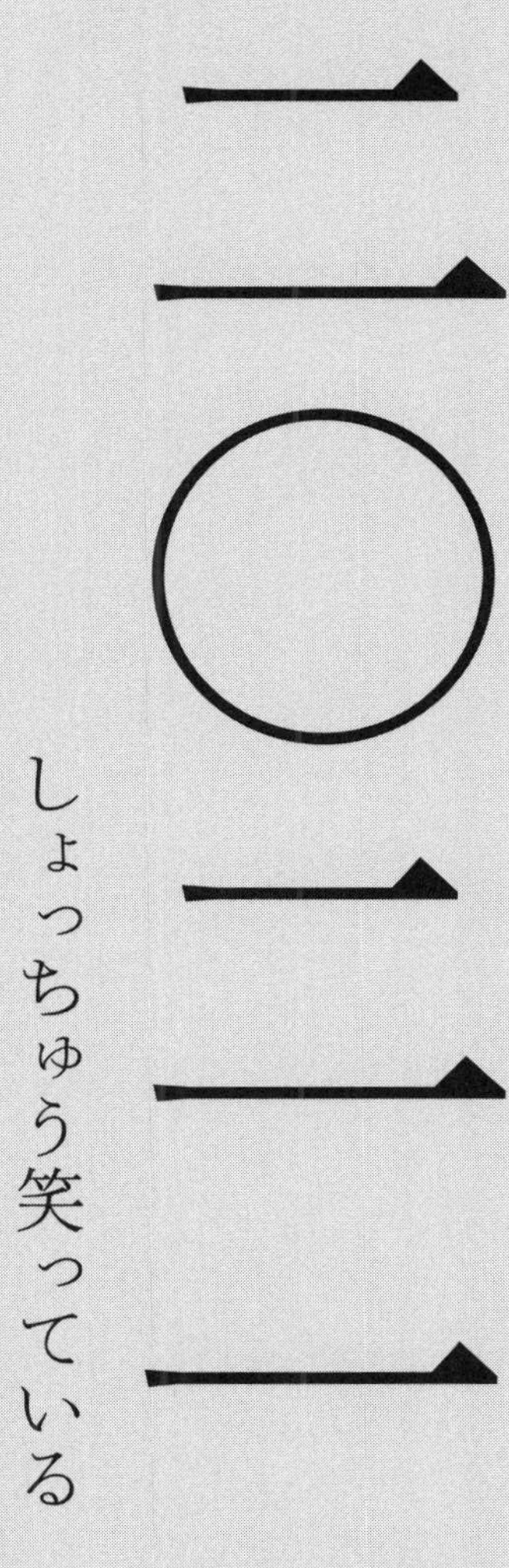

二〇二一

しょっちゅう笑っている

ボクが見た日比谷。東京の風景。

日比谷、ひびや、ひびきがよい。hibi が ya! である。普通の日々がそこにあり、特別な晴れの日も、緊急事態もまた同時にそこにある。

JRが高架を走り、山手線をぐるっとまわるその途中であり、毎日出勤する人や通学する人が移動する。新幹線も高架を走り大阪や博多に人々は出かけて行く。そして缶ビールをプシュッとあけたり、スマートフォンをさわったりしているわけである。

演説する人がいて、デモに参加する人がいる。そう、日比谷にはいろんなものがある。駅がある。職場がある。ホテルがある。レストランがある。焼き鳥屋があって喫茶店がある。劇場があり映画館があり公会堂がある。セレクトショップがあって本屋がある。壕があり公園がある。航空会社があって旅行代理店がある。しかし集合住宅や家はほとんどない。ボクの実家は日比谷です、と言う人にはあまり会ったことがない。つまり日比谷は出かけて行くところであって、乗り換えるところでもある。

１９８６年の日比谷野外音楽堂。名前は忘れてしまった何かのフェスにJAGATARA目当てに出かけた、初夏の日曜日。そこで初めてブルーハーツを聴いた。「リンダリンダ」を初めて聴いた。後ろの席でのんびりしていたら、彼らが登場した途端、ステージ前にファンが集まって緊急事態が出現したかのようだった。聴いたと同時に新しい何かが生まれる瞬間を目撃した気持ちになった。隣の高層ビルから日曜出勤なのか白いYシャツを着てネクタイを締めた人がステージを見下ろしているのもしっかり見えた。

同じ年、有楽町の映画館で『ストレンジャー・ザン・パラダイス』を観た。東京が、日比谷が、はたして楽園かどうかはわからないが、働き始めたばかりの23歳の自分は、いつでもどこでも異邦人の気分だった。街を行き交う人々はみんな自分から遠い存在に見えていた。

新宿に都庁が移転した翌年の1992年。交通会館のクリニックへ出向いて黄熱病の予防注射を打ってもらった。半年間の中南米旅行の1ヶ月前のことだった。

2009年のザ・ペニンシュラ東京。お壕を見下ろすスイート・ルームで映画監督のガス・ヴァン・サントを撮影した。70年代に自らゲイであることをアメリカで初めて公表してサン・フランシスコの市会議員になったハーヴェイ・ミルクの伝記映画のプロモーションだった。ボクはプラウベル・マキナというブローニーサイズの6×7のフィルムカメラで撮影して、そのカメラを見てガス・ヴァン・サントは少し嬉しそうだった。同じ頃、有楽町電気ビルヂングの向かいの高架下に酒の自販機と小さなカウンターだけがあって、ときどきおじさんがチーズやソーセージなんかのおつまみを売っている原初的な立ち飲み屋があって、ボクはその場所が大好きで、特に春から初夏の時期は最高で、よく煙草を吸いながらビールを飲んだものだった。

2016年。『花椿』のウェブマガジンの撮影で初めてオールド・インペリアル・バーを訪れた。フランク・ロイド・ライトの建築がテーマの記事だった。ライトの意匠を眺めながら、

JAGATARA：江戸アケミ（1953-1990）を中心に1979年から1990年に活動したファンクバンド。
ザ・ブルーハーツ：1985年に結成されたロックバンド。1995年に解散。
ガス・ヴァン・サント（1952-）：アメリカの映画監督。

女性のバーテンダーがつくってくれたカクテル「マウント・フジ」を飲んでいると20世紀の初めにタイムスリップしているようで、不思議な気分になった。その後、ときどき、ちょっとお洒落をして普通に客としてカクテルやウイスキーを飲みに行くのだが、こんなに素敵なバーがある街は素晴らしいな、と率直に思う。イリノイ、ウィスコンシン、カリフォルニア、ニューヨーク。行ったことのある都市、まだ知らない場所。ライトがつくったさまざまな空間に想いを馳せる。

２０２１年の3月10日。久しぶりに日比谷を歩いてみた。解除される予定であった緊急事態宣言はいまだに続いていて人通りは普段より少ないが、日本の首都の、そのまた中心であるオーラは失われていないように思える。日比谷交差点から東を望むと帝国劇場が、振り返ると帝国ホテルが見える。帝国なんていうネーミングの施設がいまどき存在するのは、この界隈しかありえない。空が広い。日比谷公園をブラブラ歩くとさまざまな鳥がいて、労働者の皆さんが弁当を食べ、お茶を飲んでいる。噴水が眩しい。公会堂は修理中だが、煉瓦の赤茶が陽に照らされて光っている。花屋のサボテンは夏を待ちきれないかのように見える。音楽堂の門は閉じていて、よじ登ってこっそり入ってみたいと思ったが今日は止めておく。最近ここでライヴを見たのは何だったけ？　グレイプバインだったたっけ？　とか思い出していると、ＬＩＮＥにK君からメッセージ。「Okuroji でいっぱいやりませんか」ということでJRの高架下方面へ歩く。高架のこちらも向こうも、工事をたくさんやっていて、工事現場の白い塀があちこちにあってトラックが行き交う。待ち合わせ場所の天ぷら屋は活気に溢れていて、まだ16時ちょっと過ぎ

ハーヴェイ・ミルク（1930-1978）：アメリカの政治家、ゲイの権利活動家。
フランク・ロイド・ライト（1867-1959）：アメリカの建築家。
グレイプバイン：1993年に結成されたロックバンド。

たばかりだが、美味しいワインを飲みながら天ぷらをつまんでいると話が弾む。電車が通過する音が聴こえ、神戸出身のボクはＪＲ三宮駅から神戸駅にかけて続く高架下を思い出す。ジーパン屋で試着したり、中華そばを啜ったりしていると、やっぱりガタゴト電車の音が聴こえたものだ。高円寺の高架下の焼き鳥屋も最高だよね、とふたりで話す。そうそう高架下は最高だよね、と酔っぱらう。

K君とOkurojiで飲んだ1週間後、有楽町で映画『あのこは貴族』を観た。門脇麦さんが東京のお嬢さんで、地方から上京した水原希子さんと、予期せぬ場所で、予期せぬ出会い方をする。スクリーンに映る東京の風景、日比谷界隈が素晴らしかった。約束しないで誰かと出会えるのって良いよなあ。映画館を出て歩き始めると、見知らぬ道行く人たちがほんの少し友達のように思えた。

門脇麦（1992-）：女優。
水原希子（1990-）：女優、ファッションモデル。

浦安

千葉県浦安市に暮らして28年になる。人生の大半をこの地で過ごしていることになる。兵庫県神戸市で生まれ、その後、西宮市、明石市、宝塚市へと家族と共に引っ越し、18歳のときに大学入学を機に単身で東京へと出てきた。

池袋、福生、椎名町、恵比寿、目黒、桜新町ときての浦安である。1994年、結婚とほぼ同時に移り住んだ。最寄り駅はJR京葉線の新浦安で、東京湾を埋め立てた集合住宅が多く立ち並ぶエリアで、埋め立て地であるがゆえに道路が広い。そして空も広い。空が広いという言い方は凡庸だが、初めてこの地に来たときに、ああ〜、空が広いな、とホントに思った。

引っ越した当初は空き地もたくさんあったし、エディトリアルや広告の写真を自宅近辺で撮影することも多かった。東京都心から高速に乗ればクルマで30分ほど。撮影スタッフも集まりやすい。鉄道利用でもJRから1、2回の乗り換えで山手線の内側までだいたい1時間以内に到着する。ディズニーランドが舞浜にあるので、そこを目指して集まってくる観光客が京葉線にはたくさん乗っていて、少し浮かれた非日常を楽しむ人たちと労働者と日々の勉学に励む学生のバランスも悪くなく、晴れた日には南向きの車窓から見える東京湾の海面が光っているのを眺めるのが気持ち良い。

自宅のすぐ近くには大学があって、たくさんの学生とすれ違う。自分の生活圏に学校があって面白いなと思うことは、常に学生たちは若い、ということである。57歳の自分は10年後には67歳になるが、学生たちはいつも18歳とか20歳なのだから30年近く18歳を定点観測しているわけですね。面構えや髪型や、シャツの裾とパンツの関係みたいな服装に表れる佇まいや、入試や学園祭や卒業式の雰囲気とか、今年は留学生が少ないなとか、あー、喫煙所はなくなったんだね、とかいろいろ。

皆さんご存知のようにcovid-19の影響で、2020年は道ですれ違う学生の数はめっきり減ってしまった。授業はオンラインで行なわれ、キャンパスに通ってくる機会が激減したのだろう。で、2021年の4月下旬現在、予断は許さないが、実際に大学に集まって授業をするスタイルが復活したようで、2年ぶりにたくさんの18歳とすれ違っている。久しぶりだからなのか、例年より笑顔の輝度が高いというか、マスク越しではあれども、彼らの発する新生活への期待感がより強く感じられて、見ているこちらの気持ちも上がる。

さて、浦安はそんなに大きな街ではないけれど、ボクの住んでいる埋め立て地のエリアは新町と呼ばれ、そこから少し北に上がった、かつて漁業を中心に栄えた元町というエリアとはかなり雰囲気が違う。

普段はほとんどの用が新町で済んでしまうので、元町に行くことはあまりなく、地下鉄東西線を利用するときにバスに乗って浦安駅まで出るくらいのことだったが、2020年の春以来、自宅周辺で過ごす時間が圧倒的に増え、元町をウロウロすることも多くなった。自宅から堀江ドックという旧江戸川沿いの船着き場までふたつの元海岸線を越えて真っ直ぐに歩いて約4㎞。ちょっとした散歩にちょうどいい。そこから北の川沿いには釣り船屋が並び、多くの釣り人が、鯵やら鱚やら烏賊やら穴子やらを狙って東京湾へ繰り出していく。

元町を歩くようになって『青べか物語』という山本周五郎の小説を思い出した。有名な本なので、その存在を知ってはいたが未読であり、「有名作家になった男が、かつて無名の青年時代に暮らした漁村の人々との心温まる交流を綴った」と勝手に思い込んでいた。

その村は浦粕という地名で登場し、浦安がモデルであり、山本周五郎は昭和3年から1年余りをこの地で暮らしていたのだ。彼が一時寄宿していた船宿の入り口には「名作『青べか物語』は、当時の浦安を舞台に庶民の人情、海辺の下町風景が切々と綴られています。作中度々登場する船宿『千本』は、吉野屋をモデルとしたものです」と書かれていて、興味をもち、読んでみて驚いた。

「この土地で恋といえば、沖の百万坪にある海苔漉き小屋へ行って寝ることであった。そんなてまをかける暇がなければ、裏の空地の枯れ芦の中でもいいし、夏なら根戸川の堤でも、妙見堂の境内でも、消防のポンプ小屋でも用は足りた。」

「どこのかみさんが誰と寝た、などとは家常茶飯のことで、たとえばおめえのおっかあが誰それと寝たぞと云われたような場合でも、その亭主は驚きもしない、おっかあだってたまにゃあ味の変わったのが欲しかんべえじゃあ、とか、おらのお古でよかったら使うがいいべさ、と云うくらいのものであった。」

「庶民の人情」と言ってしまえばそうなのかもしれないが、なかなかにファンキーでエロティックな人情である。逢い引き、捨て子、夜逃げ、離婚、心中、迷信、借金、駆け引きと諦念。理不尽な、まったくしんどい世界の話ではあるのだが、その裂け目を描く筆致は乾いていて明るく、登場人物はしょっちゅう笑っている。昭和3年といえば1928年。いまから100年近く前の話だが、浦安は生きるエネルギーに満ちている。

そういえば先日、新町のケーズデンキの階段の下のベンチで制服姿の高校生のカップルがマスクを外して濃厚なキスをしていたな。少し前の長澤まさみという風情の女の子が明らかにリードしていて、男の子は濱田岳にちょっと似ていた。

長澤まさみ（1987-）：女優。
濱田岳（1988-）：俳優。

一〇一〇

8分19秒前の光の反射

いま、なにが見える？

交差点の横断歩道をピンク色の帽子を被った保育園児たちが保母さんに守られて渡っている快晴の午前10時半。

何気なく風景を見ていて突然にすべてのこと、この世界の仕組みの全部、時間と空間のありようが一瞬にしてわかる。いまは過去と未来と連続していて、未来から見た現在と、過去から見た現在が何層にも重なっている。ここにあるものはどこからかやってきて、いまここにないものもどこかで生まれている。目の前の保育園児の足音を、ボクはかつてたしかに聴いて、そしてそれは未来から聴こえてくる音でもある。

交差点を渡りきってボクの視界の後方に去って行く子どもたち。次に彼らに出会うとき、ボクも彼らも別の人になっているだろう。

北に向かって5分ほど歩き続け、駅のロータリーの信号の手前を左折して、ショッピングモールの中のATMで現金を引き出し、コーヒーを買って、改札口を抜け、東京行きの電車に乗り込む頃には、すっかりボクは別人になっていて、ほとんどすべてのことを忘れてしまって、また新しい景色に出会う。

ボクはいまここで何かを見ている。ここは京都ではなく、佐渡ではなく、パリでもなく、いまここである。

ポケットからスマートフォンを取り出し、動き続ける車窓から写真を撮る。海の手前に鉄橋が流れ、逆光の奥に船が浮かぶ。この海はアドリア海とつながっている。しかし別の名前で存在し、カリブ海ともつながっている。

さまざまな光の加法混合。どんどん透明に、軽くなっていくいまここ。同時に記憶の減法混合によって漆黒の闇に近づいて行く魂。せめぎ合うふたつの力。ＲＧＢとＣＭＹＫ。静止と流転。逆転と転回。圧縮と解凍。

車両の逆方向の北向きの窓からは東京スカイツリーの展望台が見え、望遠鏡でこちらを覗いているあなたと目が合って、あなたがいま、まばたきしているのがわかる。ハロー、ハロー、ハロー。

ショーン・ペンも同い年

２０１９年のクリスマスに満56歳になった。１９６３年生まれ。ブラッド・ピットや皇后陛下の雅子さんと同じ学年である。

そして、その１週間後が元日というわけで、年を意識する季節である。56歳といえば17億６７２２万５６００秒生きている計算である。17億秒、ってよくわかんないけど、長いっすね。でもこんなに生きてきたのだから、その時間を秒で考えると、単位が京とか垓とかになるのかなと思ってたけど億なんですね。まあ人間なんて小さなものです。たった２万４５４日しか生きていない56歳。頑張ろうぜ、ときどきは！　と自分に言い聞かせる年末年始なのである。

不思議なのは、時間ということを考え始めると、なんとはなしに宇宙のことに考えがいくのも面白い。銀幕の上の１９６９年、若いヒッピーの女の子に口説かれて、でもオマエとは絶対無理だから、という風情がなかなか良かった後期中年のブラピは、その次の映画で宇宙飛行士になって連絡の途絶えた宇宙ステーションにいる自分の父親に会いに行ってたな、そう言えば。舞浜のシネマイクスピアリで２時間半の映画をポップコーン頬張りながら見るのが９０００秒である。

宇宙に関連する単位といえば光年があって、かっこいい字面ですね。光と年。でも、ご存知のようにこれは距離のこと。約9兆５０００億km。1年間に光が進む距離。

ちなみに地球から最も遠くにある天体っていうのはGN-z11というおおぐま座の方向にある高赤方偏移銀河だそうで、約３２０億光年離れている。まじ遠い。

いまこの文章を書いているのは２０１９年12月27日で、依頼された撮影の仕事、という意味では今日が仕事納めで、いまから八丁堀の事務所を出て新富町から池袋経由で久しぶりに西武池袋線に乗って東長崎で降りて、とあるペインターのアトリエで彼のポートレートを撮影する予定なのだが、乗り換え案内ジョルダンによると「12:57発→13:29着 総額３５０円（切符利用）所要時間32分 乗車時間27分 乗換1回 距離14・０km」と出てきた。あんまり遠くない東長崎。

彼のアトリエに行くのは初めてなので、その部屋に自然光がどのくらい差し込むのかわからないのだが、その光は太陽から8分19秒前に発せられた光であって、その反射で彼のポートレートを撮影する。

昼間にボクたちが見ているほとんどのものは8分19秒前の光の反射なんだな。


ショーン・ペン（1960-）：アメリカの俳優、映画監督。

ブラッド・ピット（1963-）：アメリカの俳優。

雅子（1963-）：第126代天皇・徳仁の皇后。旧名、小和田雅子。

ショーン・ペンは3つ上

えーと、ごめんなさい！

ショーン・ペンは1960年生まれで、ボクより3歳お兄さんでした。同級生じゃありません。かんちがい、勘違い。

いつもこの連載のタイトルは編集長の江部さんが書いてくださっているのですが、江部さんがそう書いてくれた後、ふたりともうっかり思い込んじゃっていました。まあ地対空ミサイルの誤射みたいな犠牲者が出たわけではないのでご容赦のほど。以後、気をつけます。

しかしなぜ、江部さんがそう思ってしまったのかということには心当たりがあって、以前一緒に酒を飲んでいたときに「オオモリさん、ちょっとショーン・ペンに似てますねー」と言われたことがあって、江部さんの潜在意識のどこかにペン＝オオモリという考えがあったのかと。イヤ、本当に全世界のショーン・ペンファンの皆さん、スミマセン。オマエの一体どこがショーン・ペンなんだ？　というツッコミもあろうかと思います。もちろん初め江部さんにそう言われたときには、いや似てないよ、全然違いませんか？　と応えたのだが、ちょっとあの偏執狂的な、思い込んだら何やらかすかわからない雰囲気が、ひょっとして、いやひょっとしてですよ、自分にもあるのかも、なんて思ったりもする。

江部拓弥（1969-）：編集者。元『dancyu』&『dancyuWEB』編集長。／クリント・イーストウッド（1930-）：アメリカの俳優、映画監督。／マドンナ（1958-）：アメリカの歌手、女優。／ロビン・ライト（1966-）：アメリカの女優。／シャーリーズ・セロン（1975-）：南アフリカ出身。アメリカで活躍する女優。

実際のところ、ショーン・ペンはボクの大好きな俳優だし、監督作の『インディアン・ランナー』も深く心に残っている映画である。クリント・イーストウッド監督の2003年の映画『ミスティック・リバー』では、娘を殺されてしまった父親役を演じていて、確かアカデミーも獲ったはずですが、ひとりで深夜にキッチンでウイスキーを飲むシーンでは鬼気迫るものがあった。映画やドラマで酒を飲むシーンは数あれど、最も印象深いもののひとつかも。キャビネットからバーボンのボトルを取り出して、なみなみとグラスについで（たぶんトリプルくらいかな）怒りに震える手でストレートで一気飲みである。あー、怖い。

でもそんな俳優に似ているといわれるということは、自分もそういう風に酒を飲む人間、と江部さんからは見えているのかもしれない。いや、写真を撮ってるときがそうなのか？ マドンナ、ロビン・ライト、シャーリーズ・セロンという元パートナーの女性たちも錚々たる面々ですね。重ね重ね、ボクとは何の関係もない3人ですが。まあ、自分が他人からどう見えているのか、なんて本人にはなかなかわからないですね。

ちなみに、かつてボクが似ているといわれた芸能人の方々は堀内健、桑田佳祐、美保純、加藤登紀子（敬称略）などです。あー、ほんと、皆さん、スミマセン。

堀内健（1969-）：お笑い芸人。ネプチューンのボケ、ネタ作成担当。／桑田佳祐（1956-）：シンガーソングライター。『サザンオールスターズ』のバンマス。／美保純（1960-）：女優。／加藤登紀子（1943-）：シンガーソングライター。作詞家。作曲家。

サミー・デイヴィス・Jrはサントリーホワイトがお好きでしょ

ローラ、レオナルド・ディカプリオ、ロッド・スチュワート、オーソン・ウェルズ、ポール・アンカ、サミー・デイヴィス・Jr、キッド・クレオール＆ザ・ココナッツ、ヨーヨー・マ、ヨーゼフ・ボイス。吉高由里子、井川遥、小雪、小栗旬、國村隼、伊藤歩、大原麗子、岡本太郎、野坂昭如、開高健、日野皓正、根津甚八、谷村新司、黒澤明。思いつくままに挙げてみたウイスキーのCMに出ていた（出ている）有名人の方々。ショーン・ペンが酒を飲んでいる映画のことを考えていると思い出されてきたCMいろいろ。吉高さんとか小雪さんがカウンターの向こうに立っている店があったら、そりゃ行ってみたい。デレデレと週に5日くらい通ってしまいそうである。

でも自分的には古い70年代、80年代のCMがやっぱりグッときますね。というのは単に懐かしいとか昔は良かった、ということではなくて、自分がまだ酒を飲めなかった年齢なので、ウイスキーのCMっていうのは実用性ゼロ、ファンタジー100％だったわけですね。ウイスキーは酒の中でも特に高級なイメージがあって、自分が想像していたカッコいい大人の有り様のひとつの形だったんだろうな。

ローラ（1990-）：ファッションモデル。／レオナルド・ディカプリオ（1974-）：アメリカの俳優。／ロッド・スチュワート（1945-）：イギリスの歌手。／オーソン・ウェルズ（1915-1985）：アメリカの俳優、映画監督。／ポール・アンカ（1941-）：カナダ出身のシンガーソングライター。／サミー・デイヴィス・Jr（1925-1990）：アメリカの歌手、エンターテイナー。

しかし、考えてみればウイスキーの味というものを言葉にしたりヴィジュアライズしたりするのは難しいわけで、実際のところほとんどのCMで、その味がどうこうとは語っていない。せいぜいのところ芳香が奥深い、みたいなことである。まあ、酒というものがそもそも生活に絶対的に必要なものではないので、究極の無意味、かつ洒落、みたいなところに行き着くのかも、ですね。酒のCMというものは。

つらつらと挙げた中で無意味&お洒落ナンバーワンはどれか、と考えて記憶を辿ってみるとサミー・デイヴィス・Jrのサントリーホワイトかな。画面ではラテンの香りのするアフリカ系の男が「chiki chiki chick'on ♬」とスキャットしながらウイスキーのオン・ザ・ロックを自らつくって飲むだけである。ただ飲んでご機嫌な感じ、それだけである。酒を飲めない小さな子どもだった自分もこれ見てウイスキーって飲んでみたい、と思った記憶がある。あまりにも楽しそうで。モノマネもやりましたね。「チキ、チキ、チコーン 3通り♬」。

ちょっと検索してみるか……あったあった、こりゃ凄い。人生こうありたいと思わせる。まあ、ただの陽気な酔っぱらいのオッサンで、そこが良いんだよな。

ショーン・ペンはCMにはちょっと似合わないですね。マジすぎる&怖すぎる。

キッド・クレオール＆ザ・ココナッツ：アメリカの音楽グループ。／ヨーヨー・マ(1955-)：チェリスト。中国系アメリカ人。／ヨーゼフ・ボイス(1921-1986)：ドイツの現代美術家、教育者、社会活動家。／吉高由里子(1988-)：女優。／井川遥(1976-)：女優。／小雪(1976-)：女優。／小栗旬(1982-)：俳優。／國村隼(1955-)：俳優。

寝ても覚めてもなこと

何かの窓口があって、衝立のようなものを挟んでふたりの人間が会話をしている。いや、窓口や衝立ではなく、テーブルを挟んでいるのかもしれない。

ふたりのうちのひとりはボクである。ふたりは相談のような交渉のようなことをやっている。何かを交換しようとしている。カジュアルではあるがこざっぱりとした清潔感のある服装で、ふたりの関係性はセクシュアルな雰囲気からは遠い。にもかかわらずボクの性器は硬く勃起している。ボクは彼（ひょっとして彼女?）と○○しようとしているのだ。そしてたしかにそれが○○であると確信しているのだが、隣の部屋の娘の目覚まし時計が鳴り続けていて、ああ、これは夢なんだな、とハッキリとわかる。

そろそろベッドから出ようか、もう少し○○していたい気もするが、それが身体的な快楽なのかといえばそうでもない。その場所はその夢の中でハッキリと特定できたし、さまざまなことがもっとハッキリしていたのだが、起きてしまうとそのリアルさが失われてしまいそうでグズグズしているうちに本当に目が覚める。

トイレに行き、コーヒーを淹れたりしている間に、その夢のほとんどのディテールを忘れて

伊藤歩（1980-）：女優。／大原麗子（1946-2009）：女優。／岡本太郎（1911-1996）：芸術家。／野坂昭如（1930-2015）：小説家。／開高健（1930-1989）：小説家。／日野皓正（1942-）：ジャズ・トランペッター。／根津甚八（1947-2016）：俳優。／谷村新司（1948-）：シンガーソングライター。／黒澤明（1910-1998）：映画監督。

しまう。しかし、ボクは確かに◯◯していた。それは漢字二文字で表される何かなのだが思い出せない。翻訳、通訳。何かが違う。変身、交代。似ているが違う。何だろう？

さすがにそんなことを一日中考え続けるわけにもいかず仕事に出かけるのだが、頭の片隅から◯◯が離れることはない。その日は、ある雑誌のために俳優の仲野太賀さんを撮影するのだが、スタイリングとヘアメイクの仕上がりを待つ間、スタジオエビスのロビーで若いスタジオマンと話しているときも、交換じゃなくて、貿易じゃなくて、何だっけ、あれは？ と気になって仕方がない。

恵比寿1丁目の喫茶室ルノアールとびっくり寿司の間の道を、1月の晴れた日の澄んだ斜めの光が差し込むこぢんまりした交差点まで太賀さんやスタイリストの石井さんと歩き、久しぶりにフィルムカメラで、キヤノンの一眼レフにズミルックス50㎜を装着して36枚撮りのフィルム2本分の撮影をしている間は、もちろんすっかり◯◯のことは忘れてしまっているのだが、撮影が終わっておつかれさまの挨拶をしてひとりになるとまた漢字2文字の◯◯のことを考える。

その日は月曜日だが、成人の日で振り袖姿の若い女性の帯を見ながら、入替、修正、変動、転移、反転。うーん、近いんだけどなあ。何だっけ？

仲野太賀（1993-）：俳優。
石井大（1985-）：スタイリスト。

夢よ、もう一度

自分が夢を見ていることに気づいている夢を明晰夢と呼ぶそうですね。ボクの○○も明晰夢であるのだな。それを見ているときはそれが夢であるという自覚が確かにあって、○○のことも漢字二文字の言葉でしっかりと確信していた。枕元にメモと筆記具を準備しておいて、起きたらすぐにメモするという習慣をつければかなりの夢は思い出せそうであるが、目が覚めるやいなやメモをとる、というのはちょっとしんどいように思える。

しかし、起きてベッドから出る瞬間、完全に目が覚めてから数秒も経たないうちにとてつもなくいろんなことを人間は忘れていくのですね。

もし、見た夢のほとんど全部を記憶していたら気が触れてしまうかもしれないな、とも思う。

大学闘争のバリケードの中でボクが立て籠もっているときにライターのAさん（女性）と編集者のTさん（男性）がふたりで陣中見舞いに訪れ、差し入れを届けてくれたふたりと握手して、お互いに頑張ろうと挨拶をして別れた夢があった。いったいボクは何と闘っているのだろう？さすがに1960年代末の学生運動の頃は子どもだったので、それを直接に知ることはない。しかし、北井一夫さんが撮影したバリケードの中の写真にちょっと似ていたような気もする。かと思えば、今朝のボクはリニューアルした渋谷パルコの前の公園通りを渋谷区役所の方へ全速力で走っているのである。上り坂である。あるいは、撮影スタジオのような場所で撮影されるのを待っているキムタクを撮ろうとしているのだが、いつまで経ってもカメラにフィルムが装填出来ず、ボクはただひたすら無言でキムタクと対峙し、カメラとフィルムと格闘を続ける。

高校の同窓会に出席していて、その出席者全員が現在の知り合いで、その現在の友人たちはボクの高校時代を知るはずもないのだが、彼らと思い出を語り合う、ということもある。それぞれの夢の辻褄はまったく合わないのであるが、理不尽とか不自然な感じもしないのである。当然のようにバリケードの中にボクはいて、当然のようにキムタクと対峙し、当然のように兵庫県立宝塚高校の梅田先生や岡田先生のことを話しているのである。夢って本当に面白い。

さて、成人の日の○○ですが、その3日後の朝、少し二日酔い気味で目が覚めて、二度寝したのですが、そのときに、あれはなんだろう、なんだろう、と考えてウトウトしていると、何とほぼ同じ内容の夢を見てしっかり思い出しました。ボクは「両替」していたのです！

高額紙幣を細かくするやつじゃなく、ある通貨を別の通貨に、というアレです。何と何を何のために両替しているのか、さっぱりわからないのですが。

北井一夫（1944-）：写真家。
木村拓哉（1972-）：歌手。俳優。

物学びし日々

ラッシュアワーの夕刻、山手線の外回りに恵比寿から乗車する。阿佐ヶ谷「VOID」で開催されているシャムキャッツのボーカル、夏目知幸さんのコラージュ作品の展覧会に行くのだ。車内はかなり混雑していて、進行方向に向かって左側のドア付近に立っていたボクは代々木で降りる人を通すために一度車内から出る。そこで「東大蛍雪会」という広告看板が目に入る。いまでも代々木は予備校の町なのかな？　どうなんだろう？　ところで「蛍雪」ってなんだっけ？　卒業式で歌う「蛍の光」と関係あるのかな？

「苦労して勉学に励むこと。苦学。蛍の光 窓の雪。蛍窓（けいそう）。［補説］晋の車胤（しゃいん）が蛍を集めてその光で書物を読み、孫康が雪の明かりで書物を読んだという故事から」とコトバンクには書いてある。

そうか、苦労して勉学に励むのだな。なかなかに古風な名称ですね「蛍雪会」って。真剣に勉学に励むことはいつの時代も大変であろうけれども、蛍の光で書物を読むのは（もちろん比喩であろうとも）、現在の日本ではちょっと想像出来ないですね。おまけに今年は全国的に雪不足なので豪雪地帯の人も雪明かりで本を読むのは難しいに違いない。

そういえば、ボクは生まれてから一度も塾や予備校に通ったことがない。勉強が良く出来る

シャムキャッツ：2007年結成のロックバンド。2020年解散。／夏目知幸（1985-）：ミュージシャン、コラージュ作家。元シャムキャッツのギター、ボーカル。／車胤（？-400）：中国、東晋の官吏，学者。／孫康（生没年不明）：中国、東晋から南朝宋にかけての官吏。

生徒だった、というわけではもちろんない。中学時代をぼんやり過ごして兵庫県の地元の県立高校に入り、高校3年生の秋ぐらいから、英語と国語の2科目だけを集中して自宅で勉強して日本大学芸術学部写真学科に現役で合格することが出来た。

運が良かったのだろう。英語と国語の一次試験に受かると小論文と面接の二次試験があった。小論文はアーノルド・ニューマンというアメリカ人の写真家が制作したアンディ・ウォーホルのポートレート、それも普通の写真ではなく、レンズをやや上から見下ろすウォーホルの頭部の写真の上に、別角度から撮った目の写真が半円状態に切り抜かれて、キュビズムのようにコラージュされた不思議な作品を5分間ほどスライドで見せられて、それについて述べよ、というものだった。どうやって採点するんでしょうね、そういうの。何を書いたのかはさっぱり忘れて覚えていない。

たしか3月上旬に試験があって合格発表は二次試験の1週間ほど後で、当時はインターネットなどなかったので、掲示板に番号が張り出される方式で発表があり、それを見るために横浜の伯母の家に試験の後も滞在していた。

発表を待つ間、独りで東京をブラブラと歩き回り演劇やライヴを見ていた。西荻窪の「アケタの店」というライヴハウスでいまは亡き浅川マキのライヴを見たことを鮮明に覚えている。「ちょっと長い関係のブルース」という曲を浅川さんは歌っていた。その佇まいや声、曲のタイトルや歌詞、煙草の煙。すべてが自分から遠く、猛烈にカッコ良く思えた。「ブルース」も「長い関係」も「ちょっと長い関係」も18歳の自分はまったく知らなかったんだろうな。

アーノルド・ニューマン（1918-2006）：アメリカの写真家。
アンディ・ウォーホル（1928-1987）：アメリカの芸術家、ポップアートの旗手。
浅川マキ（1942-2010）：歌手、作詞家、作曲家。

説明できるかな？

西荻窪のふたつ前。阿佐ヶ谷駅の北、中杉通り沿いのギャラリーを外から覗くと夏目くんと目が合って手を振って会釈をした。

そこには10人ほどの人がいて、明るいムードではあるのだが、ちょっと神妙な不思議な雰囲気を感じる。あれ、しまおまほさんがいるじゃないか。そしてボクがギャラリーの扉を開けると「あっ、いま、写真家の大森克己さんがお見えになりました〜」と彼女がスマホに語りかけている。わけがわからずキョトンとしていると、どうやら宇多丸さんの「アフター6ジャンクション」というTBSラジオの中継に遭遇してしまったらしい。

しまおさんはギャラリーにいる男女の数や展示されている作品の数なんかをスタジオにいる宇多丸さんに説明していて、手には定規を持っていて「えーと、縦40㎝、幅30㎝くらい（実際にはもっと正確なサイズを言っていた。定規で測ってますからね）の絵が私の目の前にありますね〜。ふんどしをした男が手を開いて四股をふむようなポーズをとっている線描画で、額に入っているのですが、上の5分の1くらい全体に水色の霧のようなものが額の上からかかっています」なんて説明している。面白いなあ。ラジオで絵の説明である。

モナリザを見たことがない人にどうやってモナリザを説明すれば良いのか？　ジャクソン・

しまおまほ（1978-）：漫画家、小説家。
宇多丸（1969-）：ラッパー。ヒップホップグループ、RHYMESTERのMC。
ジャクソン・ポロック（1912-1956）：アメリカの芸術家。抽象表現主義の旗手。

ポロックならどう言えば良い？　北斎の版画なら何て言う？

考えてみれば写真だって現物なしに言葉で説明するのは難しいですよね。たとえば「大きな古い亀の剥製がガラスケースに入っていて、その左前にやはり小さな亀の剥製と亀を模した石の彫刻の置物がある。大きな亀の右前には鑑賞石。右後ろ、つまり画面の右側には三浦屋小紫という遊女の浮世絵が飾られている。ガラスケースにはわりと最近のクルマであるらしき白い自動車とこの写真を撮影した人間の胸から腰あたりが映り込んでいる。亀も浮世絵も日焼けして青く煤けている」という感じで説明しても、実際に写真を見て受ける印象と、この説明だけを聞いて受ける印象は随分違いますよね、きっと。

でも簡単には言葉にならない、視ること、聴くこと、触ること、食べること、いろんなことを人は言葉にしたいのですね。それは欲というのとはちょっと違うのかな。

アンディ・ウォーホルの顔や浅川マキの音楽が、どうやったら言葉に置き換えられるのか不思議である。両替みたいなもののような、まったく違うような。そして、しまおさんの周りでは小学校に上がる前ぐらいの年頃の男の子が、うぉーっ、と叫びながら走り回っている。定規を刀のように振り回して、作品スレスレのところの空気を切り裂いているのであるが誰も怒らない。そこは幸せな空間だった。

しまおさんとボクはたぶん15年ぶりくらいに会ったのだが、ひと月ぶりだよね、ぐらいの感じで「またね」と言い合って別れた。


葛飾北斎（1760?-1849）：江戸時代後期の浮世絵師。

小紫（生没年不明）：江戸時代前期の遊女。吉原三浦屋の抱え。

『心眼』を編む

文字校正って大変ですね。いま3月20日に発売される『心眼 柳家権太楼』という写真集を印刷する直前で（この原稿を書いている今日は3月2日、印刷は3月5日）、本当の最後の最後、デザイナーの山野英之さんがレイアウトしてくれた文字情報に誤りがないかチェックしているのである。

１９９０年代からいままで10冊の作品集を出してきて、今回の写真集は11冊目の作品で、おそらくボクがつくった写真集の中でいちばん文章量が多いのです。

あっ、そもそもどんな写真集かというと、スタジオの白いホリゾントに紫色の座布団があって、その上に座った短髪の和服姿の70歳の男性が延々と物語を独りで喋り続けている様子を撮影した写真が並んでいるのである。

柳家権太楼さんというのは落語家なので、その物語というのは落語なのである。『心眼』という噺である。

明治時代に初代・三遊亭圓朝という落語界のレジェンドが実の弟の体験を聞いて、それを元に創作したといわれている。浅草に住む目の見えない按摩・梅喜という男が主人公で、仕事を求めて横浜まで出向くのだが不況で療治の客はまったく見つからず、自分が育てた実の弟にも

三代目・柳家権太楼（1947-）：落語家。
山野英之（1973-）：アートディレクター、グラフィックデザイナー。
初代・三遊亭圓朝（1839-1900）：落語中興の祖。幕末から明治に活躍した。

目が不自由なことを罵られて落ち込んで、横浜から浅草まで徒歩で帰ってくる。心優しい妻のお竹は梅喜の心を察し、ふたりで茅場町の薬師様にお参りして願掛けをして、一緒に目が見えるようになるように祈ろう、という。そして21日目の満願の日に梅喜の目は開き、彼の視力は回復するのである。と、ここまでが導入部。目が見えるようになった梅喜は果たして……とここから物語は意外な展開を見せながら、コミカルに、かつ切なくも続いていくのだ。

5年前に権太楼師匠による『心眼』を日本橋劇場で見たボクは、そのあまりの面白さに感動し、初めて落語を写真に撮ってみたいと思ったのである。さまざまな舞台芸術や音楽ライヴやスポーツに接して感動することは多いが、そのことと、それを写真を撮りたい気持ちはまったく別なのである。

当たり前ですが、写真を撮らなくても落語は十分に楽しめる、というか、むしろカメラなんて邪魔、くらいのものである。何故、そのとき、この噺に限って写真を撮りたいと思ったのか？師匠の、主人公が目が見えない状態と見えている状態の演じわけがあまりにも鮮やかであった、ということも理由のひとつではあるだろうが、それだけではない。高座を見終わった後もずっと、いったい人間の言葉ってなんだろう？　身体ってなんだろう？　心ってなんだろう？夢ってなんだろう？　という風に次から次へと問いかけが頭の中に浮かんでくるのだ。落語を聴いてそんな風に後々まで何かの傷跡のようなものが自分の身体に刻まれるのは初めてだった。

そしてその2年後に師匠に直接、お目にかかって『心眼』をボクがただ写真を撮るというためだけに、誰も観客のいない空間で演じてくださいませんかとお願いしたのである。

九龍ジョー：（1976-）：ライター、編集者。

はじまりはおわり

写真集『心眼 柳家権太楼』には、撮影時に録音した『心眼』口演の書き起こし、九龍ジョーさんにお願いしたエッセイ、権太楼師匠のインタヴュー、ボクのあとがき、そしてプロフィールと『心眼』の解説という文章に加えて、そのすべての英訳を掲載するのである。

ここ数日、その11ページにわたってレイアウトされている文章をずっとずっと繰り返し読んでいる。最初の数回は読むたびに誤植を発見し、字間のバランスがいまひとつな箇所を発見する。読む回数が増えれば、もちろんハッキリと間違いである箇所を発見することは減ってくる。そしてその先に無間地獄のような、間違いない！ しかし、ひょっとして？ という不安な気持ちとの戦いが待っている。

客観的になるためにさまざまな状態で読む。PCで読む。スマホで電車で読む。紙に出力して事務所で読む。素面で読む。酒を飲んで読む。声に出して読む。不思議なのはリラックスしているからか、ほろ酔い加減のときに意外な発見があったりもする。おっと、冠詞が抜けている！ 友人にも読んでもらう。ここはゴシック体で大丈夫なんだっけ？ 落語を知らない人に読んでもらう。ああ、もうすぐゴールだ。〆切だ。大丈夫か。大丈夫に違いない。いやいや、もう一度読んでみよう。

本当に本をつくるって大変なことなんだなあ、と改めて震えている。一緒につくっている編集者やデザイナーとの関係もめちゃ緊張感がある。良い音楽が確実にここで響いているという喜びと共に、解散直前のバンドのようなギクシャクもある。「Get Back!」とシャウトしているのは自分なのか、あるいは誰かがボクに語りかけているのか？　孤独であり、連帯でもある。

そんなドキドキも、あと3日でいったん終了である。

あ、ヤバい！　１０６ページ右の列、いちばん上の段落中「進歩ともに」→「進歩とともに」でお願いします。汗。

そしてこの写真集はボクにとって初めてのデジタルによる作品でもある。２０１１年に発表した写真集『すべては初めて起こる』までは、すべてフィルムで撮影して、プリントをつくって入稿していた。今回はデータでの入稿である。もちろん依頼された雑誌や広告などの仕事では何度も経験しているデータによる入稿ではあるのだが、自分の作品集でのデジタルは初めてである。童貞である。ＴＩＦＦである。３５０dpiである。ＰＣのキーボードをクリックするだけでデータがアップロードされ、やり取りされる。

ボクが写真家としてキャリアをスタートした平成初期から考えると魔法のような話である。3月20日に平凡社という平凡な名前の出版社から出る、あまり平凡ではないかもしれない写真集。現在、分娩中です。

『心眼』ができるまで

２０１５年6月27日、日本橋蛎殻町の日本橋劇場で『心眼』を初めて聴いた（あるいは見た）。演目に惹かれたわけではなかった。ダイナミックで疾走感のある語り口の柳家権太楼師匠のファンである自分は、ただ彼の落語を聴いて笑いたいと思って赴いたのである。

噺の中盤、薬師如来への信心によって不自由な目が見えるようになった梅喜が上総屋と共に浅草にいる。そして彼は目が見えるようになったにもかかわらず、そこが浅草であるということが理解出来ず、目を閉じ、杖であちこちに触れ、そのことによってまさにここが浅草であるという実感を得る。

「……旦那？　急に賑やかになりやしたよ。どこですかここは」「浅草だよ」「ああっ！　雷門？　ちょっと待ってくださいよ、雷門となったら、あたしゃもう隅から隅まで知ってるんだから。ちょっと待ってください、いまね、調べますから（目を閉じて、隅々を杖で触って）。おお？ ああ、ああ、仲見世だぁ！」

この場面に差しかかるやいなや、ボクの目の前の景色が軋み始めた。自分は何を見ているのか？　この座布団に座っている男は一体何者なのか？　いろんなモノが逆転したのか、反転したのか？　しかしすべてが逆転するわけでもなく、すべてのものが反転する何かと対称に存在するわけでもなく、さまざまな問いかけが頭の中を飛び交う。そもそもなぜ、ひとりの人間が複数の人間を演ずることができるのか？　もしあの男が梅喜であるなら、あるいは上総屋であるのなら、あのマクラを話していた男は誰なのか？　お竹や小春、つまり女性にまでなってしまうあの男は両性具有なのか？　お辞儀をして舞台から去って行くときの表情は誰の顔なのか？　あの着物は誰のものなのか？　身体は誰のものなのか？

落語好きではあったが、この日の『心眼』に接するまで、落語を写真に撮ろうと思ったことは一度もなかった。写真を撮るという面倒を経なくても落語は十分に楽しめる。しかしこの日、初めてボクは落語を写真に撮ってみたい、とほんの少し思った。『心眼』はボクの身体に強度の高い何かを置き去りにし、でもそれに囚われていると落語を楽しめないし、生きていくことが面倒になるような気がしながら、ぼんやりと、ゆっくりとその何かをボクは忘れていった。

2年ほど時が流れ、その間も仕事の合間に寄席にふらっと顔を出したり、落語会に行ったり、インターネットで動画を検索したりしながら、気が向くままに落語を楽しんでいた。さまざまな師匠たちによるさまざまな噺で笑ったり、しんみりしたり、ちょっと泣いたり、馬鹿馬鹿しいな、と思ったりしながら。

落語というものは、同じ噺でも、演者によってまったく違う手触りに感じられる。ある噺を聴いて、自分に近く感じたり、遠く感じたりもする。現在の話に思えたり、昔話のようにも思う。上手だと思ったり、嘘っぽいと思ったりもする。そして、何がきっかけであったのか忘れてしまったが、あるときにふと思った。落語家という存在は、物語を運ぶ乗り物のように舞台の上にいるのではないかしら、と。落語は写真に撮れないが、乗り物とか、乗り物が荷物を運んでいる様子であれば写真に撮ることは可能かもしれない。A地点からB地点へ移動することは同じでも、手段によって見える景色もスピード感も違うだろう。自転車なのか電車なのか。フォードなのかフェラーリなのか。

白いホリゾントに座布団を置き、ライティングをする。そこに権太楼師匠に座っていただく。観客は誰もいない。その場所で、ボクが写真撮影するためだけに『心眼』をやっていただけますかと、お願いをしたのが２０１７年の夏の終わり。板橋の蕎麦屋で撮影の趣旨を説明したところ、間髪を入れず快諾していただけた。

「やるよ。オレは落語をやるだけだから。大森さんはそれをどうにでも撮ってください。どうなるかわからないけど、出来上がるものは……きっとそりゃ、落語じゃねえな」

そう、楽しそうな顔をして師匠は言った。

その言葉を聴いて、ボクは嬉しくなった。

２０１７年11月16日、スタジオエビスの第2スタジオ。ひとりも観客のいない空間で、ストロボの光とシャッター音が時間を切り刻む中、師匠は『心眼』を演じた。ボクが覗いているキヤノンの一眼レフカメラのフレームの右側からやって来て、座布団に座って頭を下げて噺を始め、噺を終えるとまたフレームの外に去って行った。明るいのか暗いのかよくわからない遠近感のない無彩色のスタジオには、ただ紫色の座布団だけが残されていた。物語を、落語を載せて移動する人間がたしかにそこにいた。

桜の咲かない春はない

3月になって暖かい日が続いたけれど、昨日の東京の最低気温は3℃。寒かったなあ。靖国神社の桜の標準木は雪にもかかわらず咲き始めている。夕方には首相がコロナに関する記者会見。あまりにも寒いので近所の銭湯「松の湯」に行って暖まる。

家に戻って池田書店から出ている高橋雅子著『〆まで楽しむおつまみ小鍋』をパラパラ眺めていると食べたくなって飲みたくなって「豚肉とほうれん草の常夜鍋」をつつきながら日本酒を飲む。先週、新川の今田商店で買った群馬・高崎、牧野酒造の「大盃 純米吟醸 山酒4号」。美味しいなあ。チェイサーでビールも飲んじゃおう。

あー、サッカー中継見たいなあ。やってないけどね。なので無観客の大相撲のニュースを見ながら飲む。身体と身体がピチピチ、バシバシぶつかり合う。そういえば4月から大学4年になる娘がウェブで就活やっていて、オンラインで面接やっていたな、一昨日。ホテルのバイトも暇らしい。

「世界分断 マネー急収縮」「需要消滅に市場動揺」「首相、減税の検討指示」「日経平均 週間3318円安」。3月14日の日経新聞朝刊1面。YouTubeで落語『はてなの茶碗』桂米朝、『カラオケ病院』春風亭柳昇、『黄金餅』立川談志、『代書』桂枝雀、『らくだ』笑福亭松鶴、いや

三代目・桂米朝（1925-2015）：落語家。／五代目・春風亭柳昇（1920-2003）：落語家。／七代目・立川談志（1935-2011）：落語家。／二代目・桂枝雀（1939-1999 ）：落語家。／六代目・笑福亭松鶴（1918-1986）：落語家。

あ夜は長いな。ウイスキーでも飲もうかな。つまみは何かあったっけ？

あー、寝間着に着替えずに、歯も磨かずに寝ちゃったな、ヤバいヤバい。おはようございます。今日は昨日よりも暖かくなりそうだ。最高気温は11度らしいっすね。でも天気が良いので桜もぐっと開花が進むな。

Facebookをのぞいてみると、おっ、おにぎり撮っている写真家の阪本勇が朱鷺の写真を投稿しているな。佐渡に行っていたのね、阪本さん。ラッキーじゃないか、朱鷺を見れるなんて。中原昌也の投稿はいつも切なく面白いな。ボクはSNS上のR.I.Pとか追悼文ってまったくピンとこないのですが、中原さんの誰かが亡くなったときの追悼文だけは例外で、いつも素晴らしい。人間にとって率直であることは本当に大切だな、と彼の教養と悪態のバランスが絶妙な文章を読んで思う。

さてさてインスタものぞいてみるかな、っと。@cycadkihara 写真家の木原悠介、相変わらずで嬉しいよ、木原さん「大迷惑 糞は持帰りましょう 糀谷・羽田まちなみ維持課」という看板。ちなみに大迷惑は赤字ゴシック。@manincafe 岡本仁はいまどこにいるのかな？ あー「果たせなかった日曜日の約束」ってあるな。行く予定だった旅に行けなくなることもありますよね、この世界に生きていると。というか予定通りに物事が運んでいる（ように見える）方が奇跡なのかもしれないですね、岡本さん。

NHK・FMからは三陸・浄土ヶ浜の波の音が鳴っている。さて、お腹減ってきたなあ、菜の花のスパゲティーでもつくろうか？

阪本勇（1979-）：写真家。

中原昌也（1970-）：音楽家、小説家、映画評論家、画家。

木原悠介（1977-）：写真家。

あらあらかしこ

自分を形づくっているものって何なんでしょうね。感受性とか考え方とか、そっちの方面。たとえば、さまざまな音楽に感動して影響を受けてきましたが、いまのボクがいちばん好きな音楽は、そうだなあ、シューベルトかな。あえてのベスト3を挙げるとすると、すべて室内楽なのです。

3位「八重奏曲 ヘ長調 D８０３」

2位「弦楽四重奏曲15番 ト長調 D８８７」

1位「弦楽五重奏曲 ハ長調 D９５６」

もうねえ、5つの弦の対話、会話のスリルがこんなにドキドキとエロティックに伝わってくる音楽はなかなかないですね。

文章、小説や詩や評論、エッセイということでいうとなんだろう。これはもう橋本治に尽きますね。本当に残念なことに昨年お亡くなりになりましたが、まだ自分の中で受け止めきれていない橋本さんの言葉が蠢き続けているなあ。

3位『ひらがな日本美術史』（新潮社）

2位『桃尻娘』（講談社）

フランツ・シューベルト（1797-1828）：オーストリアの作曲家。
橋本治（1948-2019）：小説家、評論家、随筆家。
ロバート・フランク（1924-2019）：スイス生まれ。アメリカの写真家。

1位『蓮と刀』（河出文庫）

『蓮と刀』の副題は「どうして男は〝男〟をこわがるのか？」。これだけで、もう深い所へ降りて行かざるをえないのです。

ヤバい写真集、これは選ぶの難しいなあ。

3位『The Americans』Robert Frank

2位『The Democratic Forest』William Eggleston

1位『Diane Arbus』Diane Arbus

うーん、やっぱり難しい。Diane Arbusは学生時代、写真集をバラバラに解体して椎名町の家賃1万3000円の四畳半の自室の壁に貼りまくってました。

東京の好きな街。

3位「新井薬師前」

2位「浅草」

1位「八丁堀」

番外で「恵比寿」あと、東京じゃないですが「浦安」。

好きな東京の銭湯。

3位「湊湯」（八丁堀）

2位「清水湯」（武蔵小山）

1位「湯どんぶり 栄湯」（日本堤）

ウィリアム・エグルストン（1939-）：アメリカの写真家。

ダイアン・アーバス（1923-1971）：アメリカの写真家

ロジェリオ・五十嵐・ヴァズ：バーテンダー。2010年より「Bar Trench」のカウンターに立つ。

どこもお湯が素晴らしい。栄湯はタトゥー、入れ墨もOKで、最寄りの駅は三ノ輪です。

好きなカクテル。

3位「ラフロイグ・プロジェクト」

恵比寿のバー「Trench」のロジェリオ・五十嵐・ヴァズさんに教えてもらった&つくってもらったのですが、元はサンフランシスコのテンダーロインという地区にある「Bourbon and Branch」というバーのOwen Westmanというバーテンダーが考案したもの。酒、酒、酒、酒、そして酒、という強力なカクテルですがたまらんです。食前でも食後でも。

2位「ジャック・ローズ」

1位「ネグローニ」

好きな落語家（故人の部）。

3位「三代目桂米朝」

2位「三代目桂春団治」

1位「六代目笑福亭松鶴」

『六世松鶴極つき十三夜』という音源に詰まっているストリート感がたまらない。

心に残る野球選手。

3位「福本豊」（阪急ブレーブス）

2位「ジョン・シピン」（大洋ホエールズ）

1位「江夏豊」（阪神タイガース）

Owen Westman：オーストラリア出身のバーテンダー。
三代目・桂春団治（1930-2016）：落語家。
福本豊（1947-）：プロ野球選手。指導者。阪急ブレーブスで活躍。

好きなカメラ。

3位「Canon 6D」

2位「KONICA HEXAR RF」

1位「LEICA M3」

最近、M3はあまり使っていないのですが、インターフェイス、触り心地、重量感、どれをとっても素晴らしいのですが、ファインダーを覗いてフォーカスを合わせるときの気持ち良さは、ちょっとほかのカメラでは体験できない次元の何かです。

魂の位の高い友人&最高の夜を一緒に過ごした女性ベスト3、これはふたつとも書くのはやめておきます。

ああ、やっぱりシューベルトは素晴らしいなあ。長い長い道を歩いていて、やっと曲がり角が見えて、そこを曲がるとまたまったく新しい景色が見える!


ジョン・シピン（1946-）：アメリカ出身のプロ野球選手。大洋ホエールズ、読売ジャイアンツで活躍。

江夏豊（1948-）：プロ野球選手。解説者。阪神タイガース、広島東洋カープなどで活躍。

「トランスの帝国」からの帰り道

30年も時間が経ってしまったのがちょっと信じられないのだが、1990年4月、4ヶ月にわたるマドンナのワールド・ツアー〝Blond Ambition Tour〟が日本からスタートした。

性と宗教をテーマにしたそのツアーは世界中で話題になり、女性の、いや、人間の欲望の輪郭とエッセンスをあからさまに、マスに向けて、ポップに表現したパフォーマンスは、それまでにはなかったものだった。また、ローマ教皇を挑発するかのような演出も論争を巻き起こした。

各国のジャーナリストも東京に集結して、どういう経緯で依頼されたのかは忘れてしまったが、ボクはフランスの雑誌〝Rock & Folk〟のためにライヴの写真を撮ることになった。幕張のマリンスタジアムでの初日はステージからかなり離れた場所にある報道写真ブースから、ショーの冒頭3曲しか撮影することができず、8ページの記事をつくる予定で来日していた編集者は、写真の上がりを見てガッカリしていた。臨場感に欠ける写真でショーのクライマックスも写っていないのだから当然である。

編集者とボクは話し合って、マドンナやレコード会社のPR担当と何度か掛け合い、ひょっとしたら2ヶ所目の会場、兵庫県の阪急西宮球場でならば、ステージの近くから、ショーの全曲を撮影できるかもしれない、とのことでボクはひとりで西宮に向かい、西宮ではプレスに対するプレッシャーもそんなに強くなく、マドンナのPR担当女性に「あんたホントに来たの?」と、やや呆れられながらもショーの一部始終をステージのすぐ前から撮影することができた。

速攻で東京に戻って現像したライヴの写真と、衣装のデザインをしたジャン＝ポール・ゴルティエのポートレートもホテルオークラで撮影して送り、「L'Empire des Transes（トランスの帝国）」と題された8ページのライヴ・レポートはなかなかの良い仕上がりになった。編集者もいたく満足していた。

さて、日本での最後のライヴ会場は横浜スタジアムで、レコード会社のPR担当者にはずいぶんと無理を言ったので、お礼を伝えるために横浜に出向いた帰り、ボクはなんだか人肌が恋しくなって、川崎で途中下車して南町のソープランドへ立ち寄った。初めて出会った、それまでまったく知らなかった女性と個室でふたりきりになって、ボクと彼女はキスをして一緒にお風呂に入って2回セックスをした。どういうわけか、なんの話をしたのかもまったく覚えていないのだが、楽しい時間を過ごし、そのお姉さん（当時26歳だったボクよりも2つ、3つ歳が上だった）とえらく話も盛り上がり、22時頃に入店したボクがその日の最後の客ということで、帰りに一緒にごはんを食べに行こうという話になった。

ボクは先に店を出て、待ち合わせをして焼肉屋に行って、ガンガン酒を飲んで、肉を食べて、その後カラオケに行って、彼女は「オリビアを聴きながら」を、ボクは「危険なふたり」を歌って、「またね〜!」と言って、始発電車に乗って当時ひとりで住んでいた目黒まで帰った。

その後、2回か3回、彼女に会いに川崎に出かけたが、そのうちに彼女は店を辞め、羽田空港で地上係員をやっていると電話で教えてくれた。長い男性中心の歴史の中で発達した金銭を媒介として他人に精神的かつ肉体的なサービスをする限定された空間の中で、彼女はプロとして、ボクは客として対等であったとは思うのだが、しかし、その文脈を離れて「普通の」仕事についた彼女との電話はまったく盛り上がらなかった。

ジャン＝ポール・ゴルティエ（1952-）：フランスのファッション・デザイナー。
ローマ教皇：1990年当時の教皇はヨハネ・パウロ2世（1920-2005）である。

「写真が上手い」って、なんだ？

藪から棒だが、ボクは人からよく「写真が上手い」と言われる。はあっ？　何を言っているの？　プロなんだから当たり前だろ、あるいは、自慢かよ！　しかし、もし周りにプロのカメラマンなり写真家なりがいたら訊ねてみてほしいのだが、実は「写真が上手い」と言われる人はそれほど多くはない。

たとえば、佐内正史の写真を好きな人がいても佐内さんの写真を「上手い」と人はあまり言わない気がする。杉本博司の作品を見ても「上手い」と思うだろうか？　杉本さんは現像とプリントは上手い。野口里佳の写真は「上手い」だろうか？　その野口さんに「オオモリさん、めちゃくちゃ写真、上手いですね～」と言われるのが、ボクなのである。『アサヒカメラ』の読者に写真が上手いと言われるのではなく、野口里佳に上手いと言われるのである。松本弦人にもホンマタカシにも鈴木理策にも長島有里枝にも川内倫子にもタカザワケンジにも上手いと言われる。3周くらいまわっている感じである。

先日、とある写真評論家とメールのやり取りをしていて「オオモリサンはボクにとって音の綺麗なピアニストです」という言われ方もした。これは少し、上手いとは違いますね。しかし、何か近いような気がする。

佐内正史（1968-）：写真家。
杉本博司（1948-）：写真家、現代美術家。
野口里佳（1971-）：写真家。

そもそも「写真が上手い」って、なんだ?

大雑把に言うと、狭義の意味でのシャッターチャンスを逃さない、ということと、現実というカオスをフレーミングする能力が高い、このふたつだろう。

シャッターチャンスに関して「狭義の」と言ったが、では「広義」のシャッターチャンスもあるのですか? そんなことを思うかもしれない。それはないんです。ポスト・モダンを通り越した21世紀の写真において、シャッターチャンスという特権的な瞬間はないというか、アンチクライマックスの方がカッコいいとされているのである。しかし写真なんだからアンチクライマックスであれ、なんであれ、撮る人がシャッター押しちゃったら、そのときがシャッターチャンスじゃん。このシャッターチャンスに関する考え方は技術ではなく、考え方なのだが、考えることは「写真の上手さ」と関係はあって、もちろん、あまり考えない、あるいは考えても少しだけ、ぐらいの方が「写真が上手い」気がする。

さて、シャッターチャンスを逃さない、というのは練習によって獲得できるものなのだろうか? なんでこんなことをダラダラと綴っているのかと言うと、ボクは自分でも少し「写真が上手い」と思っていて、その上手さをどのように獲得したのかが、ちょっとわからないからである。写真にはハノンもセヴシックもないのである。教則本には現像とプリントの方法は書いてあって、その通りにやれば大丈夫(ただし、教則本通りにやるって、なかなかに難しいのですが)。しかし、シャッターチャンスの捉え方は本には書いていない。いぶし銀のような老境に入ってのシャッターチャンスを逃さない感じ、とかないと思う。フレーミングに関してもまた然り。


松本弦人(1961-):アートディレクター、グラフィックデザイナー。

ホンマタカシ(1962-):写真家。

鈴木理策(1963-):写真家。

だんだん上手になる、というよりは上手な人はだいたい最初から上手である。ただ「写真の上手さ」と作品の評価はほとんど関係がなくて、「写真の上手さ」は普遍的なこととは関係があるかもしれないが、「写真の上手さ」は普遍的ではない。

なんだか写真学校の営業妨害のようなことを書き連ねているような気もするな。昔は「写真が上手い」と言われるのはイヤだった。だって「セックス上手いねえ」ってあんまり言わないでしょ？　それよりも「愛している」とか「大好き」とかいってほしい。甘ったれの若者である。しかし、いまの自分は「写真が上手い」と言われると嬉しいし、なんなら「キスもなかなか上手いです」とか言ってみたい（あ、ちなみに技術じゃなくて気持ちが大切、っていうのはダメです。というか、気持ちはあって当たり前、なので）。

長島有里枝（1973-）：写真家。

タカザワケンジ（1968-）：写真評論家、書評家。

続「写真が上手い」って、なんだ？

先日、うっかり投稿してしまった「写真の上手さ」の話。思いもかけず、たくさんの方々に読んでいただいているようで、ヤバいです。あのー、長くなるので、前回の投稿で意図的に書かなかったことがあるので続編です。大雑把に「写真の上手さ」を形作る要素として、シャッターチャンスとフレーミングを挙げたわけですが、実はほかにもとても大事な要素があって、それは何かと言うと、写真に写っているもの、そのものです。言い換えると、被写体とかモデルとか風景とか、もう少し広く言うとテーマとかモチーフ、ということになりますか。

テーマないしはモチーフと撮影する人の関係が、シャッターチャンスとフレーミングを規定する。アンリ・カルティエ＝ブレッソンとパリの街との関係が、彼の作品のシャッターチャンスとフレーミングを決めている。つまりブレッソンは20世紀のパリの街に写真を撮らされている。この受動性が「写真が上手い」ということのような気がします。オレオレ承認欲求、じゃない、ということですね。じゃあ、オマエ！　大森克己のモチーフは何なんだよ？　と訊かれたら、それは「￥１００ショップに魂は宿るのか？」という問いかけであり、その問いかけにボクは写真を撮らされているわけですね。

前回の投稿でボクは野口、松本、ホンマ、鈴木、タカザワ、長島、川内などの結構、写真に

アンリ・カルティエ＝ブレッソン（1908-2004）：フランスの写真家。
ベルント＆ヒラ・ベッヒャー：ドイツの写真家夫妻。夫ベルント（1931-2007）と妻ヒラ（1934-2015）。
シンディー・シャーマン（1954-）：アメリカの写真家、現代美術家。

ついて突き詰めて（つまり「写真が上手い」ということはほとんど無効かも、と）考えているであろう面々に「写真が上手い」と言われるのだ、ということを書いたわけですが、「¥100ショップに魂は宿るのか？」という問いかけが、ひょっとして、いや明らかに大森克己の「写真の上手さ」を規定し、いまどきほとんど使うこともない「写真の上手さ」という言い方が彼らの頭の中に浮上するのです（ホントかよ〜？）。

そして敷衍すると、一見、アンチクライマックスでシャッターチャンスやカッコいいフレーミングとは無縁に思える現代美術的な写真にも、それらは存在するわけです。たとえば、ベッヒャー夫妻の給水塔、彼らは晴れの日には写真を撮らない。光のまわった曇天の日にしかシャッターを切らない。ほら、曇天の日の給水塔がベッヒャー夫妻に写真を撮らせているのです。シンディー・シャーマンにも片山真理にも、デイヴィッド・ホックニーにも西野壮平にも、トーマス・ルフにも小林健太にも、シャッターチャンスは存在する、と思って彼らの作品を見た方が、より深く味わえると思うのですが、いかがでしょうか？

「写真の上手さ」とは無縁、あるいは意図的に無縁であろうとする現代美術作家の写真は、案外「上手な写真」だったりもする。こういう見方は、21世紀の教養ある大人（あるいは、めんどくさいオバハン、オッサン）として、ありよりのありでしょう。

さて、話のついでにですが、写真ってやっぱり、20世紀的なメディアだと思うのです。銀塩がなんだ、デジタルがどうした、写真という訳が間違っていてphotographyは光による絵だ、などというもろもろを含めて、写真はちょっと古いわけです。で、そのちょっと古い感じが写

片山真理（1987-）：現代美術家、写真家。
デイヴィッド・ホックニー（1937-）：イギリスの画家。
西野壮平（1982-）：写真家。

真の良さですね。ボクたちは21世紀に生きているわけですが、だからといって20世紀的なものが突然に消滅するわけではない。20世紀のレガシーと残骸を引き受けて、噛み締めて、マスクをしながら生き続けているわけです。書物は15世紀的だし、和歌は8世紀的だし、ダンスは紀元前的ですが、いま生きているボクたちの魂に響く、優れてヴィヴィッドなものはたくさんありますよね。

トーマス・ルフ（1958-）：ドイツの写真家。
小林健太（1992-）：現代美術家、写真家。

家族のかたち

神戸の祖父の家には、古い写真アルバムがたくさんあった。広島生まれでガラス会社の役員であった父方の祖父。19世紀の終わりから１９７０年代の終わりまで、その生涯のほとんどを20世紀とともに生きた人である。写真というメディアの発展の時期と重なっている。祖父の家に遊びに行くたびに、そのアルバムを見ることがボクは大好きだった。好き、というのとは少し違うのかもしれない。写真の放つオーラに惹かれて、見ずにはいられなかった、という方が近かった。

アルバムに写っている人たちは、ほとんどボクの知らない人だった。あるいはボクの知っている人であっても、たとえばこの人が目の前にいる祖父と同一人物である、などとは信じ難く、見るたびに不思議な気持ちになった。

生まれたばかりの赤ん坊である祖父が、写真館のホリゾントの前で家族と一緒に写っている写真には、親しみを覚えるというよりは神話や伝承のような遠さがそこにはあった。ボクは祖父や父や伯父に、ここに写っている人は誰なのか、ということを尋ねまくって大人たちを辟易させていたかもしれない。「これは誰やったかな？」と、彼らもそのほとんどを忘れてしまっていた。

家族、親戚、近所の住人、学校の同級生、会社の同僚、などなど。そのうちの何人かは出征して帰って来なかったし、原爆の犠牲になって亡くなったという。時代が現代に近づくにつれ、アルバムに登場する人物や景色は少しずつ自分の知っている世界と重なり始めるのだが、今度はまた、それゆえに現実と写真とのギャップが歪んで不思議な気持ちになる。父と伯父が並んで笑っている通りには路面電車が走っているが、自分の知っている神戸の街に路面電車はない。結婚する前の両親が写っている写真に漂うふたりの親密さをボクは知らない。見てはいけないものを見てしまったような気持ちにもなった。

アルバムを見ると言う体験はボクの写真観、家族観に確実に影響を与えているように思う。そして、写真を見ながら、こんなことも考える。もし母が父と出会う前に誰かに恋していてその恋愛が成就していれば、ボクという存在は消えてしまう。母が父と出会う前に好きだった男性は、誰かと結婚して子どもをもうけて、どこかで暮らしているかもしれない。その母が好きだった人の娘や息子は、ボクにとってどういう存在なんだろう。どんな顔をしているのだろう。単に知らない人、と済ませてしまうのが普通だとは思うのだが、気になって仕方がない。

ボクが作品づくりや仕事で初対面の人を撮影するときに、結構、そのことを意識する。ボクのカメラの前にいる人は、ひょっとして母が好きだった人（いや、それは父の好きだった人の可能性もあるわけだが）の子どもや孫かもしれないと。家族でもなく、まったくの他人でもない存在。優しさと無関心の中間のような微妙な距離感。未来のボクの写真アルバムに登場する、自分の娘の知らない、ボクが写真を撮った人たち。

数々の貿易と通訳の困難さゆえ

カケスの鳴き声と雨だれに半分目覚めて相続する
あなたのうたと
あなたの夢を

わたしはあなたの長子ではなく
法典も無くしてしまった

あなたではない別の人にわたしはあなたと呼びかけ
はだかで、あなたのその痩せた身体を後ろから抱きしめる

ツグミが羽ばたき
雨はすでに止んでいる

曇りに青空に両替され

誰かが手数料を掠めとって去って行く

激励に訪れたつがいのクジャクに挨拶をしているうちに
抱きしめたあなたの感触はとおく
わたしはやさしい反乱のために立ち上がる

こんにちはわたしの目
こんにちは甘い喜び
こんにちは親愛なる友よ

数々の貿易と通訳の困難さゆえ
とおい、とおい、とてもとおい
こんにちは

二〇一九

相当ヤバい感じ

誰もが写真を撮る時代になった

写真を撮ることを生業にして随分と時が経ち、日々の暮らしの中でほんの微かな驚きや、何かに光が当たって美しいと思い、艶のないほとんど闇の中を歩いたり触ったり、あるいは誰かに何かの記念だから撮って、と頼まれたりして、たくさんの写真を撮ってきた。

で、よく人から普段の暮らしの中でも四角いフレームでものを見ているのですか、と訊かれたりもするのだが、フレームで世界を見るということは全然なくて、むしろこの目の前の世界が写真になったらどうなるのかな、と考えている。感じている。

何かを見つめて、たまたま結果としてそこにフレームが発生する、というようなことが近いのです。写真は目に見えるもの、レンズを通した光のことなので、あくまでも表層のことなのです。

でも感情、とか気持ちというような自分自身の内面のようなこととかがまったく写真に関係ないのかと言われると、それはやっぱり関係があって、撮るときは一瞬なのだが何かに夢中になっている時間にとても素敵な新しい写真や、出会ったことのない恐怖のようなものを感じる写真が撮れてしまうことがある。

写真にうつっている人、被写体になってくれた人の心というか感情もまた然りで、それは喜びや悲しみということだけでなく、カメラではなく、カメラを持っている自分と相対しているときの、その人の思いや体温や欲望が、確実に写真に表れる。

でも、たとえば、ある人の喜びのようなものが独立して目に見えるわけではぜんぜんないので、そしてすべてのことは動き、続いているので、その動きをどうやって仕留めているのかとても不思議だ。ただ自分が見たいものしか見ていないし、結果としてフレームの外にあるものは写真としては残らない。

そして実際の世界は膨大な、自分が見たいもの以外の塊で、音、匂い、手触り、のどの渇き、目に見えないもので満ちている。

誰だって食べなければ空腹を覚える

2月6日。ある雑誌の取材で俳優の光石研さんを撮影した。大泉学園の東映撮影所。待ち合わせの時間、14時過ぎにスタジオを訪ねたときはまだ雨が降っていて、それは少し鬱陶しいけれど、このところずっと雨が降らずに空気がとても乾燥していたので湿度が高いのはホッとする。

テレビドラマのナレーションの収録が終わって、楽屋に戻ってきた光石さんに愛用の万年筆を見せてもらって撮影する。一眼レフのマクロレンズで原稿用紙の上の万年筆のキャップに寄って、ファインダーをのぞきながら左手で位置を調整して、キャップのクリップに彫ってあるTIFFANY & CO.という文字にフォーカスを合わせてシャッターを切る。カポーティやヘップバーンをほんの少し思い出す。

楽屋の蛍光灯はとても明るかった。インタビューが終わって外に出ると、雨がやんで西から空が明るくなってきていてなんだか嬉しい。

スタジオの玄関前で雨上がりの光の中、ポートレートを撮らせてもらいながら、ちょうど1年前に光石さんと北九州と福岡を旅した想い出話。黒崎の角打ちと博多っ子純情。

別れる前にマネージャーの柳さんがスマートフォンでふたりの記念写真を撮ってくれた。光

光石研（1961-）：俳優。
トルーマン・カポーティ（1924-1984）：アメリカの小説家。
オードリー・ヘップバーン（1929-1993）：イギリス出身の女優。

石さんがピースサインを出しているので、自分は手のひらを広げてパーをだして負けてみた。

クルマで帰って行く光石さんをライターの松本さんと編集の山崎さんと柳さんと自分の4人で見送って、お腹減ったなあとつぶやくと、4人ともお昼をちゃんと食べていないことが判明して石神井公園の喫茶店「リリー」に行って定食を頼もうとしたらご飯が終わっていて、なのでコーヒーを頼んだら、NHKのFMから山口百恵の「いい日旅立ち」が聴こえる。ああ、ここもしっかり日本のどこかだよなぁ。

コーヒーではお腹がいっぱいにはならないので、石神井公園駅前のチェーン店「おぼん de ごはん」で「五穀ひじきと豆腐のハンバーグ野菜あん」を食べて、柳さんは「漬け鮪&とろたく丼」を食べて、松本さんは「鶏の南蛮揚げ 味噌タルタル」を食べて、山崎さんは「那須高原豚の生姜焼き」を食べて、自分はセルフサービスの味噌汁をお代わりした。

松本昇子：編集者。
山崎大貴：編集者。
山口百恵（1959-）：歌手、女優。

欲望という名の会話

人は美味しいレストランでいったい何を話しているのかなあ。料理の素材が良いとか、どこのどんな生産者のワインであるとか、そっち方面のことじゃなくて、どういう話題を持ち出して好きな人を口説いているのかとか、政府転覆革命談義をしているとか、山下課長補佐お疲れさまです会とか、そういう方面のこと。

ミシュラン覆面調査員的な人がある店に1週間通い詰め、すべてのテーブルで話されている会話に聞き耳を立て、登場するすべての人名と地名のリストをつくってみるというのはどうかしら。

まあ実際には不可能に近いわけですが、そんなこと。でも想像してみるとなかなかに面白い。「@アヒルストア〜柳家喬太郎7回、平野レミ28回、トーマス・マン2回、アルバン・ベルク3回、竹内まりや17回」とか「@オールドインペリアル・バー〜アンゲラ・メルケル52回、大坂なおみ87回、塩野七生48回、アリックス・ドブキン3回、ニーナ・シモン2回」「@森本〜ドーハ4回、テヘラン8回、アシガバート1回、イスタンブール12回、三河安城46回」。こんな感じで。

このリスト、ほんとのところは膨大に長くなるわけですが、ある店に集う人たちがどんな話

柳家喬太郎（1963-）：落語家。／平野レミ（1947-）：料理研究家、シャンソン歌手。／トーマス・マン（1875-1955）：ドイツ出身の小説家。／アルバン・ベルク（1885-1935）：オーストリアの作曲家。／竹内まりや（1955-）：シンガーソングライター。

をしているのかを、かなり面白おかしく推察出来ますよね。

世の中のことを数値化するって、妙な話なんだけど、数字ってひとり歩きするんだな。

むかし友人3人とボク（女2人、男2人）で中目黒のワインバーで馬鹿話をしながら飲んでいたときに、いままで経験したセックスに点数を付けるとすると、という話になり、ボクが「あー、35点とか、18点とか、あるなあ」と言うと、ひとりの女友だちがそれに同調して「あるあるある」って言って、でも残りのふたりが「えー、そんなのないよ。だってセックスしてる時点で100点じゃん！」ということもあったりした。

アンゲラ・メルケル（1954-）：ドイツの政治家。ドイツ史上初の女性首相。／大坂なおみ（1997-）：テニス選手。／塩野七生（1937-）：小説家。／ニーナ・シモン（1933-2003）：アメリカのジャズ、ブルース、ゴスペル歌手。／アリックス・ドブキン（1940-2021）：アメリカのシンガーソングライター。フェミニズム活動家。

春になると桜が咲き誇るから

毎年、桜が咲く季節になると、時間の速度について考える。

自然が変わりゆく様や世の中の動きと自分の身体がシンクロするときと、いまひとつ合わないように思えるときがあって、というか自分の時間と自分以外の時間の流れが同じものであるのかなんて、実はたしかめようもないのだが。

たとえば家の前の桜の花が咲いたときに、そのことをごく自然に受けとめられるときと、そうじゃないときがある。

今年は何故か桜の花が咲く時間に追いついていない自分がいる。同点のままロスタイムに突入したサッカーの試合で走り続けている感覚のような。やるべきことや、片付けなければならない用をさぼっているのかな？

いいえ、そういう側面もあるにはあるが、時間の方が速すぎる、ということが嘘であるとも思えない。

まあサッカーの試合は90分と決まっているのだけれども、人生の終わりは自分で決められない。

そういえば、２０１１年の春にはあまりにも急激な大地の変化を直接に身体で感じていたからか、けっこう長い間、時間が止まっていたようでもありました。

よく知っているはずの街が計画停電のため真っ暗で、場所を移動する感覚の不思議さも感じていたっけなあ。

地下鉄やバスの中で隣に座っている知らない人の体温をあんなに生々しく感じることはそうそうない。

1週間ほど自宅が断水したせいで、千葉県八千代市の親戚の家に娘を預けに行く途中、久しぶりに入ったコインランドリーで洗濯物の乾燥を待っている間、田植え前の田んぼをぼんやり眺めていたことを何故かしっかり憶えていたりする。

先日観た映画『運び屋』ではクリント・イーストウッド演じる老主人公が「金で買えないものはなかったが、時間を買うことだけは出来なかった」みたいなことを言ってました。

ボクの好きなシューベルトの弦楽四重奏第14番ニ短調D810「死と乙女」の第1楽章、1979年録音のイタリア四重奏団のCDは12分32秒、2017年のキアロスクーロ・カルテットの録音は15分01秒。どちらも速度指定はアレグロです。

イタリア四重奏団：1945年にイタリアのカプリでデビューした弦楽四重奏団。1980年に解散。
キアロスクーロ・カルテット：2005年に結成された弦楽四重奏団。

最後に大きな声で叫んだのはいつだ？

自宅の集合住宅の隣に住んでいた夫婦、おそらく1960年代生まれのボクと同世代のふたりがどこかに引っ越してもう5年くらいになる。

よく仲睦まじくテニスや犬の散歩に出かけていて、ときどきエレヴェーターで会えば挨拶をする程度の付き合いだったのだが、ふたりのことを思い出して懐かしく、またちょっぴり寂しく思ったりすることがある。

それは何故かというと、ひと月に一度くらいのペースで盛大な夫婦喧嘩がふたりの間で繰り広げられるのです。

食器やグラスの割れる音と奥さんの炸裂するシャウトが敷地中にとどろき渡るのです。夏場なんかは、こちらも窓を開け放っているものだから、いや、そりゃもう響いて響いて。比喩の表現で、まるで絵に描いたような、というのがありますが、その夫婦喧嘩の声と音は、まるで絵に描いたような夫婦喧嘩のものでした。

もちろん、ボクはその光景を直接見ているわけではないのだが、その音がね、本当に漫画のようで。初めてそれを聴いたときはあまりにびっくりして、まるで自分が怒られているかのように緊張したものだが、何度も続くうちにこちらも慣れてしまって「あ、またやってるな」ぐらいになっていく。

喧嘩っていうのは疲れるけれど、あんなに自分の怒りのエネルギーをダイレクトに出すということはなかなかないので、むしろそれを聴いた後はある種の爽快さをこちらが覚えて、羨ましいくらいのものでした。

まあ、他人の関係を勝手にあれこれ分析したり詮索したりできないし、悪口や罵声にはそれなりの負のオーラも当然あるのでうっかり無責任なことも言えないのだが、大声を出す、ということが必要な局面も生きているとありますよね。

喧嘩の翌日に限って仲良さげに、ちょっと距離感近すぎじゃないですか？　というふたりにエレヴェーターで出会ったりしました。元気にしているかしら、あのふたり。一度くらい食事に誘ってみれば良かったか？

ひとりで生きているわけじゃない

大好きとか、愛している、っていうのはただそれだけのことで契約とか責任という話ではないよね。

しかし、結婚、これは契約ですね。お互いに責任も生じる。

では親子関係はどうなのか？

いまのボクは、父がずいぶん前に亡くなり、生きている親は母だけである。そして二十歳の娘がひとりいる。母や娘との関係に契約というものが介在するのはちょっと違和感がありますよね。妻との関係は契約と責任がたしかにあるのだが。

兄弟姉妹の関係も契約、責任、という言葉はちょっとそぐわない。友達と何かを契約したことはない。

友人や親子や兄弟姉妹との間を支える言葉ってあるかなと考えてみると、約束っていうのはあるかもしれない。予約はちょっと違う。いや全然違うか。絆は嫌だな。そこに無理に言葉を探すと何か間違いそうな気もします。

ずいぶん前のことだけど、大好きな人がいて、声も、姿形も、髪の匂いも、触った皮膚の感触も、筆跡も、みんな本当に最高だった。明治通りに面したとある閉店間際のイタリアン・レストランで、5月頃だったかな、お互いに仕事が終わって食事をしたときに、前菜のレヴァームースを店員さんが見ていないときにボクがこっそり人差し指で直にすくって彼女の口に運んで、彼女の舌がボクの指に付いたムースを舐めて、スパークリングワインを口に含んで、またボクの指が彼女の口に触れ、彼女はゆっくり唇を舐め、ボクもその自分の指を舐めてワインを飲む。これは点数付けられないし、契約とか責任も関係ない。

数ヶ月後に「出来ないことを出来るって言わないで！」と、同じレストランで彼女に言われてふられたのですが、彼女が凄いなといまでも思うのは、その言葉を発した直後に目に涙をためて怒りながら、自分のバッグから「写ルンです」を取り出してボクの顔をバシッと写真に撮った。内蔵のフラッシュもしっかり光った。あの写真はいまどうなっているのか、ときどき考える。

あの列車に乗って行こう

月曜日の夕方、日比谷線恵比寿駅の改札を通り、銀座方面への電車に乗ろうと右に向かい階段を下りきると、右前方エレヴェーター脇の角で薄いグリーンのトレンチコートを着た身長１６５㎝くらいの松雪泰子に似た女性が携帯電話で誰かと話している。足元は素足にカラフルなストーンのちりばめられたローヒールのパンプスを履いて、凄くお洒落な出で立ちであるのだが、左足の踝（くるぶし）あたりが痒いのか、ちょっとこわばった笑顔で電話しながら右足の踵で左足の踝を何度も何度も掻いている。

その姿はエロティックというにはちょっと滑稽すぎて、でも小さな生きている実感みたいなものがたしかにそこにあるよなと、その美しい人をずっと見つめていたかったのだが、急いでいたので前から2両目の電車に駆け込んだら思いのほか空いていて、３人掛けのシートに腰掛けると、目の前にカーキ色のミリタリー風ジャケットを着た、黒いベルト付きのショートブーツを履いた短髪の女性がいて、彼女はおもむろに左足のブーツを脱いで、中に小石でも入っていたのだろうかブーツを逆さにして振っている。電車の中で靴を履いていない靴下だけの足を目にすると、ちょっとドキッとしますよね、臙脂（えんじ）色の靴下。

今日はやけに女性の足に縁があるな、と思って３回目はあるかしら、とか期待したけれど、次は特にありませんでした。

八丁堀でＪＲ京葉線に乗り換えて自宅のある新浦安方面へ向かう。

電車の乗り換えが少し面白いのは路線によって雰囲気が違うことがありますね。ほぼ毎日、自分が利用しているＪＲ京葉線の空気感は沿線に世界的に有名なアミューズメントパークがあることから、通勤や通学の人たちと世界中から舞浜での非日常を夢見て集まってくる観光客が同じ車両で同居しているところが独特です。

アニメのキャラクターが描かれたトレーナーを着て大きな袋いっぱいにお土産を抱えている人と、スーツ姿で日経新聞読んでる人が別の局面では同一人物である可能性もあるわけですが、今日はそれぞれの役回りで隣り合って吊り革につかまっている。

もうひとつ、京葉線で気になるところは東京に向かう電車が潮見駅を過ぎて左にカーブを切り車体が傾き、汐見運河を左手に見ながら徐々に地下に潜って行く時間。運河の水面が目の高さになったその刹那、真っ暗なトンネルに突入する。世界の変わり目を実感します。

松雪泰子（1972-）：女優。

音楽をわかち合うには、いま

ビョークが2004年に発表したアルバム『Medúlla』。小さな声、囁き、ファルセット、ヒューマン・ビート・ボックス、とてつもなく豊かな子音のヴァリエーション。人間の声の凄みを存分に感じさせてくれる大好きな音楽のひとつです。

桜がほとんど散ってしまったにも関わらず最高気温が2桁に達しない、季節が逆流してしまったかのような4月の雨の水曜日の午後、八丁堀の事務所でこの文章を書きながら久しぶりに聴いています。「Medúlla」は脊髄とか骨髄、っていう意味だそうです。

このアルバム、内容が好きなのはもちろんですが、ちょっとした思い出がある。

ある航空会社の機内誌の取材でスイスを訪れ、ペーター・ツムトアの建築「聖ベネディクト教会」や「テルメルバード・ヴァルス」という温泉リゾート施設を撮影した帰り道、たしか乗り継ぎのウィーンの空港のCDショップで発売されたばかりの『Medúlla』を購入して飛行機の中でウォークマンで聴き終わり不意撃ちをくらったような感動に浸っていると、隣の席に座っていた同行の若い編集者が「オオモリさん、それちょっとお借りしていいですか？　借りるっていうか、なんていうか」と言ってボクが曖昧に頷きながらCDを手渡すと、彼は自分のPCにCDを挿入してコピーし始めた。

直前まで自分が大感動して聴いていた音楽が情報となって複製されコンピューターに吸い込まれて行く様を目撃してしまって、ヘンテコリンな感情が湧いてきて、それはほんのついさっき自分がお金を払って買ったものをタダで彼が盗んでいる、というのはちと大袈裟なのだが、そういうネガティヴな気持ちと、音楽が別の場所や人にあまりにも速く伝わっていく爽快感のようなものが混ざったもので、もちろん過去に自分も友人に借りたLPをカセットテープにコピーしたり、高校生のときにはFMラジオの番組をエアチェックしたりしていたわけなんだけれど、それは、なんというか、のんびりしてましたよね。

これはPCは使っていても、まだSpotifyなどの配信システムで音楽を聴くということをしていなかった自分にとってなかなかに衝撃的な体験だった。コンピューターとかデジタルとかインターネットとかのことを本気で考えるきっかけになった小さな出来事。

その頃、まだボクは作品にも仕事にも100%フィルムカメラを使っていて、写真よりも音楽の方がデジタルのことを意識したのは早かったのかもしれない。他人と何かをわかち合うかけがえのなさと、その強度がデジタル化で変容していくありさま。メチャ古い話のような気もするし、現在進行形の何かでもあるような。

ビョーク（1965-）：アイスランド出身の歌手。女優。
ペーター・ツムトア（1943-）：スイスの建築家。

出逢いは街の中

「珈琲専門店アロマ」という文字と手動のコーヒーミルのイラストが印刷された古いブックマッチ。開いてみると、半分ほどが使用済みで、残った8本のマッチが左側に連なっている。ブックマッチって懐かしいな。

なんでこんな物を手にしているかというと、新浦安駅アトレの「ドトール」で一服しようかとコーヒーを注文してカップを手に喫煙ルームに入ったところでライターを持っていないことに気がついた。隣の席のソフトバンクじゃなくて、ダイエーホークスのベースボールキャップを被りスポーツ新聞を読んでいる70歳くらいのおじいさんのテーブルの上にライターが見えたので、「スミマセン、火をお借りしてもいいですか」とライターを借りて煙草を吸っていると、「これ、よかったら持っていきなさい」と差し出されたのがそのマッチ。

街中で知らない人と話すことって減ってしまいましたよね。道に迷ってもスマホがあるし、電車やバスで席を譲るときくらいかな。やはり新浦安の駅前で改札に向かって急いでいる白人女性のスカートにユニクロのMっていうサイズのシールが貼りっぱなしになっていることに気がついて「あの、シール、シール！」って指差しながら教えてあげたこともあったかな。彼女がとても早足だったので声をかけるタイミング、難しかったです。普通にお礼を言われました。

でも会話っていうほどにはなかなかならないですね。

アメリカを旅していたときにＹＵＫＩの「Sleep」のＴシャツを着ていたことがあって、セントルイスのコンビニで会計を終えたら、レジのアフリカ系の女性に思いっきり胸に書いてある文字「I know you. Just a little bit Just a little bit more. When was the last time we talked About picking up flowers And making & flower crown out of them?」を指でなぞりながら大声でゆっくりと朗読されたこともあったな。で、「Whoooom' nice!」と言ってくれました。たぶん褒めてくれたのかな。

キャッチセールスの人とかナンパの上手な人も凄いよなあ。ちょっとした良いことを見つけてすぐに褒めるって才能だなあ、でも何事も練習かなあ。ナンパってしたことないけど、顔を褒めるんじゃなくて、服とか身につけているものを褒めるんだって誰かが言ってたような気もします。


YUKI（1972-）：歌手。元 JUDY AND MARY のボーカリスト。アルバム『PRISMIC』『うれしくって抱き合うよ』『FLY』『まばたき』のジャケットは大森の撮影。

わからないということが、わかるということ

他人の気持ちになりなさい、人のことを推し量りなさい、とはよく言われることで、家族や友人と一緒の時間を過ごしたり、仕事をしていくうえで、大なり小なり他人の気持ちを考えながら人は生きている。

しかし、皆さんご存知かと思いますが、他人の気持ちをわかる、理解するということはそんなに簡単なことではない。

写真展を開催した際に、ときどきトークイヴェントをすることがありますが、あるときボクがそういう会で自分の作品について話していたら、モデレーターの女性が突然、気分が悪くなって中座してしまって帰って来なかったことがあった。あとで彼女からは丁寧なお詫びのメールをもらったのだが、8ヶ月後に彼女はお母さんになった。

仕事で撮影する予定の女優さんの出演している映画の試写会に女性編集者と一緒に行ったときに、試写の途中で試写室から出て行った彼女が戻って来なかったこともあった。彼女も8ヶ月後に母になった。

つわり、という言葉は知っていても、それがどういう感じのものなのか、実感としてわかっている男性はいらっしゃいますか?

エレファントカシマシ：1981年から活動する日本のロックバンド。
宮本浩次（1966-）：歌手。エレファントカシマシのボーカリスト。
中村友貴：『aview Cafe & Flowers』の店長。

悪阻、って漢字で書いたときの字面もすごいですよね。実際に子どもを産む産まないはともかく、女性は思春期以降ずっとそのことを意識し続けざるを得ないわけで、人生において、女の人は男より最低でもひとつ多くのことを考えなければならず、そのひとつのことっていうのは相当に大きなひとつで、それだけでも女の人は偉いなあ。

でも、女の人の気持ちや感覚を想像するのは男にとってなかなかに難しい。

話は異性に限ったことではない。去年の春、さいたまスーパーアリーナでエレファントカシマシのライヴとバックステージを撮影したのですが、リハーサルのとき、空っぽの客席に向かって歌っている宮本くんの背中を撮りながら、3万人の知らない人に自分の声を届けることを想像してみたが、もちろん上手くいかない。

不特定多数のオーディエンスに自分を生でさらし続けるミュージシャンや俳優やアスリートの気持ちがわかる、なんていうことは自分には到底できそうもない。

4月27日から5月24日まで鹿児島市宇宿の「aview Cafe & Flowers」というカフェ、花屋さんで「山の音」という写真展を開催して、ゴールデンウィークの後半にはボク自身も店の厨房で皿洗いの仕事を手伝いながら鹿児島に滞在した。

東京に戻る前日、打ち上げで関係者一同楽しく天文館でお酒を飲んだあとカラオケに行ったのだが、その「ムーミン」という店、ちょっと変わっていて客がコスプレをするための衣装が揃えてあり、好きな服を選んだらママが化粧をしてくれます。髭の可愛い中村くんは中近東風の民族衣装を着てヒジャブで口元を覆いながら久保田早紀の「異邦人」を歌い、ボクは生まれ

久保田早紀（1958-）：歌手。

スティヴィー・ワンダー（1950-）：アメリカのソウル歌手。シンガーソングライター。

ELLEGARDEN：1998年から活動を続ける日本のロックバンド。

て初めてメイクをしてセーラー服を着てスティーヴィー・ワンダーの〝If It's Magic〟を歌った。スカートを身につけたからといって女の人の気持ちがわかるわけではないが、女装する男性の気持ち良さはほんの少しだけわかった気がする。

与論島出身のママのお孫さんが高校時代に使っていたという学生鞄には、THRASHERとColumbiaとELLEGARDENとGREEN DAYのステッカーが貼ってあった。

GREEN DAY：1987年から活動を続けるアメリカのロックバンド。

自然に振る舞おうと考えて行動した瞬間、それは不自然な振る舞いになるのかな？

人物の写真、いわゆるポートレートを撮影するときに、うっかりその人の自然な表情を撮りたい、なんて思ってしまいそうになる。

そもそも人にとっての自然ってなんだろう？

たとえば自分のことを考えてみても、ひとりで考えごとをしているとき、編集者と打ち合わせをしているとき、山を歩いているとき、好きな人と一緒に酒を飲んでいるとき、パソコンに向かっているとき、大勢の人に語りかけているとき、いろいろあるけれど、ひとりの状態が素顔で、誰かといるときは演技、なんてわかれているわけではない。キツい状況にいるときは大変そうな顔が自然なわけで、ある状況においての自然な仕草とか自然な振る舞いという風に、ちょっと動画的な発想なのかもしれないですね、自然な表情っていうのは。写真は静止しているので、そもそも不自然なもののようにも思えます

先日、久しぶりに池松壮亮さんを撮影した。よく晴れた平日の正午過ぎ。昼休みでスーツ姿の男女が行き交う外堀通りの西新橋1丁目のバス停前で太陽を背に佇んでもらう。逆光気味で、白い路面の反射が顔を明るく照らす。

池松壮亮（1990-）：俳優。
ヨハネ（生没年不詳）：新約聖書に登場するイエスの12使徒の一人。英語表記はJohn（ジョン）。

ついさっきの新作映画に関してのインタヴューで、年下の主演男優がまるでキリストのような役柄で、その彼に感化されていく相手役を演じたと話していた池松さんに「じゃあ池松くんはヨハネかな、パウロかな?」と話しかけると「うーん、どうだろう」と微笑んでいる。そういえば7年前に初めて池松さんを撮影したのはフランク・ロイド・ライトの弟子だった岡見健彦という人が設計した高輪の教会だった。

シャッタースピードは2000分の1秒に、ズミルックスは開放のF1・4にセットする。被写界深度がとても浅いので、池松さんの背後に見える街並みも道行く人も滲んでいくだろう。シャッターを切るときには自分は何も考えない。話もしない。池松さんが主演した『夜空はいつでも最高密度の青色だ』という映画の宣伝ポスターを撮影する前に「写真のカメラの前に立つときは、映画のカメラの前に立つときの演技の10分の1くらいのささやかな気持ちでいてほしい」と伝えたこともあった。

ポートレートを撮るっていうことは、たぶんモデル、被写体になってくれる人(たち)と共犯関係になるということで、少し悪い企みのようでもあり、そこがとっても面白い。

翌日に現像が上がってみると、東京の街角に自然に佇む池松壮亮が映っていました。

パウロ(?-60頃):初期キリスト教の使徒。はじめはイエスの信徒を迫害していたが、回心してイエスを信じる者となり、ヘレニズム世界に伝道を行った。英語表記はPaul(ポール)。

岡見健彦(1898-1972):日本の建築家。

見る、追う、語る、叶える、食べる、夢

まだ5月だというのに最高気温が30度を超える日が続いている。

朝、旅館の一室らしき和室で目が覚め、窓を開けると谷がある。どうやら山間の斜面に建つ旅館らしい。谷の向こう側、30mほど離れたところから「ごはん、どうする？　何食べる⁇」というおばさんの声が聴こえ、彼女は3人ほどの子どもたちをつれて山道を歩いている。山菜やらきのこを採っているようにも見える。どうやら自分は寝過ごしたらしい。昨夜、暗室でプリントした写真をたしか洗濯物を干すハンガーに吊るして外に出しておいたはずなのだが、窓の外には見当たらず、顔を窓から出して谷の底を眺めると、風で飛んでいってしまった白いプリントが何枚か木の枝に引っ掛かっているのが見える。あれ、なんで旅館で暗室作業なんかしていたのかな。おばさんからまた「ごはん、どうする⁇」と声がかかる。

そんな夢で目覚めた朝、ぼんやりとトイレに行ってシャワーを浴びてコーヒーを淹れる。この辺りで夢のことなんか忘れてしまうことが多いが、なぜか今朝の夢はディテールを細かく覚えていたので、サクッと携帯にメモして家を出る。

電車で隣に座っている女性のiPhoneの画面に「裸足の果実 EGO-WRAPPIN'」と、チラリと見える。ふーん「裸足の季節」じゃなくて「裸足の果実」なのか。

事務所に寄って郵便物をチェックしてから銀座で2件の打ち合わせと雑誌『POPEYE』の色校の確認がひとつ。Saint Laurent の革ジャンや VANS のスニーカーをロケで撮影した写真の印刷具合をチェックしていると、どうも今朝の夢が頭を去来して、木の枝にその革ジャンやスニーカーの写真がヒラヒラと揺らめいているような錯覚を起こす。

夕方、小伝馬町で知り合いの若い写真家の展覧会のオープニングへ行ってから、ひとりでお酒が飲みたくなって地下鉄で三ノ輪まで行って、日本堤の天然温泉「湯どんぶり栄湯」まで歩き、ひと風呂浴びて、もし席があれば「丸千葉」で飲みたいな、と暖簾をくぐったのが20時過ぎ。

ラッキーなことに席は空いていて、生ビール、空豆、おから。店主と隣に座っている50歳くらいのカップルがデートの際に男性が女の子に朝まで一緒にいたい、ということを伝えるタイミングについて議論している。店主はオロナミンCを飲みながら良い笑顔。「最初はグー、じゃんけんぽい！」っていうのは志村けんが始めたって、知っているかい？　なんてことも話していた。

うーん、もう少し飲みたいなぁ、モヒートとか、と思ってバー「NEW DUTE」に顔を出すと、爆音で EGO-WRAPPIN' が流れていた。

EGO-WRAPPIN'：1996年に中納良恵と森雅樹により結成された音楽ユニット。
志村けん（1950-2020）：コメディアン。元ザ・ドリフターズのメンバー。

文字を書く想い、文字を打つ意識

昨日、撮影の合間に女性の編集者とライターとお茶していたときに日記の話になった。ふたりはPCを使って日記を書くことが出来ないそうだ。コンピューターを使っていると仕事モードになってしまって自分に正直になれない、と言っていた。

これは面白いなあ。紀貫之が女のふりをして「男もすなる日記といふものを〜」と書いていたのはこのことかも。公式文書は漢字で日記はひらがな、という。

この連載「山の音」は日記ではないし、私小説というわけでもないが、そのような側面を持っていることは否めない。それで思うことは、もしコンピューターやワードプロセッサーがなければ、こんな文章は書いていないだろうな、ということ。

肉筆で文章を書くこと自体が自分に正直である以前の問題で、生っぽすぎて文章を構築することが出来ない。子どもの頃から作文や読書感想文が苦手、というか大嫌いで、手紙を書くことも嫌だった。コンピューターを使って文章を書くのは自分を俯瞰で見ることが出来るので、わりと楽しい。自分にツッコミも入れやすい。

でも、かつて必要に迫られて自筆でラヴレターを書いたり、お世話になった人に礼状のようなものを書いたことはあるわけで、そんなものが、ひょっとしていまでも存在することが、あー、もうイヤだイヤだ。受け取った方は覚えていないに違いないので、自意識過剰の間抜けな野郎なんですが、きっと。

あとね、あまりにも美しい字で書かれた自分宛の手紙もちょっと気が滅入ります。なんでかなあ。自分は字が下手、かつだらしがないので何かの圧を感じるのかも。

つい先日、自分が写真を撮った若い友人に写真使用の許諾を得るためにLINEを送ったら、絵葉書で返信をもらって、それは嬉しかったなあ。勝手なもんだ。でもその葉書の文字も達筆とかじゃなくて、味がある、的な筆跡でした。そもそもダイレクトメール以外の葉書をもらったのも、かなり久しぶりの気がします。

「次回の『山の音』は銚子電鉄・仲の町駅の伝言板で6月25日、正午に更新します。6時間限定」なぁーんていうのもやってみようかな。チョークの直筆は悪くない気がするな、すぐ消えちゃうしね。誰かがスマホで写真に撮りそうな気もするけれど。

伝言板のことを知らない方はお父さん、お母さんに訊ねてみてください。

紀貫之（866?-945?）：平安時代の貴族・歌人。

はじめての家族写真

写真史や美術史の中で後世に残る傑作写真や重要な作品はいくつもあるわけですが、そういうモノとは別にごくごく普通の記念写真というものもなかなかに味わい深いものがありますね。いやいや、記念写真という考え方こそが写真の根底を支えているんじゃないか、と思えるときさえあったりします。

２０１７年の夏の盛り、真夏日続きの7月末、雑誌『クイック・ジャパン』編集長の続木さんから、ラッパーのＥＣＤと写真家の植本一子夫妻、小学生の娘さんふたり、一家勢揃いのポートレートをＥＣＤ特集のために撮ってほしい、という連絡があった。

植本さんがボクを指名してくださった、とのことで光栄である。ＥＣＤの作品はもちろん知っていたが会うのは初めてである。彼はその頃、末期ガンで闘病中であることを伝え聞いていたので、植本さんがどういう気持ちや覚悟で写真を撮ってほしい、と言ったのかを想像しつつ、でも想像しきれず、そして家族４人が揃った記念写真を撮るのは初めて、ということも聞いた。

撮影当日は最高気温が33℃、薄曇りの蒸し暑い日で、冷房がキンキンに効いた四谷のスタジオでライティングのテストをしながら一家が到着するのを待つ。タクシーで到着した４人、まず子どもたちがお出かけ着に着替え終わり、続木さんが買ってきた「ギンビス たべっ子どうぶつビスケット」を食べながら、ふたりで動物の名前を言って、じゃれあいながら待っている。父さん、母さんも準備が整い４人は白いホリゾントに２列に並ぶ。前に子どもたち、後列左にスーツを着たＥＣＤ、右に植本さん。参観日のようでもあり、入学式のようでもある。子どもたちも植本さんも日焼けしていて、ＥＣＤの顔は青白い。「みんな、いい顔してね！」とボクは声をかけ、レンズを見た彼らは微笑んで、ほどなく撮影は終了する。

幸福な空気感と若干のぎこちなさ。「せっかくだから、夫婦ふたりだけの写真も撮ろうよ」とボクが提案すると、植本さんは一瞬「えっ！」と驚いた顔をして、ＥＣＤは穏やかに笑っているように見える。「植本さん、ＥＣＤの肩に手をかけて」とボクが言うと、植本さんはほんの少しイヤそうな顔をして、でもそっと手をＥＣＤの肩に添え、ＥＣＤは笑っているように見える。

で、写真を撮り始めたら、なんとダサいことにメモリーカードの容量が一杯になっていてシャッターが切れない。ボクは苦笑しながら「ゴメン、ちょっと待ってね」と言いながらメモリーカードを交換していると、植本さんは本当にイヤそうな顔になっていて、ＥＣＤは笑っているように見えた。

仕上がった４人の写真は特集の扉を飾り、植本さんがＥＣＤの肩に手を触れたふたりの写真はプリントをしてプレゼントした。

ＥＣＤは翌年の１月に逝ってしまった。自分は末期ガンの父親のいる家族の記念写真というものを撮影したわけで、撮影した段階で彼の死の予感は濃厚にあったのですが、でもよくよく考えてみると、人間はいずれみんな死んでしまう。それは予感じゃなくて、本当にいなくなる、みんな。そんなことを記念写真というものは想起させたりもする。そして、写真の中のＥＣＤはもう年を取らないけれど、生きている植本さんと娘さんたちは年を取る。とても不思議なことだと思いませんか？

続木順平（1981-）：編集者。元『クイックジャパン』編集長。
ＥＣＤ（1960-2018）：日本のヒップホップミュージシャン。
植本一子（1984-）：写真家。

写真に未来はうつらない

祖父の家が神戸市須磨区にあり、そこには古い写真を収めたアルバムが何冊もあって、小さい頃からそのアルバムを見るのが好きだった。

祖父の会社の慰安旅行、山登り、結婚式のスナップ写真、広島にいる会ったことのない遠い親戚たち、路面電車が走っている神戸の街並み。アルバムの写真を見ることに旅行のような、探検のような高揚があった。

昭和20年8月終戦記念、と書かれた家族写真をアルバムの中に発見したのは、たしかボクが中学2年の頃だったか。祖父、祖母、4人兄弟の末っ子の父、伯父、そして伯母がふたり。大森家6人家族の記念写真。その写真をまじまじと見つめていたボクは、あることに気がついて衝撃を受ける。狼狽する。写真の中の、丸刈りで国民服姿の父がその写真を見ている自分より年下なのである。自分の父なのに、お父さんなのに。まるで自分が時間旅行のSF小説の登場人物になったかのようだ。いま、そのアルバムを見るとすると、55歳になった自分より若い父にいろんな場面で会えるに違いない。

大学生の頃、伯父と肩を組んで神戸の街に立つ父。新婚旅行で別府の熱い源泉の脇に若い母と笑っている父。明石の団地に母と居を構えることもいまだ知らない、大阪万博に行くことも、ひとりの息子と3人の娘の父親になることも、息子が写真家になることも、神戸に大地震が起こることも、スターバックスも、携帯電話も知らない父。

時間が育てる、熟成させる写真の不思議な力。あなたがいま付き合い始めたばかりのボーイフレンドと一緒に写真を撮るとしますね。そして時が流れ、その写真が元カレと一緒の写真、となるのか、夫婦が出会った頃の写真になるのか、いまのあなたにはわからない。決められない。

2018年の春、サニーデイ・サービスの『the CITY』というアルバムのジャケット写真を撮影した。バンドを支えるコミュニティの記念写真のようなものである。実際に血のつながった家族だけでなく、友人たちや美容師さんや、よく行くラーメン屋の店主だったり、マネージャーのお母さんだったり、ある種の拡大家族のようなことなのかもしれないなぁ、曽我部さんが考えていたのは。26人の不思議な集団が東京のごく普通の公園に集まって、各自が思い思いの表情でこちらを見ている。

『the CITY』というアルバムタイトルのそのtheという定冠詞。ほかでもない、ここにしかない、かけがえのない、という雰囲気が濃厚に写真に滲んでいて何度見ても飽きがこない。ここ数年自分がやった仕事の中で最も気に入っているもののひとつです。アナログのLP盤が制作されたことも、嬉しいことのひとつだったな。

メンバー以外、ほとんどボクがよく知らない人たちの映っているその不思議な記念写真、事務所に飾ってときどき眺めている。

サニーデイ・サービス：1992年に結成された日本のロックバンド。
曽我部恵一（1971-）：シンガーソングライター。サニーデイ・サービス、曽我部恵一BANDのボーカル、ギター。

歩いて考える、歩きながら想い出す、歩くから気づく→もう歩けません

『心眼』という古典落語の演目があって、いまそれに関係した写真のプロジェクトを進めている。

時は明治の中頃、梅喜という目の見えない流しの按摩が主人公で、浅草は馬道の自宅から仕事を求めて横浜に出向くのだが不景気で仕事もなく、落ちこんで横浜から浅草まで徒歩で帰ってくるところから物語は始まる。

昭和の名人である桂文楽さんの口演がYouTubeに上がっているので気になる方は、ぜひチェックしてみてください。めちゃ面白い噺です。

その『心眼』についてリサーチする中で、横浜から浅草まで歩いて帰るっていうのは、いったいどのくらい大変なことなのかしらと思い、実際に試してみようと以前から考えていた。

本格的な夏がやってきてしまうとかなり厳しそうなので、タイミングを見計らっていたのだが、サッカー日本代表がチリ代表に残念な負け方をした6月18日の朝、試合を見終わった後に思い立って自宅から電車で横浜に向かった。

天気は晴れで東京の最高気温予想は28℃、空気は乾燥していて気持ちいい。ニューバランス

のスニーカーにモンベルの厚手の靴下を履いて、夏登山用の長ズボン、ユニクロのエアリズムのタンクトップ、ユナイテッドアローズの紺の薄い生地の半袖開襟シャツに、タオルを首に巻いて帽子、それにリュックを背負う、という出で立ち。

11時32分に東海道線横浜駅に到着して東口からスタート。8時前に自宅で朝食は摂っていたので、普通にお腹は減ってきていて昼食を食べてから出発しようかとも思ったが、カツ丼とかをがっつり食べてしまうと歩けなくなるような気がして、地下街を抜け巨大な百貨店の前を通り旧東海道に沿う国道15号に向かい、ファミリーマート横浜栄町店にてKAGOME 野菜生活100 Smoothie 完熟バナナ豆乳Mix、ちりめん山椒いなり寿司、そして水を購入して食べながら歩き始める。

ちなみに横浜から浅草までの距離ですが、地図で調べてみると34㎞ぐらい。横浜から川崎、川崎から品川、品川から浅草、それぞれで3分の1ずつくらいの感じである。

国道15号線はクルマやトラックがビュンビュン行き交う、まあ21世紀の日本の普通の郊外の国道で、特段素敵な景色が見られるということはないわけだが、長時間歩くこと自体がなかなかに新鮮である。

日射しが少しキツく感じるけれど、首の後ろをタオルでしっかりガードしているので問題なし。道沿いにある旧東海道の名跡、歴史を解説する看板や、はっとする景色などがあれば立ち止まって写真を撮る余裕もある。箱根駅伝鶴見中継所近くのローソンでポカリスエット補給。

快調に歩き続けて、あっという間に多摩川が近づいてくる。川崎に入り、左手の南町の遊興街を追い越しながら、20代半ばに初めて南町を訪れてお姉さんに優しくしてもらったことを思い出した。話が盛り上がり、たしか自分が最後の客で店が終わった後に待ち合わせして、一緒に焼き肉を食べて、カラオケにも行って、彼女は「オリビアを聴きながら」を歌っていたっけな。ごめんなさい、姉さん！　お名前忘れてしまいました。でも、とても楽しい夜でした。

最初の休憩をどこでとろうかと考えているうちに多摩川に差し掛かり、中洲の緑が眩しく光る向こう側に京浜急行が見える。橋を渡りきれば、そこは東京だ。

14時15分、渡りきった六郷に2階がフィットネスクラブになっているファミリーマートがあって、そこでバナナを買って初めて座って休憩。やたらプロテインをたくさん売っていて、ドクターベックマンというドイツ製のシミとり携帯ペンなんかも置いてある新しいコンビニ。当たり前だけど梅喜さんの時代にはコンビニはなく、お金もないわけだから、喉が渇いたら誰かを頼って水をわけてもらったりしたのかなあ。目も見えないんだしね。

さて、座って休憩してみるとやはり10km歩いただけの疲れを下半身にじんわり感じ、日焼けのせいか顔もパリパリに張っている。バナナを咀嚼するのがちょっと面倒にも感じる。ホットコーヒーも買ってマルボロを1本吸ってみたけれど両方ともおいしくない。

15分ほど休んで再び出発。正直、歩くこと自体にやや飽きてくる。さっき川崎で思い出した「オリビアを聴きながら」に触発されたのか、自然と自分のカラオケ・レパートリーの曲を口ずさんでいる。「危険なふたり」「素晴らしい日々」「恋の十字路」などなど。今度、カラオケ行ったら長谷川きよしの「別れのサンバ」にも挑戦してみようかな。

六郷から品川にかけては、思い出そうとしてもあまり景色の記憶がない。大森海岸駅を越えるあたりで、ぼんやり自分の名字と同じなんだよな、大森。

そう言えば大森貝塚っていうのも近くにあるはず、でも今日は無理、なんてどうでもいいことを思ったりして。

で、その大森あたりから左足裏、親指と人差し指の下にマメがふくらんでくるのを感じ、かばって歩いているうちに姿勢が変になってしまったのか右足の付け根から腰のあたりにも違和感が出てくる。そのうちに靴の中のいろんな所が痛くなってきて、ただでさえ猫背な姿勢の背中がどんどん曲がってきて、下を向いてしまう。いかんいかん、と思い直して背筋を伸ばし、あえて歩幅を縮めて歩数を増やす、それを繰り返しているうちになんとか品川駅前を通過したのが16時40分。

改めて実感するのだが、いまの東京で道沿いに座って気持ちよく休める場所なんてまったくない。公園のベンチにも仕切りがあってゴロんと横になったり出来ない。道に直接座り込んでもいいのだが、そうするとなんとなく再出発する気力が養われないようにも思える。別にコンビニや喫茶店が大好きなわけではないのだが、しょうがないのでコンビニで森永inゼリー・エネルギー・マスカット味をじゅるっと飲み込み、喫茶室ルノアール品川高輪口店に入ってアイスコーヒーを飲んで目を閉じる。10分くらいはウトウト居眠りしていたかもしれない。

トイレを済ませて浅草に向け、ラスト3分の1、12㎞ほどを歩き出したのは17時15分。いままでは郊外の街道という風情だった国道15号線が、品川を越えると雰囲気は一変する。オフィスビルが立ち並び、帰宅する勤めの人たちが行き交うので歩きにくいことこの上ない。

足の裏だけでなく、足首や甲も猛烈に痛くなってくる。それと共に新しい気付きもあって、いままで歩いて来た道は本当に平坦で川を渡る橋に若干の傾斜があるくらいで、坂というものがない。つまり歩くのにほとんど同じ筋肉を使っていたのだな。それに気付いたのは交差点の歩道橋を昇り降りするときで、昇る前は、痛い足でああ大変だ、と思っていたのが、いざ昇り始めると予想に反して気持ちいいのである。そして交差点で点滅する青信号のときに立ち止まらずに走ってみると、それもなかなかに新鮮な気持ちになるのだ。

平坦な道を歩くのと、階段を昇り降りするのと、走るのと、それぞれに使う筋肉が違うのですね。そのことに気付いて以降、足の痛みに耐えきれなくなると、ちょっと走ってみたりして頑張る。自分は頑張るのは大嫌いだが、久しぶりになんだか頑張っているような気がする。

この辺りから、独り言が増えていく。目についた看板に書いてある文字や店の名前に、ちょっとメロディーを付けて意味なく歌う。すれ違う人の顔や服装についてブツブツ感想を言う。ここにはとても書けないような品のない下ネタも連呼する。相当に変なヤツである。

自分探しの旅、という言い回しがあるじゃないですか？　ボクにとって自分探しなんて、まったくリアリティのない言葉だったけれど、足が痛くなるまでヘトヘトに歩き続けて見えてくる自分っていうのは、ひょっとしたらあるのかもしれないですね。変な自分だが、そこに嘘はない。

新橋駅の高架をくぐる辺りで西日のあたるビル街を行き交う人たちを見て、久しぶりにいい景色だな、と思う。一瞬、東京が素晴らしい街のように思え、そして相変わらず足は痛い。

新橋から昭和通りに入り歌舞伎座を右に越え、あるいて歩いて、ちょっと走ってあるいて、19時13分、「カフェ ベローチェ 日本橋一丁目店」にて最後の休憩。あんまりゆっくり座っていると、立ち上がれなくなるような気がしてすぐに出発。

夕焼けの空が紫から黒く変化していく。江戸通りに入って浅草橋を越えた辺りで、身体の芯から何だか喜びが込み上げてくる。「駒形どぜう」の前を通るときには、心の中でガッツポーズが炸裂して、おい、浅草だよ。ここは浅草だよ！　と笑いながら独り言を言っている。

吾妻橋の交差点を渡る自分がいったいどんな顔をしていたのか、もし防犯カメラにでも記録が残っているのなら見てみたい。

『心眼』の主人公である梅喜さんが住んでいた馬道の交差点に到着したのが20時22分。すっかり日の暮れた令和元年初夏の観音裏。もう本当に、一歩も歩きたくないです。

八代目・桂文楽（1892-1971）：落語家。
長谷川きよし（1949-）：シンガーソングライター。ギタリスト。

いまなお矍鑠として

仕事で撮影を依頼されて現場に出向く。
いろんな場所に行くけれど、撮影する対象、被写体、あるいはクライアントがボクのことをよく知っていて、以前ボクがやった仕事を見てくれていて、ある種の期待や尊敬のようなものと共に現場で接してくれる。そういう場合は仕事がやりやすい。自分もリラックスするし、前向きなアイデアも出る。

しかし、当たり前だけれど、いつもそういう状況であるとは限らない。直接、仕事を依頼してくれた人以外には誰もボクのことを知らなくて、まあ、業者が来た、というくらいの感じで応対されて、そういう場合は撮影時間や場所の選定などもかなり厳しい条件のときが多い。いわゆるアウェイ、というやつですね。

そういう状況が嫌いかというと案外そうでもない。誰も自分に対して気を遣っていない、というのは考え方によっては、かなりお気楽なわけで開き直れるし、その場で自分の要望を短時間で知らない人に対して丁寧にハッキリと言う、という修行のようでもある。徒手空拳で、いままでの実績がどうのこうのでもなく、ただその一瞬に他人と向き合うだけっていうのは悪くない。

そして、ひょっとして撮影にとっていちばん大切かも知れない、運を信じる、ということを思い出したりもする。

たとえば、2005年にクリント・イーストウッドを撮ったときは、なかなかのアウェイ状態で楽しかったなあ。撮影場所が六本木のグランドハイアット東京という高級ホテルである、と言うことだけは知らされていたのだが、当日までどんな部屋かということはわからず、現場に案内されてみると大きな会議室のような場所で、単独取材かと思いきや、複数のメディア、たしか10社くらいのフォトグラファーがその部屋の中でそれぞれに場所を陣取って、それぞれの場所をイーストウッド氏が各3分ずつ、ぐらいの感じで廻っていく、というスタイルの撮影。

バックドロップ(背景の布)を持ち込んで、凄い台数のストロボでライティングをつくって待機しているフォトグラファーばかりの中で、ボクは右から自然光の差す窓際に陣取って、配給会社の用意したB1サイズのパネル貼りの『ミリオンダラー・ベイビー』のポスターを裏返しにして、それを背景としてアシスタントの大城くんに持ってもらって撮ることに決めた。

ひとりの老人が部屋の入り口に姿を現したが、まったくオーラがない。お付きの人がいなければ、なんというか、久しぶりに法事で会った名前も忘れてしまった遠縁のおじいさんといった風情である。

たしか3番目くらいの順番で、隣の撮影が終わったらすぐにボクの前にやって来て、窓際に佇むイーストウッド氏。こういうときは挨拶もお世辞も邪魔である。部屋の人工光をすべて消してもらうように係の人に頼み、キヤノンEOS1NにズミクロンRの50㎜、絞りは開放のf2で、シャッタースピードは3分の1段オーバーにセットした絞り込み測光のオート、125分の1秒。フィルムはKODAK PORTRA 160 NC。レンズのど真ん中ではなく、上の端を見つめてくれるように言うと、ほんの一瞬、0・5秒くらいかな、ファインダーの中でクリント・イーストウッドと目が合う。凄いオーラである。1分にも満たずに撮影は終了する。

『硫黄島からの手紙』のロケハンとオーディションで来日していたイーストウッド。当時、既に70歳台後半だったが、現在89歳でまだ映画をつくり続けている。とんでもないじじいである。

ドリンク アンド ドランク

気になるカクテルが出てくる小説。金井美恵子『マティーニの注文の仕方』。マドリッドの古い格式のあるホテルのバーでルイス・ブニュエルと思しき映画監督とホルヘ・ルイス・ボルヘスと思しき詩人と親交があったと語る元植物学者の老人。

「盲目という一つの大きな欠如が、J・L・Bの作品の高貴な純粋さをより高めているのだ、と人々は考えたし、彼自身も、おおむねそういった内容のことを、作品の中に書いたものだ。ホメロスを引きあいに出したりして」

老人がステッキで大理石の床を叩く合図で、バーテンダーはマティーニのお代わりをつくる。

「L・Bはというと、自分の耳が聴こえないことを、大いに利用していたな、大いにね——」

L・BとJ・L・Bとの思い出を語りながら老人は12杯のマティーニを飲み続け、そこで偶然彼に出会った「私たち」はうさん臭いと思いながらも彼の語り口に魅了され12杯分のマティーニの代金を支払い、タクシー代までも渡すのである。

別の日には、同じホテルで、その老人はアメリカ人の青年にガルシア・ロルカとアーネスト・ヘミングウェイとの思い出を語り、アメリカ人の青年は彼の勘定を払う。

「ここで私の飲むマティーニの作り方はヘミングウェイに教えてもらったそのままの作り方で

ね。グラスもきりきりに冷えているし、ジンもベルモットもきりきりに冷やしてある。ベルモットを、ほんのひとたらし。ほんのね。チャーチル流のマティーニは、ベルモットの壜をひとにらみして冷たいジンを飲む、というやり方らしいけれど、私に言わせれば、それは、やりすぎだね、それではアルコール中毒患者と同じだよ」

高級ホテルのバーで大ボラ吹きながら、その話術と人柄の魅力で他人に勘定を支払わせるというのは、なかなかの胆力を持っているというべきか、セコいというべきか、そういうヤクザな老人にはちょっと憧れるけれど、マティーニ12杯は相当の胃腸と肝臓が必要ですね。恵比寿のバーで勘定自分持ちでマティーニ、続けて何杯飲めるかと試してみたけれど、まあ3杯でフラフラになりました。

でも、人生もう少しいろんなことを練習してイーストウッドを撮影したときのエピソードとかをアレンジして話をでっちあげて、あと20年くらいしたらどこかのバーで試してみたい。偶然に出会った知らない若者に奢ってもらう12杯のマティーニ。

もうひとつ気になるカクテル。1973年生まれのカナダ人作家ウェルズ・タワーの短編『遊園地営業中』に登場する10歳で体重77kgの息子がいて離婚歴のあるシーラはボーイフレンドとお互いに子連れで遊園地でデート中。

「アパートに彼を招待したいわ、と彼女は考える。男の子たちにはテレビゲームでもさせておいて、コンクリートのバルコニーに二人で座り、仕入れておいた高価なブランデーを飲みたい。ゲータレードを混ぜれば、二日酔いにはならない」

金井美恵子（1947-）：小説家。エッセイスト。評論家。／ルイス・ブニュエル（1900-1983）：スペイン出身で、のちにメキシコに帰化した映画監督。俳優。／ガルシア・ロルカ（1898-1936）：スペインの詩人。劇作家。／アーネスト・ヘミングウェイ（1899-1961）：アメリカの小説家。

高級ブランデーのゲータレード割り、って、まあちゃんとしたカクテルではないわけですから名前はきっとないですね。フロリダが舞台の話なので、夏の夕暮れのバルコニーはデートには悪くない。こちらはバーで頼むのはちょっと申し訳ないので自分でつくって自宅のベランダで飲んでみたら際限なく飲めそうな代物でした。魂に手厳しい出来事が起こった日にただただ、心を無にして飲み続けたい。

文中「」内の引用。前半は金井美恵子『マティーニの注文の仕方』(『恋人たち／降誕祭の夜 金井美恵子自選短篇集』講談社文芸文庫所収)。後半は、ウェルズ・タワー『遊園地営業中』(藤井光訳『奪い尽くされ、焼き尽くされ』新潮クレストブック所収)より。

ウィンストン・チャーチル(1874-1965):イギリスの政治家。軍人。1940年から1945年、1951年から1955年、首相を勤める。
ウェルズ・タワー(1973-):カナダ生まれの小説家。

フランツ・シューベルトのこと

フランツ・シューベルトの音楽に魅了されている。以前はあまり好きでなかったシューベルト。室内楽もピアノソナタも交響曲も迷路のようで、いつ終わるかわからない曲の長さに耐えられなくて、何度トライしても途中で聴くのが嫌になってしまうことが多かった。彼の歌曲のあまりにも高い叙情性と自分の人生がシンクロする部分を見つけることもなかなかに大変で「それって本気?」と突っ込みを入れたりしたくなったものだ。

2018年の夏、湾岸高速を運転中、FMラジオから流れてきた「狩人」という歌曲に惹かれ、そのリズム、力強さ、ドイツ語の子音の破裂する響きに一瞬で掴まれた。「ヤバいな、こいつ!」とヴォリュームを上げている自分がいた。魂の垢が洗い流されていくのが目に見えるようだ。いま、21世紀に生きている自分が抱えている仕事と親しい人や家族との時間と預金残高と世の中の雰囲気の重なり具合が、本当に本当のことであるんだな、という強度で迫ってきた。

その後、長岡京室内アンサンブルという大好きなグループの実演で八重奏を聴く機会もあったりして、シューベルトの魔法にずっとやられ続けている。道を歩いていて遠くに曲がり角が見え、そこにたどり着くのはとても大変で、でもその角を曲がった途端にまったく新しい景色が見える、という連続である。また今日もどんな新しい景色が待っているのだろうか?

長岡京室内アンサンブル:1997年にヴァイオリニストで教育者の森悠子を中心に結成された室内楽団。

夏の匂いを知っている

遠くで飛行機の音。燃えないゴミの日、壜と缶がぶつかり合う。犬が吠え揺れてベッドが軋む。地震かな。隣の部屋の目覚ましのスヌーズ、汗ばむTシャツ、クルマが走る、波の音。唸るクーラーの室外機。7時15分。蛇口をひねる摩擦。シャワーの湯が肌に当たってはねる。肌を伝って滴り落ちる水。浴室の中の反響。タオルが頭皮と擦れて響く。世界水泳、記者会見、きょうの運勢、テレヴィジョン。山羊座、みずがめ座、そして魚座。コーヒー豆が切れていて、紅茶を淹れる。ミルクと砂糖を入れてかき混ぜる。パソコンを立ち上げる。マッキントッシュ。きょう渋谷で撮影する予定のバンドの曲のPVをYouTubeでチェックする。「One Rizla」。農夫がカメラに語りかけ、ギター・ギター・ギター。牧場で羊と戯れる5人の白人の若者たち。画面の中の強い風。ランカシャーの曇り空。新浦安の窓の外は明るく湿気を帯びた南風。梅雨は明けたのだろうか。

「山形新幹線『つばさ122号』は奥羽本線（山形線）内でのカモシカの衝突の影響で、遅れが出ています。」。地下の半蔵門線のホームから地上に上がると渋谷には日が射している。東急の高架に沿った坂道は、滑り止めの◯印の反復で午前中の繁華街は配達のクルマが行き交う。パチンコ屋、ラブホテル、ガールズバー。どの音が何の音で、あの音はその音だ。サロンパス、

TSUTAYA、大盛堂書店。交差点の看板たち。Shameという名のバンドと駅に直結して上に延びる高層ビル、ホテルの5階のラウンジで待ち合わせ。恥。残念。ジョシュ、エディ、ショーン、そしてふたりのチャーリー。彼らは南ロンドン、ブリクストンからやって来た。サンドウィッチとコカコーラとビールと一緒にインタヴュー。自分はカフェラテ。通訳って不思議だな。その人が日本語でしゃべったことを、別のこの人が英語で話す。あの人が英語で話したことが、またこの人によって日本語になる。Shameの友人のバンドで、Sorryというバンドがいるらしい。恥と、ごめん。◯印が反復する坂道に佇む5人のポートレートを撮影し、彼らはフジ・ロックフェスティバル出演のため苗場に向かった。お腹がすいた。午後2時近くなっている。自分は恵比寿に向かって定食屋「なかよし」で「鶏つくねと夏野菜のピリ辛白ごまスープ」を食べる。この後、広尾のスープ屋のインテリアを撮影するのだが、2時間ほど時間がある。さてどうしよう。

Shame : 2016年から活動するイギリスのロックバンド。
Sorry : 2017年から活動するイギリスのロックバンド。

君の名は、なに？

バンドの名前って、考えてみると変な感じがしますよね。「恥」も「ごめん」も笑えますが「赤い激辛い唐辛子たち」「王子と革命」「涅槃」もなかなかである。

日本にも「こどもおじさん」って大物がいるな。「ヤバイTシャツ屋さん」「ゲスの極み乙女」「神聖かまってちゃん」は、言わずもがなである、ちょっと傾向違うけど。

バンドがめちゃ売れると、だんだん耳に馴染んで普通に響いてくるものなのか。あるいは、メガヒットじゃなくても、長年バンドが続いてシーンの中で存在感を放つようになると、その名前もいい感じに聴こえるのであろうか。

ちなみに「大森克己」という名前、ボクの写真は知っていて、面識がなかったという人に初めて会うと、もっと怖い人だと思ってました、と言われることが結構多い。大、が威圧感を醸し出し、克己心、という硬く真面目な連想が相まっているのかしら。事務所の名前を「ごめん」にしてみるか。「いつもお世話になっております。『ごめん』のオオモリです。先日のご依頼の件ですが……」みたいな。

ラテン語圏、特に南米には「ヘスース」「Jesus」という名前の人がときどきいますが、前にイギリス人の知り合いに訊ねたら「ジーザス」っていうのは、名前としては英語圏の人間にとっ

ヤバイTシャツ屋さん：2012年から活動を続けるロックバンド。
ゲスの極み乙女：2012年から活動するロックバンド。
神聖かまってちゃん：2008年に結成されたロックバンド。

てはあり得ないらしいっス。「はじめまして。仏陀です」などということを、冷房の効いたスターバックス広尾店の3階で、聖心女子大の学生ふたりと、どこかの男子学生ひとりが濃厚にイチャイチャしているテーブルの隣に座って考えていると、そろそろ次の撮影の時間である。

夏の日射し溢れるスープ屋の店内の明るい雰囲気が夕暮れに向かって時間の経過とともに変わっていく感じを複数の写真で表現したい、というクライアントの意向である。先週以来、雨続きで延期になっていたのだ。ただ光に敏感であれば良いのか、それとも匂いや音も気にするべきか、無意識下で考えているような気もするが、そんなことは嘘かもしれない。窓から通りを挟んで見える緑が濃い。大使館が近所に多いこともあり、さまざまな肌の色の人が行き交う。ドップラー効果、店内のBGMで踏切を電車が通過する。The Beach Boys の「Caroline, No」の最後の部分。犬の遠吠え。フェード・アウト。台風の予感。コンビニでは、気づくと花火が売られている。

ナザレのイエス（ac6?-33?）：紀元１世紀にパレスチナのユダヤの地、とりわけガリラヤ周辺で活動したと考えられている人物である。／仏陀：仏陀は、仏、ほとけとも称され、悟りの最高の位「仏の悟り」を開いた人を指す。／The Beach Boys：1961年から活動するアメリカのロックバンド。

大人の読書感想文『坊っちゃん』

夏目漱石の『坊っちゃん』が書かれたのは1906年、明治39年のこと。当時、漱石39歳。今回、久しぶりに再読して新潮文庫の解説で知ってびっくりしたのだが、なんとこの400字詰めの原稿用紙215枚分の中編小説、1週間に満たない期間で一気呵成に書き上げられたのだという。そのスピードとリズム感がなんといってもこの小説の魅力だろう。

タイトルの『坊っちゃん』は、もちろん主人公のことを指しているのだが、それは彼を幼少の頃からずっと可愛がって目をかけてきた実家の女中「清」がずっと主人公のことをそう呼んでいたのであって、彼自身は自分のことをなんと言っているかというと「おれ」である。東京生まれの直情径行で無鉄砲な「おれ」が学校卒業後、四国松山の中学に数学教師として赴任し、そこで繰り広げられる出来事、主に同僚や生徒とのトラブルが「おれ」の速射砲のような一人称の語りで綴られていく。たとえば「おれ」が松山の港に到着するシーンはこうである。

「ぷうといって汽船がとまると、艀が岸を離れて、漕ぎ寄せて来た。船頭は真っ裸に赤ふんどしをしめている。野蛮なところだ。尤もこの暑さでは着物はきられまい。日が強いので水がやに光る。見詰めていても眼がくらむ。事務員に聞いてみるとおれは此処へ降りるのだそうだ」

短いセンテンス、断言のリズム感。そして「漕ぎ寄せて来た」というのは過去形なのだが、その次の文「赤ふんどしをしめている」以降しばらく現在形の文が続き、「おれ」の体験している光景が読んでいる読者の現在にあっさりと接続する。「日が強いので水がやに光る」なんて「真っ裸」「赤ふんどし」「野蛮」「暑さ」ときての「やに光る」である。センスいいなあ、漱石。

主人公「おれ」の心に浮かぶよしなしごと、見たこと、そして他人との会話が、まるであるがままのように全編にわたって書き連ねられていくのだが、そもそも人が見たままを書く、心に浮かぶことをあるがままに書くなんていうこと自体が、なかなかに難易度の高いことですよね。面白い小説のすべてが、上手い文章であるとは限らないが、漱石の文章はホント、上手かつヴィヴィッドだ。

「きのう着いた。つまらん所だ。十五畳の座敷に寝ている。宿屋へ茶代を五円やった。かみさんが頭を板の間へすりつけた。夕べは寝られなかった。清が笹飴を笹ごと食う夢を見た。来年の夏は帰る。今日学校へ行ってみんなにあだなをつけてやった。校長は狸。教頭は赤シャツ、英語の教師はうらなり、数学は山嵐、画学はのだいこ。今に色々な事をかいてやる。さようなら」

松山から初めて「おれ」が清に出した手紙の文面である。笑ってしまうほどシンプルに畳み掛けている。漱石は落語や講談が大好きだったそうだが、『坊っちゃん』を落語家の朗読で聴いてみたいなあ。どこかのラジオの深夜放送でやらないかしら。

夏目漱石（1867-1916）：小説家。

あの夏の日のことを忘れない

日本家屋の縁側できゅうりやトマトなどの夏野菜を冷やして食べながら酒を飲む、という光景を何かの雑誌の企画だか、広告だったかで撮影したことがあった。

こぢんまりとした目黒の一軒家の庭で、縁側方向に向かってカメラを向ける。庭の端の生け垣から縁側までの距離が近く、レンズの画角がギリギリで背中を椿の木にくっつけて汗だくで仕事を終えた。

お疲れさま、と皆と別れて事務所へ戻り、しばらくすると何だか背中がチクチクする。そして時間が経つにつれ猛烈にかゆくなってきて掻きむしってしまった。かゆみは増していく一方で、収まる気配がないまま夜になり、一睡もすることが出来ず、翌日に病院へ行ってみると「いや、こんなに立派な気触(かぶ)れは久しぶりだ」と年配の医者は唸っている。

いや、立派どころじゃないんですけど、こっちは。椿の木にいた茶毒蛾の幼虫の毒針毛にやられてしまったらしい。最初にかゆみを感じたときにそうと気づかず、Tシャツの上から何度も掻いてしまったことによって、Tシャツに付着していた毛を皮膚に擦り込むことになり、より悪化してしまったのだ。10日間近く背中に違和感を覚え続け、いまでも椿の木は好きではない。

これからの人生で病気になったり怪我をして、いろんな痛みを身体に感じることもあろうかと思うのだが、あの追いつめられたような、地に足がつかない、どんなことにも集中できないかゆみは二度とゴメンである。

そう言えば、悲しい出来事があったり、親しい人を亡くしたりしたときに、心の痛み、魂の痛み、ということをいうけれど、魂のかゆみ、というのはどうなんだろう?

本人はつらくて大変なのだが、かゆい、っていうのは、痛いよりもややコミカルですよね。心のかゆみを感じるシチェーションって、きっとあるはずなんだけど、具体的はすぐに思い浮かばない。

夏の自然の驚異、いや脅威の想い出。

やっぱり常夏じゃなかった

近づいている台風のせいかときどき雨がぱらつき、しかし今日も蒸し暑くなりそうな8月15日。お盆である。敗戦の日でもある。毎年、甲子園の高校野球では正午に戦没者に対して黙祷しているけれど、近づいている台風のために野球も中止で合図のサイレンは聴こえない。飛行機や新幹線のキャンセルの知らせも相次いでいるが、被害が少ないといいですね。

子どもの頃は兵庫県の瀬戸内海に面した町に住んでいて、なかなか台風の直撃に備えるということは少なかったけれど、南方の島や都市で、雨戸を閉めて、玄関のドアの上から副（そ）え木を×印に打ちつけて雨風を防ぐというニュース映像をよく見かけた。その非常事態な感じが、カッコ良く思えたりもしていたなあ。

台風の目というものが存在することも不思議だった。中継のアナウンサーが九州や沖縄の島から「さきほどまで風速40ｍを超える暴風雨にさらされていましたが、台風の目に入ったのでしょうか、現在、風はぴたりと止んで青空が見えています」なんて報告する。

憧れ、というとちょっと語弊があるが、一度経験してみたいと、ずっと思っていた。いまもって台風の目に遭遇したことはない。

家の前の桜の葉は赤く色づいて落ち始めている。毎年、最初に感じる秋の気配である。かつて桜をテーマにした写真集をつくったことがあって、花の咲いている季節以外も桜の木をわりと注意して見ているのだが、春の花を咲かせるシーズン以外は、ほとんどの人はその木が桜であるということを気に留めていないのだろうな。

葉が落ちきった後、冬になり、固い蕾をたくわえている木も好きである。都会暮らしで身近に感じる自然のサイクル。夏の間に、すでに秋は潜んでいて、今日は明日へとなだらかに続いている。

そう言えば、8月上旬に仕事で滞在した佐渡島でも鶯と蝉が同時に鳴いていた。

気がつけば、関西で過ごした時間よりも、関東で暮らした時間の方が長くなった

実家に帰ったときに、大阪に住む妹と梅田の地下街にある立ち飲みの串カツ屋で飲んでいた。すると、ひとりの長髪の若木信吾似のネルシャツ&ダメージドのGパン姿の四十過ぎに見える男が暖簾をくぐる。「いらっしゃいませ〜！　おひとりさんですか？」「おう……。まあ、いつでもひとりやけどな」と返事をしながら案内されるその男。絶妙のリズムの関西弁の受け答え。笑ってしまったが、カッコいいじゃないか。「いつでもひとりやけどな」という言葉がボクの頭の中で何度も思い出され、響く。三代目桂春團治と憂歌団の旨味をぐっと煮詰めてとった出汁のような渋い声である。

兵庫県の神戸市で生まれたボクは、その後、明石、宝塚と移り住み、1982年、18歳のときに日大芸術学部写真学科に入学するために上京した。なので、普通に阪神間で人々が使っている関西弁を話すことができる。

しかし、東京で暮らし始めてからも関西弁で喋るつもりで上京したのだが、いざ東京で関西弁を話そうとするとどうも上手くいかない。自分が関西弁で話しかけても、返ってくるのが標準語なので、リズム感がチグハグになって気持ちが悪い。どうしたものかと考えて、ひょっと

して自分がテレビの中で人々が喋っているように話せばいいのかも、と思って実行してみると、なぜかスラスラと標準語で話せて、会話のリズムも心地よい。

大学に入学した最初の日に、そのようなことに気がついて、それ以来ほとんどの日常会話をいわゆる標準語で過ごしている。マンツーマンで関西人と話すとき以外は、関西弁を話す機会も減っていった。

つまり、ボクの関西弁は18歳で止まっている。関西弁で大人の会話をした経験がないのである。仕事の打ち合わせも、名刺交換も、アシスタントへの指示も、市役所の窓口でのやり取りも、バーで酒を飲むときも、デートも、セックスも、授業参観もみんな標準語である。

大人同士の関西弁の会話というものが、知っているはずなのに遠いような、懐かしいのに初めてのような不思議な存在なのである。関西で最近いいなあと思うのはそれである。

たとえば、洒落たセレクトショップやコーヒー屋さんの店員さんも時候の挨拶を普通にしてくれるのが心地よい。長い間、関西弁を使っていないので本題に入る前の会話は大事なのである。大好きな音楽や絵画に出会ったときの喜びも、酔っぱらったときの愚痴も、政治に対する怒りも長い間、ほとんど標準語で表現してきたボクの人生。死ぬまでに大阪の綺麗な女の人と朝まで一緒に過ごして関西弁で、彼女の耳元で、あなたが美しくて気が狂いそうだ、という恋愛感情を表明する日はやってくるのだろうか？

若木信吾（1971-）：写真家、映画監督。
憂歌団：1970年に結成されたブルースバンド。

世界がもし関西弁で喋り出したら

安井仲治の写真は関西弁なのか？　森山大道の写真は大阪弁なのか？　米田知子は？　澤田知子は？　川内倫子は？

安井仲治は戦前の大阪のブルジョアの出身なので、もちろん実際の声を聴くことはできないが、桂米朝のような上品な上方言葉であろうかと想像してしまうのだが、どうでしょう？

実際の森山さんはいわゆる大阪の言葉ではないけれど、作品は、なんというか速射砲のようなストリート系の関西の言葉と相通ずるものがあるような気がします。

ふたりの知子さんは、ちょっと英語が入っている感じかな。倫子さんはゆったりとした大阪弁で、少しハイキー。

梅佳代は関西弁の影響の少し入った北陸、日本海のフレーバーがありますね。あっ、いちばん関西弁っぽいのは森村泰昌、かも。森村さんの語り口は、めちゃセンスの良い、しかしギャグ好きの大人の関西人、という感じがします。

いや、写真と実際の言葉を意図的にごちゃ混ぜにして好き勝手なこと書いて、皆さん、ほんとスミマセン。

村上春樹は芦屋の出身ですね。しかし、村上さんはもちろん関西弁で小説は書かないですよ

安井仲治（1903-1942）：写真家。／森山大道（1938-）：写真家。／米田知子（1965-）：写真家。／澤田知子（1977-）：写真家。／梅佳代（1981-）：写真家。／森村泰昌（1951-）：現代美術家。

ね。京都産業大学とか関西学院にいっているワタナベトオルが関西弁で「やれやれ」とつぶやいているのはちょっと想像できません。

2019年に亡くなった橋本治がもし関西人だったら、どんな著作を残してくれたのか、ちょっとだけドキドキします。学生のときに読んだ『S&G（サイモン&ガーファンクル）グレイテスト・ヒッツ＋1』という橋本さんの短編集に大阪の少年が主人公の話があって、泣き笑いしながら読んだ記憶があったなあ。探して再読してみようかな。たこ焼きと帝塚山女子大の描写が絶妙だった気がします。まあ東京生まれじゃない橋本さんって、あり得ないわけですが。

柴崎友香の小説の登場人物はリアルないまの関西の言葉で会話していますね。ボクにとって柴崎さんの作品は、もし自分が関西で暮らし続けていたらひょっとしてこうなっていたのかも、というパラレルワールドを感じる不思議な世界です。

くるりの歌詞は関西弁ではないけれど、音はやっぱり京都を感じます。音、というよりもアティテュードか。「くるり電波」っていうNHK FMの番組がありましたが、復活して欲しいなあ。岸田さんが低音の京都弁で、異国の聴いたことのない名前の音楽家たちを紹介するのが心地よい番組でした。

あー、こんなことを書いていたら新梅田食道街の2階の「サンボア」でハイボール飲んで、1階の「たこ梅」でおでん食べたくなってきたなあ。

村上春樹（1949-）：小説家。／サイモン&ガーファンクル：1964年から1970年に活動した、ポール・サイモンとアート・ガーファンクルの2人によるアメリカのフォーク・デュオ。／柴崎友香（1973-）：小説家。／くるり:1996年に結成されたロックバンド。／岸田繁（1976-）：ミュージシャン。「くるり」のボーカル、ギター。

カレーライスの夜

三連休の直前にイヤなことがあって気持ちが沈んで、ヤケ酒を飲もうと思ったのだが、それをやってしまうとますます気持ちが沈んで荒みそうだ。

どうしようかな、と思って冷蔵庫を開けてみると挽肉が余っていたのでカレーをつくることにした。玉葱を刻んで、人参をすりおろし、大蒜（にんにく）と生姜をみじん切りにして、23時のキッチンで野菜を炒め始める。15分ほど炒めてしんなりしてきたところでトマト缶を開け、別のフライパンで炒めた挽肉と缶詰のひよこ豆と一緒に煮込む。30分ほど煮込んだところで、茄子を乱切りにして投入。その後、カレールウを加えて、隠し味にインスタントコーヒーを少し加えて出来上がり。

冷やごはんをレンジで温め、大盛りのカレーライスを爆食い。家族は旅行に出ていて、ひとりの深夜飯である。そう言えば、さっきまで13日の金曜日だったな。もう日付は変わったな。忘れてしまった方がいいイヤなことと、しっかり自分の心に刻み付けておきたいことと、なかなか区別がつかない。

さっき受けとった、ちょっとだけセンスあるかも、と自分がうっかり思っていた人間からの裏切られたようなメールの愛のない文面が、ときどきフラッシュバックして本当にカレーライスに申し訳ない。ごめんね、カレーくん！

隠し味だったはずのコーヒーの苦みと玉葱の甘味のコントラストが強過ぎる。カレーライスは、もとの玉葱と大蒜と人参と茄子と生姜と挽肉と豆とトマトとコーヒーとごはんに還元することが出来ないように混ざっている。酸味と甘味と塩気とスパイスの刺激と苦みも分割することは出来ない。時間も逆には流れない。

悲しみの音楽も喜びの音楽も区別がないということを思い出す。讃美歌312番「いつくしみ深き」は結婚式でも葬式でも歌われる。悲しみの音楽が失敗した料理というわけではない。悲しみの音楽は演奏のための技術と、人生に対する深い直観と洞察のおかげで生まれてくるのであろう。でも、ひょっとして音楽と料理は似ているのかもしれない。それは皮膚と粘膜と魂に直接沁みてくる。

賭けなければ当たらない

街を歩いていてふと宝くじ売り場が目に留まり、10枚1組の連番を購入することが年に2、3度ある。特に1等に当たることを期待するでもなく、抽選の日をドキドキしながら待つわけでもない。なんというか、お守りのような感じで、そのくじを、いつも使っているリュックサックの内ポケットに入れておくのが好きなのだ。

そしてまた偶然通りかかった宝くじ売り場で、当選番号を確かめる。夏の初めに購入したサマージャンボ、昨日、調べてみたら5等が当たっていた。6等と併せて3300円の払い戻しである。3000円で買ったので300円の儲けである。ギャンブル、というほどのものでもない。本気でギャンブルに賭けている人間の顔というものは、一生懸命に働いている人の顔、というのとは少し違った刹那的な色気がありますね。

1980年頃、高校生のときに阪神競馬場近くのお好み焼き屋兼喫茶店という実に関西っぽい店で、時給380円でアルバイトしていたが、土曜日の午後の店内は馬券を買った客たちの独特の雰囲気に満ちていた。

映画館や行楽地の人混みとも少し違う、満員電車での人の顔とも違う、大なり小なりの運命を他人の手に委ねてただ待つ男たち。その店にはテレビはなく、男たちは持参のラジオをイヤホンで聴きながらコーヒーを飲む。誰かと何かを語り合うでもない。自分の買った馬券が当たった男も、そこで少しの贅沢をして酒を飲む、というようなこともほとんどなく、レースが終わってしばらくすると静かに、どこかに去って行く。

そこで出会う大人たちの顔には、家の父や学校の教師たちにはないオーラがあって、カウンターからその顔を見ながらコーヒーを淹れる行為自体が、なにか小説か映画の登場人物に自分がなったような気持ちになった。バイト代は多い月で2万円近くになって、そのほとんどをレコード代につぎ込んでいた。ローリング・ストーンズの「エモーショナル・レスキュー」やポリスの「白いレガッタ」、クラッシュの「サンディニスタ」とか。

ローリング・ストーンズ：1962年に結成されたイギリスのロックバンド。
ポリス：1977年から1988年まで活動したイギリスのロックバンド。2007年再結成。
クラッシュ：1976年から1986年にかけて活動したイギリスのバンド。

信じる自由、信じない自由

「カレーライスの夜」（135ページ）の讃美歌312番「いつくしみ深き」の話の続きのような、そうでないような話。

実はボクは両親がクリスチャンで、それもかなり熱心なプロテスタントの教会員だったので、幼児洗礼を受け、10代の半ばまで毎週日曜日には教会に行き、礼拝に参列していた。その後、キリスト教の信仰告白に至ることはなく、高校生の頃からは礼拝に出席することもなくなった。ただ、物心つく前から、毎日曜日の教会で聴いた、そして自らも皆と歌っていた音楽体験が、自分の音楽に接する際の趣味嗜好に大きな影響を与えていることは間違いない。

19世紀のドイツの作曲家、ウェーバーのオペラ『魔弾の射手』の序曲がめちゃ好きなのですが、そのメロディーが讃美歌285番になっていたりするのだ。ボク自身は『魔弾の射手』序曲ということを知らずに讃美歌として子どもの頃から歌っていた。ハイドン作曲の現在のドイツ国歌も讃美歌194番として大好きな歌だった。讃美歌的なメロディーとハーモニー、そしてオルガンの音にはいまでもグッときてしまうことが多い。

いまの自分はクリスチャンではないのだが、子どもの頃からの無意識下のキリスト教の考え方の影響が音楽だけなく、ひょっとしたら人生そのものにもあるのかもしれない。

「いつくしみ深き 友なるイエスは／かわらぬ愛もて 導きたもう／世の友われらを 棄て去るときも／祈りにこたえて 労りたまわん」

これは「いつくしみ深き」の3番の歌詞なのですが、この世の友人が自分を棄て去ることがある、ということが前提になっていて、それでも（だからこそ）自分は神を信じる、という思考パターンって、現在の日本の人と人との絆や人情が大切という考え方とはかなり距離がありますね。でも、結婚式場の中の商業的（と言って良いと思いますが）なチャペルで、この歌が歌われる際には、ほとんど1番だけで、3番の、友が自分を棄てるくだりは歌われず、ちょっとそれを物足りなく思ったりもする。友人が自分を棄てるかも、ということはもちろん、自分が誰かを棄てるかも、ということでもあり、自分が気付かずに相手はそう思っているときもあるという、考えてみると怖い話である。そういう人間の無情とか孤独とか信仰の受けとめ方が自分の中に少しはあるような気もします。それは平家物語的な無常観とも、かなり違うように思えるなあ。

そして、人間のコントロールの及ばない領域といえば、世界のどこでもまず、自然、という凄いものがあると思うのだけれども、さらにその自然の上に神さまがいる、という世界観をヨーロッパの人は持っているわけですね。

ある意味、こういうややこしい考え方を、音楽というものはさらりと表現して人間の無意識に入ってきてしまうヤバいものでもある。

フランツ・ヨーゼフ・ハイドン（1732-1809）：オーストリア出身の作曲家。

神という名のもとに

神の存在と子育ての関係。えらく大袈裟な響きですね。でもまあ、文字通りの話です。

子どもの頃、自分が何か悪さをして両親から怒られるときによく「お母さんにはわからなくても、神さまはすべてわかってらっしゃるのよ」という風に言われたものだ。子どもの自分にとって神さまの具体的なイメージがはっきりとあったわけではないが、なんとなく自分の両親とは別の、なぜか男性の、厳粛な雰囲気の髭面の誰かが、いつも自分の行動を上の方から見ていて、すべて把握しているのだ、という漠然とした思いはずっとあった。特に、人を傷つけたり、モノを盗ったり、というハッキリとわかる悪事ではない、でもちょっと後ろめたいことをしているときに、よく神さまのことを考えた。

親の行いを手本にして子どもは育つのであろうが、その親が立派であろうがなかろうが、優しかろうが、そうでなかろうが、その親自身の行いとは別の、神さまとその教えが記されている聖書という基準をボクの両親は持っていた。

大人になったボクは両親が信じていたキリスト教の信仰から離れ、宗教心がまったくないわけではないが、特定の宗教には帰依していない。

街を歩いていて神社などがあれば手を合わせることもある。自然に接すると人智を超えた何かに畏怖する気持ちにもなる。何となく気が良い場所と悪い場所の区別があって、そのことに対するセンサーのようなものは備わっている。そんな感じの宗教センスと共にボクは暮らしている。

さて、そんな自分も21年前に父となり子育てが始まった。で、たとえば、子どもが何か悪さをしたときに自分には神さまがいないのである。拠り所となる聖典もないのである。「神さまはすべてお見通しだからね」なんて言えないのだ。だって信じていないから。これはなかなか大変なことなんだな、ということに段々と気づかされる。自分がすべて、人間がすべて、というわけだ。

もちろん自分にだってより良く生きよう、という意志はあるわけだが、あくまでも、それは、つもり、であって、客観的に見れば、意地汚く、金に汚く、だらしない、という局面だってあるだろう。「いつもオレの背中を見ていろ」と子どもに胸を張って言える大人っているのだろうか?「お天道様が見ているよ」という言葉もあるのだろうが、自分の同世代の親で、その言葉を子どもたちに自信を持って発した親はいかほどいるだろう?

うちの娘が通っていた高校は宗教とは無縁の教育方針だったが、入学式の訓話で校長が現役の、有名なスポーツ選手の言葉を引用して生徒たちを励ましていたが、その選手がこれからも、未来にかけて良き人間として人生を全うするかどうかは誰にもわからないわけで、その話を聞いていたボクはちょっとヒヤヒヤしてしまった。つまり神の存在というのは、なかなかに優れた発明だったんだな、と最近の自分は思うのである。

かといって、自民党のオッサンの政治家のように、宗教心や道徳心を国家が教えるべきだ、なんていうのはまっぴらゴメンである。神も死人も裏切らない。友を棄てるのは生きている人間である。ただ、大人って大変だなあ、と思いながら、毎日生きている。

ちなみに、むかし読んだ聖書の言葉でいちばん好きなのは、旧約聖書の『雅歌』である。『雅歌』というのは聖書のほかのパートとはかなり違いがあって、古代ユダヤの王が詠んだとされるエロティックな愛の歌である。世界中のほかのローカルな民族や集団の歴史の初期の物語と共通する普遍的な生きる力を感じます。英語では〝Song of Songs〟という。

「エルサレムの娘たちよ、わたしは、かもしかと野の雌じかをさして、あなたがたに誓い、お願いする。愛のおのずから起るときまでは、ことさらに呼び起すことも、さますこともしないように。」（『雅歌』2章7節）

確かに特別な夜

ラグビーワールドカップ「日本対スコットランド」を横浜国際総合競技場に観に行った。3連続オフロードパスをつないでの日本のふたつ目のトライには本当に鳥肌が立った。凄いものを見た！　ボクはラグビー経験者ではないし、戦術に関する知識も深くなく、まあ、このゲームに関してはラグビーに詳しい方がいろんなことを書いたり、語っていらっしゃるので、ワールドカップ会場周辺で見た、ラグビー以外のあれこれを少し。

まず会場にどうやって行こうか思案したが、東京駅で一緒に行く妻と待ち合わせ、台風の翌日ということもあって東海道線のダイヤが乱れていたので、新幹線に乗ることにした。新幹線に乗るのって楽しいですね。関西や東北に行くのに新幹線はまあ当たり前なんですが、ちょっと新横浜まで、というのが良い頃合いの非日常感を醸し出す。自由席特定特急料金870円也。

車内には結構な数の紅白の日本代表チームのユニフォームを着た人が乗っています。新横浜駅の改札を出ると、ザワッとした高揚感に満ちている。おー、これは楽しいなあとボクが思ったのは、スカートをはいた男たち。スコットランドの男たちである。民族衣装のチェックのキルトを腰に巻いて陽気にチャントを歌いながら歩いている。ちょっと自分もはいてみたいなあ、と率直に思いましたね。これはやってみないとわからないですよね、きっと。

ネットで調べてみたらスコティッシュ&ケルティック・ファッションのオンライン・インポートショップに辿り着き、2万2050円(税込)で売っている。トライしてみるか。ちなみに、これはリーズナブルな値段の既製品で、日本の呉服同様、スコットランド産ウール素材のオーダーメイドは7万~10万円はするそうです。

さて、ラグビーファンは本当にビールが好きですね。実際にスタジアムでもビールの売り子の人は、めちゃ忙しそうにしてました。それでビールをたくさん飲むと当然ながらトイレに行きたくなる。女性の方、すみません、男性トイレがなかなかに楽しい社交場なのである。自分もハーフタイムにビールを買って、そのカップを手に列に並び、カップを手に、ビールを飲みながらおしっこをする。もちろん行儀が悪いのであるが、新鮮かつ不思議な感覚である。これは家でやっても盛り上がらない。かといって、普通の日に、たとえば恵比寿駅のトイレで缶ビール片手におしっこしていたら、相当ヤバい感じになりますね。試合中の男子トイレでは、そうやってビールを飲みながら、用を足しながら、ゲームの感想を語り合っているのである。

ちなみにボクの隣は、フランスから2週間の予定でラグビー観戦&観光に訪れたという男で、前半の日本代表のプレーを褒めそやし、日本が勝つね、この試合、と話しながら、ビールをぐびりと飲み干し、ジッパーを上げる。Bon voyage! このフランス人のように、日本やスコットランドのサポーター、というわけではない、ただラグビーが好きなんだよね、という人も多勢観戦しているのが会場の雰囲気を盛り上げる一因でもあるんだろうなぁ。

応援の仕方もいろいろある。正直「ニッポン・チャ・チャ・チャ！」は厳しい、というか強度がいまひとつ。NIPPONのIPとONのふたつを続けて大声で叫び続けるのは難しくないですか？　味方がピンチのときに歌えるチャントがあるといいのに、と思ったな。
素晴らしかったのは主将のリーチマイケルがボールを持ったときに自然発生的に沸き起こる「リ〜〜〜〜チ！！！」という低い声の塊。その声に応えるかのように凄いタックルを連発するニュージーランド出身の日本の主将。これにはしびれました。

リーチマイケル（1988-）：ニュージーランド出身のラグビー選手。日本代表としても活躍。

寄ったり、引いたり

さて、帰宅してテレビを点けるとNHKが日本とスコットランド戦の再放送をやっている。当たり前だが中継画像はプレイに寄った画像がほとんどである。スタジアムで遠くから観戦していてよくわからなかったタックルやスクラムのディテール、選手の表情などがよく伝わってくる。でもさっきまで実際の試合の現場にいた感覚が続いているので、やはり、ちょっと切り取られ過ぎているように感じるのが面白い。もう少し引きの全体像を見たいと思ってしまうのである。

映画でも写真でも寄りの映像、たとえば人物のアップを捉えることは機材さえ揃っていれば、そして、ある程度の経験があれば、そんなに難しくないのである。引きの画面で、ある事象の中心のようなものがハッキリとわかり、その中心で起こっていること以外のさまざまも映り込んでいて、かつ強度のあるイメージを掴まえることが、そのカメラマンなり写真家のセンスを問われるところでもある。画面の中の情報量が多いので、大袈裟に言うとその写真家の世界観がばれてしまうのだ。

雑誌の複数のページで、ある人物のルポ的なフォトストーリーをつくるときなんかに、ボクは、かなりそのことを意識する。寄りの写真を小さく、そして引きの写真を大きくレイアウト

ネストール・アルメンドロス（1930-1992）：スペイン出身の映画撮影監督。
エリック・ロメール（1920-2010）：フランスの映画監督。
フランソワ・トリュフォー（1932-1984）：フランスの映画監督。

したい。そして、そこの所をわかってくれるデザイナーや編集者は意外に少ない。まあ、テレビ中継では視聴者が見る機器の画面のサイズが固定されているので、引きの画像が中心というのは、あんまりないかと思いますが、印刷する写真では引きの写真を大きくというのが自分の中に基本としてある。

映画では、ちょっと古めですが、ネストール・アルメンドロスという撮影監督が撮った映画を見るとよくわかります。エリック・ロメールやフランソワ・トリュフォーなどのフランスのヌーヴェル・ヴァーグ作品に携わった人で、自然光を上手に生かした画がとても美しい。そのアルメンドロスがハリウッドで、テレンス・マリック監督の『天国の日々』という映画を撮影していて、20世紀初頭のテキサスの農場にイナゴの大群が襲来するシーンがあって、超アップのイナゴが麦を食んでいるカットと、引きのカットとのコントラストがたまらないです。

そして、引いて引いて引いて、どんどん引いて、飛行機から自分の住む町を眺めたりすると、これはまた悲劇が喜劇に変化するような、具体が抽象に転換するような、ちょっと特別な視点になりますね。そんでもって宇宙からの写真、たとえば、NASAのインスタグラムを見ると、この同じ世界にボクも、あなたも、リーチマイケルも横浜のトイレでビールを一緒に飲んだフランス人も、それぞれに、同時に暮らしているんだなあ、という不思議な感覚に見舞われます。

テレンス・マリック（1943-）：アメリカの映画監督。

未来はいま

パーソナル・コンピューター、携帯電話、デジタルカメラ、CDプレイヤー、spotify、日本プロサッカーリーグ、東京ディズニーランド、東海道新幹線のぞみ号、カフェラテ、コンビニエンスストア、ハイブリッドカー、ウォシュレット、ポケモンGO、ボルダリング、タピオカミルクティー、Suica、などなど。

1963年生まれの自分が子どもの頃にはなかったものに囲まれて暮らしていることに気がついて吃驚することがありますね。

小学生の高学年の頃から読み始めた星新一の短編SF小説の挿絵を真鍋博という画家が書いていて、自分の近未来のイメージの原型になっていたことを思い出したりもして、たとえば誰かとスカイプで打ち合わせをしていると、その星新一&真鍋博的世界のかなりの部分が実現しているんだな、と不思議な気持ちに包まれる。人間の想像力、創造力というものは凄いですね。

新幹線で東京・大阪間は自分の中では、ひかり号、3時間10分と刷り込まれていたのが、のぞみに乗ると2時間30分である。自分にとって遊園地といえば阪神パークで、そこには動物園が併設されていて、「甲子雄」というヒョウの父親と「園子」というライオンの母親から生まれたレオポンという動物がいたのだが、もういない。「レオ吉」と「ポン子」という名前の兄妹だった。哀愁、漂っていたなあ。東京ディズニーシーが開園したとき、浦安市民は招待されて、家族3人で出かけて行ったが、何となくリアルな水族館にBGMでディズニー映画のサントラが流れているような施設を想像していたら、ぜんぜん違いましたね。自分は昭和生まれなんだな、と苦笑したっけ。

中学生になるまで、自分の家ではコーヒーを飲ませてもらえず、中学になって初めて親の真似をして飲んだインスタントコーヒーでつくったアイスコーヒーはめちゃ美味しかった。高校生になって喫茶店でカフェオレを飲んだときも、チョウ美味しいと思ったな。そして、大人になって本物のエスプレッソマシンを使ってつくられたカフェラテは苦かった。銭湯上がりに飲むコーヒー牛乳はいまでも大好きだ。

スポーツクラブのランニングマシンで走るのって面白いのですか？　外を普通に走るのではダメなんですか？　そう知り合いに聞いてみると、心拍数などを管理してくれるし、各人に合ったトレーニングメニューをアドヴァイザーが考えてくれたり、ぜんぜん違うらしいですね。自分にとっての室内でのスポーツって柔道、剣道、跳び箱、バスケットボール、バレーボール、そして卓球、以上で止まっている。

ゲームといえばスーパーマーケットの片隅にあったテレビゲーム、テニスみたいなやつ。コロッケを買い食いしながらよくやった。確か高校2年のときかな、初めてコンビニエンスストア、たぶんセブンイレブンだったと思うのだが、そこで買い物をした衝撃は忘れられない。おにぎり、とお茶である。おにぎりとか糖分の入っていない飲みものは家でつくるものだった。

それをお金を出して買うのである。何かとんでもないことをしているような気になった。
25歳の頃だったか、目黒の自分の部屋に妹が遊びに来て、ミネラルウォーターのボルビックが冷蔵庫に入っているのを見て「お兄ちゃん、水、買うてんの?」と驚愕されたこともあったな。いまでも、おにぎりだけはコンビニで買うときに少し躊躇する。

星新一(1926-1997):小説家。SF作家。
真鍋博(1932-2000):イラストレーター、アニメーター。

もしいま高校生だったら

学生の頃、付き合っていたガールフレンドは実家住まいで、電話をかけるのにとても緊張した。7時だとまだ帰っていないかも、8時だとごはんを食べている最中かも、9時だとお風呂に入っているかしら、10時とか11時にかけて親、とくにお父さんが出たらヤバいかもなどと考えていると、いつ電話して良いのか正解がない。

『初期のRCサクセション』というアルバムがあって大好きなのだが、その中に『2時間35分』という曲があって、恋人と長電話して新記録が出て、その長さが2時間35分なんだ、という曲です。電話をかけて、上手いタイミングで彼女が出て、ずっとずっと話し続ける、ということはたしかにあった。耳が痛くなるんだよね、アレ。でも、その痛さがウキウキと嬉しかったりする恋愛初期。いまの若者は電話をかけるという行為自体をなかなかしないんだろうなあ。

ちなみに、もちろん『初期のRCサクセション』というのはRCサクセションのアルバムなのだが、ベストアルバムではなくて、実際のファーストアルバム、つまりデビュー作品なのだが、その名前に、初期の〜、と付けるセンスは最高ですね。初期って、本当に好きだなあ。のちに偉大になろうが、尻すぼみになろうが、マンネリになろうが、カオスのようなエネルギーが迸（ほとばし）っているそのままが形になっていて、ジャンルわけもされていない状態。

『dancyuWeb』もたしか始まって1年くらい経つかと思うのですが、今後末長く、次の次の天皇が即位するくらいまで続くとすると、まさにいまあなたが読んでくれているこの連載も『初期のdancyuWEB』になるわけですね。

さて、たとえば自分は中学生のときに、友人とＬＩＮＥでやり取りするとか、複数の友人とチャットする、なんていうことはなかったわけで、もし自分がいま中学生だったら、これはキツいかもと正直思ってしまう。10代の孤独や友情というものの輪郭は、いつの時代も変化し続けているのかもしれないけれど。夏目漱石の『坊っちゃん』でＬＩＮＥがもしあったら、どうなるのかな？　松山に赴任した「坊っちゃん」が実家の女中「清」にＬＩＮＥを送る。

「きのう着いた。つまらん所だ。十五畳の座敷に寝ている。宿屋へ茶代を五円やった。かみさんが頭を板の間へすりつけた。夕べは寝られなかった。清が笹飴を笹ごと食う夢を見た。来年の夏は帰る。今日学校へ行ってみんなにあだなをつけてやった。校長は狸。教頭は赤シャツ、英語の教師はうらなり、数学は山嵐、画学はのだいこ。今に色々な事をかいてやる。さようなら」

あれ、意外に漱石、ＬＩＮＥっぽいかも。清はどういう返信書くのかな。句点の後にいちいち返ってくる清の言葉を想像するのは面白い。

「きのう着いた」「既読」「おつかれさま」「既読」「つまらん所だ」「既読」「まあ、そんな！」「既読」「絵文字」「既読」「十五畳の座敷に寝ている」「既読」「一体どこに寝ていらっしゃるの？」「既読」みたいな。

ＲＣサクセション：1968年から1991年に活動したロックバンド。

父がいて母がいて

「すべての女は誰かの娘である」という#で時折インスタグラムに写真を投稿している。女性のポートレートである。なんでこんなことを思いついたのかというと、世の中に女性のポートレート写真はあふれていて、そのほとんどは20世紀的な男性の視線で撮られているものが多い。より直截に言うなら性的なファンタジーの対象としての女性の姿である。オレの女、あるいは、オレの女としてこうあってほしい、的な所有の感覚に満ちあふれていて、ちょっとうんざりである。そして自分も、やっぱり男なので女性を性的な対象として見て、綺麗だとか美しいとか色っぽいとか思っている。

しかし、常にそう思っている、というわけでもない。というかむしろ、ほとんどの時間はただ「人間」として出会ったり接している時間の方が長いだろう。当たり前ですよね。それって、案外写真になっていないのかも、と思うんですね。男が普通に人間として他人と接して、その相手がたまたま女性である、というような写真。作品やアート、ということでもなく、女性の尊厳、とか言っちゃうとやや高尚すぎたりもして。ただ普通に、あー、こういう女の人っているよなあ、という生きている実感が感じられる写真。主語が一人称じゃない写真。どうしたらそういう写真が撮れるのか、メソッドが確立しているわけでもないし、そのことばかりを考えているとと、むしろまた古い所有の感覚の写真に戻ってしまいそうにもなるので、あまり必死にならないように続けているのだが、たまに、なんだか素敵だなあ、良いなあ、と思える写真が撮れてしまうことがあって、そういうときはとても嬉しい。

だから女性を性の対象としてだけ見るのはもちろんナンセンスだ、とボクは思っているのだが「すべての女は誰かの娘である」という言葉は別の点から性のことを考えさせる何かを孕んでいる。つまり、この世の中の人間全員が、誰かと誰かがセックスをした結果生まれてきて生きている、ということを遠回しに言っている。小学生の高学年か、中学生の頃、保健の時間に生殖の仕組みを学んで、自分の両親がセックスをして自分が生まれてきたことを知ったときの戸惑いと驚きをいまでもときどき思い出す。隣に住んでいる美雪ちゃんも、あのお父さんと、あのお母さんがセックスをしたから生まれてきたのである。教室にいるほかの同級生もバスケット部の顧問もピアノの先生もテレビに出ている芸能人も政治家もぜ〜んいん！　がそうなのである。電車の中とかで突然その感覚がよみがえることがあって、いまの自分は子どもの頃と違ってセックスを経験したこともあるので、たとえばこの乗客全員が誰かと誰かがセックスをして生まれてきたんだな、と思うときの生々しさはハンパない。大好きな人との甘美な時間、義務、なんとなくの惰性、人工受精、レイプ。セックスだっていろいろである。何年か前の誰かと誰かのそういう行為の結果生まれた人たちが同じ電車に乗って、それぞれに膝の痛みのことや、午後の会議や、今日の晩ごはんのことを考えているのである。

誰かと誰かが出会って、私やあなたが生まれる不思議、人間の面白さを考えていると、もうひとつ気になることが出てきます。誰かと誰かが出会う前のもうひとりの誰か。平たく言うと、母親の元カレ、とか父親の元カノである。自分の母が父と出会う前に付き合ったり、好きだった人のこと。ほとんどの人は初恋の人と結ばれて子どもを授かる、なんていうことはないわけだから。もし結婚した母が父と出会う前に好きだった人との付き合いが「上手く」いって子どもが生まれていたならば、ボクは生まれていなかったわけですね、きっと。実際に自分の母は父と出会う前に誰か別の男性と付き合ったことなんてなかった、と言っていたが、もし仮にそれが本当だとしても、思春期以降、好意を持った男性は何人かはいたに違いない。そしてそのボクの知らない男性との関わりや、その人への想いも、彼女のパーソナリティーの形成に一役買っているわけじゃないですか。その相手が生きているとしても、その人に会ってみたいとは思わないが、写真があるなら見てみたい。そしてその人がどんな風に魅力的だったのかを考えてみるのは面白い。あなたのお母さんの元カレの写真。ほとんど他人の肖像。ほとんどね。

追記：しかし、そうなってくると、やはり「すべての男は誰かの息子である」というのも、やっぱり重要ですね。お父さんの「元カノ」も。そして、自分のことを「女」や「男」と区別をつけたくない人もたくさんいるし、「娘」や「息子」という自分で決められないステイタスのことを、他人にとやかく言われたくない、という人もいる。「親の因果が子に報い」という、甚だ現代的ではない、えげつないことわざを思い出したりもしますね。これはなかなかにデリケートな問題を孕んでいるな、と思って「#すべての女は誰かの娘である」プロジェクトは、ちょっと保留というか、考え中です。もちろん自分の気になる人を撮ることは続けています。ちなみに「誰かの娘」といってポートレートを見せたときに、見る人によって、その写真に写っている人の母親を思う人と、父親を思う人がいて、そのわかれ具合はかなり興味深かったのです。両親ふたりを同時に思う人はほとんどいなかった。

キョンキョンと言えば

鼻の奥がむずがゆい日が続いてなんだかヤバいな、と思っていたら、案の定、風邪を引いてしまった。喉が痛くて関節が痛み、頭がボーッとしている。昨日はほとんど何もせずに家にいてベッドで過ごした。

今日も朝から家で過ごす。いま、午前10時半なのだが、テレビでは自分の夫婦喧嘩をオペラにしてしまった作曲家の話をやっている。ゆうべは網走監獄で脱獄を繰り返していた昭和の脱獄王、白鳥由栄のドキュメンタリーを見た。食事の味噌汁で手錠と視察孔を錆びさせて外し、関節を脱臼させ、監獄の天窓を頭突きで破り監視口をくぐり抜けて脱獄したそうである。身体力も頭の良さもすっげえなあ。出所後に本人にインタヴューしたことのある作家が登場して、そのインタヴューの肉声がカセットテープで再生されていて凄みがあった。

さっきのワイドショーでは、夫と映画を観た後、うっかり知らない人と腕を組んで歩いてしまった女優さんの逸話が紹介されていた。世の中にはいろんな人がいるもんだな。

そして、ここには風邪を引いたオッサンがいる。上の部屋ではリフォームのための工事をやっていて、木槌か金槌かでトントンと木を叩く音が聴こえてくる。そう言えば、ひと月ほど前にリフォーム工事をするのでご迷惑おかけします、と挨拶に来てくれたっけ。あのとき持ってき

白鳥由栄（1907-1979）:「昭和の脱獄王」の異名で知られる元受刑者。
小泉今日子（1966-）: 歌手。女優。エッセイスト。
高見沢俊彦（1954-）: シンガーソングライター。ギタリスト。「アルフィー」のメンバー。

てくれたクッキーがあったはず。あれ？　もう食べちゃったんだっけ。いつの間にかテレビは天気予報になっていて爆弾低気圧の到来を告げている。関東には木枯らしが吹くらしい。

木枯らしといえばキョンキョンの歌があったな。柳家喬太郎じゃなくて小泉の方のキョンキョン。なんだっけ、小泉今日子、木枯らし、とググってみると、あ、あったあった。YouTubeで「木枯らしに抱かれて」。へーっ、これ１９８７年の歌なんだ。高見沢俊彦の作詞・作曲だったんだ。夜のヒットスタジオだな、これ。あー、木枯らしに抱かれてしまえば風邪も治るかな、寒いかな、気合い必要だな。

そういえば昔、小泉さん、撮ったことあったなぁ、ジャングルジムにもたれるモノクロームのキョンキョン。可愛かったなあ。あ、月曜日に撮ったSF作家のふたりの写真をそろそろセレクトしなきゃいけないな。早めに送らなきゃいけない請求書もあったな。先週のロケのときの交通費の領収書も整理しないとな。やることたくさんあるな。

風邪を引いているけれど。子どもの頃、風邪を引いて熱を出すと母がよくりんごをすりおろしてくれたな、そう言えば。すりおろしたりんごって最後に食べたのっていつだっけ？　あ、そうだ樹木希林さんだ、って出し抜けですが。内田也哉子さんの撮影でお宅に伺ったときに、樹木さんがいらっしゃって、もらいものがたくさんあるからと言って、りんごをすりおろして出してくれたことがあったのです。客人にりんごのすりおろしを出す、って難しいことのような気がするけれど、樹木さんの振る舞いはあまりに自然で、とても美味しかったことをいま思い出した。ちょっとだけ自分がテレビドラマの役を当てられたようも気もしたな。

樹木希林（1943-2018）：女優。
内田也哉子（1976-）：エッセイスト。女優。

匂いの記憶

良い匂いのする人って素敵ですね、男女問わず。実際の香りもそうだし、比喩としても。しかし匂いって、いったいなんだろう。実際のところ、良い匂いとダメな臭いは紙一重。高級ワインのテイスティングで腐葉土のようなとか、猫のおしっことか、言いますが、接着剤、濡れた段ボール、黒カビ、火打ち石、馬とかなってくるともう、何か笑っちゃいますね。

とある人気女性歌手の撮影でヨーロッパロケに行ったとき、世界遺産の中世の街並みにある老舗の地下のレストランで食事をして数種類のパンが出てきたのですが、その中にハーブ系の香り付けしたものがあって、たぶんクミンの香りだと思うのだけれど、彼女は言いました「腋臭のパンみたい」。その場の全員爆笑でしたが、噛み締めるほどにその言葉のリアリティが高まってきてなかなかに可笑しかった。彼女はそのパン、苦手だったようですが、ボクは結構好きでした。腋臭パン。ヨーロッパ産の濃いめのバターとの相性も良く、一緒に飲んだ白ワインも美味かった。

21歳のとき、初めてヨーロッパを旅行して、パリのオルリー空港に降り立ったときの不思議な香りも印象に残っていて、そのときは気付かなかったのだけれども、あれは「ジタン」や「ゴロワーズ」や葉巻の黒い煙草の匂いとさまざまな人間の人いきれがミックスしたものだった。

茶色い葉っぱの「チェリー」や「峰」を吸っていた祖父の家の匂いとはぜんぜん違うものだった。当時はみんな、そこかしこで煙草を吸っている人が多かったが、いまのオルリー空港、どうなんだろう？

アポロ13号（映画は１９９４年で実際の打ち上げは１９７０年）の映画を観ていると、管制室でいまでは考えられないほどの数のスタッフが煙草を吸っていてビックリなのだが、21世紀のロケット打ち上げの管制室はどんな匂いなのかしら。

プレジデント社と平凡社の匂いはきっと違いますね。早稲田と東大も、永田町の自民党本部と代々木の共産党も、それぞれに。市場やレストランの匂いは想像がつきやすいけれど、意外な場所で思いがけない香りに遭遇することがたまにあって面白いこともある。

普段の暮らしでボクの好きな匂いはいろいろあって、地下鉄新木場駅を降りたとき、潮と木材の匂いがミックスして海風にのって漂っている。浅草寺の仲見世を抜けると漂ってくる線香の匂い。なくなってしまった麻布十番温泉や大田区の銭湯なんかのヨードの匂い。

そう言えば、昔は新品のカメラって、不思議な匂いがしたけれど、最近はなくなっちゃったのかな、革と金属が混ざった匂い。自動車整備工場のオイル。シリア、アレッポの石鹸。ＪＲの切符の裏側の茶色い面。高円寺のガード下。相撲力士の鬢付け油。色鉛筆やダーマトグラフ。銀座伊東屋。新しい写真集のインク。マニラ麻の封筒やお札。浦安市運動公園プールの更衣室で髪の毛を乾かすとき。ちょっとヤバめなペーパーセメントとソルベント（溶解液）。新しいジーンズのアシッド感。雪の積もった朝。

待ち人の流儀

あなたは待つ人ですか？　待たせる人ですか？　いや、そりゃ生きてりゃ両方ありますね。

いま、来年発表予定の自分の写真のプロジェクトを準備中で、ある人にその作品に関する文章をお願いしているのだが、原稿がこないのである。お願いしたときは快諾していただき、やった、うれしい！と思って、そしていまもそう思っているのだが、さすがに〆切はとっくに過ぎているのである。どうしよう？　はい、もちろん、待ちます。

しかし、待つことの流儀もいろいろあるな。メール。電話をかけまくる。家まで押し掛ける。親しい人に伝えてもらう。脅迫まがい。泣き落とし。いや、ドキドキするなあ、もう。

遅筆で有名な小説家や漫画家の方がいらっしゃいますが、担当編集者は本当に大変なんだろうな。待つことが日常になっているって。公共の電車を待ったりするのって、日本の場合、ほとんど定刻に来るのがわかっているわけで、それは待つというのとはホントはちょっと違うのかも。来るか来ないかわからない、来るとしてもいつ来るかわからない、そういうものを待つのが、待つことの醍醐味かも。

サミュエル・ベケットはゴドーを待ち、ローリング・ストーンズは友を待ち、演歌では去ってしまったあの人を待ち続ける。株価の上がるのを待つ。映画のロケで晴れを待つ。ラジオのディスク・ジョッキーはリスナーからのリクエスト&お便り待ってます。ワインなんかの熟成を前提としたお酒を造る人もドキドキするな、きっと。来週とか、来月とかじゃなくて、年単位の熟成を待つ。催促の電話をしたら、あ、本当にいま出たとこなんで、と蕎麦の出前を待つ。

遅刻の上手な人っていうのもいますよね。待たせるのが得意な人。遅刻の下手な人を待つのはなんだか怖い。いつも時間通りにやってくる人が来ないのはイヤなもんだ。遅刻の上手な人は、まあ、ひょっとして来ないかも、いやまあ来るんだけどね、そろそろ、でも寝坊しているよな、きっと、という雰囲気を遅刻していないときでも醸し出しているものである。頭の中に何人か顔が浮かんでくるな、Nさんとか、Aさんとか、Tさんとか。

モノクロームのプリントを自分でやっていたときに暗室の中で現像液に浸した印画紙に画像が浮かび上がってくるのを待つのも好きだったな。昔のバライタ印画紙は銀の含有量が多かったので、適正露光よりもやや少なめの時間に露光して、メーカーが指示している1分半という規定の時間よりも、長めに、たとえば3分くらいの現像時間にして、ジワジワと黒が締まっていくのを待つのはなかなかに痺れる時間だった。

干魃の飢饉のときの雨乞い。そりゃ大変だ。雨が降ったときの喜びもたまらんかっただろうな。みんなで踊って、抱き合って。そっかぁ、クリスマスっていうのもみんなが待ちこがれた救世主がこの世に生まれたぜ！っていうのを喜んで祝う日でしたよね、そもそもは。

サミュエル・ベケット（1906-1989）：アイルランドの劇作家。小説家。詩人。

感じるな、考えろ

２０１９年12月６日の日比谷線、築地駅。17時27分。

言葉は本当なんだろうか？　此処で何を書くことも自由だ。無重力。

写真は其処に行かなければ撮れない。撮影できない。影を撮るのだ。光が必要だ。文章は此処で綴れる。其処に行く必要はない。

言葉は常に此処にある。ドア閉まります、トーンの高い鼻にかかった男性車掌の声。日英の言葉で伝えられる、工事のため年末年始の銀座線の運休の案内の女性の声。渋谷・表参道間、青山一丁目・溜池山王間が該当の区間である。英語の発音も日本語とまったく同じアクセントで、あおやまいっちょうめ、とか、ためいけさんのう、と発音しているのが心地よい。

センスの悪い駄洒落とヒップホップで韻を踏むのは何が違うのか、文脈も響きもきっと違う。しかし、心に響くおやじギャグというものがないわけではないだろう。おやじではなく、とっくの昔に死んだシェイクスピアの台詞の朗読が役者によってはラップのように響くこともある。

前の７人掛けのシートは右から３つ目だけが空席で、６人の乗客すべてが携帯を眺めている。右からふたり目の女性は自らが妊婦であることを伝えるバッジをつけてタータンチェックのマフラーを首にまき、白いモヘアのコート姿である。自分の左隣に座る50歳くらいの女性は膝の上にFUJITSUとロゴの入ったパソコンを広げてメールを書いているのが丸見えである。医療系の研究所、あるいは大学の先生であろうか。同僚、あるいは部下に、誰かに虚偽の報告をしてしまったことを詫びるためのメールの作成を依頼している。謝罪のメールは詩になりうるか？　韻を踏んだ謝罪のメールは可能か？

とある百貨店にクレームの電話をかけたら、五七五七七のリズムで謝られて面食らったことがある。かすみがせきいい〜、霞ヶ関、足元にご注意下さい。3番線の電車は中目黒行きです。ドアが閉まります。次は神谷町です。

線路と車輪が擦れる。紫のダウンジャケットの衣擦れ。隣の女性は少し白髪まじりで髪が肩にかかっている長さ。縁のない眼鏡。ボクの髪が肩まで伸びて、あなたと同じ長さになったら結婚していただけますか、と話しかけてみようか？

都営大江戸線はお乗り換えです。あ、六本木か。そうだ六本木だ。ボクは六本木で降りるのだ。自分のポケットのSuicaの位置をたしかめて、降りる人たちのいちばん最後に降りる。

現実は韻を踏んでいないが、詩は韻を踏んでいる。携帯に流れてくるYahoo!ニュースも韻を踏まない。アフガニスタンで亡くなった中村哲さんの葬儀、ラグビー日本代表のパレード、長男を殺害した元農林水産省次官の公判、赤字国債追加発行、吉野彰さんノーベル化学賞授賞式。

ボクが降りてしまった後の電車は中目黒に本当に到着しただろうか？　ボクが知らないだけで、実はバスティーユとかキャナル・ストリートに着いてしまう可能性はないのだろうか？

六本木の交差点に携帯のレンズを向けてインストールした露出計で明るさを計ればISO1600で、シャッタースピードを125分の1秒にしてみると、F3.2と表示される。光は存在し、両耳の後ろに手を添えて耳埵と耳輪を少しずつ前方に曲げて行くとクラクションやネオンサインの遠い彼方にミツバチのささやきが聴こえてくるのだ。

ウィリアム・シェイクスピア（1564-1616）：イギリスの劇作家。詩人。／中村哲（1946-2019）：医師。パキスタンやアフガニスタンでの医療活動、灌漑事業、難民援助などに尽力した。／吉野彰（1948-）：電気化学を専門とする日本のエンジニア。2019年にノーベル化学賞を受賞。

京都のメモリーズ

先日、洛北の山の麓を拠点に活動を続ける猟師・千松信也さんの撮影と取材で久しぶりに京都に行った。叡電に乗っていると、ゼロ年代の前半だったか、建築雑誌の仕事で、この辺りのとあるお寺に庭の撮影で訪れたことを思い出して懐かしくなる。

比叡山を借景にした素晴らしい石庭のあるそのお寺の住職はかなりの頑固者というか偏屈者で、もちろん事前に庭園の取材の趣旨を手紙で伝え、撮影の申し込みをしておいたはずなのに、いざ訪ねてみると「どちらさん？　聞いてへんなあ、そんな話」とつれない態度で、こちらもカチンときて「では、光の感じがいまとても綺麗なので、さっそくですが撮らせていただきます」と、さっさとカメラと三脚を準備しようとすると「撮ってもええけど、うつらへんで」とのたまう。「こないだも何とかいう雑誌が来よったけど、何にもうつってへんかったで」。わはは、なかなかのお言葉である。内心苦笑しながら撮影を進める。

しかし「撮ってもええけど、うつらへん」というのは含蓄の深い言葉ではあるな。世の中のほとんどのものは「撮ってもええけど、うつらへん」のではないだろうか。これは必ずしも精神論ではなくて、いったい人は世界のどこを見ているのか、何を見ているのか、という問いかけであって、自分が写真を撮ったけど「うつってないなあ」、と思うことはしょっちゅうある。

　二〇一九

千松信也（1974-）：京都大学文学部在籍中に狩猟免許を取得し、先輩猟師から伝統のワナ猟、網猟を学ぶ。現在も運送会社で働きながら猟を続ける、現役猟師である。／アレックス・カー（1952-）：アメリカ出身の東洋文化研究者。加藤基（1982-）：編集者。

撮影を進めている間に、住職は、同行の日本文化に詳しく、日本語にも堪能なアメリカ人の東洋文化研究者、アレックス・カーと話し込んでいる。お堂に飾ってあった古い中国の書の来歴に彼が詳しいことがわかると、さっきと態度がコロッと変わって「あんた、たいしたもんやな、これがようわかりなはるな！」と感心しきりで、ますます内心爆笑で撮影を終えた。

こういうお坊さんがいる京都という町は最高だな、と思う。「まあ、京都のお寺さんは、こういう人多いよね」と、アレックスはしれっとしていて、特に気にするでもない。そのときに撮影した写真が果たして「うつって」いたのかどうかはわからないが、思い出深い一枚である。

さて、その日は千松さんとその家族（小学生の男の子ふたりと素敵な奥さん）と一緒に焚き火をし、山を歩き、仕掛けた罠を見せてもらいながら彼らの写真を撮り、鶏小屋でとれたばかりの玉子を落としたラーメンと猪の焼き肉をご馳走になり、彼が飼っているミツバチからの蜂蜜までお土産にいただいて、送ってもらった車の中では、ニホンミツバチとセイヨウミツバチの生態と、その蜂蜜の味の違いを聞きながら町に戻った。

御所の東、賀茂川に並行して南北に走る、河原町通に面したホテルにチェックインしてから、まだ床に就くには早い時間だったので、編集の加藤さんと飲みに行った。1軒目に行ったバーではデビッド・ボウイの古いPVが大きなスクリーンに映し出され、カウンター席でボクの隣に座る40歳くらいの女性は、大ファンなのか、何かあったのか「デヴィッド・ボウイ、最高やん」と涙ぐみながら酔っぱらっている。

ニット帽から渋く白髪が少しのぞいている店主はガンズ・アンド・ローゼズのTシャツを着

デヴィッド・ボウイ（1947-2016）：イギリスのロックミュージシャン。
ガンズ・アンド・ローゼズ：1985年から活動を続けるアメリカのロックバンド。
シン・リジー：1969年に結成されたアイルランドのロックバンド。

ていた。ボクと加藤さんはワイルド・ターキーのソーダ割りを飲んだ。2軒目、その夜の〆に行ったホテルの真向かいにあるうどん屋ではイギー・ポップの新譜が流れていて、店主はシン・リジーのTシャツを着ていて、ボクたちはおでんと昆布うどんをつまみに和歌山の日本酒をお燗で飲んだ。師走の河原町通、土曜日の午後11時40分。いい町だなあ、京都。その夜、初めて聴いた72歳のイギー・ポップの最新アルバムのタイトルは『FREE』といいます。

イギー・ポップ（1947-）：アメリカのロックミュージシャン。

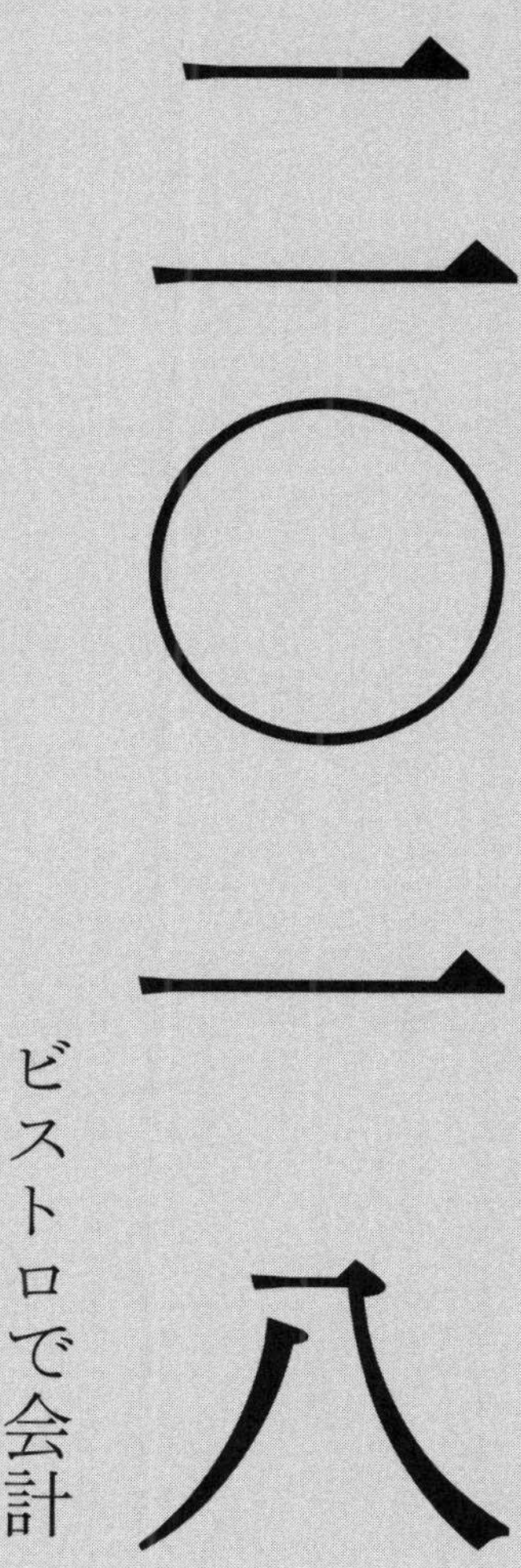

二〇一八

ビストロで会計

同級生は日置武晴

大学の同級生の料理写真家・日置武晴が『ぼくの偏愛食堂案内』という本を出し、その出版記念イヴェントのトークにゲストで登壇して彼の撮った写真を見ながら話をした。

彼の撮る料理はどれも本当に美味しそうなのである。料理の形や色彩そのものだけでなく、食事をした時間や空間がヴィヴィッドに感じられることが素晴らしい。食べている途中のフォークに巻かれたパスタ、ビストロで会計が終わって100ユーロぴったりになったレシート、飲み終わったスープ皿、フルーツパーラーの赤い椅子と床の格子のタイル。マドレーヌを紅茶に浸したその瞬間に人生のさまざまな記憶や想い出が甦ってくるプルーストの『失われた時を求めて』のことを考えたりもします。甘くて苦いいろんなことがら。

自分で料理の写真を撮ってみるとわかるのだが、料理を撮るって結構難しいものです。どこにフォーカスを合わせれば良いのかを瞬時に判断することが特に。料理に寄ると花の咲いていない森を見るような感じになることが案外多いんだよね。

ところで日置くんと話してびっくりしたのは、彼は南青山のビストロ「ローブリュー」に通い詰めて、いままでに666回行ったそうです。それって、毎日行ってもほとんどまる2年間かかるよね。すごいなあ。

日置武晴（1964-）：写真家。
マルセル・プルースト（1871-1922）：フランスの小説家。
小林エリカ（1978-）：漫画家。小説家。／石内都（1947-）：写真家。

シックスティファイブ

1月から2月にかけてのメモ。帰省、阪急電車、おせち料理。やや認知症が進んできた母、上の妹。母と同居している真ん中の妹、下の妹、妹の夫。ラフロイグ、ビール、満員の新幹線、帰京、妻、娘、西葛西のカレー屋、写真集の打ち合わせ、グレインハウス、チャイコフスキー、小林エリカの展示、軽井沢のバーbarman、石内都展覧会、ウジェーヌ・アジェ、川崎、政之湯、浅草演芸ホール、落語、心眼文字起こし、西麻布事務所建物取り壊し、立ち退き通告、引っ越し計画、八丁堀、降雪、福岡、北九州出張、博多っ子純情、光石研、うどん、角打ち、太宰府天満宮、丸千葉、吉原大門のバーdute、新井薬師、池田宏展示、クリーンスパ市川の25メートルのプール、浦安総合運動公園の室内プール、CUT、UOMO、dancyu、小説すばる、雛形、GINZA、wired、トースト、代々幡斎場、お通夜、源泉徴収票、上野、東京文化会館、長岡京室内アンサンブル、川上弘美、ポール・セロー、橋本治、カズオ・イシグロ、女子的生活、皆既月食。写真にうつるもの、うつりにくいもの、うつらないもの、いろいろあるなあ。

ピョートル・イリイチ・チャイコフスキー（1840-1893）：ロシアの作曲家。／ウジェーヌ・アジェ（1857-1927）：フランスの写真家。／池田宏（1981-）：写真家／川上弘美（1958-）：小説家。／ポール・セロー（1941-）：アメリカの小説家。旅行家。／カズオ・イシグロ（1954-）：イギリスの小説家。

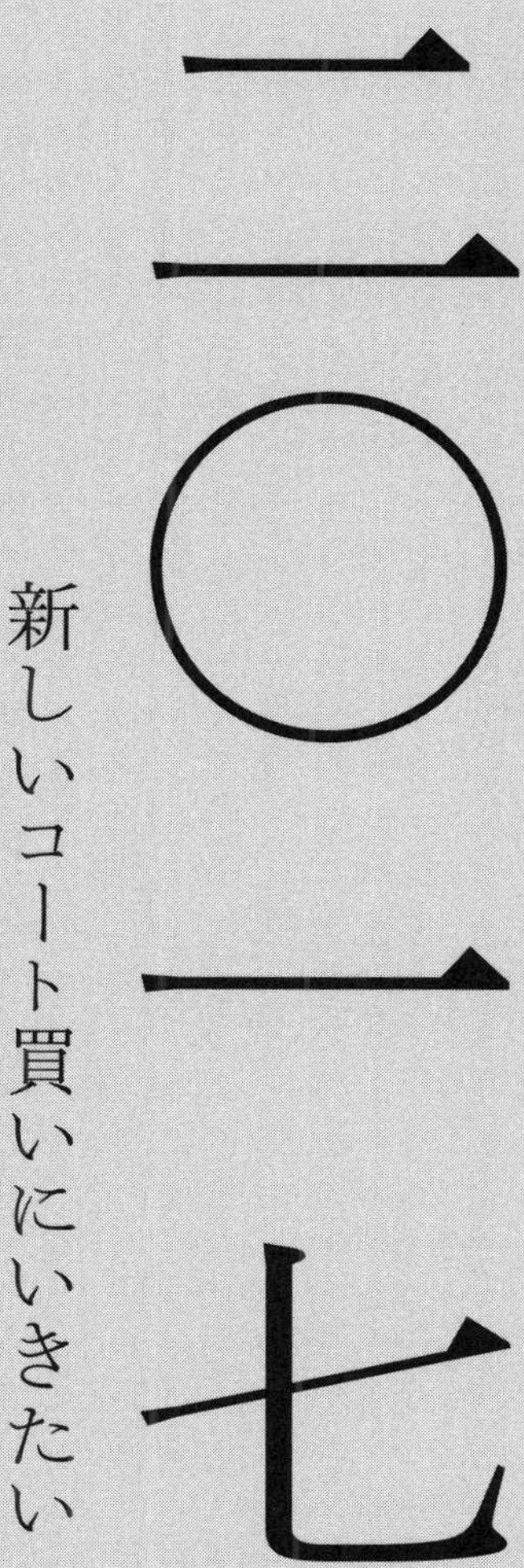

二〇一七

新しいコート買いにいきたい

少しずれている

東京では11月に初雪が降った。南米ではサッカー選手の乗った飛行機が墜落して悲しみに包まれ、隣国の大統領は弾劾されている。

日比谷線銀座駅の発車ベル「銀座の恋の物語」の出だしのメロディーに我に返り地下鉄を飛び出す。ボーッとして危うく乗り過ごすところだった。ハイブランドの服の広告を横目に階段を駆け上がる。自動改札を出ようとしたらSuicaの残高不足。チャージをしようとしたら新札の1万円をなかなか機械が受け付けてくれない。しょうがないので財布の中にあった残りの千円札2枚分をチャージして外に出る。

朝、自宅前からバスに乗ったときは土砂降りだったが、4丁目の交差点が太陽に照らされてキラキラと光る。横断歩道にこだまするイタリア語と中国語。

久しぶりの友達からの携帯が鳴って何やら相談事。来週の月曜日、五反田で会うことにした。あれ、自分はいまどこに向かって歩いているのだっけ？　反対方向に歩いていることに失笑して来た道を戻る。

今日は少し厚着しすぎたかもしれない。セーターの下が汗ばんできた午後1時。

『トーク・トゥ・ハー』と「武満」

20歳のときに何をすべきか？
そんなことは昔から決まっていてチンコとマンコの使い方を練習するということだ。もう少し上品に言うと、それは「魂のレッスン」である。自分の身体や欲望のおぼろげな輪郭すら掴めていない20歳の人間はさまざまなことを練習しなければならない。自分のチンコがマンコという他人の中に入っていく。あるいはチンコ同士が戯れ合うことだってあるだろう。他人のチンコやマンコをどうやって想像するのか？　推し量るのか？　それはひとりでできることではなく、誰かとの出会いと導きが必要だ。

交通事故にあって眠り続けるバレリーナを昼夜看病しながら、いつか目覚めることを信じて彼女に語りかけ続けるベニグノと、試合中に牛に襲われて意識不明の女闘牛士にどう接していいのかわからず悩んでいるマルコ。想いをよせる女が昏睡状態に陥ってしまったふたりの男が偶然に出会い、友情を深めていく。ペドロ・アルモドバル監督の『トーク・トゥ・ハー』は「魂のレッスン」そのもの。映画の中で交わされるある男女の会話。

女「いつかあなたと話したいわ」

ペドロ・アルモドバル（1949-）：スペインの映画監督。
ピナ・バウシュ（1940-2009）：ドイツの舞踏家。振付家。
カエターノ・ヴェローゾ（1942-）：ブラジルの歌手。作曲家。

男「そうだな、話すことは意外に簡単だ」
女「何事も簡単ではないわ」

「魂のレッスン」は意外に簡単で、実は簡単ではない。50歳を過ぎてしまった自分もチンコとマンコの使い方はまったく簡単ではない、と本当に思う。劇中に登場するピナ・バウシュのダンスとカエターノ・ヴェローゾの声はレッスンの素晴らしい教材。

立花隆による伝記『武満徹・音楽創造への旅』はすべてのジャンルの音楽、そして芸術を愛し、志す若者にとっての必読書。貧しくてピアノが買えなかった若き武満が通りを歩いていてピアノの音が聴こえてくると、見知らぬその家の人に頼んで上がり込み、ピアノを弾かせてもらっていたというエピソードや、日本映画の黄金時代にサウンド・トラックがどのようにつくられていたのか、「日本的」なものと西洋文化とのギャップと軋轢、政治と芸術の距離についての論争、同時代の詩人や画家との交流などなど、武満を主人公とした第二次世界大戦後の日本の若い芸術家たちの真摯に生きる態度が生き生きと語られている。

立花隆（1940-2021）：ジャーナリスト。ノンフィクション作家。
武満徹（1930-1996）：作曲家。

カクテルと現像

先日、友人の写真家の個展会場に併設されているバーでバーテンダーとしてカクテルをつくった。マティーニとかマンハッタンとかネグローニとか、いろいろ。ベースになる酒とリキュール、ビターのバランスをほんの少し変えるだけでずいぶんと違った印象の酒になるのが面白い。あと温度の違いも。おかげさまで盛況で何人かのお客さんは2杯目、3杯目とお代わりも頼んでくれてなかなかに忙しかった。

それで思い出したのだが、昔白黒のフィルムを自分で現像していたことである。トライXというISO感度400として売られているフィルムをISO200で撮影して（つまり露出を多めにかけ）D76という現像液を1対1に希釈して20℃で10分間現像すると、標準現像（ISO200で撮影して原液で8分）よりも微粒子で階調豊かなネガが出来上がる。現像液を希釈したり温度を計ったりする作業をいい加減にやると仕上がりにバラツキが出るし、安定したトーンがつくれないのだ。真夏には部屋にクーラーがなかったので、少し低めの温度からスタートして微調整したりもしたものだ。

カクテルをつくるプロセスが現像液をメジャーで計って希釈して温度調整、という流れにそっくりだな、とネグローニをつくりながら思ったわけです。ちなみに当日のお薦めのベルモットはロンドンのセイクレッド・スパイス・スイート・ベルモット。リキュールはグランクラシコ・ビター。このふたつは最高です。

ホックニーが教えてくれたこと

初めてホックニーの写真を使った作品を見たのは20歳の頃。お母さんのポートレート。ピカソみたいだな、と思った。これは一体なんだろうと思って良く見てみると写真のコラージュであるということがわかった。

絵筆であろうがカメラであろうが、おそらくコンピューターでも、何を使っても彼は画家なんだなと思う。別に「写真」と「美術」や「絵画」の間に線を引くべきだとはボクはまったく思わないのだけれども、彼の作品は写真の使い方を拡張してもいいんだということをボクに教えてくれた。

いちばん好きなのは"Ian Washing His Hair, London, Jan. '83"というタイトルの、男がバスタブに座って洗髪している作品。空間の中の水と皮膚と光。離れてみると宗教的な祭壇のようにも見える。まだセックスを2回くらいしか経験したことのない、欲望の輪郭なんてまったく掴めていなかった自分をこの作品を見ていると思い出す。

パブロ・ピカソ（1881-1973）：スペインに生まれ、フランスで活動した画家。

あっというまに

行ってしまう、逃げる、去る、といって1月、2月、3月は過ぎるのが早いのです、小学校6年生のときの担任の大江先生が言っていた。

1月は三が日に実家に帰った以外は遠くに旅をせずに東京で仕事していた。児童文学作家の神沢利子さんのお宅にお邪魔したのが1月11日。小説すばるの新年会は13日。娘がセンター試験を受験したのは14日と15日。梅の花が最初に咲いているのを見たのは16日で、あざみ野の観福寺。『わたしは真吾』の舞台を見たのは19日、80年代のスピリッツ。アピチャッポン・ウィーラセタクンの展覧会を見たのが21日。亡霊たち、花火。広尾の「正庵」でいちご大福を買ったのは24日。チューリッヒから知り合いふたりがやって来て浅草で飲んだのは26日。生ビール、奥播磨、余市。まだインフルエンザにはかかっていない。これからもかかりたくない。そして仕事の合間に本を読んでいたらあっというまに2月になった。

オルハン・パムクというトルコの作家の本を続けざまに読んだ。『僕の違和感』という60年代の高度成長から現代にいたるイスタンブールを舞台にした地方から都会にやってきた男の話。家族の話、路上でボザを売る男の話。ボザっていうのはトルコやバルカンで人気のある麦芽を用いた発酵飲料、ほんの少し酸味のある甘い香り。

神沢利子（1924-）：児童文学作家。詩人。
アピチャッポン・ウィーラセタクン（1970-）：タイの映画監督。美術家。
オルハン・パムク（1952-）：トルコの小説家。

母と会う

すべての女は誰かの娘である。当たり前ですね。すべての男は誰かの息子である、というのもそうなんですが、そちらの方はなんだかピンとこない。自分が男だからかなと思ってそのことを女友達のひとりに話してみたら、そうなのよねぇ、と彼女も言う。まあ男はどうでもいいか。

先週、仕事で関西に行った折に実家に顔を出して母に会った。自分が子どもの頃の母の記憶はTVを見るなとか、好き嫌いを言うなとか、ちゃんと教会に行けとか、何かと口うるさく怖い存在であった。その彼女は今、同じことを何度も何度も繰り返し、朝食のごはん粒をボロボロとこぼしながら3時間かけて食べ、その最中に別のことを突然思い出して昨日書いたメモを探し始めたり、高校3年生の孫の近況を尋ねてまだ進学先が決まってもいないのに、そこは受験の予定もないのに彼女の頭の中で、その孫は日本女子大に行くことになっていて自分が入学金を払いますからね、と言ったりしている。父親が遺したこの家は素晴らしいと自慢げに話し、小学生時代に過ごした台北の街の話、いじめられて同級生からプールに突き落とされた話とかもケロッとする。名古屋に疎開したときに親戚の人がいじわるだった、とかお母さん人参きらいやねん、とか。母と同居している妹は苦々しげに、しかし時に笑いを堪えられず吹き出したりしている。

空気を読むなんていう行為から高速で遠ざかっていく母を見ながら、妹とボクはお茶を飲み、母の少女時代を思い、記憶の中にうっすらとしかない、母の母のことを考える。母の母の夫は結核で30代で亡くなっている。母の母は心臓が悪かったが70歳過ぎまで生きた。母は昭和6年生まれの85歳である。

さくらさくころ

今日で3月もお終いである。桜の花が咲き出した。うちの近所ではソメイヨシノはまだ蕾だが、オオシマザクラの白い花が五分咲きで雨に濡れている。大学の競技場のナイターの灯に照らされていい感じである。

2007年に『Cherryblossoms』という写真集を出版した。5年ほどかけて、毎年、桜の開花のシーズンになると京都から北海道までいろんな所に出かけていった。なぜ、日本人はこんなに桜を愛でるのか、その謎を解き明かしたい気持ちもあった。桜の開花に合わせて北上していると4、5週間ほどぶっ続けで桜の花を見ることになり、1ヶ所だけで蕾から散っていくまでを感じているのとは違い、無意識に自分の中に集積していく艶かしさの澱のようなものが過剰になってしまって、連休明け、北海道の桜を撮影して東京に戻って来るとなんだかとてもくたびれた気持ちになったことを思い出す。

2011年は原発の事故後、東京の街は電力を節約するために暗くてみんな不安でいっぱいだったけれど、無理矢理ライトアップされた桜ではなく、薄暗い街に浮かび上がる夜の桜は人間のことなどお構いなし（のように見えて）で美しかった。いわゆる花見や夜桜見物ではなく、ひとりで静かに暗い街を歩いて桜の木を見上げるのは、この上なく切なかった。

記憶にございません

昨日、亀戸天神にお参りに行った。自分や家族や友人に受験生がいるわけではない。ただただ学問というものの大切さを改めて感じる今日この頃なので、菅原道真公に感謝を捧げに行ったのである、というわけでもまったくなく、旧知の仕事仲間と日の高いうちから飲もうと16時半に亀戸駅近くのホルモン焼き屋で待ち合わせていたのだが、約束の時間より早く着いてしまったので足を延ばしてみたのだ。

広重が描いたふたつの太鼓橋のいちばん高くなっている地点から眺める境内の藤と桜の葉の緑が眩しく輝いていて、花のシーズンはとうに終わってしまっているのだが、来るべき何かに備えるかのような、何やら過剰なエネルギーに満ちていた。

焼き肉を食べる前に神牛坐像にお参りして触らせていただくというのも、ちょっと妙な気もしたのだが。お参りのおかげかどうかはわからないのだが、その後に訪れた「ホルモン青木2号店」のホルモン、シマチョウ、えんがわ、レバー。どの皿も最高だった。脂がトロトロに美味い。レモンサワーもたまらんかった、です。

そのあと小岩に移動して「サイフォン」というタイ料理屋でメコン・ウイスキーをひと口飲んだところまでは覚えているのだが、後のことは記憶がない。東京の東側、いいんだよなあ。

菅原道真（845-903）：平安時代の貴族、政治家、学者、漢詩人。

パンクと金髪

6月のとある日曜の夜、妻と娘が韓国ソウルへの2泊3日の旅行から帰ってくるというので羽田空港に迎えに行った。大韓航空KE719便、22時50分の到着予定である。ターミナルにクルマを駐めて到着ロビーに着いたのが22時40分でフライト情報を見ると、予定より10分ほど早く既に到着済みである。程なく税関検査を終えたふたりが顔を見せ、荷物を運び駐車場を出て湾岸高速を東に自宅へ向かう。

ふたりが食べてきたトッポギの話なんかを聞きながら大井料金所を通過したあたりでコンッ、と小さな衝撃音を車体に感じ、やたらとハンドルが左に取られる。変だなと感じているうちに車体の揺れもみるみる大きくなり、ヤバいヤバいと左車線に寄りながら海底トンネルを抜け、路側帯にクルマを停めて調べてみたら左前輪がパンクしている。わはは。10年振り、いや15年振りか？

大型トラックが猛スピードで走り去る脇で散らかったトランクから荷物を出し、スペアタイヤと工具を取り出しジャッキアップである。「マジ寒いんですけど」と金髪、半袖Tシャツ姿の18歳の娘が携帯電話を懐中電灯代わりにしてボクの手元を照らす。「は？　冬じゃなくて良かったじゃん」とつぶやきながらやっとの思いでタイヤを交換して左車線を低速で再び自宅に向かい始めて、あ、写真撮るの忘れたな、と気付く。高速道路の路側帯のパンクしたクルマの前での家族写真。

#flattire

『狂おしき一日、あるいはフィガロの結婚』について

フィリップ・ソレルスがこう書いている。

「詩人、画家、ダンサー、そして他の多くの身分もまた、音楽によって開かれ、可能になっている。音楽は『なによりもまず』存在しているのだ。音は、音量、しぐさ、影、光、表層に先立つ。音楽はそれらを鋳型にいれ、成型し、生み出すのだ。音楽は哲学的であり、科学的であり、同時に政治的なのである。それは、なにものにも退行せず、すべてを奪う」(※)

この言葉を真に受け、かつてのボクは、音楽は写真には写らない、と言い切っていた。しかし、音楽は音符と音符の間の休符にこそ宿るものであり、写真に音楽が写ることはなかったとしても、写真の余白から音楽が立ち上がってくることは可能であるようにも思えてくる。

先日、ある人から「流れる時間の中で何に反応してシャッターを押しているのですか?」と訊ねられて「人生の中の子音に反応するのだ」と答えたことも思い出す。単独では意味をなさない子音の響きが母音を持ち上げて空中に解き放ち、音の色彩をつくり出す。

一枚の写真に潜む子音の響きを想像してみる。ぼくの声のv、あなたの愛のl、友達の家のh、群衆の叫びのs、魚が水面を跳ねるj、衣擦れのth、写真のph。モーツァルトのオペラ『フィガロの結婚』が初演された1786年の3年後にヨーロッパでは革命が勃発する。2017年

という現在は「何かが起こる何年か前」という未来の過去でもある。そんな風に考えると写真は音楽になりうる、少なくとも何かの楽譜のようでありますね。

※ フィリップ・ソレルス『神秘のモーツァルト』堀江敏幸訳 集英社 より

フィリップ・ソレルス（1936-）：フランスの小説家。批評家。

ヴォルフガング・アマデウス・モーツァルト（1756-1791）：オーストリアの作曲家。

機上の窓から

久しぶりの海外出張で飛行機に乗った。羽田からドバイで乗り換えてストックホルム。結構な長旅である。いつも飛行機に乗るときには身体の自由がきくし、席を立つときに隣の人に気を遣うことも少なくて済むので通路側をリクエストするのだが、今回の旅では久々に窓際に座ることになった。窮屈だなぁ、とちょっと憂鬱になっていたのだが、久しぶりの窓際はなかなか悪くなかった。

朝8時過ぎにアラビア半島、ペルシャ湾沿いのドバイから飛び立った飛行機はすぐにイランからカスピ海を越え、ロシアに入るとボルガ川を過ぎバルト海を越えてストックホルムに到着するのだが、その光景の変化のダイナミズム、特にイラン上空から見下ろす赤茶色い山々と砂漠の迫力には圧倒された。なんだか小学生の感想みたいだが、自分の知らない場所がまだたくさんあって、そこに人間が暮らしていることが不思議でドキドキする。

偶然、チェックイン時に羽田空港で出会ってドバイまで同じ便に乗っていた友人のY君は同じ頃、西アフリカ、ガーナのアクラに向かっているはずなのだが、どんな景色を見ているのだろう。いったい、いま何機の飛行機が空を飛んでいて、何人の人が窓から地上の姿を眺めているのだろう。

旅の後、自分の見た砂漠の名前を調べてみたら「カヴィール砂漠」とあった。塩砂漠という意味らしい。

同級生は渡辺英明

昨年の夏に、くも膜下出血で急逝した同級生の写真家・渡辺英明を追悼するために遺族と仲の良かった友人たちが集まって写真展を開催した。

みんなで内容についていろいろと話をして、彼が死の2ヶ月前にパリに旅して撮影をし、私家版写真集のために残したデータからボクがプリントをつくるということになった。写真集の見開きの右側には現代のパリの街で彼が見た現代建築や地下鉄の駅や道行く人々が配置され、左側にはイコンや教会といったゴシック的なイメージの写真があって1組2点の写真が響き合うようにレイアウトされている。

白黒で正方形の写真たち。渡辺と話をすることは出来ないので、その意図やトーンについて訊ねることは叶わない。もし自分が渡辺であったならどうするか？　と考えるわけだが、サイズ、印画紙の種類、額装など、多分彼ならこうするかもな、という重要かつ微妙な選択の連続だ。

展示は1週間という短い期間ではあったが、たくさんの人が来場してくれて何人もの人から「美しいプリントですね」という言葉をもらった。しかし、亡くなった人間が残したものを触るのは難しい、という気持ちは拭うことは出来なくて本当に彼がつくりたかったものがなんだったのかは誰にもわからない。まあ、お互いに生きていて対話すれば相手の考えがしっかりとわかる、ということもないのかもしれないが。

渡辺英明（1964-2016）：写真家。

夏が終わる

今年は夏の終わりがなんだか変ですね。東京では8月に熱帯夜が続くような厳しい暑さではなかった、ということもあるのかもしれないが。9月下旬になっても突然蒸し暑かったり、梅雨のような雨が降ったり。ひょっとして50歳を越えて気候の変化に敏感になったのかもしれない。夏の終わり方なんてほとんど気にしなかったもんな。

そう言えば、不思議なことに、以前は夏の盛りにはちょっと食欲が落ちて魚やあっさりしたものを欲していた。近年は気温が高いとやたら脂っこい肉を食べたくなる。今年も友人や家族と、そしてふらりとひとりでも焼き肉やステーキや焼き鳥をたくさん食べた。『dancyu』の撮影で足立区の駅から遠いシブい焼き肉屋にも行ったなぁ。恵比寿の「縄のれん」という店のハラミステーキと煮込みも最高だったな。道玄坂のラブホ街にある店のホルモンも美味かったな。新浦安の「吉四夢」もいい店なんだよなぁ。肉を食べたあとはバーに行ってジンのカクテルもよく飲んだ。でも、今日はなんだかウイスキーが飲みたいな。しばらくジンは飲まないかもな。いや、しばらく酒飲まなくてもいいかな。なんて取り留めのないことをいろいろ考えていたら、今日、9月最後の土曜日は乾いた晴天で日が落ちると肌寒くなってきた。新しいコート買いに行きたい、明日の日曜日。

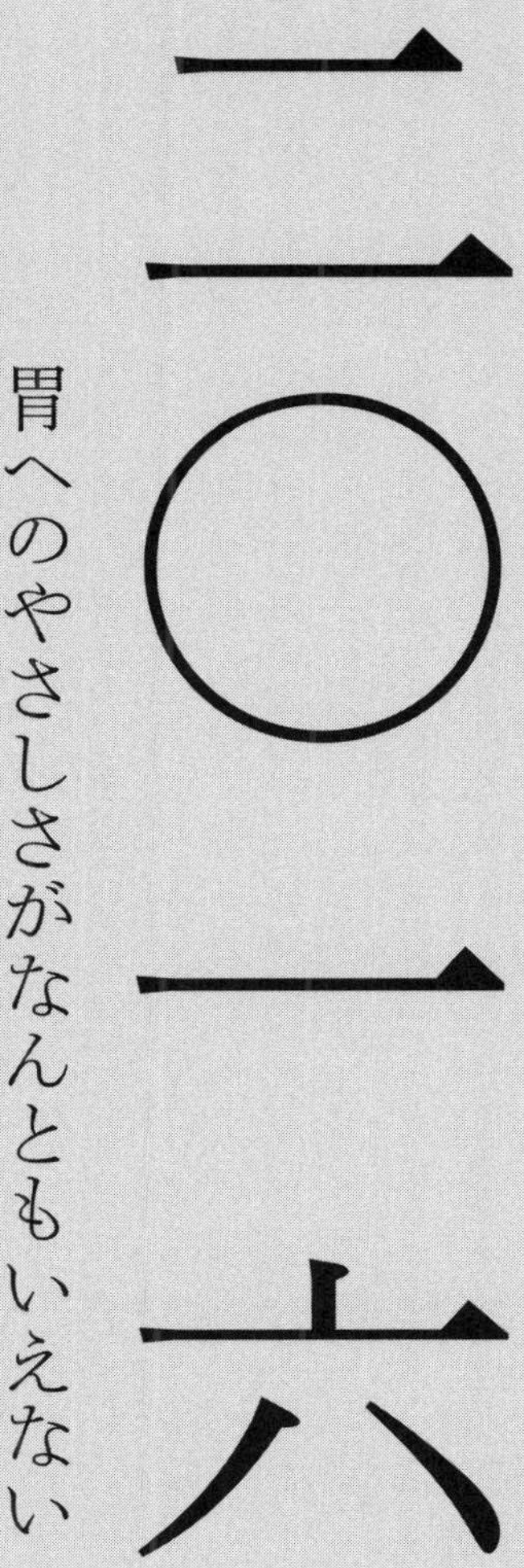

二〇一六

胃へのやさしさがなんともいえない

写真を盗る

古川日出男さんに誘っていただき、郡山市で開催された「ただようまなびや 文学の学校」に写真の講師として呼ばれたのが、２０１４年の夏。２年連続で写真の授業というのはないだろうなとタカをくっていたら、今年は会場のホールで写真を展示しませんかと声を掛けていただき、また参加することになった。

写真を撮ることはカキフライをひとりでつくって食べることに似ている、とは思わなくて、じゃあ何か似ているものはあるかしら、と帰りの新幹線で考えてみると、泥棒とか掏摸（すり）に少し似ているな、と思ったりする。シャッターを切る瞬間がね、かなり掏摸っぽい。しかし、電車の中で他人の財布をこっそり盗んで「やったね！」とか思ったことはボクにはないので、ホントのところはよくわからない。プロの掏摸の人は、どのくらいの頻度で財布を掏ったりしているのかな？ 自分なりの達成目標って、個数なのか、入っている現金の金額なのか？ 最近はキャッシュレス社会なので、掏摸というのは割の良い商売じゃない気もしますね。

古川日出男（1966-）：小説家。

サンキュー2015&ハロー2016

2015年も仕事や私事でいろんな所に旅をした。札幌、福岡、大阪、名古屋、鹿児島、十津川村、笠間、石垣島、八ヶ岳、久留米、二風谷、ニセコ、郡山、会津若松、アモイ、倉敷、いわき、真鶴、などなど。横綱、相撲、魚市場、中古レコード店、演劇、大正モダン建築、大学、実験室、研究所、スタジオ、ロックスター、俳優、自然派ワイン、映画館、多肉植物、陶芸家、植物の種類や生態にとても詳しい中学生、ファッション、靴工場、温泉、アイヌ、小説家、書家、詩人、評論家、写真家、ワークショップ、学校、観光、室内管弦楽団、デモ、落語、いろんな人やモノに導かれて。素敵な出会いと、美味しい食べものと、よく知らない人と話す時の緊張、普通の挨拶、含蓄のある言葉、わけのわからない言葉。水、お茶、酒。バー、居酒屋、スナック、喫茶店。チェーン店とそうじゃない店。コンビニ、スーパーマーケット。喫煙所。スマホとLINEとインターネット。トイレ。ビジネスホテルと民宿と旅館、ラブホテル。ダメなオレとまあまあなときと元気な自分。歯医者、友人のお見舞い、通夜と葬式。親子面談。展覧会。喧嘩と脅し。ラブレターと請求書。2016年はどんな年になるかしら。

カメラ

オリンパストリップ35

1973年、小学4年生のとき、クリスマスプレゼントに父親が買ってくれた、初めての自分のカメラ。兵庫県明石市の瀬戸内海沿いを走る山陽本線朝霧駅の近くに、友人と一緒に出かけてブルートレインの写真を撮っていた。目測でピントを合わせる方式で、露出はオート。よく写るカメラだった。当時はまったくわかっていなかったけれど、「トリップ」という名前がいまではとても気に入ってる。そのときからずっと、トリップし続けている、とも言えますね。

ハッセルブラッド

1978年、中学3年生のとき、エルヴィス・コステロの『THIS YEARS MODEL』というアルバム（アナログLP）を買った。音楽はもちろん、ジャケットの写真もとても気に入っていた。撮影スタジオで写真家に扮したコステロ本人が、細身のスーツで黒縁の眼鏡をかけ、三脚に取り付けられたカメラのフィルムを巻き上げながら左手を開いてこちらを見つめている。バックカヴァーの写真はアトラクションズという彼のバンドのメンバーと4人で写っていて、部屋の中ではためく白いカーテンの形を、ストロボ撮影の効果で、コステロが中心になって魔法をかけてコントロールしているように見える。

目に見えない音楽の力を目に見える写真という手段で表現しているようでもあるアートワークに惹かれて、将来こんなカッコいい写真を撮ることを仕事に出来るといいなぁ、と強く憧れていたことをいまでもときどき思い出す。

ハッセルブラッドというカメラはスウェーデン製の高級なもので、ブローニー・サイズのフィルムを使用し、画面のサイズは6×6の正方形のフォーマットで、LPのジャケットサイズの比率と同じ。とても高価だったので、自分にはとても手の出ないものだった。

キヤノンの一眼レフ（ニューF1、EOS1n）

東京の大学の写真学科に進み（中退してしまったけれど）、撮影スタジオのアシスタントとして働き、写真家を目指していた20代の半ば（1980年代）からプロになってしばらくの間は、キヤノンの一眼レフカメラを使っていた。一眼レフカメラのファインダーを覗くと黒色に囲まれた長方形のフレームが見えて「世界を切り取る」感覚になる。広角レンズが好きで、20〜35㎜というズームレンズを多用していた。広角レンズは多くの情報を同時に捉えることが出来る、ということが最大の特徴であるように思う。

フィルムは35㎜サイズ（24㎜×36㎜）。世界中のアマチュアからプロまでが一般的に使用していたもの。スティーブン・ショアやリチャード・ミズラックなどのニューカラーの写真家たちが使っていた大型の8×10（203㎜×254㎜）のフィルム&カメラの描写にも魅力を感じてはいたが、自分の写真にとっては解像度が高すぎるように思っていた。

「普通のまなざし」という考え方をはっきりと規定出来るのかどうかはいまだわからないけれ

ど、「普通のまなざし」で撮影された写真から立ち上がってくる世界が自分にとって大切だったのだと思う。丁寧に現像した35㎜のフィルムを全紙サイズ（457㎜×560㎜）の印画紙にプリントしたときの銀の粒子の見え方も大好きだった。

1992年にフランスのロックバンド、マノ・ネグラのラテンアメリカツアーに同行して撮影をした、写真新世紀で優秀賞を受賞した作品『GOOD TRIPS, BAD TRIPS』や1997年に発表した写真集『very special love』は、ほとんどキャノンの一眼レフで撮影されています。

さようならハッセルブラッド

プロとして、まあなんとか生計を立てていけるかな、という目処が立った1988年頃に、憧れのハッセルブラッドをローンを組んで購入した。いざ使ってみると、ファインダーを上から覗いて画角を決めてフォーカスを合わせる（レンズが目の高さではなく、ちょうど自分の胸から腰の辺りに位置することになる）という行為が自分の身体感覚にまったく馴染まないことに気付いて、1年も経たないうちに売ってしまった。それまでにも、その後も、ヤシカマット、マミヤC330、ローライフレックスなどなど、正方形のフォーマットで上からファインダーを覗くタイプのカメラを何度か試してみたけれど、どれにも愛着が持てなかった。数多のLPジャケットやダイアン・アーバスの写真など、他人が撮影した正方形の写真を良いと思うことは、しょっちゅうあったけれども。

ペンタックス67、プラウベルマキナ67

35㎜の一眼レフカメラにモータードライヴをつけて撮影するのは、短時間に多くの写真を連続して撮ることが出来る利点があるのだが、あまりにも簡単に流れるように「撮れてしまう」ので、見るという行為が疎かになってしまうと感じることもあって、そういうときはあえてブローニー・サイズのカメラを使うこともあった。

高解像度を求めて、というよりは、一本のフィルムで10回しかシャッターを切れないということが肝だった。ちなみにペンタックスもマキナも上からファインダーを覗くタイプではありません。写真集『サルサ・ガムテープ』はペンタックス、雑誌『SWITCH』で連載をしていた「青空」というシリーズは、主にマキナで撮影しました。あっ、そう言えばYUKIのソロデヴューアルバム『PRISMIC』のCDカヴァーもペンタックスです。でもね、ペンタックス、重いんだよなぁ、笑。

ライカ

35㎜フィルムと一眼レフカメラを使って写真を撮り続けていく中で、徐々に、四角いフレームで「世界を切り取る」という感覚に疑問を覚えるようになっていく。肉眼（流れる時間の中で、人間がふたつの眼球と脳で知覚している世界はカメラの広角レンズよりも、もちろん広くて、しかも歪んでいるとは感じない）で見ている世界の、自分の目の高さにたまたま四角いフレームがある、という方が自然だなと思うようになっていく。

撮影用のレンズと、画角を決めるためのファインダーが違う構造になっているレンジファインダー方式のカメラがいいかもしれないと考えて、ライカM6を使い始めた。レンジファインダーの画角には余白があってぎりぎりまで黒で囲まれていることはないし、ファインダーから

エルヴィス・コステロ（1954-）：イギリスのミュージシャン。作曲家。

見えている景色と撮影用レンズが捉えている世界はそれぞれ別の画像なのだ（ライカだけでなく、たとえばBig MINIや、多くのコンパクト・デジカメでもレンジファインダー方式は使われています）。

２００５年に発表した写真集『encounter』以降のほとんどの作品づくりはライカＭ６、もしくはヘキサーＲＦというカメラとズミルックスというレンズの組み合わせ。

コニカ ヘキサーＲＦ とズミルックス50㎜

ライカを使うようになって、あまり広角レンズを使わなくなっていく。先に書いたように、実際に目で見ているところにたまたまカメラがあるというわけだから、画角はあまり関係なくなってきて、ただ遠近感が自然であれば良いと思うようになってくる。それで50㎜のズミルックスという標準レンズを多用するようになったのだが、驚いたのはレンズの絞りを開放値近く（Ｆ１・４からＦ２・８の間）で使用したときのフォーカスの合っていない部分の描写の自然さ、美しさだった。

しかし、快晴の日にＦ１・４で撮影したいと思っても、ライカでは最速のシャッタースピードが１０００分の１秒なので、露出オーバーになってしまう。コニカがつくっていたライカレンズマウントのカメラ、ヘキサーＲＦは最速のシャッタースピードが４０００分の１秒まで使えるので、真夏のピーカン快晴の日に絞りＦ１・４で撮影しても、なんとか暗室でコントロールできるネガをつくることができる。たとえば、２００９年の真夏の渋谷駅前スクランブル交差点を撮影した作品『incarnation』はズミルックス50㎜の絞り開放をフルに生かしたもの。

iPhone 6

スティーブン・ショア（1947-）：アメリカの写真家。

リチャード・ミズラック（1949-）：アメリカの写真家。

マノ・ネグラ：1987年から1994年に活動した、フランスのミクスチャー・ロックバンド。

２０００年代からデジタルカメラが急速に普及する中で、いろんなカメラを試してみたが、しばらくピンとくるものに出会えなかった。デジタルが嫌いということではなくて、35㎜フィルムのようなリアルな解像度の標準がいったん完全に解体されてしまって、自分が撮った写真も他人が撮った写真も、見え過ぎているか、見えなさ過ぎるかのどちらかのように感じられた。

２年前に携帯電話をiPhoneに買い替えたときに、性能や利便性にびっくりしたのだが、自分にとっていちばん衝撃だったのが、内蔵カメラの性能だ。

電話（あるいは小さなパソコン）を買い替えたつもりが、知らないうちに新しいカメラも手にしていたというわけだ。解像度の現実感も世界中の人と共有できるように思えた。それ以来、作品づくりにも、仕事にもiPhoneを積極的に使用している。

もちろん、すべてのデジタルイメージをつくる際に必ずiPhoneを使うわけではないのだが、iPhoneで撮影した写真が解像度と色味に関しての圧倒的な基準になっている。iPhoneを基準にして、ほかの、いわゆるプロユースのさまざまなカメラを使うときも仕上げの際に参考にしている。加えて、instagramにおけるタグ付け機能を、写真を分類する際に積極的に使っている（https://www.instagram.com/omorikatsumi/）。

自分の作品、他人の作品、有名無名を問わず、過去から現在にいたるさまざまな写真に、もし#をつけるとしたら？　と問いかけてみて、実際に投稿したりもしている。あんなに自分の身体に合わないと思っていた正方形のフォーマットで。まあ、iPhoneで撮影するときは胸ではなくて、目の高さから水平に見ているけれど。

サルサ・ガムテープ：1994年、シンガーソングライター かしわ哲の呼びかけに応じて神奈川県秦野市の知的障害者施設『秦野精華園』の利用者により結成された音楽グループ。メンバーは入れ替わりながら現在に至るまで活動を続けている。

フェイシズ

ある人のことを思い出すときに、いちばん最初に鮮明に頭の中に浮かんでくるのはその人の声だ。友人や家族や恋人との会話やささやき。怒った声。歌声。道で出会ったときの挨拶など、いろいろ。

で、案外、その人の顔そのものを思い出すのは難しい。いやいや、そうですか？　私はその人の顔、思い出しますよ、という声も聞こえてきそうだが、実は、たとえばFacebookのアイコンとか、財布に入れてある娘の写真とか、その人が写っている写真というものを思い出しているのであって、ある人の動いて生きている状態の顔がハッキリと思い浮かぶ、ということはほとんどないような気がする。

共通の体験を思い出すときでも、その人のぼんやりした身体の動き、自分との距離感、何を話したかなどは思い出すことができるのだが、顔そのもの、となるとかなり怪しい。有名人の場合だと、現実のその人よりも前に、その人の写真を知ってしまうわけで、写真からいろんなイメージを受けとっていて、いざ実物に会う機会があると、もちろん写真とは少し、場合によっては大いにギャップがある。

で、その後で本人を思い出すと、やっぱり思い出すのは声であり、写真に写っているその人の顔なんだよなあ。顔も写真も記憶も不思議です。大好きな人の匂いを思い出すっていうのも素敵ですよね。声も匂いも写真には写らないんだけど。

お兄ちゃんと声を掛けられて

2月の雨の土曜日。浅草で飲み会があって少し早めに着いてしまったので田原町のドトール（喫煙席）でお茶していると、背後からベースボールキャップを被って少し呂律（ろれつ）の回っていない初老のおじさんが「お兄ちゃん、お兄ちゃん」と声を掛けてきた。スマホを触ってメールを読んでいたのだが、「えっ？」と思って振り返ると、「お兄ちゃんのその電話の中、天気ある？明日、晴れるかい？」と言われたので、なるほど、と思ってYahoo!の天気予報に接続してチェックしてみると、東京は一日中晴れの予報だったので「明日は晴れるみたいだよ。一日中」と教えてあげた。「そうかい、お兄ちゃん、ありがとう」。アイスコーヒーを飲んでいたそのおじさんはそう言って自分の席に戻っていって煙草を美味そうにふかした。

スマホがあるし、誰かに尋ねることも出来るので、ボクは腕時計をしていないのだが、そのおじさんと話した後に思ったのだが、スマホもなくても、というか、持っていない方が、道や喫茶店で誰かにいろいろものを尋ねることが出来るなあ、ということ。知らない人と外で会話するのって、何か風通しが良いような気がして割と好きです。

ちなみにボクはよくライターを忘れて駅前の喫煙所とかで知らない人に声を掛けてライターを借ります。

山男に惚れた男

仕事仲間の友人たちと山へ登った。西武鉄道の吾野駅から子ノ権現を越えて竹寺を通り、小殿のバス停に抜ける9㎞ほどのコース。朝8時半のラッシュアワーの人混み溢れる池袋駅の改札で待ち合わせ、1時間ほどで吾野駅である。低山ではあるが、なかなかに急勾配の道があり、木の根が山道にたくさん張り出して歩きにくい箇所や、うっかりしていると斜面に落ちてしまいそうな細い道も多い。企画を立ててくれたO氏、実は数日前にコースの下見に来てくれて、ボクたちが歩いたコースの逆からチェックしてくれたおかげで、あとどのくらい歩いたら休憩しよう、とか、昼食をとるタイミングも絶妙で、O氏の優しさと気遣いに感動した。

自然を歩く爽快感や、子ノ権現の大きな草鞋（子ノ権現は健脚を祈る場所でもあるのです）にも感動したのだが、いちばん感動したのはO氏の人柄であった。夜は温泉につかった後、秩父の街を見下ろせる素敵なイタリアンレストラン（もちろんO氏が予約した）で美味しい料理とワインをいただく、というご機嫌な小旅行であった。

川にかかる丸太橋を渡る際に自分が先に立ち、後から来るSさん（女性）の手をとってエスコートするO氏の優しさ。普段、仕事でデータのやり取りしているだけではわからないものである。子ノ権現の展望台からは、スカイツリーがうっすらと見えていた。

広島「源蔵本店」にて

オバマ大統領が広島を訪問する日に、街や市民がどのような佇まいであったか、という記事を雑誌に寄稿するために急遽日帰りで広島に旅をした。

天候にも恵まれ、昼前から平和記念公園周辺を歩き回り、撮影、取材。その後、東京行き最終の新幹線のぞみに乗る時間まで一杯引っ掛けようと広島駅近くの居酒屋に入ったら、とても良い店だった。まずお客さんたちの雰囲気がいい感じで、大声を張り上げている人もおらず、一日の仕事が終わってホッとした、ささやかな充実感に満ちている。店員さんの物腰もとても丁寧でひとり客であるボクに、さりげなく「もし良かったら」といってスポーツ新聞を持ってきてくれたり、日本酒の燗を頼むと「ご一緒にチェイサーで水はいかがですか?」と尋ねてくれる。酒飲みのツボをビシバシと刺激してくれるのだ。つまみもなかなかのもので、高価な材料をふんだんに使ったものではないが、どの皿からも丁寧につくられた料理である、というオーラが立ち上がってくる。定食類も充実していて、お酒を飲まない人でも楽しめるかと思う。小イワシの刺身、あなごつけやき。鶏モツ煮。こうして書いて思い出すだけで、酒が飲みたくなってきたが、いちばんのヒットは豆腐の煮付け、です。一味唐辛子をふりかけながら、顔を上げてテレビを見やると、オバマさんが被爆者を抱擁していた。猿猴橋町の源蔵本店、素晴らしい。

バラク・オバマ（1961-）：アメリカの政治家、弁護士。第44代アメリカ合衆国大統領であり、史上初のアフリカ系、有色人種、ハワイ生まれの大統領であった。

オバマ 広島に来る

2016年5月27日

アメリカの現職大統領として初めてオバマ大統領が広島を訪れ、慰霊碑に献花し、スピーチを行い、被爆者を抱擁した。人間が生きていくため必要な「物語」「演劇」「政治」が三位一体となった濃密な一日を起点に過去と未来へボクは旅をする。

12時07分

オバマ大統領の原爆死没者慰霊碑への献花に招かれて立ち会うことになった長崎の高校3年生、内野璃奈さん。原爆ドーム前にて多数のメディアから取材を受けていた。声をかけて写真を撮らせてもらう。

14時11分

広島市平和大通り、広島平和記念資料館前。平和記念公園は厳戒態勢が敷かれ、正午以降は一般市民は立ち入り禁止となる。その後、バスと機動隊の車両により資料館本館前は塞がれ、平和大通りから、慰霊碑を目視することは不可能に。

17時23分

広島市吉島通、善福寺前。平和記念公園へ向かうオバマ大統領の車列を撮影する。

17時53分

広島市中区大手町3丁目 三光産業株式会社。会社のテレビを1階の出入り口に置いて道行く市民に開放している。テレビに見入る人越しにモニターに映るオバマ大統領を撮影。

18時38分

広島市南区猿猴橋町、居酒屋「源蔵本店」にて酒を飲む。店内のテレビのニュースでは、被爆者である森重昭さんを抱擁するオバマ大統領の様子を伝えている。

「なぜ私たちはこの場所に、広島に来るのでしょうか？ それは、さほど遠くない過去に解き放たれた恐ろしい力について考えるためです。十万を越える日本の大人子供、数千人のコリアン、アメリカ人捕虜十数人らの死者を悼むためです。

彼らの魂は私たちに訴えます。自分の心の中を見るよう、自分たちが何者なのか、この先何者になりそうかを見つめ直すよう、彼らは私たちに求めます」

（「オバマ米大統領 広島演説」より 翻訳・柴田元幸「SWITCH」vol. 34 No. 7 July 2016）

「一九四五年八月六日の午前八時十三、四分頃、僕は自宅近くの山陽本線のガードの下をくぐった。～中略～ガードから自宅の前まで、子供が普通に歩いて三分もかからない。自宅の隣の家の前を歩いていたとき、僕の背後のぜんたいから、非常に明るい光が射して僕の全身をかすめてとおり越し、前方に走り去って消えた。ほんの一瞬の、しかし強力に明るいその光に対して、子供は子供らしく反応した。誰かが後ろから懐中電灯を照らしたのだ、と僕は思った。僕は振り返った。道を歩いている人はひとりもいなかった。

真夏の晴れた日の朝の、あの強く明るい、すべてのものをくっきりと浮き立たせる自然光のなかを、それとはまったく異質の、そしてその異質さにおいて自然光を超える光が、重なりつつもひとつに溶け合うことはないまま、自宅の見なれた光景のなかを一瞬のうちに走り抜けた。なにが光ったのだろうかと思いながら、僕は自宅に入った。そしてすぐに、その光は僕の意識の外に出てしまった」

（片岡義男「僕の国は畑に出来た穴だった」より『日本語の外へ』筑摩書房所収より）

昭和20年（1945年）8月6日、月曜日の朝は快晴で、真夏の太陽がのぼると、気温はぐんぐん上昇しました。

深夜零時25分に出された空襲警報が午前2時10分に解除され、ようやくまどろみかけていた人々は、午前7時9分、警戒警報のサイレンでたたき起こされました。この時はアメリカ軍機1機が高々度を通過していっただけだったため、警報は午前7時31分に解除されました。一息ついた人々は、防空壕や避難場所から帰宅して遅い朝食をとったり、仕事に出かけたりと、それぞれの1日を始めようとしていました。

この時、広島中央放送局では、情報連絡室から突如、警報発令合図のベルが鳴りました。古田アナウンサーは、警報事務室に駆け込んで原稿を受け取り、スタジオに入るなりブザーを押しました。「中国軍管区情報！　敵大型3機、西条上空を…」と、ここまで読み上げた瞬間、メリメリというすさまじい音と同時に、鉄筋の建物が傾くのを感じ、体が宙に浮き上がりました。

昭和20年（1945年）8月6日午前8時15分。人類史上初めて、広島に原子爆弾が投下されました。

原子爆弾は、投下から43秒後、地上600メートルの上空で目もくらむ閃光を放って炸裂し、小型の太陽ともいえる灼熱の火球を作りました。火球の中心温度は摂氏100万度を超え、1秒後には半径200メートルを超える大きさとなり、爆心地周辺の地表面の温度は3000〜4000度にも達しました。

爆発の瞬間、強烈な熱線と放射線が四方へ放射されるとともに、周囲の空気が膨張して超高圧の爆風となり、これら3つが複雑に作用して大きな被害をもたらしました。

原爆による被害の特質は、大量破壊、大量殺りくが瞬時に、かつ無差別に引き起こされたこと、放射線による障害がその後も長期間にわたり人々を苦しめたことにあります。

（広島市公式ホームページ「原爆被害の概要」より）

「最初の原爆投下には何の異論もありません。政治的に必要な決断でしたし、科学の勝利でもありました。道徳の観点からしても、臨時の処置としては仕方ないといえるでしょう。しかし、二回目の原爆投下は、野蛮としか言いようがありません。文明人としては到底擁護しがたい行為です。一体、自分の身に何が起きたのかあの国が呑み込む暇もあたえずに、私たちはさらに何万人もの生命を奪ったのです。ただ単にこちらの決定的な優越を見せつけるため、というのがどうやらその理由らしいですが。私たちが根絶やしにしようと闘ってきた、あの世界征服という敵自身に私たちがなってしまったのです。」
（リチャード・パワーズ『われらが歌う時』高吉一郎訳 新潮社より）

「今日は早じまいですか?」「うん、広島の人がずっと願っとったことじゃけんの。まあ、何で給料日あとの金曜日かとは思う（笑）」
（5月27日13時10分頃　広島平和記念公園前の吉島通り沿いにあるお好み焼き屋「みっちゃん」店主と大森克己の会話）

「広島は関心を寄せるに値するが、南京はもっと忘れてはならない。被害者は同情に値するが加害者は永遠に責任逃れできない」
（中華人民共和国外務大臣 王毅　5月28日1時11分 NHK NEWS WEBより）

「「あの人たちは幼いの。まるで想像力のない英雄たち」あの人たちは丁寧に、念には念を入れて、わたしを丸刈りにする。女たちを綺麗に丸刈りにすることが、自分たちの任務だと信じている。」「死んでしまわなかった以上、おのずと髪の毛は生えてくるものだ。執拗な生の営み。夜も、昼も、髪の毛は伸びてゆく。スカーフに隠されて、こっそりと。わたしは頭をそっと撫でてみる。さわり心地がよくなった。以前みたいに指がチクチクしないもの。」

（マルグリット・デュラス『ヒロシマ・モナムール』工藤庸子訳 河出書房新社より）

原爆投下後に様々な機関が調査を行っていますが、原爆によって死亡した人の数については、現在でも、正確には分かっていません。本市では、放射線による急性障害が一応おさまった昭和20年（1945年）12月末までに、約14万人が亡くなられたと推計しています。

8月6日原爆投下当時、広島市には居住者、軍人、通勤や建物疎開作業への動員等により周辺町村から入市した人を含め約35万人の人がいたと考えられています。また、日本人だけでなく、米国生まれの日系米国人や、ドイツ人神父、東南アジアからの留学生、そして、当時日本の植民地だった朝鮮と台湾、さらには中国大陸からの人々、そして米兵捕虜など、様々な国籍の人がおり、こうした方々もいやおうなく原爆の惨禍に巻き込まれました。

爆心地から1・2キロメートルでは、その日のうちにほぼ50％が亡くなられました。それよりも爆心地に近い地域では80～100％が亡くなられたと推定されています。また、即死あるいは即日死をまぬがれた人でも、近距離で被爆し、傷害の重い人ほど、その後の死亡率が高かったようです。

（広島市公式ホームページ「死者数について」より）

janaturner「Hauntingly beautiful…」

(https://www.instagram.com/p/BF5PkPtRqPC/?taken-by=omorikatsumi)

「LAに住んでる日系アメリカ人の友人がボクのインスタ投稿に寄せてくれたコメントなんだけど、ほとんどの日本人は原爆ドームの写真をみて『美しい』って言わないよね、たぶん。太郎くんなら、この『Hauntingly beautiful…』ってどういう風に訳す？『忘れがたい美しさ』？」「うーん『sublime』っていうことばに近いかな」「『崇高』だと堅苦しい？」「いや、そんなことない」「そうですか。僕には馴染みのないことばなのでそう感じたのかな」「というか、確かに僕ら『崇高』って普段はあまり使わないけど、そもそもカジュアルな言い方、SNSコメント的な言い方自体が難しいよね。あえてインスタっていうカジュアルな場所で、ちゃんと喋る、みたいなことはあるな、と思った」「ですね。カジュアルな日本語で恐怖と壮大さと美しさを表す言い回しが思いつきません…」

(ネトルトン太郎と大森克己のスマホでのメッセージのやり取り　5月29日)

「おばあちゃん、この近所？」「3月に府中から越してきたんじゃ、あのマツダのな。部屋から慰霊碑よーお見える。2時頃、郵便局行こう思うて外へ出たら、おまわりさん、いっぱいじゃったな。ここオバマさん通るんですか、聞いたらそれは言えん、てさ」

片岡義男（1939-）：小説家。

リチャード・パワーズ（1957-）：アメリカの小説家。

（5月27日16時頃　吉島通りの善福寺前にて 19階建てタワーマンションの16階に住む女性と大森克己の会話）


「写真ありがとうございます！　オバマさんのスピーチは心あるものだったと感じました。言葉の通り世界が変わってくれることを期待しています！　めったにない経験をすることができて本当によかったです。これからも平和活動を頑張っていこうと思いました」

（5月28日 内野璃奈　大森克己宛のメール）


「彼は最初のタワーが倒れるのを見た。その後しばらく、誰か知っている人に遭遇するまで、ひたすら街を歩きまわった。ようやく会えた友人とウィリアムズバーグのシェア・アパートに戻り、映るテレビを探した。再び外に出ると、みんなが炎に包まれた2棟の超高層ビルの写真を撮っていた。地下鉄に乗ったら、アラブ人の男が泣いていた。そのときのことを回想して、ベン・ローズはこう語る。『あのイメージは、いつも僕の脳裏に焼き付いて離れなかった。どうしてかというと、あの男はその後に起こるであろう悲劇を、我々よりもずっとよく知っていたからだと思う』」

（「大統領のすべての外交演説を書く男、ベン・ローズ――文学青年はいかにしてオバマ側近のトップにのぼりつめたのか」COURRIER JAPON 2016.5.26 David Samuels による The New York Times Magazine, May 5 ,2016 “The Aspiring Novelist Who Became Obama's Foreign-Policy Guru”の翻訳記

王毅（1953-）：中国の外交官。政治家。

マルグリット・デュラス（1914-1996）：フランスの小説家。

ネトルトン太郎：テンプル大学日本キャンパス上級准教授。専門分野は現代美術、視覚文化、批判理論。

事より）

「この70年間、和解のために力を尽くしてくれた日米両国全ての人々に感謝と尊敬の念を表しました。熾烈に戦いあった敵は70年の時を経て心の紐帯を結ぶ友となり、深い信頼と友情によって結ばれる同盟国となりました。そうして生まれた日米同盟は世界に希望を生み出す同盟でなければならない」

（日本国首相・安倍晋三　5月27日午後　広島市平和記念公園での演説　２０１６年5月28日6時30分産経ニュースより）

「お客さん、燗酒と一緒にチェイサーの水、お持ちしましょうか？」「ありがとう。お願いします」

（5月27日19時頃　猿猴橋町の居酒屋「源蔵本店」店員と大森克己の会話）

ベン・ローズ（1977-）：バラク・オバマ大統領の副補佐官であり、2009年から大統領の外交政策担当のスピーチライターをしていた。
安倍晋三（1954-）：政治家。2006年から2007年、2012年から2020年、内閣総理大臣。

『喜納昌吉&チャンプルーズ』を聴いたのは

昨日、梅雨明けした。うちの前の空き地では新しいマンションを建てるための整地工事をやっていて重機の音でやや二日酔い気味に遅い時間に目が覚める。冷蔵庫から冷えたパパイヤを取り出して果肉をジューサーに入れオレンジジュースとブレンドする。25年ほど前、ベネズエラのカラカスを訪れた際、宿の目の前のカフェでパパイヤとオレンジのフレッシュミックスジュースがメニューにあった。あまりの美味しさに驚いて滞在中は毎朝それを飲んでいた。オレンジの爽やかさとパパイヤの胃への優しさがなんともいえないのだ。

ところで、明日から出張で沖縄に行くのだが、沖縄ではたしか青いパパイヤを売っていたはずだな。イリチーとかシリシリとかいって肉と一緒に炒めて食べる。明日の昼ごはんに食べたいな。沖縄といえば、ボクの初めての沖縄体験は、おそらく1977年に発売された『喜納昌吉&チャンプルーズ』というアルバム。実際に聴いたのは1980年頃、たぶん高1の頃。「ハイサイおじさん」にはノックアウトされたけれど、いちばん好きなのは2曲目の「うわき節」という男女がお互いの浮気を正当化し合うユーモラスな掛け合いの歌。民謡酒場で姉さんと歌うとチョウ盛り上がります。河村要助さんのジャケも最高でした。

喜納昌吉（1948-）：沖縄の音楽家。
河村要助（1944-2019）：イラストレーター。グラフィックデザイナー。

長池、福本、マルカーノ

仙台でふらりと入った商店街沿いのビジネスホテルの地階のバー。まもなく観測史上初めて台風が東北に上陸か、というニュースが伝えられる夜で、街には人通りが少なく、扉を開けるとお客は誰もいない。店主は店仕舞いの準備を始めているようだったが「一杯だけいいですか?」と尋ねると「何杯でも」と応えてくれた。

座った席の真ん前にある苦みの強いリキュール「フェルネ・ブランカ」が目に留まり、オンザロックを注文する。話をするうちに、店主は仙台出身で仙台住まいだが、子どもの頃に5年ほど兵庫県西宮市に住んでいたことを知る。ボクが住んでいた宝塚市の実家から仁川という川をはさんで徒歩10分くらいの場所。年齢的にもボクとほぼ同じように見え、西宮球場を本拠にしていた阪急ブレーブスの70年代の人気選手の話で盛り上がる。長池、福本、マルカーノ。店主は学校から帰った後、弁当を持ってナイターを見に行ったそうだ。ボクは高校時代、外野席で好きだった女の子とデートした覚えがある。さほど野球好きではなかった彼女と、なんでデートが野球だったのかはさっぱり忘れてしまったけれど。元気にしてるかなあ。ブレーブスはブルーウェーブを経てバッファローズになり、西宮球場はいまショッピングモールになっている。

長池徳士(1944-):阪急ブレーブスで活躍した野球選手。コーチ。解説者。
ボビー・マルカーノ(1951-1990):ベネズエラ出身の野球選手。阪急ブレーブス、ヤクルトスワローズなどで活躍。

出来ないことを出来るって言うな

「あまり気が利かなくていろんなことに気がつかない、しかし目の前の気づいたことにはしっかり行動して対応する」という人生と「敏感でさまざまなことに気づいてはいるのだが、そのすべてに対応するのは不可能なので、大なり小なりの力及ばずを感じながら生きる」というのはどちらが良いのだろう？

前者は、本人のストレスは少ないが他人からは鈍感な人として疎まれることもあるかもしれない。後者の場合、出来ないことに気づくこと自体がシニカルな人生観を形づくるように思える。で、自分の場合、鈍感、かつ数少ない気づきに対してもさまざまな言いわけをしてなかなか重い腰を上げない。かなりダメですね。そんな奴。

「出来ないことを出来るって言うな、バカ！」と言われて振られたことがありました。そういえば。こんなことを思い出すのなんて生産性の低い人生だなあ、と思いながらもそんなに暗くなるわけではないのです。ただ、人はいろんなことに反応して行動して、時に無茶をして、出来ることと出来ないことがあって何か面白い、というだけで。わはは。才能のある音楽家が演奏するモーツァルト、ってそんな感じがしなくもない。捕まえられて逃げて、追いかけて、追いかけられ。あっ、ぜんぜん違いますね。それ。

地下街と銀河テレビ小説

出張で大阪に来ていて、さっきまで梅田の地下街にある、知人が経営する小さな飲み屋で旧友と待ち合わせて飲んでいた。日本酒の品揃えがなかなかのもので良い酒を90ccの小さなグラスでいろいろと頼める。酒肴も充実していて、燻製サバと青唐辛子の味噌和えは最高だった。で、もちろん酔っぱらいますね。店を出て友と別れ、ホテルへ帰ろうと歩き出す。梅田の地下街は巨大である。梅田とか東梅田とか西梅田とか阪神梅田とか複数の駅が歩ける範囲にあって、似たような風景が延々と続いて迷子になりそうで自分がどこを歩いているのかわからなくなる。終電間近なのでほとんどの店のシャッターは閉まっていて、ちょっと物悲しい。

たしか80年代の初め、NHKの銀河テレビ小説という夜の連続ドラマのシリーズで、大都会の地下街の飲食店に勤める若者が主人公の話があった。彼は1年間まったく地上に上がることなく、その店のある地下街の中だけで暮らしている。労働も食事も睡眠も彼の生活すべてがその地下街にある。ストーリーの細部はまったく覚えていないのだが、当時高校生だった自分はその主人公に感情移入しながら、その風変わりな設定に惹かれて毎日テレビを観ていたような記憶がある。最終回で1年振りに階段を上がって地上に出て、眩しそうに街を見つめるリーゼントヘアの若者の顔が甦ってくる。なんていうタイトルのドラマだったのだろう。

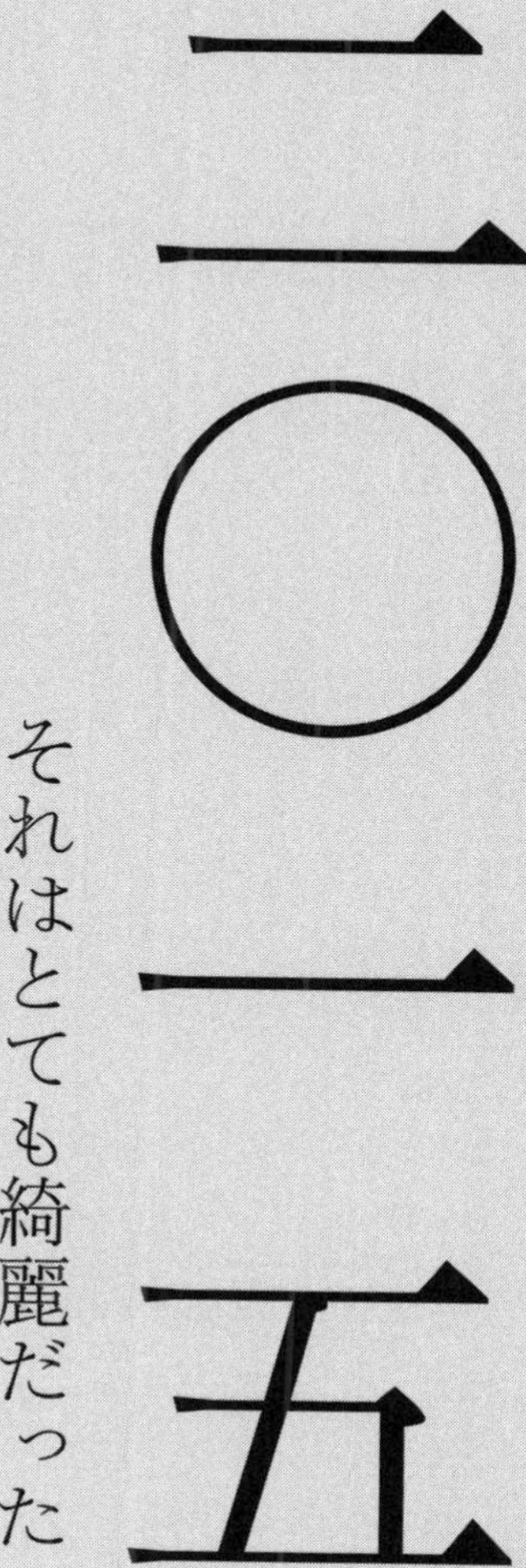

二〇一五

それはとても綺麗だった

パリへ

パリフォト2014に、所属ギャラリーのMEMがボクの作品を出品するのを機にパリに10日間ほど滞在した。パリでボクがいいなぁ、と思うのは地下鉄の車内で響いている複数の言語の重なりだ。特にフランス語や中国語みたいなやわらかな語尾の重なりを聴いていると身体が軽くなっていくような気がする。

公共の場所は劇場であると、人々が意識しているというところも面白い。カフェやビストロは、美味しいものを食べる場所である、という以上に社交の場所であって、そこで人間は演技している。それはカッコをつけるとか、人の目を気にして振る舞うということではなくて、あらゆる個人には自分の意見、発すべき台詞があって、それを交わし合うための空間が街を形づくっているということなんだろう。そのことに気がつくには少し時間がかかって、若いときは、一見何も起こっていないように見えるカフェでなぜ人は長々と座っているのかよくわからなかったのだが、他人と話す、という単純なことが実はかなりの快楽なんだなぁ、きっと。

深夜、友人と食事を終えて眠る前に最後の一杯を飲もうと、ホテルの前のカフェに顔を出すと人がまばらな店内で若いカップルがダンスしていて、それはとても綺麗だった。

2015年のクリストファー・ノーラン

2015年3月1日(日)。朝から雨が降っている。目覚めると昼近くなっていて、妻は仕事、娘は期末試験が近く勉強中。遅い朝食をとってからひとりで映画を観に出かける。

『インターステラー』。ロードショーがもうすぐ終わるのと、毎月1日は映画料金が安いからか、なかなかに混んでいて、久々にスクリーンを見上げる感じになる前方の席で両隣にも人がいる。初めはスクリーンが近過ぎるように感じて映像を観るのと字幕の文字を追うのがシンクロしなくて苦労したが、とても魅力的な映画だったので、すぐに引き込まれていった。右隣の人はコーラを飲んでいて、後ろの方からポップコーンの香りがして、ボクは有楽町のドトールで買ったブレンドMを飲んでいる。3回ほど上映中に泣きそうになった。

映画が終わり、ルミネのお洒落な服屋さんを横目にエスカレーターで9階から1階に降りて外に出ると雨が激しく降り続いている。映画の中の砂嵐と宇宙空間と地球じゃない星の海上と寒そうな氷河の上みたいなところを思い出しながら、路面が光る有楽町のガード下の日曜の夕方でほとんど人けのない道はとても綺麗で、歩いていたら娘から晩ごはんどうする? とLINEがきた。

あまり縁のないネクタイのこと

プレーンノット、ウィンザーノット、ダブルノット。ネクタイの結び方である。ボクはフリーランスで仕事をしていて、ネクタイをして仕事に出かけなければならない機会はほとんどないのだが、最近なんだかネクタイいいなぁ、と思うのだ。お洒落な仕立ての良いスーツを着て銀座を闊歩する紳士も素敵なんだけれども、新橋や田町の普通の居酒屋で若干だらしなくネクタイを緩めながら酎ハイ飲んでいる人とか、なんというかセクシーなんだよね。ネクタイ締めの千本ノック度が高いので、ボクなんかがちょっと真似しようと思っても太刀打ちできない感じ。

でも、何事にも練習が肝要なので、最近は少しでもフォーマルな機会があると出来るだけネクタイをして出かけている。新入社員が張り切っている時期なので、22歳や23歳の若者と勝負だな、ふっふっふっ！という感じで楽しいのである。同じ電車に乗り合わせた人たちの喉元を観察しまくっている自分はちょっと変態っぽいかもな、きっと。

亡くなったボクの父はウィンザーノットで毎日出かけていたんだけれど、生きている間に結び方のコツを訊いておかなかったのが悔やまれる。

撮らなかった写真は存在しない

7月に写真展を開催するので、ここ数年撮りためた写真を引っ張り出してきて眺めている。撮ったときの記憶や状況をまざまざと思い出せる写真もあるが、自分でもなぜシャッターを押したのかまったく思い出せないものもたくさんあって、それがなかなか面白い。今はもう存在しない看板や建物や、亡くなってしまった人もあれば、時間が流れたいまもほとんど同じようにあるものもある。

人間は世界を見るとき、そのときの自分の見たいものしか見ていないし、とても印象的な体験をしたときに撮った写真がその印象を補完するものであるとは限らない。ひとつ言えるのは、撮らなかった写真は存在しない、ということだが、かけがえのない人も、ほんの些細な風景も、写真として残るものと、そのときの記憶や思い出とはとても近いが微妙に違うのだ。そして自分のことを知らない人がそんな写真を見るときに、いったい何を思うのかということがとても不思議だし、ボク自身も他人が撮った写真を見て、撮影した人の気持ちを想像し追体験しつつも、まったく違った旅をしているようにも思う。

実は自分が撮った過去の写真を見て、知らない自分に出会うことができるのが写真を撮り続ける理由のひとつなのかもしれないな。

朝まで飲む

いい年をしてまったくどうかしていると思うのだが、朝方まで酒を飲んで、始発電車で都心から自宅に戻る。コンビニで買ったコーヒーをすすりながら車内の中吊り広告に目をやると、自分が撮影した女優さんが微笑んでいる。どこで撮ったんだっけ？　東京だっけ？　あっ、鎌倉か。鎌倉といえば川端康成の小説のいくつかは鎌倉が舞台だったたな。死んだ父親の愛人とできちゃう話。違ったか？　あと、息子の嫁にほのかに恋慕の気持ちを抱いてしまう日々、なんかそんな話。雑だな、オレ。

発泡スチロールのアイスボックスを二段重ねにした人がボクの前に座っていて、箱には蛸、と書いてあって、その人は築地で降りて行った。あっ、市場に行くんだな。ということはまだその箱は空なんだな。あれ、自分はどこで乗り換えだっけ？　そうそう、八丁堀だ。自宅の最寄りの駅のホームには、登校する高校生がたくさんいて、朝日が眩しい。眩しいのは若者なのか、朝日なのか。猛烈に喉の渇きを感じて売店で炭酸水を買って飲む。ぐびぐびと飲む。携帯の電池は切れている。自分も充電出来ればいいけどな。魂の電池切れってあるかもな。大規模修繕のために団地の建物を覆っているシートが風に揺れている6月の朝。

音楽があって良かった

写真を撮るときによく考えるのが、写真のない時代の人々はどんな風に世界を見て感じていたのだろう？　ということだ。この世界のすべてが静止している（ように見える）というのはとても不思議なことだ。写真が発明されてから200年も経っていないわけで、昔の人にとっての「瞬間」とボクらが思う「瞬間」っていうのは、まるで違うもののような気がするな、きっと。

昔のことを想像するときの素敵な案内役は音楽だ。アメリカの小説家、リチャード・パワーズの『われらが歌う時』という小説にバッハ以前の西洋音楽がたくさん出てくる。それを読んで惹かれ、古い音楽を聴くようになった。15世紀のフランドルのシャンソンとか教会音楽の合唱のハーモニーはこの世のものとは思えない美しさで、リズム感、つまり時間の感覚も21世紀とはまるで違うし、19世紀のロマン派の音楽と比べても、明らかに別の時空の点から点へと流れていく。ジョスカン・デ・プレやオルランド・ディ・ラッソの音楽を聴きながらさっき携帯で撮ったばかりの写真を眺めてみるのは、とってもドキドキする。

――こんにちは、私のハート、私の甘い生命、私の目、私の親愛なる友よ、あぁ、私のとびきりの美しい人よ、私の可愛いひとよ、私の優しい春、私の可愛い初々しい花、私の甘い喜び、私の恋人、私の可愛い小鳩、私の雀、私の美しいきじ鳩、こんにちは、私の優しい反乱者よ――

（ピエール・ド・ロンサール「Bonjour mon cœur」）

ジョスカン・デ・プレ（1450?-1521）：盛期ルネサンス時代のフランスの作曲家。／オルランド・ディ・ラッソ（1532-1594）：後期ルネサンスのフランドル楽派の作曲家。ラテン語ではオルランドゥス・ラッスス。／ピエール・ド・ロンサール（1524-1585）：ルネサンス期のフランスの詩人。

ある猛暑日の過ごし方

寝苦しい夜が続き窓をあけたまま眠る。汗でべっとりと寝間着が濡れ、蝉と近所の子どもたちの声、エアコンの室外機の音が重なって目が覚める。シャワーを浴びてコーヒーを淹れ、冷蔵庫からスイカを出して頬張る。水分の抜けた体が潤っていくのを感じてホッとする。TVのニュース。小型飛行機が住宅地に墜落、TPP交渉大筋合意見送りへ、フェリー火災 黒煙と爆発音、邦人男性2ヶ月空港暮らし露、真央「焦らずやれば大丈夫」。

ボクもきょうは焦らずやろう。デイパックにフィルムのカメラとiPhoneをポケットに入れて撮影に出かける。新宿の大ガード下で編集者と待ち合わせ。久しぶりに宮本さんを撮る。何年ぶりかな、多分8年ぶり。宮本さんは、白いシャツを着て長い髪をかき上げて強い眼差しでボクに会釈する。先週会ったばかりのような気もするし、初めて出会ったようにも感じる不思議な間合い。横断歩道の向こう側に宮本さんがいて、その向こうに牛丼の松屋があって、大ガードの向こう側に歌舞伎町のビル群。レイク、アコム、ドン・キホーテ、カラオケ館。行き交う人々と宮本さんとボクはそれぞれに動き、互いの心の中はわからない。東京の最高気温は35℃。2015年7月の終わり。

浅田真央（1990-）：フィギュアスケート選手。

名は体を表す

英語に hanky-panky という言葉があって、ネットの goo 辞書で調べてみると「1不正、ごまかし、よからぬこと、不倫、浮気 2《米》愚行、たわごと 3《英》手品、奇術、曲芸」とある。ハンキー・パンキーという語感、言葉の響きも、なんというか、軽くて、チャラくて、とてもいい加減な何かを表しているようで笑ってしまう。

最近、このハンキー・パンキーが大好きになった。酒の話である。ジンとフェルネ・ブランカ（30種類のハーブをワインとブランデーの混合液につけ込んだ、とても苦みの強いイタリア・ミラノのリキュール）とヴェルモットをシェイクして香り付けにオレンジ・ピール、というショートカクテルで、ボクがときどき顔を出す西麻布の「QWANG」という酒場のバーテンダー長谷川さんがつくってくれる一杯が最高に美味い。じわりと効きます。身体にも、心にも。

まさに、「よからぬこと」であり、「愚行」であり、「手品」のようなそんなカクテル。甘さの中にある複雑な苦みとほのかな柑橘の香りの混ざり具合が小さな宇宙みたいに思えます。秋の夜ににおススメです。ＢＧＭは何がいいかしら。あれ、酔っぱらっているだけか？

長谷川康弘（1970-）：バーテンダー。

ボクたちのギター

学生の頃、ギターを弾いていた。あまり練習しなかったのでとてもヘタクソで、人に聴いてもらうレヴェルのものではなく、そのうちホコリを被った可哀想なギターを見ない振りして、忘れた振りして日々の暮らしに追われていた。

去年の夏、突然どういうわけか、仲の良い若い友人たちがギターを弾きたいと言い出して、ひとりでやってもつまらないのでギター部というのをつくってみんなで練習しましょうよ、と声をかけてきた。その足で、友人たちと御茶の水の楽器屋に行って彼らがギターを買うのに付き合って、自分も家に帰るやいなや、仕舞ってあったフォークギターをポリッシュで磨いて弦を張り替えると、本気で練習する気になり、いまでは毎日ギターに触っていないと落ち着かない、というくらいにはなってきた。

そのギター部も発足して1年が過ぎ、再来週の金曜日に、いままで練習した曲をそれぞれの部員がみんなの前で披露する発表会をやることになり、緊張が高まっている今日この頃である。ボクはニール・ヤングのDnace,Dance,Danceという曲をやります。YouTubeを見ていると、ニール・ヤングはあまりにもさりげなく弾き語っているのですが、ボクが弾くと必死な感じ。踊れる雰囲気出せるかなあ、頑張ります。

ニール・ヤング（1945-）：カナダ出身のシンガーソングライター。

北へ

北海道の二風谷という集落でアイヌのカジさんがやっている民宿に宿泊した。晩ごはんに出てきた落葉キノコの酢の物がとても美味しくて、翌朝近所にキノコ狩りに連れていってもらった。牧場の脇の林道沿いのカラマツの下にそのキノコはたくさん生えていて、笠の表面に削り取られているような跡があり、ナメクジの食べ跡だそうだ。ナメクジもキノコ食べるんだな。

家に持って帰って味噌汁にして食べたら、それもまた滋味溢れる美味しさだった。収穫したキノコの写真を東京で友人に見せると、あっ、ジコボウだね、という。長野や山梨ではジコボウとかリコボウと呼ぶらしく、北海道では落葉キノコとか落葉ダケという。和名はハナイグチ（花猪口）。地方によってさまざまな呼び名があるのが面白いなぁ。

その後、沙流川沿いの道をドライヴしていたら、快晴の青空と太陽を反射してキラキラ光を放ちながら下流に向かって流れる水面に、その流れの向きに抗う鈍重な動きの黒い影がいくつも見える。目を凝らすと、産卵を終えて最後の力を振り絞って上流に向かって泳いでいるたくさんの鮭の姿だった。河原に降りて近くで息絶え絶えに泳ぐ鮭の姿を見ていると、体中が傷ついた鮭に感情移入して泣きそうになる気持ちと、生きて死ぬのはそりゃ当然だよな、という気持ちが同時に湧いてきた。

郵便はがき

おそれいりますが
63円切手を
お貼りください。

1028641

東京都千代田区平河町2-16-1
平河町森タワー13階

プレジデント社
書籍編集部 行

フリガナ		生年（西暦） 年	
氏名		男・女	歳
住所	〒 TEL （ ）		
メールアドレス			
職業または学校名			

ご記入いただいた個人情報につきましては、アンケート集計、事務連絡や弊社サービスに関するお知らせに利用させていただきます。法令に基づく場合を除き、ご本人の同意を得ることなく他に利用または提供することはありません。個人情報の開示・訂正・削除等についてはお客様相談窓口までお問い合わせください。以上にご同意の上、ご送付ください。
<お客様相談窓口>経営企画本部 TEL03-3237-3731
株式会社プレジデント社　個人情報保護管理者　経営企画本部長

この度はご購読ありがとうございます。アンケートにご協力ください。

本のタイトル

●ご購入のきっかけは何ですか?(○をお付けください。複数回答可)

1 タイトル　2 著者　3 内容・テーマ　4 帯のコピー
5 デザイン　6 人の勧め　7 インターネット
8 新聞・雑誌の広告(紙・誌名　)
9 新聞・雑誌の書評や記事(紙・誌名　)
10 その他(　)

●本書を購入した書店をお教えください。

書店名／　(所在地　)

●本書のご感想やご意見をお聞かせください。

●最近面白かった本、あるいは座右の一冊があればお教えください。

●今後お読みになりたいテーマや著者など、自由にお書きください。

どうもありがとうございました。

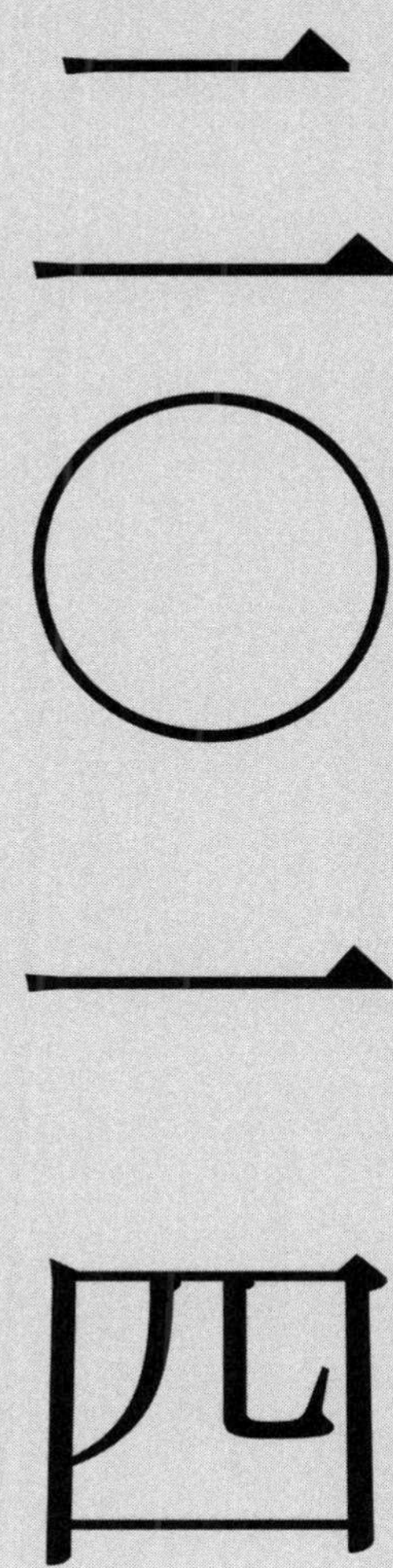

陸路で国境を越えた

写真は年をとらない

東京都写真美術館で開催中の「路上から世界を変えていく」というグループ展に〈すべては初めて起こる〉という作品を出品して参加している。

写真というのは不思議なもので、なんというか、現在の拡張、と同時に、現在の停止、みたいなところがあって、スナップ写真であろうが、記念写真であろうが、どんなに昔に撮られた写真であっても、その写真を見る人が見ているときが現在なのだ、という側面を強く持つ。２０１１年の春に東京から福島へ旅をして撮影した今回の出品作を展示のために改めて見ながらその思いを強くした。

新しい年を迎えても、どんなに時間が流れてもすべての撮られてしまった写真は、その撮られたときの現在のまま、過去と未来から切り離す暴力的な存在でもある。それは言葉が証拠を残す在り方とぴったり寄り添ってはいるのだが、決して交わることがない。

「さまざまの事おもひ出す桜哉」という芭蕉の句があるが、桜のことを何も説明していないのに、自分のことを何も語っていないのに、芭蕉は「さまざまの事」を思い出す。ボクにとって写真というものは、芭蕉にとっての桜に似ているのかもしれないな、という気もする。〈すべては初めて起こる〉は桜に導かれた作品でもあるのです。

松尾芭蕉（1644-1694）：江戸時代前期の俳諧師。

はじめてのベースボール

とあるアパレルメーカーの春夏カタログの撮影で山梨県北杜市のギャラリーへロケに行った。その場所はもともと保育園だったところで、南向きの子どもたちが遊ぶ部屋だった場所が展示室になっていて、薪ストーブで部屋を暖めているうちに真冬の屋外も気温が上がってきて、朝方からの冷え込みも和らいできた。風のない快晴で光が澄んでいる。

撮影の小道具に野球のボールとグローブがあって、いつの間にかキャッチボールが始まった。何年ぶりかしら。小さなボールを思ったところに投げるのはなかなかに難しく、小学生の頃に毎日のようにやっていた動作が、こんなにも繊細で複雑な動きの連続であることにちょっとびっくりする。スタッフのひとりに元高校球児がいて、彼が太めの木の枝をバット代わりにしてノックを始めてみんなでゴロをさばいたり、フライを追いかけていた。木のバット、なんだかキューバのストリート・ベースボールみたいでカッコいい。

その日のモデルは東大に留学していたスウェーデン人の若い男で、野球をやったことは人生で一度もないと言う。キャッチボールがチョウ下手くそなのがなんだか可笑しかった冬の一日。

動物園の檻の中

どうやったらこんなにも不味いカレーうどんをつくることができるのだろうか？　だってカレーうどんだよ。適当に手を抜いてつくったとしても、ここまで不味いカレーうどんをつくるのは難しい、というカレーうどんを上野動物園の食堂で食べた。セルフサービスで680円也、高過ぎる。さみしい。ボクは東京都民ではないけれど、新しい都知事には動物園の美味しいごはんのこともホント、考えていただきたい。

で、動物園に行ったのは平日の午後1時頃なんだけど、ちょうど昼ごはんの時間で飼育係がゾウに餌を与えていたり、動物の居住スペースを改装するためにスタッフが檻の中やら、氷の上で働いていていた。

それで思ったのだが、動物園のアルバイトで、人間の檻で暮らすっていうのがあれば、ちょっとやってみたいな。檻の中で勉強したりセックスしたりビール飲んだり。

で、知り合いが見に来たときはガラス越しに、よ〜っ！とか言って手を振る。一度、営業中に知り合いのバーのカウンターの内側に入れてもらって、ほかのお客さんの顔を見ながら酒を飲んだのがめちゃ新鮮だったけれど、動物園に人間を見に来る人間の顔を檻の中から見るってかなり面白いような気がするな。

景色が変わる

動物園の人間の檻で暮らすアルバイトを始めてみたが、檻の中でパソコン触ってフェイスブックとかやってたら、もっと人間らしくとクレームがきて、おまけに大雪が続いてお客さんがまったく来なくてすぐにクビになった。

しかし、雪っていうのは町の景色を変えてしまうものだな。あと、桜の花も。東京の桜でボクが大好きなのはホテルニューオータニから紀伊国坂に向かってかかる喰違見附土橋の上から上智大学の真田堀グラウンドを望む景色。迎賓館と大学に挟まれた谷の底にグラウンドがあって、両側の土手に沿って桜が咲き誇る。山の景色のようでもあり、庭の景色のようでもある。野球とラグビーの練習に励む学生たち。迎賓館の入り口付近の地下から東京メトロの丸ノ内線の車両が顔を出す。四ツ谷駅の向こうに、さほど立派ではないビル群が見えて、いろんな人がいろんな仕事をしている姿を想像してみる。なんというか、東京の全部、が見えるような気がするそんな景色。

ボクらはみんな生きている

素晴らしい小説や芸術に触れて「ほんとうに」感動してしまうっていうことは、前に進む力を与えられるということなんだけれども、それって突き詰めて考えると、いま自分が間違った場所にいるということがわかるということで、実はとても怖いことでもある。

美しいということは残酷なことだということに気づき、世の中はまったく不公平で、魂の感度が上がれば上がるほど、どうしようもない哀しみに心も身体もノックアウトされる。センスのいい人間はとっくに自殺してるよな、とも思う。自殺を肯定するように聞こえるかもしれないが、自殺が良くないと考えるのは、いけしゃあしゃあと生き続けているボクたちの都合であって、ボクたちは自分の見たいものだけを見て、ほかのことは顧みずに生きている。

で、それがどうしたというわけでもなくやっぱり今日もボクたちは生きる。センス、悪いけど。久しぶりに素晴らしい小説に遭遇してそんな風に思った春の日。明日から税金も上がる。

そんな気持ち分かるでしょう

ふたつの音楽の話。友人たちと神田の居酒屋で飲んだ後、カラオケ館で大騒ぎして自分もウイスキー・ソーダとか酎ハイを飲みながらたくさん歌った。沢田研二とか小沢健二とか新沼謙治とか。最後には「THE BLUE HEARTSの「情熱の薔薇」をシャウトして、ソファの上でみんなで飛び跳ねた。で、メロディーも歌詞も素晴らしいのだけれど、この曲すごいなぁ、と思うのはいちばん盛り上がるサビの部分が一回しかないということだ。繰り返さない。うわっ、カッケー！と感じた刹那、もう音楽は過ぎ去っている。

Pharrell Williamsの「Happy」という曲のPVは24時間延々と同じ曲がループし続け、いろんな人が入れ替わり同じ歌を口ずさみ、LAの通りを歩きながら踊る。幸せの形も、それがある場所も何通りもあって、ひとつひとつ違う。

クダラナイことが何度も繰り返され、またかよ、勘弁してくれよ、と日々の暮らしの中で感じることも多いのだけれど、ホントにすごい瞬間は何度もやって来ない。捕まえ損ねると再び出会うこともない。高橋さん（急逝した『小説すばる』の前編集長）と一緒にカラオケやりたかったなぁ、赤羽のスナックとかで。

沢田研二（1948-）：歌手。／小沢健二（1968-）：日本のシンガーソングライター。元フリッパーズ・ギター。／新沼謙治（1956-）：歌手。／Pharrell Williams（1973-）：アメリカのミュージシャン。プロデューサー。ファッションデザイナー。

スイスからパリへ

昨日、久しぶりに陸路で国境を越えた。3日前にチューリッヒ大学美術史研究所で自分の作品についてレクチャーするという仕事を終え、友人と会うためにパリに向かう途中なのだ。

スイス北部のバーゼルで電車を乗り換えて同じ駅の構内のフランス側のプラットフォームまで歩く。パスポートの検査も何もない。大きな扉を開けると大きな絵画のかかっているがらんとした天井の高いホールがあり、さっきまで飛び交っていたドイツ語が聞こえなくなる。バーゼルからの乗客は多くはないが、次の駅でたくさんの人が乗ってきた。通路を隔てた4人掛けの席にアラブ系の親子連れが座り、コカ・コーラを飲んでいる。窓の外のアルザスの田園風景を眺めていると、スイスの風景があまりにも清潔にコントロールされていたようにも思え不思議な気分になる。

そういえば前にフランスに来たときは、道に落ちている犬の糞に閉口したっけ。案の定、途中下車したコルマールの街でうっかり踏みしめそうになり苦笑いした。清潔な水がとても美味しかったスイスがほんの少し懐かしい。そして、そんなボクの想いとはまったく関係がなく、イーゼンハイム祭壇画の中のキリストは痛々しく十字架に張り付けにされている。

高橋さんは藤井さん

先日亡くなった高橋秀明さんの追悼ということで、この連載の関係者4人が集まって新宿で飲んだ。枝豆とか刺身を食べてビールを飲んで酔っぱらい、二次会に故人が生前よく立ち寄っていたというスナックに行った。そこでビックリしたのだが、その店で高橋氏は高橋さんではなく、藤井さんと呼ばれていたのだ。大いに酔っぱらっていたので理由を訊くのを忘れてしまったが、高橋さんと藤井さんでは人物の輪郭がかなり違うよね。ううむ。

世の中には言葉が溢れていてボクたちはとりあえずそれを信じて生きている。たとえば「使用後はチャックを閉めて密封してください」とか「質屋 かずさや 三菱東京UFJはいる」とか「戦争巻き込まれぬ首相強調」とかいろいろ。しかし「高橋以降の世界を生きねば」と飲みながら考えていたボクは、実はそれは「藤井以降の世界を生きろ!」ということでもあったということを知り、言葉というのは豊穣だな、としみじみ思う。いや、豊穣なのは人間なのか?いまあなたが読んでいる『小説すばる』も『小説ちりこぼし』かもしれないのです。

男はひとり、女はふたり

7月下旬、テレビのニュースや友人のやっているSNSはキャンプやら、音楽フェスの話題が溢れていて、夏モードが全開だ。我が家も、前夜飲み過ぎて二日酔い気味で目が覚めると、16歳の娘が家にいて「あー、夏休みか」と思う。

お茶を入れてPCの前に座り、返事しなければいけないメールやら、現像する予定の写真に目を通している横で、長い髪を後ろで束ね、母親よりも乳房の大きくなった女がピンク色のiPhoneから薄緑色のイヤフォンを耳に突っ込んで数学の宿題をやっている。自分はPCのiTunesに入っているヴィラ＝ロボスをスピーカーで鳴らして、彼女は何を聴いているのやら？

結婚するときに、他人である異性と一緒に暮らす覚悟はしていたのだが、大人の女がふたりいるという想定は出来ていなくて、いま大人の女ふたりと同じ屋根の下で暮らしているわけで、これはなかなかに不思議な体験である。働いている妻と娘の会話は、ときに微笑ましく、ときにかなりうっとうしい。歯の矯正の器具の置き場所のこととかで、大喧嘩して怒鳴り合ったりしていてね。今日の最高気温は32℃になるらしい。

エイトル・ヴィラ＝ロボス（1887-1959）：ブラジルの作曲家。

自分の家じゃない家

昔から、自分の家にいるよりも誰かの家にいる方がリラックスできていろんなアイデアが湧いてくる。家にいるのがイヤなわけではないのだか、自分の家、というものにまったくピンとこないのだ。

高校のときは必ず試験前になると福田くんという同級生の家で勉強していた。ラフ・トレードとかの当時流行っていたレコードを取っ替え引っ替えかけながら。

大学時代、銀座の出版社でのバイトが終わると自分の下宿には帰らずに東中野の渡辺くんの家に直行した。彼の部屋には古い写真雑誌のバックナンバーがたくさんあって、友人たちと酒を遅くまで飲みながら話しているとお母さんが店屋物のカツ丼とかをよくとってくれた。

出張とかであまりゴージャスではない宿に泊まって、近所の銭湯とかを探して街をブラブラしているのもとても楽しい。初めて行くバーで、バーテンダーに自分のよく知らないその街のことを訊ねてみると、親切にあれこれ教えてくれるしね。一晩中やっている美味しい定食屋とか、ちょっとおおっぴらには言えない噂話とかも。

あっ、あと結婚してから思ったのだけれども、奥さんの実家っていうのもなぜだか居心地が良くて（そういう人ばがりではないらしいですね）、自分の実家よりも親近感があったりします。

いつもの夕方じゃない

午後5時、空腹を感じて「すしざんまい」に入る。店内で働く人たちはみんな胸にバッジをつけていて、「大森 出身地 兵庫県 趣味 写真 ギター」とか記してあるのだが、「出身地 秋田県 趣味 反省会 登山」の兄さんがまぐろ三貫セットを握ってくれて、「出身地 千葉県 趣味 おしゃれ バイク」のお姉さんがお茶を出してくれた。隣の席ではスーツを着た男とカジュアルなポロシャツを着た男のふたり組が酒を飲みながら話し込んでいる。ポロシャツの男が言う。

「営業っていうのはただモノを売るということとは違うんですよ。業を営む。カルマなんですよ！」

ふたりとも目が笑っていなくてちょっと怖い。

その後、JR京葉線に乗ったら、ボクが座った対面にひとりの年配の男性が靴を脱いで胡座をかいて座り「大江アナ、仲間由紀恵もハマった『バブルを知る男の引力』を解明した」とか表紙にある『週刊ポスト』を読み耽っている。たとえばこれが旅先のニューヨークとかパリの地下鉄なら、まあいろんな人がいるよな、と思うのだが、自分が毎日乗っている電車だとなんとなくムカついてしまう。心、せまいなぁ、オレ。いろんなことがちょっとだけしっくりこない日ってありますね。

大江麻理子（1978-）：テレビ東京のアナウンサー。
仲間由紀恵（1979-）：女優。

ベネズエラで寿司

土曜日の夜、TVで「世界ふしぎ発見」を見ていると、ブルターニュの寿司職人という人が紹介されていた。映像を見る限り、身のこなしや面構えに気品と気合いが滲み出ており、鯛の昆布〆など、日本のそんじょそこらの寿司屋よりもよっぽど丁寧な仕事で美味しそうである。ブルターニュの海岸は素晴らしい寿司ネタ向きの魚介類の宝庫だそうだ。ただ、ひとつ悩みというのは、フランスでは生魚を食べる習慣がなかったので、市場では納得のいくレベルの生魚はほとんど買えず、仲良くなった漁師から直接買い付けるのだそうだ。

それで思い出したのだが、20代の終わり、南米ベネズエラの首都カラカスに2週間ほど滞在したことがあって、お別れパーティーを催してくれたお世話になった現地の友人たちから「ぜひうちで寿司をつくってくれ」と頼まれたことがあった。それで市場に行ったのだが素人目にも刺身になりそうな魚はほとんど売っていない。ううむ、どうしようかと迷っていると目に入ったのがマグロ（多分）の赤身の塊。ボクは、これなら、いわゆる「漬け」的に醤油をくぐらせればなんとかなるかしらと頑張ってマグロの漬けと寿司飯をつくってみんなに振る舞った。食べてひと口目にはみんなお世辞で美味しいといってくれたが、その後、長い長い間、無言の時間が続いた。ベネズエラの真っ黒なマグロの漬け、思い出の味である。

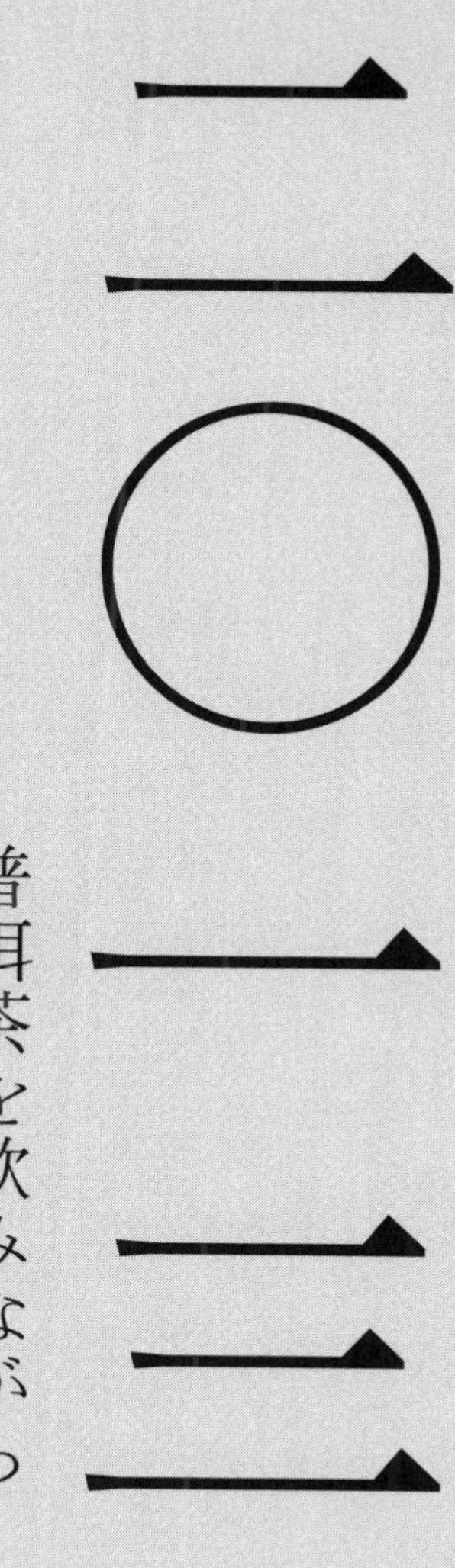

普洱茶を飲みながら

八百万の神を見る

天気のいい日曜の昼間に築地を歩く。場外の市場ではたくさんの観光客が露天で売っている食べ物を頬張ったり、お寿司屋さんに行列をつくってお祭りみたいに賑わっている。

その賑わいから少し離れて、場内の市場にかかる橋のたもとに波除稲荷という神社がある。読んで字のごとく「災難を除き、波を乗り切る」厄除け、商売繁盛のカミサマが祀られている。この神社、築地にあるだけあって、いろいろな食べ物の塚があるのだ。すし塚、海老塚、鮟鱇塚、活魚塚、玉子塚などなど。なんでも供養するというか、すべてのものがカミサマになっちゃう日本らしくて面白い。

昨今はインターネットのやりとりでカタカナのネに申と書いて、「マジキタ――――(゜A゜)――――!!!ネ申!!!!!」なんてやっていて、カミサマもなんだかデフレだなぁ、と思っていたが、案外それも伝統的な日本の感受性なのかもしれないな。そんなことを考えながら街を歩いていると目に映る缶コーヒーの自動販売機やら、道路標識やら、本当にいろんなものがカミサマに見えてくる。

水

『原色金魚図鑑』という本の撮影を担当したことがあって、アートディレクターになぜボクに依頼したのか理由を尋ねると「大森さんは水なんですよ！」と言われた。ボクの写真が水のようだ、ということではなくて、ボクが撮った水の写真を見てみたい、ということだった。

たしかに金魚を撮るということは周りの水を抜きにしては考えられない。それまで金魚を撮影した経験なんかなかったのだけれど、ちょっと嬉しくなって一所懸命仕事をした。

考えてみれば水というのはなかなかに面白い。形が決まっていないし、透明だし、温度によって氷やら水蒸気に変わる。この世界にあるすべてのものは常に変化していて、ボクたちはたまたまそのひとつの局面というか状態を見ているに過ぎないのだ、ということをはっきりと教えてくれる。

先の震災のとき、ウチは1週間断水で、そういえば近所の小学校に並んで給水してもらった水を大事に使ったなぁ。寒い中、葛西臨海水族園のペンギンを見ていると、そんなことを考えているボクのことはまったく眼中になく元気そうに水の中を泳ぎ回っている。

誕生日が近い人たち

運転免許の更新のため、運転免許更新センターに行った。書類に収入印紙を貼って、必要事項を記入し、視力検査を受けたあと写真を撮り、簡単な運転についての講習を受けて新しい免許証を受け取って、来た道を運転して帰る。ただそれだけである。

センターにいる間は係の人と最小限のことしか喋らなかった。そういうものだろうと思う。ただ更新の度に毎回思うのだが、自分の誕生日をはさんだ2ヶ月の間に手続きをしなければならない、ということは、この場所に集まって順番待ちの列に並んでいる人はみんなボクと誕生日が近いというわけだ。まったく見知らぬ人ばかりなのだが、どこかしら共通する雰囲気が漂っているように思えて不思議なものである。山羊座であり水瓶座である。

そしてここにいる人たちの人生についてちょっとだけ知りたくなってしまう気もするのだ。将来の野望とか、恋人と上手くいっているかとか、住宅ローンの残高とか、いろいろ。そんなこと訊いてどうするわけでもないし、ボクの前に並んでいる赤の他人と人生を語り合う、なんて言うものヘンな話だけれども。

朗読の時間

日曜日の夜8時。ある会で友人が自作の詩を朗読するのを聴く。多くの人が集まる大阪ミナミの繁華街から少し離れたカフェ。照明が暗くなり目を閉じて耳を澄ます。しばらくの間、彼女の発する言葉は発せられると同時に空中に消えていってしまい、意味や物語を捕まえようとするボクは少しもどかしい。けれども時間が経つにつれ、その場にいる20人ほどの人間たちの呼吸や衣ずれが耳に入ってきて、街の遠くから聴こえてくる二拍子の音楽のリズムとか、前の道路を行き交う人々の声と詩人の声が渾然一体となって、いまここを意味とか物語とかを超えた音の響きがうねりながら進んでいき、ボクもその一部になっていく。

窓の外でクルマのクラクションが大きく鳴ったその刹那、ボクは彼女が自身の故郷の話をしているのだということがわかり、彼女が発する言葉に波乗りするようにボクも自分の故郷のことを思い浮かべる。電車の先頭車両で運転士の後ろに流れて行く風景を眺めることがとても好きだったことや、団地のマーケットの前の公園の噴水に落ちてしまったこととかを。

音楽の時間

仕事場の真ん前に小学校がある。バルコニーから道を挟んで桜の木の向こう側にすぐ玄関のホールや靴箱が見える。「おはようございます！」「せんせい、さよならぁ」。毎日、登下校の子どもたちの挨拶や体育の時間のかけ声が聞こえてくるのはとても気持ちがいい。

小学校から聞こえてくる音で、ボクがいちばん好きなのは音楽の練習。多分、高学年の子どもたちがやっているリコーダーと鍵盤ハーモニカを中心にした合奏がよく聞こえてきて、演奏に合わせて口ずさむのは楽しい。ちょっと前はPUFFYの「アジアの純真」だったり、モーツァルトの交響曲40番の第1楽章だったり、選曲のセンスもなかなか面白い。

今年の3月は暖かかったので、珍しく卒業生を送り出す時期には桜がすでに満開で、中旬には毎日「仰げば尊し」を繰り返し練習していた。「仰げば尊し」は久しぶりに聞いた気がするなぁ。今年は音楽の先生が代わったのかもしれないな。学校にいる子どもたちは顔ぶれが替わっても、というか、それゆえに、いつも若い。

PUFFY：1996年にデビューした女性ボーカルユニット。メンバーは大貫亜美と吉村由美。

アイスランドへ

4月15日、久しぶりのヨーロッパへの長時間のフライト。映画を観たりゲームをしたり本を読んだりするも集中できず、混雑しているエコノミー席では眠るのにもなんだかひと苦労。あぁ、腰いたいなぁ。空気が乾いて喉もカラカラだが、ビールの味も気圧のせいで何だか美味くない。客席前のモニターに現在地や目的地までの残りの飛行時間なんかが表示されている地図を眺めながらボーッとするしかない。よく知らないシベリアの地名を小さく声に出して読みながら、いったいそこはどんな場所なんだろうと想像する。ヤクーツクとかノリリスクとか。不思議な響きだな。

コペンハーゲンで乗り継ぎの後、21時過ぎにアイスランドのケフラヴィークに到着。空港の外の建物に出ると、そこは完全に夜の闇に覆われるまでにはまだ少し時間がある濃い青に包まれている。クルマで首都レイキャビクに向かう41号線の両側には赤黒いゴツゴツした岩が続く風景が広がり、ここが火山の国であることを雄弁に語る。ホテルの部屋の水道水からも、ほんのりと硫黄の香りが漂う。部屋から見える広場では少年たちがスケボーをやっていて、気温は氷点下。明日は長時間のドライヴだ。晴れると嬉しいな。

とりとめもなく哲学的

雨降りの日、久しぶりに友人の画家・角田純のアトリエを訪ねていろいろ話をする。「いま」自分の目の前にあるモノは、いったいいつからこんな形をしているのだろうか？　縄文土器みたいにはっきりと古いものだけでなく、たとえば机の上にあるコンピューターのひとつひとつの部品だって元をたどれば鉱物だったり植物だったり石油だったりしたわけで、時間の中で少しずつ形を変えながら「いま」「ここ」にある。

あと、現代に生きるボクたちは、ついうっかり現実を写真のように捉えてしまうけれど、写真が発明されて２００年も経っていないわけで、写真のない時代に人はどんなふうに目の前の景色を眺めていたのかなぁ。現実は写真のように静止していないし、フレームもない。角田さんもボクもいつもはくだらない冗談ばかり喋っているのだが、絵画や写真のことを考え始めるとときどきこんなふうに哲学的になる。

外では人間の思惑とはほとんど関係なく雨が降り続いて花が咲いている。話し込んでいると、あっという間に時間は経って、空腹に気づいたボクたちは駅前の中華料理屋で普洱茶を飲みながらスパイスの効いた豚肉の炒め物を食べて別れた。

角田純（1960-）：画家。

きゅうりの馬に乗って

クリスチャンホームに育ったので、子どもの頃はあまりお盆というものには縁がなかったのだけれど、ナスときゅうりを刻んで藁の上に置いて供えたり、提灯に灯をともしてお墓に先祖の霊を迎えに行ったり、なんていうことを、結婚してから妻の実家でやっているのに付き合うようになってもう随分経つ。

亡くなった人たちの霊が3日間、現世に帰ってくるというコンセプトはなかなかのモノだと思う。夏至を過ぎているので、日照時間は随分短くなっているはずなのに昼間が随分長く感じられて、光の名残をまだ強力に感じる午後7時あたりに門の前に座って田圃を眺めながら涼んでいた義理の祖父の姿をときどき思い出す。

で、そのおじいちゃんもまたこちら側の世界に帰って来るわけだ。生きているこちらの方は仕事の納期やら、国民健康保険の納付書どこにやったっけ？　とか、中学生の娘の部活の合宿の費用をちゃんと持たせたか？　とかいろいろ忙しいけれど、死んでしまえばそんなものは、多分、ないわけで、あちらの世界はお気楽で良いよなぁ、なんてほんの少しだけ思いながら墓参りに行って、ビール飲んでカレーライスを食べながらＴＶのニュースを見る。

若き者たちが奏でる音

震災で液状化した道路の補修工事で渋滞が激しくて、とても暑かった夏の終わりの昼下がり、地元の「うらやすジュニアオーケストラ」の練習を訪ねた。公民館の音楽室の扉を開けるとモーツァルトのオペラ『魔笛』序曲のフレーズが聴こえてくる。小学校低学年から高校生までの少年少女たちが楽譜を一所懸命に読み込みながら自分のパートを演奏し、ほかの団員が出す音を聴きながら共同で音楽をつくり上げて行く様は真剣そのものだ。

実際に間近でオーケストラの音を聴いて思うのは、音のひとつひとつに、それを奏でる人間が生々しく表れるんだなぁ、ということ。それぞれの音に宿る人の艶とか張りとかユーモアとか緊張感とかが呼応し合って新しい何かが生まれてくる感覚は、ほかの何ものにも替え難いように思えて、いつも独りで仕事をしているボクは若い音楽家たちにエールを送りながら少し嫉妬してしまったりもした。

9月の初めの日曜日、市民会館での演奏会が終わったあとの楽団員たちの清々しい表情を拍手しながら眺めているとなんだかボクも楽器を弾きたくなってきた。部屋の隅にほったらかしてあるギターの埃をはらって、弦を張り替えて真面目に練習してみようかな。

しゃっくりは、いつのまにか止まる

どんなにお金がなくても、素敵な家に住んでいなくても、ついうっかり自分の身体だけは自分のモノなんだと思い込んでいたけれど、しゃっくりとか、じんましんとか出ただけで、自分の身体ですら実は自分の所有物じゃないんだということがわかってちょっと狼狽している。あー、しゃっくりが止まらない。人間って制御不能な不思議なモノなんだな。こないだプロ野球が始まったと思っていたら、毎日毎日殺人的な暑さだな、と思っていたら、いつのまにか秋である。仕事の打ち合わせをしていて来年のこととかを普通に話したりしているけれども、そんな先のことなんて実はまったくわからないはずなのになあ。明日のことさえわからないのに。

息を止めて背筋を伸ばしてみる30秒。止まらないしゃっくり。しゃっくりをしていない自分の未来を想像したいが、それはいまとても難しい。ベランダから外を眺めると、満月が煌煌と輝いている。駅の方から祭り囃子が聞こえてきて、自分のしゃっくりと奇妙なタイミングで同期する。炭酸水飲んだら止まるかしら、しゃっくり。

京葉線に乗って

普段、ボクが自宅から事務所に出るときに利用するJR京葉線は、東京都心と千葉の湾岸沿いの郊外を結ぶ電車で、ラッシュアワーにはスーツ姿のビジネスマンたちでいっぱいなのだが、沿線にディズニーランドがあるので、世界中からやって来る日常から少しフワッと浮いた感じの休暇を楽しむ人々を運ぶ列車でもある。日常のど真ん中で毎日の仕事に勤しむ人たちが放つ空気感と、ハロウィーンやらクリスマスのイヴェントを夢の国で楽しんでお土産の袋をたくさん抱えて上気した人たちが運ぶ非日常の空気の両方が東京湾の海風と混ざり合って、なかなかに風通しが良く感じられて、電車に乗って東京に向かうのがボクは嫌いではない。

以前はほとんどクルマに乗って移動していて、好きな音楽だけを聴いて独りの空間を楽しんでいたのだが、車内で雑誌の中吊り広告を眺めたり、携帯でSNSに没入している人のチャットを想像したり、高価そうなスーツ姿で日経新聞を読みながらなぜか缶酎ハイをあおっている勤め人の姿を観察したり。

そういえば以前、村上春樹の小説を読んでる女性が、しおりとしてコンドームを使っているのを見たときはちょっとドキッとしたけれど。

〈すべては初めて起こる〉をめぐる
いくつかの日付と思い出すことがら

２００７年5月16日。桜の開花を追って京都から北海道まで、１ヶ月半ほど続けた旅の終わり、北海道えりも町庶野の公園で薄いピンクの山桜が散りながら光っているのを見た。日本の歴史と風土の中で、桜ほど人間たちの想いを過剰に背負わされ、消費し続けられた花はほかにはなく、その過剰な想いをいったん保留して桜を見るということが可能なのか、そのことを10年近く考え続けながら写真を撮影してきたけれど、朝の陽光に花びらが光っているのを目にして、ただ美しいと感じたそのとき、ボクは桜を巡る旅はもう終わりにしよう、と思った。

見ることだけに集中していたつもりだが、考えてみればボクは見ると同時にずっと歩き続けてきたし、呼吸し続けていた。小高い丘の頂を目指して進むとさまざまな音が聞こえてくる。道を踏みしめる自分の足音、遠くから微かに聞こえる波の音と保育園の子どもたちの声、鳥の鳴き声。土と樹と潮風の匂い。この世界には目に見えないものや写真にうつらないことがたくさんある、という当たり前のことに気がついて嬉しくなった。丘の上からは太平洋が見えた。

２０１０年8月31日。メキシコ系アメリカ人の小説家サルヴァドール・プラセンシアに会うため、ロス・アンジェルスを旅していたボクは、東一番通りとロレーナ通りの角に立つ市場エル・メルカドのおもちゃ屋で、プラスティックのピンクの球体が振り子状につながった玩具を見つけた。ボクが小学生の頃に大流行したアメリカン・クラッカーだ。さっそく購入してカチカチとふたつの球をぶつけながら遊んでみた。市場の2階のバルコニーからは、午後の光に照らされている街並みが見えて、そこに半透明のピンクの球体をかざすと世界はキラキラと光って揺らめき、子どもの頃に氷やガラスの破片を通していろんなものを見た記憶がよみがえり、初めて見るはずの風景がなんだかとても懐かしくなってボクは写真に撮った。その後、サルヴァドールや同行した仲間たちと一緒に、マンチェスターのロックバンド、ザ・スミスのことやら、メキシコのサッカー選手、ドス・サントスの話なんかをしながら、広いロス・アンジェルスの街の東側をドライヴした。

2011年3月11日。千葉県浦安市に住むボクは、集合住宅の8階の自宅で揺れを感じ、動物や人の叫び声やバスタブの水が動く音を聞いた。娘を小学校に迎えに行く道すがら、液状化してあちこちに亀裂の入った道路からは泥水が噴き出していた。その夜は部屋の中で靴を履いて、壊れた食器や倒れた本棚を片付けた。数日間、街は砂塵に覆われ白く霞んでいた。多くの人が亡くなったことを伝え聞いて悲しくて涙が出た。自宅は断水して、仮設トイレで用を足すときにはトイレットペーパーを持って階段を下りたり上ったりした。

たくさんの初めて経験することが起こり、不安で眠れない夜があったりはしたけれど、目まぐるしく過ぎていく毎日の中で、自分の身体が自分のものであるという感覚はかろうじて保っていたように思える。家族や友人たちと顔を合わせて会話をかわすときには、生きているという実感があった。ただ福島の原発の事故が伝えられ、おぼろげながら何が起こっているかが少しずつ明らかになるにつれ、自分の身体と変化し続ける世界との間のズレのようなものが増大していった。

東京都心の夜は灯りが消えて暗かった。3月は下旬になっても寒い日が続いたけれど、徐々に膨らんでいく近所の桜並木のつぼみを眺めているとさまざまのことを思い出し、桜の樹を道標に福島へ旅をすることを決めた。

浦安や東京の桜がすっかり散ってしまった4月14日の午後、ラジオのニュースで福島県いわき市小名浜で桜が満開になりそうだ、ということを聴いてクルマで常磐道を北へ向かった。

2013年10月13日。小名浜で開催された「小名浜本町通り芸術祭」に〈すべては初めて起こる〉を出品して参加をした。多くの方がコメントを寄せてくれたが、ふたつの存在しない写真のことに心を動かされた。

展示会場のタウンモール・リスポの海産物加工品の店で働く志賀君江さんは、展示したプリントと写真集を長い時間をかけて丁寧に見てくれた後、2011年の春にお孫さんと一緒に見た小名浜の富ヶ浦公園の桜の美しさが忘れられない、と言った。「もし大森さんがその場所に行って〈すべては初めて起こる〉のシリーズのひとつとして撮影していたならばどんな写真になったのかしら、とても見てみたかった」と。

かつて双葉郡大熊町で暮らしていて、避難した後、現在は喜多方に移った青田久美子さんは「このシリーズに大熊で撮られた写真がないのがねえ……」と言った。

2011年の春、ボクはそのふたつの場所に行かなかった、あるいは、行けなかった。「いま、ここにある写真」を見ながら、「もしかしたら存在したかもしれない、しかし撮られることのなかった写真」に想いを馳せるふたりの声を聞いて、小名浜でこの作品を展示することができて良かったな、と率直に思った。


サルヴァドール・プラセンシア（1976-）：メキシコ出身の作家。

ザ・スミス：1982年から1987年まで活動したイギリスのロックバンド。

ジョバニ・ドス・サントス（1989-）：メキシコのサッカー選手。

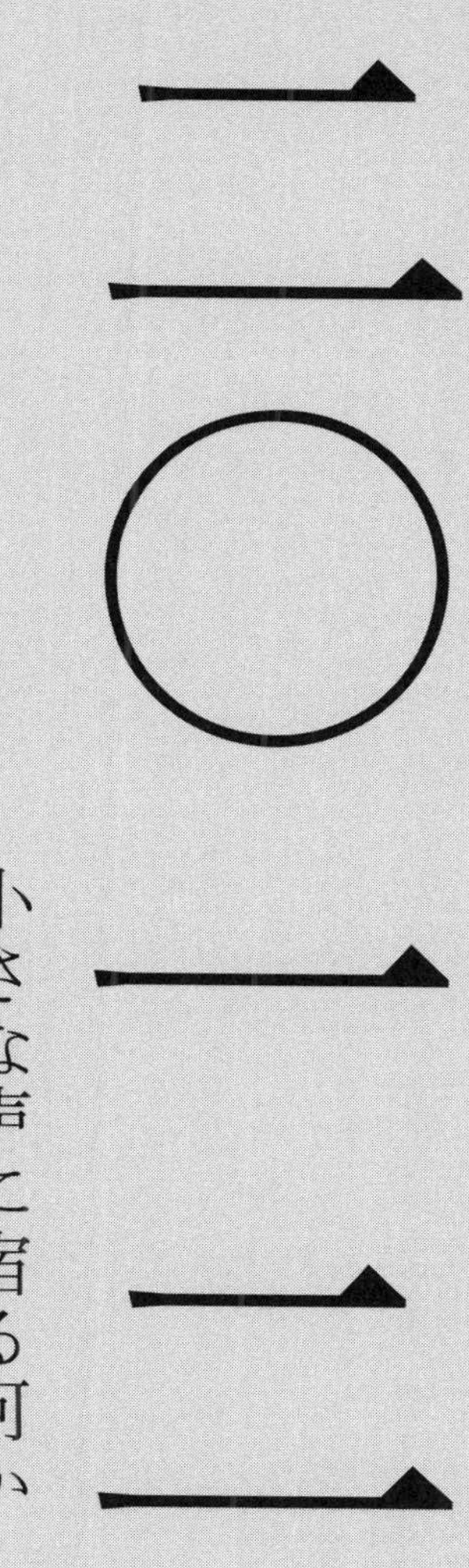

二〇一一

小さな声に宿る何か

あてもなく浅草で

地下鉄銀座線に東の終点まで乗って浅草で降りてみる。普段、仕事で過ごすことの多い西側の東京と少し違った空気と時間が流れている。道行く人々の体温がなんだかちょっと高いような。東京の言葉に混ざって聴こえてくる東北弁や関西弁。中国やロシアなんかの異国の響き。気がつくと自分も歩きながら鼻歌を口ずさんでいる。きちんと商売やっている人がもちろんほとんどなんだろうけれど、昼間からギャンブルしたりとか酒飲んだりも全然へっちゃらな感じの寛容な大人っぽさが漂う素敵な街である。

隅田川沿いのビルにある空手教室から飛んでくる子どもたちの気合いの声を聞きながら堤防に腰掛けて遊覧船を眺めていると、スーッと風が吹いて真っ赤な桜の葉っぱが落ちてきた。もうすぐ裸になっちゃう桜並木は春になるとまた満開の花を咲かせるんだな、とあまりにも当たり前のことを思って、缶コーヒーをグビッと飲んで立ち上がって背伸びした。

18歳って

先日ある雑誌に依頼されて5人組の若い音楽家の撮影のために札幌に行った。今シーズン初めてたくさんの雪を見た。

駅からホテルまで5分ほど、氷点下の冷気の中を歩く。街の灯は東京よりも地味だけれど、空気が澄んでいるので信号の光でさえも輝度が高く感じられる。

ホテルの隣に予備校があってコンバースとかの普通のスニーカーを履いた若者たちが足早に地下街の入り口まで歩いている。大学受験のときに覚えた難しい英単語とか古文の活用って、すっかり忘れてしまったけれど、それってどこにいっちゃったんだろう？　でも、初めて聴く英単語を何度も何度も呪文のように繰り返しながら筆記体の文字を綴ることは実は結構好きだった。18歳って童貞だったんだよなぁ。

自宅に戻ると、高校の同窓会の案内葉書が届いていた。とても懐かしい。そして、みんなに会いたいけれど、行かないかもなぁ、と思う。

取手にて

1月中旬の寒い朝、雨模様。知人のKが教える東京藝大の取手キャンパスに呼ばれた。自分の最新作について学生たちに講義するのだ。

武蔵野線は風や雪でしょっちゅう遅れるのが心配で、おまけに前夜の天気予報も雪だったので早起きして家を出たら早く着き過ぎてしまった。天井の高いホールでは数人の学生たちが写真作品の課題を黙々と壁に貼り付けていた。授業が始まり、小さな声に宿る何かを伝えたいのだけれどもマイクの調子がいまひとつで、自分の話す声がどんどん大きくなってしまう。

ボクの好きなブラジル人の歌手たちはとても官能的にささやくように唄う。小さな声で大勢の前で話すのは難しいなぁ。学生たちの眼は真剣だった。

坂口安吾は昭和14年に取手の病院の離れに間借りして翌年の1月まで飲んだくれの生活を送っていたらしい。「五十歩百歩は五十歩違う」と言ったのは、たしか安吾だったような気がするな。帰り道、ゆっくりと歩数を数えながら、バス停まで歩いた。

坂口安吾（1906-1955）：小説家。

三島にて

湧き水が見たいと、突然思い立って三島に行った。新幹線のプラットホームからビルや工場が並んでいる向こうに富士山がくっきりと見える。

観光案内所で柿田川湧水の場所を訊ねると、３km くらいということで、天気もいいしブラブラ歩いていくことにした。湧き水といっても山道を歩くのではなく、ごく普通の住宅街を30分ばかり歩いて、びゅんびゅんクルマが走っている国道1号線を越えると川沿いの公園があって、そこかしこに富士の伏流水が湧き出しているのだ。湧き水が川底の砂を揺らしてキラキラ光っているのが見える。

ノーエ（農兵）節っていう民謡があるのだが、三島の人はみんな知っている。〝富士の白雪ゃノーエ／富士の白雪ゃノーエエー／富士のサイサイ／白雪ゃ朝日でとける〟というのが1番。ボクは9番、好きだな。〝娘島田はノーエ／娘島田はノーエエー／娘サイサイ／島田は情けでとける〟っていう。

夢の続き

夢うつつでウトウトしているときに「これは夢なんだよな」とわかっているときがあって、その見ている夢を「面白い！」としっかり感じていて、内容を忘れないように覚えておこうと思うのだが、起きた途端に忘れてしまって、顔を洗ったりコーヒーを飲んだりの日常が始まって、そういえば夢見てたなぁ、ということは思い出すのだが内容はさっぱり思い出せない。枕元に筆記用具とメモ帳を置いて夢記録臨戦態勢で寝たら覚えておけるかな。

思い出せない夢が気になったので江東区の夢の島に行ってみることにした。宇宙船みたいなドーム形の植物園に入った途端、熱帯みたいな湿気でカメラのレンズがみるみるうちに曇っていく。窓から外を眺めるとヨットハーバーの向こうに運河がつながって遠くに工場の煙突と新しいテレビ塔が見える。蘭の花を写生している女性の背中を通り過ぎ、滝の裏側のスペースで流れ落ちる水の音に包まれるとほんの少し身体が軽くなった気がした。

音を楽しむ

ボクが生きているこの世界と愛しいあの人が生きる世界はとても良く似た形の波で、ドとミ、とか、ドとソ、の和音みたいに間隔を保って、かつある時間差を持って進んでゆく。そのふたつはときどき近づいて、一瞬交わって、また離れてゆく。ふたつの声がぴったり重なり合うのは本当に瞬間で、その瞬間には過去と未来のすべての出来事が同時に起こる。バッハのカンタータBWV78の二重唱のアリアはそんな音楽だ。高い音程のところでふたつの声が重なり合うとき、生きることと死ぬことはほとんど同じに思える。

4月24日の昼下がり、晴れ。旅から戻ったボクは、急に夏がやってきた東京の街をバッハをハミングしながら歩く。交差点でたくさんの人とすれ違い、それぞれの人たちがほとんど同時にいろんな声を出しているのを想像して愉快な気分になる。いつ終わるともしれない無意識の混成合唱。天気の良い東京の街には不協和音も悪くない。

千葉を感じて

いまから10年ほど前のことだが、房総の南の方で初めて田植えという作業を経験した。まぁ、田植えといっても、ほんのサワリだけというか、手伝いをしただけなのだが、柔らかな田の泥土に足をとられて、まったく腰が入らなくて、情けなくなったのを覚えている。ホントに当たり前の話だが毎日食べている米がとんでもない労力をかけて育てられているんだなということを思ったな。

暑い中、働くことは大変でもあるけれど、夏の初めの少し湿気を含んだ太陽の光はとても好きだ。うっとうしさと紙一重の生命力に溢れた青い植物の匂いもまたたまらない。

ボクは千葉県に住んでもう20年近く経つのだが、中古車屋の並ぶ国道沿いでも田圃の畦道でも初夏の空気にいちばん「千葉らしさ」を感じる。野生と人のつくったものの混ざり具合にハッと気付かされる瞬間が多いのだ。

そう言えば田植えの後、コーラ飲みながらスイカにかぶりついてコーラもスイカもこんなに美味しかったのか！　と感動したのを思い出した。

ドライヴしたら

昔よく通った喫茶店に久しぶりに立ち寄ってみたら、「長らくお世話になりました。閉店することになりました」なんて挨拶されてしまったり、楽しみにしていた休日に台風がやってきてついてないな、と思ったり、自分の周りのささいないろんなことが急によそよそしく思えて悲しくなってしまい、少し気持ちが落ちかけていたときに友人から連絡があった。

で、クルマで遠出することにした。小さな国産の乗用車に乗って3人で交代で運転しながら、どこかで寿司でもバカ食いしよう！　ということになり海沿いの街を目指す。

途中のサーヴィスエリアでフォークソングのCDを買って、移動カラオケボックスみたいになって全員で歌いながら4時間ほどドライヴしたら、イカ釣り漁船の連なる港に着いた。海辺の回転寿司でイカやら甘エビやらたらふく食べて店の外に出るとさっきまで曇っていた空も晴れてきて、遠くの島がくっきりと見えた。

西瓜を飲む

数年前の夏の終わり、大量の西瓜をもらって食べきれずにどうしたものかと思案して試しにジュースをつくってみた。おろし金ですりおろして笊で濾す。飲む前にレモンを少し加えるとこれが思いがけず美味しくてびっくり。暑さで疲れ気味の身体に水分が染み渡っていく。朝起きていちばんにコレを飲むととても爽やかに一日をスタートできる。で、一所懸命働いて、日が暮れたらば酒を飲む。

その頃、たまたま読んでいた、人生が上手くいっていない人たちがやたら登場するアメリカの短編小説に、旦那の不倫でやけになった主婦が「コニャックのゲータレード割り」なるファンキーなカクテルをがぶ飲みする場面があって、それをヒントにボクも「ホワイトラムの西瓜ジュース割り」を試してみたらこれはまた上品で涼しげなカクテルになった。いくらでも飲めちゃうのが欠点なんだけれど。

今年も熱帯夜、ボクはオリンピック中継見ながら酔っぱらってます。あ、永井ゴール決めた！　秋になったら「ウォッカの梨ジュース割り」も美味いんだよなぁ。

群衆の中で

2009年の1月、ニューヨークに滞在していたときにバラク・オバマ氏が大統領に就任するのと重なって、新しいリーダーの宣誓や演説を野外のパブリックビューイングで見聴きするために続々と人々が街角に集まってくるのが面白かった。氷点下になろうかという気温にもかかわらず、ハーレムでもタイムズスクエアでも広場が人で埋め尽くされた。たったひとりの声を大勢の人間が集中して聴いているのは感動的でもあり、またほんの少しだけれど宗教的な熱狂を感じたりして怖さを感じる側面もあった。

渋谷駅前の交差点もたくさんの人が集まるということでは、ほかに類を見ない場所だ。長い時間留まる人は少ないのだが、本当に途切れることなく人が流れていく。みんないったいどこへ行くんだろう？　と交差点を渡るたびにいつも考える。渋谷でもハーレムでも動いている人と人の間の距離や空間が象っている何かがボクに写真を撮りたいという欲望を喚起する。人の形や持ち物は目に見えるのだけれど、その人と人の間っていうのは目に見えるものと見えないものの境界で、そこに、まさにこの自分が立っている、っていうことに興奮しながらボクはシャッターを切る。

海街の記憶

イスタンブールを訪れた。ボク自身が瀬戸内海に面した街で生まれ育ったからか、坂道が多くていろんな場所から少しずつ違う表情の海が見えるイスタンブールの街がとても好きになった。

狭い海峡を越えると「こちら側」とほんの少しだけ違うかもしれない「向こう側」の世界があるということがワクワクするのだ。旅人や商品をのせてアジアとヨーロッパ、あるいは黒海とマルマラ海を行き来するたくさんの船は、人間や荷物と一緒に風や空気も運んでいるみたいで、街全体に開かれた雰囲気が満ち溢れている。

滞在していた新市街のホテルの真横にはモスクがあってスピーカーから毎朝5時に大音量のアザーン（礼拝の呼びかけの声）が響き渡る。夢うつつで、遠いところに来ちゃったんだなという想いや、懐かしい祖父の声がよみがえってくるような感覚やら、いやいやボクはまだ眠いんですけどっていう気分とかが入り交じって一日が始まり、だんだん明るくなっていく東の空をただじっと見つめていた朝はなんだか不思議に幸せな時間だった。

クリスマスはバースデイ

ボクは12月25日生まれだ。物心ついて以来、ずっと不思議な感じだ。パレスチナの有名なユダヤ人の生誕祭のおかげで世界中の人がなんやかんやと盛り上がる。罪深い人間を救うために神が遣わした救世主がお生まれになった、という壮大な話である。

近年ではその本来の意義とは関係なく恋人たちが愛を確かめあうチャンス、みたいなことにもなっていて、皆さんなかなか忙しそうな様子だ。J・レノンと山下達郎と讃美歌１１２番が何度も街に響いて、クリスマス停戦とか、クリスマスなんとか、とかすごい数のレイヤーが重なる。あまりにもインパクトの強い日が自分の誕生日と重なったおかげで、逆にとても静かに自分の年齢と向かい合えるような気がして、ボク自身はクリスマス生まれであることを結構気に入っている。

子どものときはサンタクロースを信じてて、イヴの夜、徹夜して待ってるつもりが気がついたら朝になっていて、プレゼントに大喜びしながら団地の自治会主催の朝のなわ跳び会に行って、白い息をハアハア吐きながらピョンピョン跳んでたなぁ。

ジョン・レノン（1940-1980）：イギリスのミュージシャン。元ビートルズのメンバー。
山下達郎（1953-）：シンガーソングライター。プロデューサー。

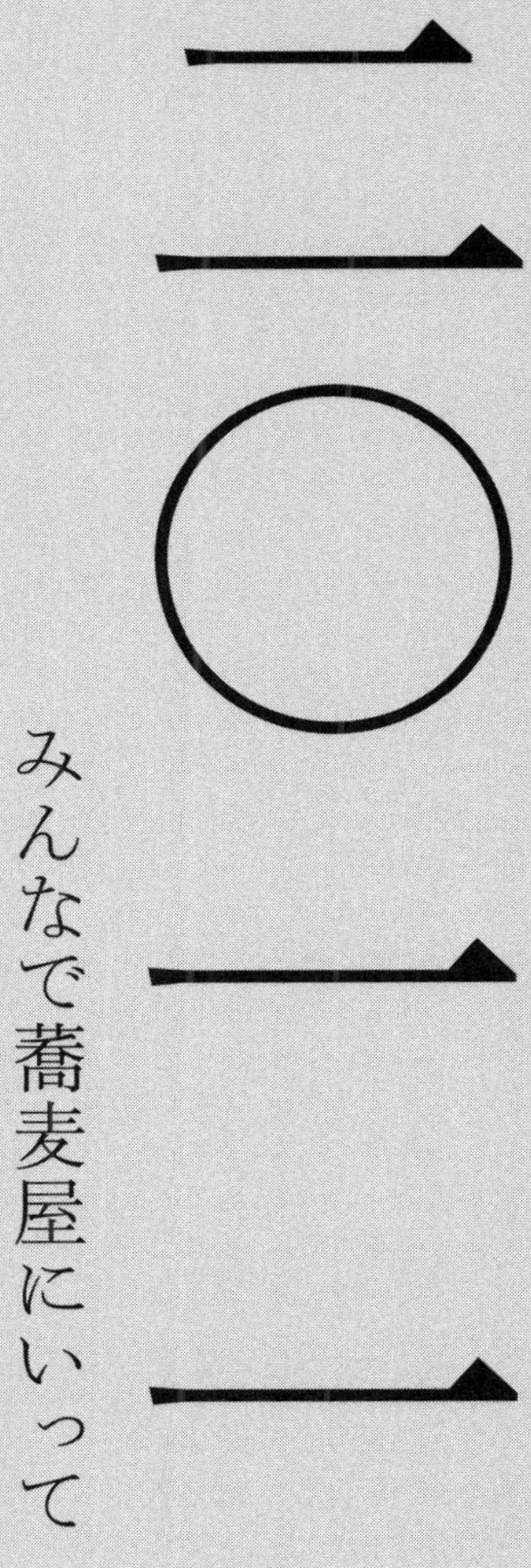

二〇一一

みんなで蕎麦屋にいって

新浦安液状化

3月11日　新浦安の自宅（8階）を出ようと支度していたときに揺れ始める。食器、本、CDなどが崩れる。棚のスキャナー兼コピー機が落ちて裏返る。悲鳴。動物の鳴き声。いろんな音。しかしいちばん気味が悪いのは、3分の1ほど入っていた風呂の水が揺れる音。「タッポーン〜、ドゥ、ボーン、ドボーン……」。外に出るべきか、留まるべきか迷ったが、直感で家の中でしばらく様子を見ることにする。テレビが地震関連の速報を矢継ぎ早に放送した後「それではここで株と為替の動きです」と伝えたところで一瞬涙が出てきて、そのあと大笑いし我に返る。娘を小学校に迎えに行こう。いたるところでマンホールが飛び出し、道路はドロドロ&デコボコでなんだかよく分からないことになっている。子どもたちは校庭で体育をしていたとのこと。1年生から6年生まで全員無事。娘を引き取って帰ろうとすると新浦安駅すぐ近くに勤めているMちゃんのお母さんが駅から歩いて迎えに来たところと出会う。泥まみれのハイヒールを手に持って涙ぐんでいる。都内に勤める妻と連絡がとれ、娘を無事迎えたことを伝える。余震が続く中、娘とふたりでウチの中でスニーカーを履いて割れた食器や本棚を片付けているうちに日が暮れる。友人たちとメールで連絡を取り合い、とりあえずの無事を確認し合う。水が出ない。家には500㎖のミネラルウォーター数本のみ。テレビでは津波の映像が続く。

町口覚（1971-）：グラフィックデザイナー。パブリッシャー。
寺屋宣康（1951-）：銀塩写真のプリンター。「GRAINHOUSE」主宰。
伊賀大介（1977-）：スタイリスト。

妻はギリギリで東西線が動き午前1時半頃、東西線の浦安着。クルマで迎えに行く。道が傷んでいてかなり危険。

3月12日　6時30分頃、管理組合からの内線放送で小学校で給水が始まる旨の放送がある。とりあえず、バケツを持って並ぶ。市川妙典と浦安の間を千葉県水道局の給水車が往復するとのこと。昨日から泊まり込みの娘の担任の先生が給水を手伝っている。お疲れさまです。申し訳ないことにボクの番でちょうど1回目の給水車が空になる。後ろの人はどのくらい待つことになるのか。近所のイトーヨーカドー内で開業している友人の医者夫妻が様子を見に訪ねてくれる。一戸建てのエリアの被害が相当大きいとのこと。午後から水汲みも兼ねて西麻布の事務所がどうなっているかを見に行く。事務所の機材や本棚が心配だったが予想していたほど酷くない。何も壊れていない。事務所の前の道では子どもたちがサッカーやらスケボーやらをやっていて、平穏な週末の午後の風景、のように見える。アートディレクターの町口覚と電話で話す。開口一番「写真ですね」と町口。彼らしい。ガラガラの六本木から赤坂、皇居、日本橋を抜け永代橋付近でガソリンを入れて葛西橋通りへ抜ける。葛西橋通りの浦安方面は渋滞でノロノロ。国道357号線を越えるやいなや空気が一変。すでに乾燥し始めた液状化の砂塵で街が霞んでいる。

3月13日　浦安の上下水道、17日の復旧をめざして頑張ってくれているとのことだが、もう

佐々木直子：編集者。
木下孝浩（1968-）：ファーストリテイリング執行役員。元『POPEYE』編集長。
西田善太（1963-）：編集者。元『BRUTUS』編集長。

少しかかりそうな予感。千葉県八千代市の親戚のウチへ顔を見せに行く。途中、週末にまとめてやるはずだった洗濯物の一部をコインランドリーで洗濯&スーパー銭湯。コインランドリーで流れていたBayFMで久しぶりに音楽を聴いた気がする。洋楽邦楽とり混ぜつつ、リスナーからのメッセージの間に曲名・アーティスト名を告げずに淡々と曲が流れる。気持ちがやすらぐ。千葉も内陸部はほとんど日常通りに動いていて、風呂に入っている自分がなんだか不思議な感じ。親戚のウチでは暖かい食事でもてなされ感謝感激である。夜、浦安市の広報Twitterで給水情報やら被災の状況やらを確認する。市内の学校は休校になり、このまま今年度の授業は終わりである。卒業式は無事にできるかしら。トイレットペーパーを片手に仮設トイレまで用を足しに行くのにも慣れてきた。別に慣れたくはないけれど。

3月14日　東北の大変な状況に比べると、ウチは家族みんな無事で建物自体は全くピンピン建っているし、ガスも電気もあって暖かいので、自分のことをとてもじゃないが「被災者」とは思えないのだが、東京はどうやら表面的には普段に近い感じで動いているようで、ファッションやら自然派ワインやらのアサイメントの仕事の打ち合わせをしていると自分の方に現実感がなくて、いまひとつ話が噛み合わなく思えるときがある。京葉線はまだ動かないので、今日は打ち合わせは電話とメールで済ませてウチにいることにする。午後、内線放送で、防災委員会が団地敷地内の泥を除去するので集まれる人はシャベル、軍手等を持って集まってくれとの連絡。2時間弱ほど固まりかけた泥をシャベルで削って運ぶ。19日に予定していた横浜、北仲ス

伊藤総研（1974-）：編集者。

阿久根佐和子：編集者。

江口宏志（1972-）：オー・ド・ビーの蒸留家。ブックショップ「Utrecht」元代表。

クールで行うイヴェントが建物の保守点検のため延期せざるを得ないとの連絡が入る。残念。ほかにも近々のいくつかの撮影、キャンセル。

3月15日　トイレ&風呂が使えなくてどうにもならないし学校もずっと休みで娘をひとりでウチに置いておくわけにも行かず、八千代の親戚にしばらく預かってもらうため送って行った後、東京へ。土曜日に一度都内に出たけれど、そのときは事務所の様子を見た後、水を汲んですぐに浦安に戻った。ウィークデーの都内を歩くのは地震後初めて。道行く人が以前よりなんだか生き生きして見えるのは気のせいか？　メディアでは原発の危機的状況の報道が多くなる。先週撮影分のプリント、広尾のグレインハウス、寺屋さん。打ち合わせで『BRUTUS』編集部、スタイリストの伊賀大介さん、編集の佐々木直子さん、木下孝浩さん。編集長の西田善太さんと立ち話いろいろ。夜のヘブライ語、西へ移動した人たちのこと、そのほか。フリー編集者の伊藤総研さんと会って浦安断水のことを伝えるとビックリされる。夜、青山のUTRECHT/NOW IDeAにて阿久根佐和子さんと江口宏志さんのふたりが、小説家でもあり『McSweeney's』の編集者でもあるデイヴ・エガーズについて話す催し。今回の地震と関係のない文学の話になんだかホッとする。みんなで蕎麦屋に行って少しだけ酒を飲んで帰る。表参道22時、普段ならまだまだ賑わっている時間だが、ほとんど人影が見えない。地下鉄もガラガラ。半蔵門線、有楽町線、京葉線、奇跡的な接続の良さでいつも通りに1時間足らずで帰宅。

デイヴ・エガーズ（1970-）：アメリカの小説家。編集者。パブリッシャー。

ジャン=リュック・ゴダール

「まだこんな野蛮な音楽を？」

「はたして￥１００ショップに魂は宿るのか？」

こんな台詞はＪ＝Ｌの脚本には存在しないのだが、昔何本か観たＪ＝Ｌのフィルムが無意識に超訳byオレ的に記憶&捏造され、いつのまにかそれはＪ＝Ｌの言葉なのかオレの言葉なのか区別がつかなくなっている。￥１００ショップに宿る魂を求めながらアメ車かっぱらって女と手をつないで、時に口論しあい、時にお互いの頬や耳に触れ、時にペンキをぶちまける、そして最後に生き残るのは必ず女の方で、男の方はまぁ、死んじゃうわけ。

で、久しぶりにTSUTAYAで何本かＤＶＤ借りてユニクロのジャージ着て新浦安の団地（自宅です）でＪ＝Ｌ見てみたら、ほとんど記憶&捏造のとおりでビックリした。たとえば『男性・女性』の中のこんな言葉「純粋さは／この世にはない／しかし――／10年ごとにその閃きが輝きがある」。

オレいま47歳なんだけど。計算するといままでの人生で4・7回も純粋さ、輝いていることになるなぁ。しかもこの台詞にあわせて流れる音楽ってチャリー・パーカーやらボブ・ディランではなくて、Ｗ・Ａ・モーツァルトのクラリネット協奏曲Ｋ６２２なんだよね。Ｊ＝Ｌったた

ジャン＝リュック・ゴダール（1930-）：フランスの映画監督。
チャーリー・パーカー（1920-1955）：アメリカのジャズミュージシャン。「モダン・ジャズ（ビバップ）」を創生したプレイヤーとして知られる。

ら超ロマンティスト〜！　さらにその上「まだこんな野蛮な音楽を？」って言われちゃう主人公のポール君に「オーケストラ最高だ」なんていう台詞を喋らせる。もちろんこれはポール君を思いっきりバカにしているわけだけど、明らかに彼にはJ＝L自身が投影されているし、いけしゃあしゃあとつけられた『男性・女性』ってタイトルの映画の主人公であるからして自分で自分を笑いながら、まわりくどく何かに対して言い訳しているようでもある。まぁ、「オレ様の魂サイコー！」って言えればラクチンなんだよね、きっと。

しかしあくまでも「¥１００ショップに魂は宿るのか？」っていう態度がJ＝Lの真骨頂。そういえば¥１００ショップってフランス語で何て言うのかしら。ちなみにK６２２だけど、昔の名盤ウラッハのも素敵だけれど、２００２年に出たブリュッヘン＆ホープリッチの演奏もかなりJ＝L的。皆さんもヴォルフガング聴きながら「魂宿るのか？」ってつぶやいてみたりするとなかなかヤバいっすよ。

ボブ・ディラン（1941-）：アメリカのシンガーソングライター。／フランス・ブリュッヘン（1934-2014）：オランダ生まれの指揮者。リコーダー奏者。フラウト・トラヴェルソ奏者。／エリック・ホープリッチ（1955-）：アメリカ出身のヒストリカル・クラリネット奏者。

『すべては初めて起こる』のためのメモ

#結局のところ、2000年の春に桜を見よう、撮ろう、と思い立ったのも、2011年の春にピンクの半透明の球体をふたつぶらさげて福島へ行こうと思い立ったのも、「直感」としか言いようがない。ただ、何かに動かされて、導かれてのこと。

#福島、行かなきゃいけないな、ってハッキリと思った。

#放射能、撮らなきゃって、（写らないけれど）

#しかし……「直感」と、何かに動かされ、導かれたゆえの「写真」だけがあれば「言葉」なんて必要ない、と言えればよいのだが。

#自分にとっての大前提〜そもそも写真を撮るということの理由は「目の前のものをよく見たい、そしてその『見たまま』をを残せないものか」ということ、そして、それと相反するように「目に見えないものをつかまえたい」ということが、同時にある。

#写真がただ写真のみで差し出されることはほとんどない。ほとんどの場合なんらかの「言葉」とセットになっている。

例）「私の母」（関係）とか、大阪（地名）とか、浦安市長（社会的役割）とか、刑事被告人何某とか「サダム・フセインが死んで歓声を上げるバグダッド市民」とか、「男は黙ってサッポロビール」とか、いろいろ。
#写真はあまりにも現実に相似形なので、人はついうっかり写真とは「ホントのこと」を提出するモノだと思っている。
#その写真が「ホントのこと」であるということを証明できるものは実は何もないのではないか？
#「普通に」写真を撮るっていうことは、目の前のものを全肯定するということ。
#「目の前のもの」っていう自分の認識って何？
#肯定したくない現実、もある。
#ひょっとしたらこうなったかもしれない、というパラレル・ワールドの存在。
#報道写真であれ、芸術写真であれ、広告宣伝の写真であれ、「レンズを通した光を記録するという写真の機能そのもの」を疑う人はほとんどいない。
#人は、その写真とともに添えられた「言葉」を何の根拠もなく「ホントのこと」だと思ってしまう（思いがちである）。
#そしてその「言葉」のイラストレーションとしての「写真」を見る。
#そして、言葉、が圧倒的に「見ること」を支配する。
#人が写真だけを見て何か感じたり、考えたりするということは可能なのか？　それはひょっとして「良くない」ことなのか？
#結局のところ、「見る」ってどういうこと？　という問いかけ。

#"The eye sees more than the heart knows."(W. Blake)～ホントにそうか？　そんなことが可能なのか？　チョウ危険。でも可能でありたい。

#いま考えるのは、今回の自分プロジェクトのそれぞれの作品に「福島」とか英語の場合は「FUKUSHIMA」ってキャプションをつけているわけだけれど、そもそも「福島」と「FUKUSHIMA」とは意味することが微妙に異なる。

#本当は3・11以前からそうなんだけれども、3・11以降「福島」と「FUKUSHIMA」と「フクシマ」の差異が存在することを、言葉で語るのではなくて、一枚の写真の中に、あるレイヤーというか、システムのようなものを介在させて、あくまでも視覚的に新しい問いを作り出すことはできないか？　っていうこと。

#で、透過光っていうのは（目で見る桜の花びら、そのものが透過光でもある）目に見えるものと目に見えないものの橋渡しをしてくれるもので、ピンクの半透明の球体を通して世界を見るということ（ある意味、正しく写真の機能を使って世界を見るということを半分放棄するということ。嘘っぽい写真）によって「福島」でも「FUKUSHIMA」でもない世界がひょっとして存在するのではないのか？ということを問いかけたい。問いを内在する写真にしたい。

#しかし、そのこと（「福島」と「FUKUSHIMA」の差異を意識すること）が写真の最終目的というわけではない。

#その「レイヤー」というか、「システム」っていうのは何であってもかまわない。何でなければならないということはない。

#安い装置の方がよい。おもちゃ。¥100ショップ的なものであって欲しい。

#ハレーションの影響のない部分の画面を見れば、それは「ただの写真」の一部。ハレーションのない画面を想像してみる。

#そんな装置が本当に必要なのか?

#ストレートな「ただの写真」で十分ではないのか。よく見て、そしてよく考えれば前述のことはわかるはず。

#しかし、「まちがっていてもかまわないじゃないか?」という誰かの声。

#「ただの写真」こそまちがっているのではないか?

#フランク。メカス。ブレイク。芭蕉。西行。本居宣長。

#決して「光の聖性」「聖なる光」のようなモノではない。もし「光の聖性」などと言いだしたら「闇の聖性」「水の聖性」「プラスチックの聖性」「ゲロの聖性」って、なんでもアリになってしまう。

#神さま、の話は反則。神さまの話、も。

#ボク自身のパーソナルな感情的にはそれは「悪い」モノにもなりうるものでもある。退廃とかニヒリズムとか。

#ピンク

#ふたつのピンクの球体をカチカチと鳴らしてみる、儀式のようだ、鎮魂、国見〜しかし、それには資格がいるだろう。

サダム・フセイン（1937-2006）：イラク共和国の政治家。1979年から2003年、大統領。

ジョナス・メカス（1922-2019）：リトアニア出身。アメリカの映像作家、詩人、批評家。

#その名前を思い出しただけで涙が出そうになる人のことを、思い出す。
#そして自分の知らない誰かの悲しみのために泣く。
#捧げる、ということ。
#superstition 驚き恐れてあるモノのそばに立ちすくむ、こと。
#物語と物語のあいだのエア・ポケットのようなもの。

こんなことを考えることになったきっかけのひとつには去年雑誌『coyote』の撮影でLos Angelesに行ったことがあって、ピンクの球体もEast LAのメキシカン・マーケットで購入したもの。Los Angelesってそもそもスペイン語であるにも関わらず、みんな「lɔːsˈændʒələs」って発音して、でも多くのラテン系の人は「losãnˈxeles」と発音する。そして「ロス・アンジェルス」と「ロス・アンヘレス」は発音が違うだけでなく世界そのものが違う。ピンクのおもちゃはスペイン語とは何の関係もないけれど、その半透明の球体を通して撮影したEast LAの風景は、いろんな問いかけを含んでいるように思えた。日本語だとね、それは「天使たち」というのだけれど。


ウィリアム・ブレイク（1757-1827）：イギリスの詩人。画家。

西行（1118-1190）：平安時代末期から鎌倉時代にかけての歌人、武士、僧侶。

本居宣長（1730-1801）：江戸時代の国文学者、医師。

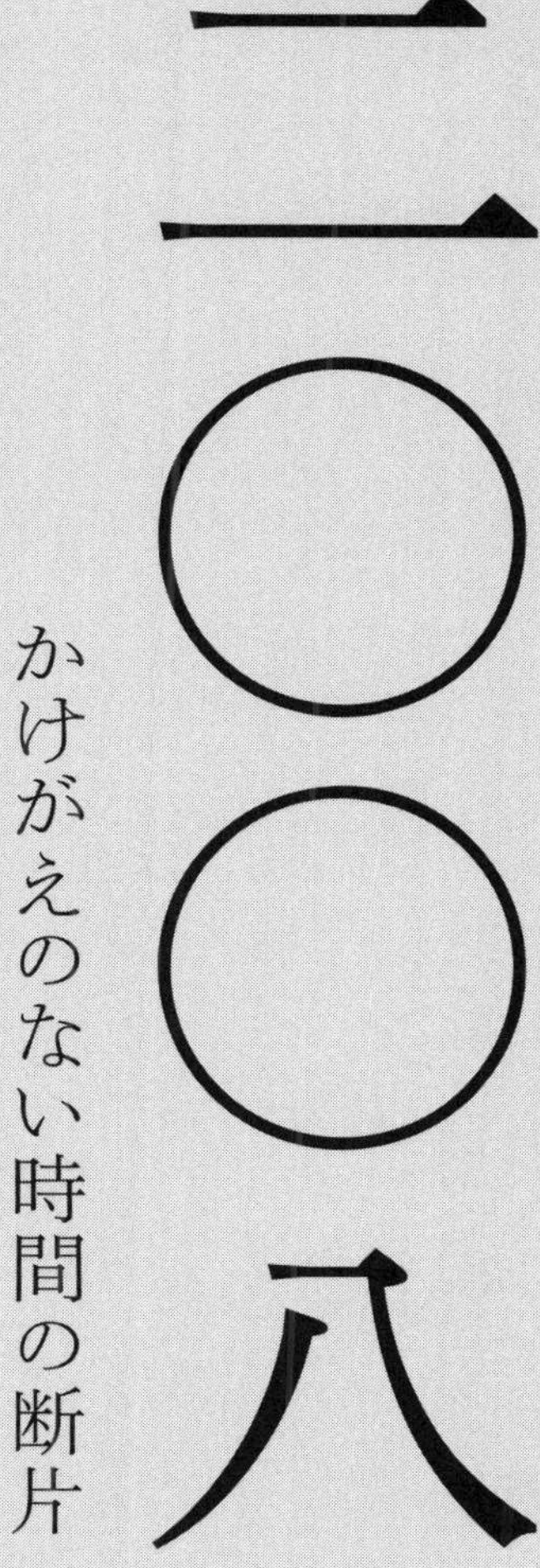
二〇〇八
かけがえのない時間の断片

SANPO＝散歩

そもそも写真を撮るということは、何かのついでにすることで、まず人生が先にあって、天気がいい日にピクニックに行って、友人や家族の写真を撮るとか、山に登ったら可憐な花が咲いていていてそれを誰かに伝えずにはいられないとかそういうことだよね。かけがえのない時間の断片がキラキラと光り輝いて、この世界は素晴らしい！　僕はいま、生きている。

でも写真という道具というか、メディアはなかなか恐ろしいもので、写真があろうがなかろうが自分にとってかけがえのない瞬間なんてそんなに無闇矢鱈とあるはずもなく、自分が撮ったイメージであれ、他人がつくったイメージであれ、世の中に写真の数が増えるにつれて、どんどんかけがえのなさが大安売りみたいになってきてちっとも嬉しくない。自分がいま、ここで「見ている」ことも誰かに操作されているような気がしてくる。まったくセクシーじゃないね、この有り様。

脱出するためには歩くこと。イメージに言葉が追いつかないとき、幸せだなと思えれば僕は写真家だし、孤独だなと思えれば詩人になる。そして歩き続けていると、イメージと言葉の背後から音楽が立ち上がって僕を通り越していく。2時間、3時間、まだもう少し。

東京散歩の途中で、僕が立ち寄りたいのは原宿駅からほど近い明治神宮の御苑。武蔵野の面影を残す大きな雑木林のある公園。池のほとりに佇んで風や鳥や虫の声に耳を澄ましていると自分の中のいろんな感度が上がってくる。野生の直感と率直に向き合いながらも街の息づかいが感じられ、自然の織り成す音の間からときどき山手線のチャイムや人のざわめきが聴こえてきて、自分がまるで都会に初めてやってきた木こりや猟師みたいになっていく。

地下鉄の駅でもコインランドリーの前でも突然動物と遭遇するように世界を見る。夕立ちの後の道路の匂いとかロゼワインの入ったグラスに映る逆さまの世界とか、キラキラ光る川面とか、結局のところ、それは繰り返しだし、また初めてのことでもある。死んでみたり、生き返ったり。止まったり、また歩いたり。

『ティファニーで朝食を』、あるいは思い出すことの切なさと、それゆえの甘美について

1940年代前半、9・11やエコロジーはもちろんのこと、エイズや公民権運動やキューバ危機、ロックンロールもまだ誕生していなかった頃。アメリカは太平洋を挟んだ隣国の日本と戦争中、原爆投下はまだちょっと先、気の利いた都会の住人は適量の煙草を嗜み、ときどきはマリファナも。パーティーに欠かせないのはコール・ポーターの音楽（Love for Sale）、そしてドライマティーニ。サード・アヴェニューにはまだ高架鉄道が走っていて、マンハッタンのど真ん中に厩舎があって、たぶん誰もファック（ゴメンね！）なんて言ったりしていない、そんなニューヨークが舞台の青春を小説家の「僕」が回想する。そう、これは過ぎ去ってしまったあまりにも美しい完璧な想い出だ。

「僕」のアパートメントには、雑誌『バザール』（ヴリーランドとブロドヴィッチの時代、なんてゴージャス！）で活躍するファッション写真家や、ローラースケート好きのコロラトゥーラ歌手（ニューヨークはどんな人間でも受け入れてくれる）なんかがいてとても賑やかで、「僕」の部屋のすぐ下には「ホリー」という名前の女性が住んでいる。彼女はなんと言えばいいのか、プ

ロフェッショナルな社交、みたいな仕事で生計を立てている19歳で、健康で清潔な雰囲気を保持することとエロティックであるということを奇跡的に両立させている。

ひょんなことから仲良くなった「僕」と「ホリー」の共通点は、若いこと、正直なこと、意地悪なこと、地方出身者であること、自分の本当の居場所をまだ見つけていないこと。ふたりの会話は洗練された悪口の実例集であるし（「折檻を求めているような臀部」）、おしゃれと礼儀のワークショップでもあるし（「四十歳以下でダイアモンドを身につけるのって野暮だし」）、愛と友情とモラルに関する深い考察だったりする（「男たちとセックスをして、金を搾り取っておいて、それでいて相手のことを好きにもならないなんて、少なくとも好きだと思おうともしないなんて、道にはずれた話だってことよ」）。

つまり上手に言うのは難しいのだけれど、都会に住む野心を持った若者に必要な、時代を超えたスピリットのようなものを「僕」と「ホリー」の関係は体現している。それを恋と呼んでも差し支えないのだろうけれど、人生においてある一時期にしか経験することのできない、年をとってから突然どこかでふっと思い出したりすると泣きそうになってしまうような類のものだ。

「生きていて良かったなあという気持ちの高まり」と「悲しみがただ病いなのですか？」という問いかけが絶妙のリズム感でたたみかけてくる。思い出すことの快感を味わうことのできる稀有な小説。

296〜297ページ「　」内の引用はトルーマン・カポーティ『ティファニーで朝食を』（村上春樹訳）新潮社より。

コール・ポーター（1891-1964）：アメリカの作曲家。作詞家。
ダイアナ・ヴリーランド（1903-1989）：アメリカのファッション雑誌編集者。
アレクセイ・ブロドヴィッチ（1898-1971）：ロシア出身のアートディレクター。

二〇〇六

いまの連続

サナヨラ

2006年の6月、ボクは雑誌『coyote』の仕事でフィンランドを旅していた。約1週間のフィンランド南部の旅を終え、ラップランドへ飛ぶ前日の夜、ヘルシンキのスカンディック・グラン・マリーナのラウンジでビールを飲んでいると、隣のテーブルの女性と目が合って、彼女はグラスを軽く上げて微笑みながらボクに言った。「サナヨラ」と。思わずボクは吹き出して「サナヨラ」とグラスを掲げてあいさつをした。

翌日の夕方、編集者一行と別れて北へ飛んだボクは素晴らしい天候に恵まれ、たったひとりでサーメの聖地ピエルパヤルヴィの森を歩いていた。白樺、松、樅の木。遠くどこから聴こえる動物の声や湖から森へ抜けてゆく風の音に耳を澄ましながら歩き続けて、花や鳥や岩にあいさつする。湖のほとりで立ち止まり、水面にそっと手のひらを近づけてみる、本当にぎりぎりまで近づけると水の方から手のひらに吸いついてくる。そしてボクはいまの連続を生きていることを実感する。いまのれんぞくだ。

夏のラップランドは白夜の季節で、太陽は一晩中沈むことがない。真夜中だというのにカーテンのまわりから強い光が漏れてきてボクは眠れず、静かに眠っていた鳥たちも3時半頃にはさえずり始める。脳のなかの普段使わない部分が覚醒してきてだんだんときのうときょうの区別が曖昧になっていき、雪崩のようにいろいろなことが頭に浮かんでくる。

「挨」というのは群がっているものをかきわけて進むことであり、「拶」というのは猛烈に迫る、責めるということで、「挨拶」とは禅僧が激しく問答し合う意味だというのを何かの本で読んだことがある。突然、そんなことを思い出した。ハードコアだな、感電しそうな言葉だな。まるで世界に触るための修行のようだ、そしてそれは写真を撮るという行為にほんの少し似ているようにも思える。でも、あんまりハードコアなことを続けていると身体に悪いし、勘違いする自由を失ってしまうかもしれないな、とか考える。

「サナヨラ」。いいあいさつの言葉だな。とても誠実で、はじまりとおわりが同時にある。よろこびとかなしみのニュアンスがおおよそ半分ずつで、笑いのスパイスが少々。そして、ちっともハードコアじゃない。ボクの新しいあいさつだ。

いま午前7時、まだまだ眠くない。18℃、快晴。朝のコーヒーを飲み終えたらまた出発だ。

きのうきょうあした

じゃあまたね

想ひ出の銀座シネマデートBEST5

ジャン＝リュック・ゴダール『勝手にしやがれ』

1982年。18歳のボクと19歳のホンマ君。土曜に大学の授業終わると毎週デート。ボク童貞、ホンマアフロヘアー、神宮球場で駒澤大学対青山学院大学の試合を見たり、並木座でゴダール2本立てを観て、ボクビール、ホンマ牛乳飲んで、田無&池袋に帰ってゆく。ときどきボクギター弾き語り、ホンマ千本ノック。

ジム・ジャームッシュ『ストレンジャー・ザン・パラダイス』

1986年のある日、とっくの昔に別れた彼女から突然の電話で長電話。「アシタエイガイカナイ?」。そんで有楽町の地下でモノクロ映画若者3人トホホな日々。観た後の会話まるで続かず。ナゼか銀座から地下鉄で外苑前行ってギーでカレー食って8年後にその女と結婚。いま団地暮らし、娘ひとり。

原一男『ゆきゆきて、神軍』

1989年。エビスニューヨークのマリちゃん誘って再び並木座デート。観た後ラヴモード

ジム・ジャームッシュ（1953-）：アメリカの映画監督。／原一男（1945-）：映画監督。／周防正行（1956-）：映画監督。／コーエン兄弟：アメリカの映画監督。ジョエル・コーエン（1954-）とイーサン・コーエン（1957-）。コーエン兄弟として共同で映画製作を行なう。

に移行するはずも、天皇制のあり方めぐって1丁目の居酒屋で大激論。マリちゃんの小さめのオッパイ触らせてもらえず、ボク酒飲み続け最終的に正体不明。再び会いたし、連絡乞う、マリちゃん。

周防正行『シコふんじゃった。』

南米旅行に出かける前の1992年。ホンマ君の当時の彼女から電話あって人生相談長電話というわけでは全然なく「アシタエイガイカナイ?」というわけで、4丁目交差点待ち合わせマリオン行ってモックン&竹中のふんどしにうっとり。その後レモンスカッシュとか飲んで「じゃあまたね」。

コーエン兄弟『オー・ブラザー!』

2001年の秋。サナイ君の彼女からデート誘われるわけぜんぜんなく、ひとりでミシシッピの脱獄ブルース洪水の中で犬も喜ぶバカ話観て、コージーコーナーでケーキ食って、ライカ50㎜銀座ブラブラ、気分はフリードランダー。南部変態魂ボクにノリウツリ、傑作を撮ってしまう今日この頃。

本木雅弘(1965-):俳優。
竹中直人(1956-):俳優、コメディアン、映画監督。
リー・フリードランダー(1934-):アメリカの写真家。

一九九八

普通の奇跡

『サルサ・ガムテープ』

果ぷ、 初めてサルサに出会

96年9月20日、移転。~~スウェーデンのバンドEKKOとサルサガムテープのジョイントコンサート~~。何という複雑な音楽。ひょっとしてただ下手なだけ？~~全員がバラバラに動いている~~。中心がない。自由なのか不自由なのか？くずれそうでくずれない。彼~~絶大~~のPUNK。

何かをのど元につきつけられるパワー。

確かに存在する不思議な一体感。

1人1人のカラダの動きに強くひきつけられる。

バラバラに~~動~~いる　また見たい　彼らがステージにいる理由は確実に感じる。

笑顔と交さくする奇妙な間。

96年11月26日　成田空港　AM7:45

きのう、ジュディー&マリーのユキちゃんの写真集の撮影でロンドンから戻ったばかり。また成田にやってきた。時差ボケで高揚している。

初めてサルサガムテープのメンバーと行動する期待といと不安。（高校の修学旅行以来の団体旅行。）はたしてとけこんでいけるかということを考えさせないスピード。

~~会話~~・日記・メモ　スゴイ量とスピードでとびかうことば

54

「投げKISS、当たる！当たんない。」

'96年12月1日、ストックホルムのチャイニーズレストラン、一週間のスウェーデン~~演奏旅~~行の最終日の夜、~~ささ~~、打ち上げ（たいざい）のテーブルで、柏沼くんが、ヘッドギアーをはずして、コカコーラをのみながら~~ボクに~~投げKISSを送ってくる。~~「当たる／当たんない」~~

ロマンチック書きすぎか？

さて、柏沼くんの投げKISSはボク（ボクに）たあたったんだろうか？

~~そこにはあることをやり終えた~~達成感につつまれたサルサガムテープのメンバー~~達~~が、確かにいた。~~キセツと調和の一体感~~。

笑顔と安ど感につつまれた、しあわせそうなキャラバン、外気温－2℃。

さまざまな困難をのりこえて、初めての海外演奏旅行を~~果~~実現した

☆カナちゃん「上から見てもテイヨ、下から見てもテイヨ。」
☆ウプサラあシングツーナツアーの日。
☆サイフなくした事件、
☆馬にのった子供たち

'97年12月24日。代官山スタジオ。コースケ・ツムラのポスターの仕事。プレスの土田さんに、サルサのテストプリントを見せる。「でも結局は彼らと分かりあえないんだと思って悲しくなることはありませんか?」ときかれる。「他人なんだからそれはしょうがない。それよりも僕らが普段当然と思っている、(健常者どうしの)コミュニケーションの中に嘘がいっぱいあるんじゃないかと思えてくる、面どうな部分をすっとばして、分りあえた気になっていることがどんどんこわくなってくる。」というようなことを答える。

'98年1月11日

大伸しした、体育館の練習風景の写真を眺める。この写真が本の骨になるような気がしてくる。

今回の「普通の奇跡は/夜の静けさの中で/見えない犬たちが吠えること/」

~~今回の写真集に~~

みなさん，今日は初めての人を紹介します。プロのカメラマンのオオモリさんです。/お金持ちなんでしょ？金いっぱい持ってんでしょ？/お兄ちゃん，好きよ/ウソっけー。/独身？結婚してんのー。奥さんカワイインだろうなー/この人の言うこと聞にうけない方がいいですよ/飛行機昼食どんだよねー。/みなさん，ヒコーキの倉庫に預ける荷物を持ってきて下さい。検査通します。/佐藤さんゴハン食べに行っちゃった。/ビール飲もうよ。/パスポートしっかり持って下さいね/だいじょうぶ，だいじょうぶ，おっこちないよ。/搭乗券，わたします。出国審査のあとすぐ回収します。/いってきまーす。/3枚撮るよ。/私ね，オリンピックの選手だったの。'92年のマドリッド・パラリンピック。/ショッウーワー（叫び声）/ライスうまい，けっこううまい。/いまあの人きたじゃん，あのひと，やさしいね，やさしいね/サンキュウ・ベリマッチ。/あー頭痛きた，きいてきた，あーきたよ。/少しだまってた方がいいと思うよ。/ジャンパー古いじゃん，古いじゃん古いけどいいのを買ったんだ。/こんど精華園，きてよ，きてよ，サルサ練習。/ア，長いトンネルだ。/大森さんはヤクザだね/はっはっはっ，ん，これ晩めし，ずいぶんサービスいいよね。ううーん，アー，酢には弱いよ。/1つはこんな大事なもの見に行けない。/この前と時計ちがうね。/ブルートレインの富士とかさくらとかあるでしょ？あれは国

~~十一月~~ '96年12月9日.

デザイナーの瀬戸くんと、ソニーマガジンズの村崎さんとで、ロンドンロケの写真をみながらユキちゃんの本の打ちあわせ。

スウェーデンから帰って以来、自分のまわりは静かだな、とつくづく思う。(サルサじゃない人と話していると)

~~スウェーデン~~旅行中にサルサのみんなとかわしていた独特のスピード感と間のある会話が時々フラッシュバックする。

'97年12月8日 サルサの写真集をつくるために、このところ、しょっちゅう、とりためたコンタクトプリントを眺めている。見るたびに印象がちがう。

「あなたは幽霊とお話になった経験がないようですね。幽霊の口から、納得のできる報告を聞くことは、全然できません。聞くたびに話がちがう。」

サルサは幽霊じゃないだろう。僕は幽霊？ そうかもしれない。写真が幽霊なのかも.

JUDY AND MARY：1991年から2001年にかけて活動したロックバンド。

97年12月23日，
雨の東名高速。いつも走っている湾岸道路と全く違う景色。アシスタントの出山は厚木にある大学に通っていた。写真部のセンパイが暗室作業に熱中して、気がつくと夜中になっていて、1人暗い山道を何時間もかけて下宿まで帰った話を聞く。車の中で
厚木のホテル。サルサガムテープ忘年会。
カラオケ。
野口さんと「チャコの海岸物語」をデュエット。
サルサガムテープと出会って一年以上たったけど、今日はじめて、長野淳子さんの声を聞いた。低い声。
・堀くんが「来年は紅白歌合戦に出よう」と叫ぶ
・「サッカー日本代表、ほんとにスゴかったですね」と高橋くん。

津村耕佑（1959-）：ファッションデザイナー。1992『KOSUKE TSUMURA』でコレクションデビュー。90年代後半から『FINAL HOME』を立ち上げる。

ヴィスワヴァ・シンボルスカ（1923-2012）：ポーランドの詩人。随筆家。

'97年8月11日　丹沢・夏合宿

リトルモアの竹井さんと編集者の佐々木さんとアシスタントの出山といっしょに参加する。みんな東京で会っている時と　ゆるい笑顔。わるくない。と感じがちがう。きっと僕もそうなんだろう。道場と体育館でダラダラと過す。スイカ。焼肉。ビール。セミ・セミ・セミ。ひるね。（梅酒のこと？あり）

柘沼くんに起こされる。

東京の最高気温32℃

瀬戸徹（1965-）：グラフィックデザイナー、コラージュ作家。

村崎節子：元編集者。映画『杜人 環境再生医 矢野智徳の挑戦』の監督「前田せつこ」。

フランツ・カフカ（1883-1924）：オーストリア=ハンガリー帝国出身の小説家。

＊文中2箇所の引用の出典は次の通りです――「あなたは幽霊と〜」フランツ・カフカ「観察」（本野亨一訳）『ある流刑地の話』角川文庫／「普通の奇跡は〜」ヴィスワヴァ・シンボルスカ「奇跡の市」（沼野充義訳）『世界文学のフロンティア3／夢のかけら』岩波書店

97年2月15日。秦野精華園体育館。練習。

スウェーデンに行けなかった何人かのメンバーたちと初めて会う。スウェーデンに行った何人かのメンバーが今日は欠席している。くつをスリッパにはきかえる。底冷え。

なかなか始まらない練習。いつのまにかはじまっている練習。かしわさんを囲んで歌いはじめる何人かのメンバー。光るストロボ。

〔?〕さ「あー、勝手に写真撮るなよー」

「ゴメンゴメン。」「SMAPの写真撮ったことある？」「ないよ。」「写真撮る時は声かけて。」撮らないで!

「スウェーデン楽しかったね。また行きたいね。」

「今度はブラジル行きたいね。」

遠くに見えるメンバー。なかなかシャッターを押せない。気がつくと練習はおわり
みんなおやつを楽しそうに食べている。
ほとんど写真撮らずに帰る。

（東海大のカレー屋）→カウンター

~~午前の海岸物語~~

SMAP：1988年から2016年まで活動した音楽グループ。

竹井正和（1961-）：元「リトルモア」「フォイル」代表。

佐々木直也（1966-）：編集者。

ドキュメンタリー写真の心得

まずカメラを持つ前に、何故、何のために写真を撮るかよく考えましょう。写真を撮ることには、大きな覚悟が必要です。…各自黙想すること…よろしいですか？　では始めましょう。まず、正面に立つ。よく見る。もっと近くに寄る。細部に注意を払う。そして引いて見てみる。もっと引いて見る。タテ位置は断定。ヨコ位置は客観。

音や匂いにまどわされない。センスだの感覚だの生意気なことを言うな。とにかくたくさん撮れ。そして、自分の撮った写真をよく観察しろ。

被写体の気持ちを考えろ。そして裏切ることを怖れるな。絶交を覚悟せよ。独りになれ。現在の自分というものを簡単に信じるな。しょせんあなたの理解はあなたを越えられない。世界はあなたの友達ではない。直感は大切だ。言葉で説明できることは写真に撮るな。未来の記憶を思い出せ。そして世の中には写真にうつらないものがたくさんある。

一九九七

その時風が吹いて着物がはだけ

三度目のフィリピン滞在中（１９９６年12月18日〜１９９７年１月21日）のメモより

お化けのはなしと裸電球
フィリピンバンドの演奏する「All Apologies」
Maligayang Pasko at Manigong Bagong Taon
超高速で回転しながら、いろいろな場所を移動する
おじいさんの知恵と孫の勢い
５００００円と１１２７５ペソ
未来の記憶　働く男たち
オルガン
Fersal Apartelle Room 105 28℃
ひるね ひるね ひるね
「月曜日の朝、夫と子供たちを送り出した後、ポーチでワインを飲んでいるとイエス様がやって来て、その時風が吹いて着物がはだけ、乳房をイエス様に見られてしまった女の人」のおはなしを読む
由香利の体温／目に見えないいろいろなこと／麦茶の味とか

コミュニティのゆるいルール

「The Dark Side of Enjoyment」→ミスタードーナツのチョコレートフェアの広告のコピー

交通違反者に罰として、うでたてふせをさせるという新聞記事

ビバ！サントニーニョ！　馬車の音　大笑い

D.A.T.

対談

× 奥野武範
編集者

× 岡本仁
編集者

対談

奥野武範×大森克己

「写真が上手いとは何かから始まるピントの話」

この対話は、ボクのFacebookの投稿『「写真が上手い」ってなんだ?』を読んだ『ほぼ日刊イトイ新聞』の奥野武範さんから、写真の技術についてもっと詳しく話をしてください、と連絡をもらったのがきっかけで、ピントを合わせるってどういうことかな、と自分なりに話してみようと思いました。2021年3月9日に東京都内で2人で話をして、4月26日から『ほぼ日』に6日間連続で公開されたものを収録しました。

大森 写真の技術、技法についての考えの「途中経過」ですね。結論とかじゃなく。

奥野 写真家でない自分にとっても、いろいろ興味深く、楽しく読んだのですが、本筋とは別に面白かったのが、大森さんは、同業者つまりほかの写真家から、よく「写真が上手い」と言われる、と。

大森 まあ……そうなんです(笑)。

奥野 大森さんの撮る写真が以前から大好きで、写

「どこを見ているか」が写真。

奥野 少し前に、大森さんがFacebookに投稿されていた文章が、すごく、面白くて。

大森 ありがとうございます。

奥野 簡単に言いますと「写真が上手い」とは何か、ということについての考察で、具体的には、シャッターチャンスとフレーミングについて、大森さんのお考えが披瀝されていて。

真集もたくさん持っていますが、いわゆる、僕らの「素人目」にとって「キレイなものがキレイに写っている」ような写真とは、ちょっと、違う気がするんです。見当外れなことを言ってたらすみません。

大森 いえいえ。

奥野 それより、心に何かを感じさせる写真で、折に触れて見たくなる写真で、上手いのは当然っていうか、上手いとかどうとかって意識したことがあまりなかったんですが、プロから「上手ですね」と言われる、と。つまりプロがわざわざ「上手い」という、そういう「上手さ」があるんだと。

大森 まず「写真が上手い」ということについて何か話せるとすれば、前提として、ボクが「1963年生まれ」の20世紀的な人間である……ということが、意外と大事かなと思うんです。

奥野 と、おっしゃいますと？

大森 いま「写真」には、いろんな形があります。ボクらが使ってきたフィルム以外にも、スマートフォンで撮ったイメージや、Instagramなんかのさまざまなアプリも「写真」なのか、とか。

奥野 それぞれに、違うものですね。

大森 若い世代にとっては、写真って「撮ったあとに加工すること」が、ほとんど前提になっています。現代アートのアーティストにはなんらかの手段で得た画像データを、さまざまに改変して作品をつくっている人も多いですよね。

奥野 そういうことが手軽にできますよね、いま。それも、スマホひとつで。

大森 でも、ボクらが写真の教育を受けた時代は、基本的には「撮ったら一発」だった。そういうふうに育ってきた20世紀的人間なんだなあっていうことが、やっぱり、写真について考えるときの前提になってる。

奥野 なるほど。

大森 つまり「写真が上手い」って言ったときのその「写真」って、まだ「20世紀的写真」のことを言ってる。

奥野 はい、たしかにそうだと思います。写真が上

大森　手い……と言うときには、スマホで撮る写真のことは、あんまり、念頭にない気がします。古い意味の写真なんですよ。で、ちょっと、古くていいじゃんとも思っている。同じように、この21世紀に「シャッターチャンス」と言ったとき、「そんなの意味あるのかな？」と思う人もいるだろうし。

奥野　決定的瞬間なんて、ないんだと。

大森　ポストモダンを通過した21世紀にはシャッターチャンスという特権的な瞬間はない……アンチクライマックスな写真の方がリアルだよね、とか。

奥野　ええ、ええ。

大森　その前提で話を始めると、まず、大きく「写真」と言ったときに、いくつかのプロセスがあります。

奥野　撮影、セレクト、暗室作業、プリント、展覧会、写真集……とか？

大森　そうですね。でも、いま言ったプロセスの「前」に、もっと大きなものがあります。それは「写真を撮る理由」なんですよ。

奥野　おお……。

大森　つまり「何のために写真を撮るのか」。写真を撮ろう、撮ろうぜってときに、いちばん大きなものだと思う。そこが曖昧なままだと、写真を撮る方法とか技術も選べない、決められないんです。

奥野　そうなんですか。漫然とは撮れない。

大森　普通は。

奥野　方法や技術が選べない、というのは。

大森　かつて80年代、90年代に「写真」と言ったときに、一般の人が思い浮かべたコニカの35㎜のビッグミニとか、一眼レフ、中版の4×5、大型の8×10とか……あるいは正方形の6×6とかね。カメラには、いろんな種類がありまして。

奥野　ええ。

大森　いまはコンデジやスマホもありますよね。それらの中から「どのカメラを選ぶのか」は「何のために撮るのか」による。報道であろうが、ファッションであろうが、写真を用いたアートであろうが、写真って、「何のために撮るのか」を考えなかったら、始まらないところがある。

奥野 何のために……。

大森 つまり「証明写真」をね、デッカいカメラで渋谷のスクランブル交差点とか、歌舞伎町の飲み屋とかゴチャッとした場所で、わざわざ撮らないじゃん？

奥野 はい、証明写真の機械で撮ります。丁寧な仕上がりにしたい場合は写真館で。いずれにせよ「いい証明写真を撮る」という目的がある……。

大森 そうそう、そういう意味で「何のために撮っているのか」ということが、方法や機材、技術を選ぶんです。

奥野 ただ「何のために撮っているのか」って、ボクら素人にはそんなにないものかもしれないですけど。

大森 でも、ほら「記念で」とかさ。友達との楽しい時間を残したい、美味しいごはんをアップしたい、とか。

奥野 なるほど、そこまで哲学的じゃなくても。

大森 いいんですよ。彼女の誕生日だからとか、旅行先で見た景色が素晴らしかったとか、その写真を撮る前の気持ちなり、向き合い方が、きっとあると思うんです。

奥野 はい、それならあります。ボクらにも。いままでまったく意識してなかったですが、ちょっと意識してみます。「この写真を、何のために撮るのか」。

大森 で、それを踏まえてようやく、写真……つまり、目の前の景色なり人なりを、なるべく見たまんまに近い感じで捉えること、そのことに取り組むわけですけど。その場合、３つの要素があって。ひとつはフレーミング、構図をどう決めるか。そしてシャッターチャンス、撮る瞬間。

奥野 はい。

大森 そして、読んでいただいたFacebookのテキストには書かなかったんだけど、もうひとつ重要な要素が、フォーカシング。いわゆる「ピント」です。

奥野 ピント。

大森　写真というものが「ものの見方」ならば、フレーミングやシャッターチャンスより、ピントのほうが重要……というか、少なくとも「先にあるのかも」と思うんですよ。

奥野　写真においては。

大森　そう。

奥野　ピントが、先。世界を「どう切り取るか」の「構図」や、「いつ切り取るか」の瞬間よりも。

大森　つまりさ、ピントを合わせるって行為は、「ここを見てるんです」ってことでしょ。

奥野　はい……そうですね。

大森　この広い世界の中で、自分は「この花の雌しべの先を見ているんだ」ってことですよね。この無数の群衆の中で、「この人の左手の指の先を見てるんだ」ってことじゃないですか。

奥野　自分はどこを見ているか、何を見ているのか、ということ。ピントを合わせるということは。

大森　で、それこそが「写真」だと思う。

奥野　わあ。写真とは「どこを見ているか！」。

大森　そう。

少なくとも、おもしろい。

奥野　大森さんが２００９年にリリースした『STARS AND STRIPES』『incarnation』『Bonjour!』の三部作は、まさしく「ここを見ている」って写真集ですね。

大森　そうですね。

奥野　手前のうさぎがボケてたりとか、街の雑踏の中のあるひとりの女性の手にピントが合っていたりとか……。

大森　あの三部作は、ライカの50㎜のレンズで撮ってて、フレーミングには、ほとんど気を遣っていないんです。50㎜のレンズで自分がこの場所に立っていたら、こうなるしかないよね……って感じ。初めから、こういう画角で、こんなふうに切り取ろうと思って撮ってはいないんですよね。

奥野　なるほど。

大森　でも、ピントに関して言えば、絶対に「ここだな」「ここだな」って、意識しているんです。写真は「自分は、どこを見ているか」が大切だから。

奥野 フレーミングは、いわば「結果」にすぎないことさえ？

大森 あります。やっぱり、どこを見るんだ、何を見ているんだってこと。パンフォーカスの写真、つまり画面の全体にピントが合っている写真もあるじゃないですか。

奥野 いわゆる「全ピン」というやつ。レンズを絞りきって撮る風景写真だとか。

大森 ボクも、そういう写真を撮ることがあるけれども、おっしゃるようにレンズを絞って撮れば、すべてにピントが合ってるように見える。でも、撮っている自分の意識としては、必ずある一点を見ていて、ピントはそこに合わせようとしているはずなんです。

奥野 ここを見ている……という箇所が、必ず。

大森 ある。『心眼 柳家権太楼』の場合、一見パンフォーカスに見えるけど、基本は、やっぱり「目」に合わせてます。

奥野 つまり「真ん中」とも限らない。

大森 ぜんぜん限らないです。ボクは、どっちかって言うと、見たいものを「真ん中」に置く方だと思うんだけど、でも、真ん中だけを見て生きてるわけではない。

奥野 なるほど（笑）。

大森 こういう写真の場合は、たぶん見ている人にはわかりにくいけど。

奥野 全ピンで、どこにピントがきているのか一見わからない写真でも、大森さんご自身はピントを合わせた場所を……覚えている？

大森 はっきり覚えてます。一枚一枚、ぜんぶ指で差せると思います。

奥野 はあ……すごい。

大森 いや、それは明確に覚えてますよ。だって、さっきも言ったけど、そのこと自体が「写真」なんで。

奥野 どこを見ている……ということが。

大森 ピントを合わせること自体が、写真。だから、それは忘れない。実際の場面では、ピントを合わせて、フレーミングして、シャッターを押すっていう一連の行為を、ほぼ同時にやってるわけだけど。

奥野 ほぼ同時に、それら3つを決定している……んですよね。

大森 いま、わけて喋ってますけどね。

奥野 何か、ものすごい行為です。そう思うと。

大森 単純に、どこにピントを合わせるかを決めないと、シャッター押せないでしょ。それはアマチュアの人がiPhoneで写真を撮ってるときも同じで。もちろん、いまのスマホは性能がいいし、人の顔を判別して、自動的にピントが合っちゃうにしてもね。

奥野 ええ。

大森 写真を撮る以上、ここを見てるんですよねっていう意識は、絶対にあるわけです。プロだろうが、アマチュアだろうが。一眼レフだろうが、スマホだろうが。「いや、いまは顔じゃなくて、こっちの後ろの花なんだよ」っていう。

奥野 いやあ……「写真はピントです」って、すごく当たり前のようでいて、実に新鮮な話を聞いていると思います。

大森 そうですか。

奥野 大森さんの言うような意味合いでピントのことを言ってる人っているんですか。大森さん以外に、誰か。

大森 どうなんでしょうね。ピントの合っている写真がいいっていう「通念」ならあるけど、写真の原理に立ち戻って考えれば、「ここを見ているんだ」ということが、かなり「写真っぽい」気がするんです。

奥野 ああ、この人は、ここを見ていたのかと、そのことが伝わってきたときに、写真に、心が震えるのかもしれないです。

大森 うん。

奥野 つまり、ピントって、メッセージにもなりうるってことですか。意思……というか。

大森 メッセージそのものになることもあるし、少なくともメッセージの方向を左右するものではあるよね。写真が上手いって言うときには、フレーミングに目が行きがちなんですよ。実際、ボクも、そこを褒められることが多かったりする。

奥野 ええ。構図がいいですね、と。

大森　でも、自分の中では、フレーミングは二次的なこともあります。レンズにもよるし、たまたまそうなっただけ、だったりとか。でも、ピントは、完全に「意思」だから。自分はここを見ているんだ、という。

奥野　じゃあ、そこが曖昧だったり、いったいどこにピントが合っているのかわかんないような写真って、ぼんやりした印象になるんでしょうか。

大森　ぼんやり？

奥野　つまり、物理的な「ピント」自体はどこかに合っていたとしても、撮る側の「自分はここを見ているんだ」という意識がぼんやりしているような写真は、受ける印象として、「何を撮っているのかな？」みたいな。

大森　それこそが、メッセージでしょ。それで、もともとピントって人間が合わせていたわけですけど、カメラの操作を簡単にするために、オートフォーカスを発明したり、あるいは、そんなにピントのことを考えなくてもだいたい写る……「写ルンです」とか。

奥野　ええ、ピント固定の。

大森　そういう発明をしてきたわけですけど、機械が発達すると、人間がそっちに合わせちゃうんですよ。つまり、ピントに関して言えば、オートフォーカスばかりに頼ってると、どんどん、意識しなくなるわけ。

奥野　はい。ピント、というものを。

大森　そこで、フレーミングやシャッターチャンスのことばっかりが、語られるのかもしれない。

奥野　フレーミングやシャッターチャンスは基本的にオート化できないし、黄金比だとか決定的瞬間と言う言葉で、重要視されがちですよね。

大森　でも、順番としては、ピントかなって。たとえば、いまはストリーミングで音楽を聴くことって当たり前になってると思うけど、音楽ってそもそも、録音されたものじゃなかったわけです。

奥野　ライヴだった。

大森　そう、生の演奏でしか聴けなかった。あるいは、音楽の素養のある人なら、楽譜を読んで頭の中で響かせるとかね。

奥野　ええ。

大森　でも、現代では、すでにどこかで録音した音を聴くのが普通だし、それが音楽だって思い込んじゃってる。同じように、写真に関して言っても、オートフォーカスのカメラを使い続けていると「どこ、見てたっけ？　ボク？」って。

奥野　ああ……。

大森　ピントについて考えなくなるようなね、そういう事態も起こってくると思う。だからこそ、ピントに自覚的な写真は、いい写真かどうか、上手い写真かどうかはさておき、少なくとも、面白い写真ではあると思いますよ。

奥野　なるほど。「この人は、ここを見ている」ということのわかる写真は。

大森　うん。

世界観を持っていること。

大森　いわゆる「スポーツ写真」ってあるじゃないですか。

奥野　長いレンズで撮る、みたいな。

大森　それこそ、競技スポーツの決定的瞬間、いい瞬間をパシャっと撮るという。でね、たとえば、スキーのジャンプ競技の写真だったら、ものすごく頑張れば、なんとか撮れるような気がするんですよ。

奥野　ええ。

大森　練習に練習を重ねれば、ボクでも。

奥野　大森さんでも。あの、撮れる……んじゃないんですか？

大森　いやいやいや、撮れない撮れない！　そんな簡単には、絶対に。

奥野　あ、そういうものですか……そうですか。

大森　だって、めっちゃくちゃ速いよ！　しかも望遠レンズでしょ。望遠であればあるほど、ピントって合わせづらくなるんです。じゃ、その道に特化した人が、職人技で撮ってるみたいな世界だと。

奥野　そう。いろんな競技スポーツの世界でそうだと思うんだけど、スキージャンプの場合は「どこを見る？」というのが、比較的、わかりやすいと思うんですよ。

奥野 ああ、ジャンプする人を、見てる。

大森 そうそう、つまり、そういう意味で、めっちゃ頑張ったら、ボクでも撮れるかもしれないと思う。でも、これがサッカーの場合は。

奥野 ええ。

大森 カッコいい写真を撮るっていったら、なかなか難しい。たしかにボールは1個しかないけど、そこだけ追ってれば、いい写真が撮れるわけじゃない。フィールドの上にいる22人の選手、まさしく「どこ見りゃいいの?」状態だから。

奥野 なるほど……。

大森 フォワードの選手だけを見ていれば、ゴールシーンが撮れるわけでもない。もっと言えば、ゴールシーンだけがカッコいいわけでもない。あらゆることが同時に起こっていて、どこを撮ったらカッコいいのか、刻々と変わっていくんですよね。

奥野 はぁ……そう思うと、たしかに。

大森 そういう意味では、野球の方が、まだ撮りやすいかな。いち写真家の意見だけど。なぜなら「ピッチャーから始まる」ことがわかっているから。まずピッチャーがボールを投げて、バッターが打って、それが「ホームラン」になります。

奥野 パターンがありますね。

大森 どんなにとんでもない、歴史に残るようなホームランでも、その順番は変わらない。だから、めっちゃ練習したら、ボクでも、野球も撮れるようになる気はする。

――でも、サッカーは……。

大森 撮れないなあって、思うんだよね。でね、こないだ、柏レイソルのファンって女性と、偶然、知り合ったんです。そのとき、その人が、柏の選手の試合中の写真を見せてくれたの。その人が撮った写真ですか?

奥野 そう、それが、グッときたんですよ。写真として見たときに。

大森 ――プロでもないのに。

大森 うん、普通の……と言ったら変だけど、熱烈なサポーターが、一般の観客席から撮った。もちろん、それなりの望遠レンズとかで撮ってるとは思うけど、プロ仕様のめっちゃ高い機材じゃなくて。

奥野　大森さんが「撮れないだろう」と思うサッカーの写真を、熱烈ファンではあるけれど、写真のプロじゃない人が撮っちゃった。

大森　そう、そこが面白いところだよね。つまり、彼女は「世界観」を持ってる。サッカーに対する、彼女独自の。それがすべてなんじゃないかって思う。

奥野　なるほど……！　つまり「どこを見たらいいか」……が、はっきりしている。サッカー観があるから。

大森　単純に「わたしはこの選手が好きなんだ！」っていうことだけでも、自分なりのサッカー観だよね。そういう世界の見方を持っているから、おっ、いいなって写真が撮れるんじゃないかな、と。

奥野　面白い……。世界観を持っているかどうかも、写真に関わってくるということですね。

大森　うん。

奥野　いまのは「ピント」の話にも、冒頭の「何のために写真を撮るのか」の話にも、なんだか、どこかでつながってる気が。

大森　そうかもしれないですね。

奥野　以前、大森さんに國村隼さんを撮っていただいたとき、デジタルだったじゃないですか。

大森　そうでしたね。

奥野　意外だったんです。なんとなくフィルムで撮影されるのかなあって、事前には予想していたので。でも、きっぱり明確に「最終的にウェブに載せる写真ならデジタルの方が、相性がいいから」っておっしゃっていて。

大森　基本的には、そう思ってます。

奥野　でも、よくよく考えると、大森さんはInstagramの使い方もほかの写真家とは違った感じで、なんて言うのか、そのデバイスに最適な表現をしている、使いわけているような気がします。

大森　それは、ありますね。たとえば、國村隼さんを撮ったときは、大きな前提として、あの連載は、奥野さんが國村さんのことが大好きで、話を聞きたかったわけですよね。

奥野 はい、そうです（笑）。

大森 だから、写真に、余計なものをかましたくなかったのね。デジタルのメディアに対しては、フィルムで撮ってプリントしてからデジタル変換するという方法もあって、それが効果的な場合もあります。

奥野 はい。

大森 だから絶対的な答えではないんだけど、あの場合は「朝採れ野菜」っていうか、「國村さんいる！　パシャ！　ほれ！」みたいな感じにしたい、と。

奥野 國村隼さんの朝採れ感（笑）！

大森 あるいは『心眼 柳家権太楼』に関しては、また別の意味で、デジタルじゃないと成り立たなかった。つまり「デジタルカメラ」という、ある種、無限にシャッターを押せるデバイスが、あのプロジェクトには必要だったので。二十数分とかの『心眼』という落語が始まってから終わるまで、その間に、どう撮れるかの勝負だから。デジタル写真という「無限」の機会の中で、有限の時間を細かく区切って、その積み重ねで、つくっていけるから。フィルムだったら、1ロールで12枚なり、36枚なり、4×5とか8×10（エイトバイテン）だったら、一枚ずつ。

奥野 はい。

大森 その場合、一枚一枚の「決定的瞬間度」を高くして撮っていくわけだけど、それだと、あの作品は成立しないんです。

奥野 たしかに。

大森 で、Instagramにアップしている写真は、また、少し違う。この21世紀に、普通の人が見ている解像度で世界を見る、ということを自分に課しているので。そうすると、その場合のカメラは、iPhone以外には、まあ、ありえないよね。

奥野 ひとつひとつに、理由があるんですね。どのデバイスを選択するかというときにも、やっぱり「何のために撮るか」が関係している。

大森 はい。そう。「何のために撮るのか」が、すごく重要。

奥野 好き嫌いとは、また別ですか？　フィルムの味わいが……とか、そういった。

大森　もちろんフィルムの写りやテクスチャーは、大好きですよ。それは、そう。でも、デジタルの写真って、すでに「公共の言語」になっているからね。好き嫌いの問題を超えてますよね。

その日、そこに、その人がいた。

奥野　写真が発明されて200年くらい、ですよね。

大森　ええ。

奥野　絵とかに比べたときの歴史としてはぜんぜん浅いですけど、これからも発展していくと思いますか。

大森　生まれてからの時間は短いけど、かなり成熟してると言えると思います。スマートフォンやInstagramとかで一般に広まったかと思えば、横田大輔さんとか、小林健太さんとか、ある画像データをコンピューターなり何なりで、変形させていくことを前提にしているアーティストも出てきていて。

奥野　ええ。

大森　20世紀的な写真の概念からしたら、「これって写真なのか？」という気もするし、新しい写真かもしれないとも思うし。

奥野　ここ20年で、一気に多様化して、デバイスも表現方法も増えましたが、大森さんは、その目の前にある何かを、どう撮りたいと思ってるんですか。

大森　ボクは、可能な限り、目の前の風景やものや人を変形せずに、見たまんまに撮れたらいいなあって、思っているんだよね。

奥野　おお。

大森　無理なんだけどね。

奥野　無理？

大森　見たまんまに写すのは、無理なんです。標準レンズでは歪まないけど、人間の目がカバーする範囲は撮れない。超広角のワイドレンズでは、視野は広くなるけど、歪んじゃうから。

奥野　ああ……。

大森　技術的、機能的な制約があるんです。そして、写真って静止しているしね。肉眼で見るって、流動しているでしょ。写真は世界を止めちゃうう。だから見たまんまに写るといいなって、それは最初から無理な願望。

奥野 なるほど。

大森 なんというか、ある場所、あるときに、何かに導かれて「呼ばれてしまう」というね。その場所に立つこと自体がいちばん大事なんですよね。そこで、ただ見ているんですよ。世界と向き合って。

奥野 以前、大森さんは「ブレッソンがパリの写真を撮っていたのと同じくらい、ブレッソンはパリに撮らされていた気がする」って書かれていましたけど、それもある意味「呼ばれちゃう」感じですかね。

大森 そうですね、うん……つまり「ブレッソンは、パリに撮らされていた」というふうに言った意味は、「そこにいて、いろんな人やものをきちんと見ていたら、当然こうなるよね」って感じが、ブレッソンの写真を見てるとするんです。

奥野 ああ……なるほど。

大森 森山大道さんの60年代とか70年代の写真を見ても、「当然、こうなるよね」って。それは「こう撮ってやるぞ！」みたいな、個人の創作意欲みたいなものを超えて、「だって、こうだったじゃん」というか。

奥野 こうならざるを得ない……という感じ。

大森 ブレッソンのパリ。ロバート・フランクのアメリカ。森山大道の新宿。いわゆる20世紀のマスターピースって、詩的な意味じゃなく、実際に、そのときそこにいたんだな……その人は、その日、その時間に、カメラを持って「そこにいたんだな」と強く感じさせる写真だと思います。

奥野 なるほど。

大森 そういう写真が、残ってるんだと思う。

奥野 その人が、その日、そこに立って、そこを見ている……ような写真が、残る。

大森 ブレッソンは、テーマなんか探してない。そう思うんですよ。今日の写真のテーマはこれにしようとか、そういうことじゃなくて、毎日毎日、パリの街をただ歩いていていて、「お！」って思うものを撮ってる。

奥野 ええ。

大森 ああ、20世紀という時代のパリの街に、ブレッソンって人が本当にいたんだなあ……っていうことが、写真から、伝わってくるんだよね。アジェもそうですけど。

奥野 『アジェのパリ』の。

大森 つまりさ、パリを撮ってやろうと思って撮った写真に見えないんです。どこか「パリに撮らされてる」んですよ。ブレッソンにしても、アジェにしても。

奥野 面白いなあ。

大森 とにかく、いかなる事情があったにせよ、それだけ20世紀のパリが魅力的だったんでしょうね。ドアノーも撮ってる、キャパも撮ってる。錚々たる写真家が、パリの街の写真を撮ってるわけですから。

奥野 いろんな人にインタヴューをしていると、プロ中のプロみたいな人でも、ある種の「受動性」のようなものを、皆さん、ちょっとずつお持ちのような気がしてて。

大森 受動性？

奥野 どこか受動的なところ、受け身な感じ。

大森 ああ……表現する人の、受動性。

奥野 100パーセント自己完結もしていない、100パーセント自分発でもないし、そうじゃないのに、表現者としての、プロとしての創造性とアイデンティティを強烈に感じるという。

大森 あ、そうそう。えーっと、誰でしたっけ、青森の人が撮ってた写真が、もうすぐ写真集になるはずなんですけどね。

奥野 あ、知らないです。

大森 みすず書房だったか……。え――っと。

奥野 何を撮っていた人なんですか。

大森 新聞社の人なんだけど事件とかじゃなく、自分の通勤途中とか……Instagramフォローしてるんだけど……この人。

奥野 工藤正市、さん。わあ……。

大森 いいでしょう？　これ、たしか、仕事以外で撮った写真で。スナップとか、すごくいい写真がたくさんあるんですよ。すでに亡くなってるんだけど、娘さんが、Instagramにアップしていて。

奥野　かなり昔の写真みたいですね。

大森　たしか1950年代の写真……なのかな。この工藤さんの写真を見ていると、彼にとって、この地が最高の場所だったんだろうなあって、すごく伝わってくるんです。

奥野　本当ですね。伝わってきます。

大森　写っている人や情景が、生き生きしてるし。当然のように加工も何もしていないけれど、工藤さんという人が、日々、ご自分の目で見ていたものを、ただただ、撮っているだけじゃないですか。

奥野　ええ。

大森　上手い写真とかいい写真とかって言う前に「ほかの誰にも撮れない写真」なんです。工藤正市さんという人が、60年前の青森の、この場にいたんですよ。それもある種の受動性だし、そういうことを感じさせてくれるところが、写真の良さだと思うんです。

奥野　今日の大森さんのピントの話を聞いてからこの写真を見ると、またちょっと、グッときますよね。つまりこの見ず知らずの工藤さんって人が、60年も前に、青森の街の片隅の「この部分」を見ていた。

大森　ねえ。ああ、ここ見てたんだなって。

奥野　ピントというものを媒介にして、時間と空間を超えて、知らない人と同じ場所を見つめているという。

大森　面白いよね。60年前に工藤さんが撮った青森の写真はあらかじめ撮ることもできないし、いま、さかのぼって撮ることもできないし。

奥野　はい。

大森　そのとき、その場に、その人がいた……、その証拠であって、それ以外の何物でもないんだなあと思う。写真って、結局。

ブレッソンは、気持ちいい。

奥野　変な質問かもしれませんが、ブレッソンは「上手い」んでしょうか。

大森　んー、そうですね。今日の話でいうと、ブレッソンにとって、彼自身の生きていた時代のパリの街が、まずは、すごいものだった。近くには、サルトルもいれば、ジャコメッティとかもいたわけですよ。

奥野　撮らざるを得ないほどのパリ、だった。

大森　だから、ブレッソンの写真を、上手いか下手かという観点から見てもあんまり意味ない気もするけど、ただ、ブレッソンって、どこまで本当の話かわかりませんが、晴れてる日にはシャッタースピードを125分の1って決めていたらしくて。

奥野　ああ……。

大森　あと、レンズの絞りはf8とかで、被写体までの距離は何mで……みたいに決めて、撮っていたそうです。もし、この逸話が本当だとすると、つまりライカで撮ってはいるけれども「写ルンです」状態で向かい合っているわけだよね、世界と。それがめちゃ面白いな、と。

奥野　ライカの「写ルンです」状態！

大森　でも、ピントに関してはおそらく、マニュアルなので、微調整していると思うんだよね。状況を瞬時に判断して。そういう目で見ると、ブレッソンって「どこを見てる」というのが、すごく明確で気持ちいい写真ですよね。

奥野　なるほど。

大森　世間的には、構図のことを言われるけど。

奥野　あの、おじさんが水たまりをぴょんって飛んでる写真とか。

大森　〈サン＝ラザール駅裏〉ですね。あの写真は本当に構図で語られるし、本人も構図のことを重要だと言ってます。実は、もとのネガには左側に黒い影が写っていて、トリミングしているんです、その部分を。

奥野　えっ、そうなんですか！　知らなかった。

大森　でも、個人的には彼がどこにピントを合わせようとしたのかが、気になるんですよ。

奥野　ブレッソンの、ピント……。

大森　そう、ブレッソンのピントに注目したとき、「どこを見てる」ってことの、その「純度の高さ」がよくわかるし、その結果として「構図がいい」とか、いい写真、上手い写真だって言われるのかなと思う。

奥野　ブレッソンのピントに、ヒントが。

大森　ブレッソンは、絵描き、ペインターでもあったわけだし、構図のセンスって、当然、持ち合わせていたと思うんです。ただ……その構図云々っていうのは、なんだか後付けのような気がする。

奥野 そうですか。

大森 シャッタースピードを１２５分の１にして、絞りもいつも通りのライカを手に、パリの街へ出て行っては、撮っていた。そう思ってブレッソンの写真を見ると「うわっ、ここ見てんだ、ここ見てんだ、ここ見てんだ！」の連続。その気持ちよさが、あると思うなあ。

奥野 ピントの人だったのかも。ブレッソン。

大森 こうやってザッと見ていくだけでも、この写真はここ見てるし、こっちとかはわかりやすくて、ここ。この写真はこっちじゃなくてこっちだな、とかさ。この有名な写真なんかは、もう、サルトルの「顔」でしかないよね。

奥野 ハンコみたいな顔ですね、サルトルさん。

大森 そうだね（笑）。

奥野 あの、写真の「構図」なんて言うと、ボクたち素人にはわかりにくいんですが、ピントって、素人でも合わせられるものですよね。

大森 撮れないもんね。どこかに決めないと。

奥野 なのに、そこに神髄があるっていうのが、今日の大森さんのお話の、すごーく面白いところだと思います。

大森 そうですか。

奥野 さっきの「１２５分の１」の話って、何か、どこかで言ってたりするんですか。

大森 何かのインタヴューで読んだ覚えが……。その話とはちょっと違うんですけど、本人が、一筋縄ではいかない、面白いことを書いているんです。えーと……あ、これです。『決定的瞬間』という写真集の序文で。

奥野 はい。

大森 「技術の習得がなければ、私たちは眼にしたものを表すことさえできない、という意味で、技術は重要だ」

奥野 なるほど。技術は、重要。

大森 続けて「カメラの取り扱いだ、絞りだ、シャッタースピードだといったことは、車を運転するときのギアチェンジのように条件反射でなければならない」と。こんなふうに技術の重要性について説いた、その少し後に……。

奥野 はい。

大森 「写真技術というと、執拗にピントのことを考える人々がいるのをつねづね面白く思っている」「そんな人々もまた……問題の核心から、遠いところにいる」

奥野 遠い。問題の核心から。

大森 そう、ピント合わせも「技術」なんだけど、微妙な言い回しになっています。でも、それだけ実はピントのことを、気にしていたんじゃないか……って思うのは、牽強付会に過ぎるかなあ。

奥野 なるほど。でも、ブレッソンの時代って、そんなにピントピント言ってたんですね。現在の写真の技術論とかとは、少し違う気もします、時代のせいなのか。

大森 ひとつ、ピントを合わせるって行為は、カメラというデバイスの構造上、フレーミングするのと、ほとんど同時。でも、微妙な「後先」があるんですね。

奥野 後先。

大森 そう。それはおそらく、人によるんです。ボクは、まずは「ここを見てます」ってピントが先で、フレーミングは半ば偶然……って方が、写真っぽい気がしているんです。

奥野 写真っぽい？

大森 つまり、フレーミングが先にきた場合は、写真というより、デザインの方へ寄っていくんです。

奥野 ああ……なるほど。

大森 そういう写真は、自分的には、ちょっと「鮮度が落ちる」気がしますね。

奥野 フレーミングが、ピントより先にくると。瞬間、ではなくなりそう……な？

大森 だから、そういう意味では、ちょっと専門的な話になっちゃいますが、個人的には、一眼レフのカメラより、レンジファインダーの方が好きですね。

奥野 どういう意味で、ですか。

大森 つまりさ、一眼レフのカメラというのはファインダーを覗いたとき、写真に写る部分しか

奥野 見えないんですよね。

大森 あ、つまり「切り取られた世界」だけが、ファインダーの中に見えている。ライカをはじめとしたレンジファインダーのカメラの場合って、写真に写る部分の「外側」も、見えてますもんね。ここより内側が写りますよ、という「枠」はあるけれども。

奥野 そう、写真に写る部分だけしか見えない一眼レフの場合は、どうしてもデザインっぽくなる気がする。写真の「外側」まで見えている方が、シャッターを切りやすいし、ボクにはなんだか、性に合ってるんです。

大森 ちなみに、シャッターチャンスの王様……みたいな「決定的瞬間」という言葉も、ブレッソンにけっこう関係してますよね。

奥野 1952年に、まさにそのタイトルの写真集が出てます。

大森 さっきの序文が載ってた本ですね。

奥野 ただこのタイトル、ちょっとややこしくて、フランス語の原題「Images à la Sauvette」を忠実に訳すと「かすめ取られた、こっそり盗まれたイマージュ」って感じらしいんです。

大森 へえ。

奥野 英語版の「The Decisive Moment」つまり、その日本語訳の「決定的瞬間」というのは、誤訳というか、意訳であって。なかなか罪つくりな訳だなあと思いますね。

奥野 原題と英語版とでは、だいぶニュアンスが違うんですね。で、何を伺いたかったかって言うと、その「決定的瞬間」にも、時代とともに、さまざま、考え方の流行があったと思うんです。

大森 ええ。

奥野 大森さんは、いま、どう思っていますか。

大森 そうですね。まず、そもそも昔は、カメラという機械を持っていること自体、限られた人だけだった。撮影してから最終的な写真にするまでに習得すべき技術もたくさんあったし、写真というもの全体が特別というか、ある意味で「特権的」だったわけですよ。

奥野 いまは、そうじゃない。

大森 はい、ご存知のように、世界中の人がカメラを持ってる状態です。どんどん大衆的なものになってますよね。

奥野　ええ。

大森　すると、決定的瞬間も拡散していく。つまり、写真を撮る人の数が少ない時代には、「プロがシャッターを切る瞬間」は「決定的瞬間」と言われて、神格化されていたんだと思うんです。

奥野　なるほど。

大森　それこそ、ほら、ロバート・キャパの。

奥野　崩れ落ちる兵士……撃たれた瞬間の。

大森　ああいうところから決定的瞬間の神格化が極まっていく。でも、写真が大衆化して、リテラシーも上がっていくにつれ、「いやいや、そんな決定的とかって言ってるけど、それって、アンタの見方でしょ」という方向へ相対化されてきてるんだと思います。

奥野　なるほど。

大森　あるいは「それって、捏造じゃないですか?」ってね。

再び「何のために撮っているのか」。

奥野　もはや「決定的瞬間」は「拡散」している。

大森　かつては、兵士が撃たれたというわかりやすい「決定的瞬間」だけじゃなく、たとえば、アンセル・アダムスの風景写真なんかでも、決定的瞬間を待っていたわけです。アメリカの大自然が神々しく見える瞬間を、じっと待って、そのときがきたら撮影する、という意味で。

奥野　たしかに、とっても「決定的瞬間」ですね。アンセル・アダムスの撮る風景は。

大森　それに対して、「いやいや、ボクら、ファミレスでパンケーキ食ってるんだけど」っていう人も出てくる。

奥野　ああ……。

大森　毎日、テレビの画面を見つめながら、郊外で暮らしてるんだけど……って。

奥野　神々しい風景なんかとは、無縁だと。

大森　そういう価値観のフォトグラファーがどんどん出てくるわけだよね。「ボクら、アダムス先生みたいなところに生きてないから」という。

奥野 ええ。

大森 そういった価値相対化の流れの中では、かつて神聖視された「決定的瞬間」に対しても、「いや、決定的瞬間なんてないよね。もしくは、全部だろ」という考えが、まあ、当然のように出てくるわけです。決定的瞬間という、ある意味で、特権的な主観に対するアンチテーゼとして。

奥野 その点、大森さんは……?

大森 もちろん両方を抱えて生きてます。自分にとってかけがえのない瞬間って、不意撃ちで突然やってくるし。その反面「日々の繰り返しなんだよ」という自分もいるから。

奥野 同じひとりの大森さんの中に?

大森 どっちが、って話じゃないんだよね。ただ、こうして21世紀にいたっても、コンビニの写真を見せられるより、特徴のある建築物とか、国立公園の大自然みたいなものの方が「いい写真だよね」と思う人が、世の中に多いのは事実だとは思います。

奥野 その価値観は相対化されてるとはいえ、「決定的瞬間的な写真」も、いまだに通用力を持っているんですね。

大森 言葉の使い方も、あると思うんですよ。決定的瞬間と言ったときには、普通は、写っているものの神々しさ云々だけど。

奥野 ええ。

大森 のんべんだらりとした日常ですからと、決定的瞬間を否定している人でも、どこかでシャッターは押すわけだから。その瞬間は「決定的」だよね。

奥野 ええ、ええ。そうですね。

大森 その写真にとっては、その瞬間が。だってそのとき、押したんでしょ。決定的瞬間って、いまや、言葉の呪いみたいになってる気がする。

奥野 ああ……。

大森 つまり、シャッターを押さなければ、写真にはならない。その瞬間は「決定的」なんですよ。ただ、その瞬間が世間を驚かせるような

ウィージー（1899-1968）：ウクライナ出身。アメリカの写真家。
ジャン＝ウジェーヌ・アジェ（1857-1927）：フランスの写真家。
横田大輔（1983-）：写真家。

「劇的」な瞬間や「神々しい」被写体、みたいなものでは、もう、必ずしもないっていうか。もっと、パーソナルなものになっている。

奥野 なるほど。

大森 写真を撮るということは、シャッターを押すということだし、そこにいたる、いろんな決定や選択の積み重ねが、写真ってことなんだと思ってます。僕自身は、どんなにささやかであれ、世界では常に何かが起こっている、という気持ちを持っています。「すべては初めて起こる」んだってね。

奥野 ひとつ、お伺いしたいのですが、世界遺産のキンキラキンの金閣寺をそれこそ決定的瞬間的に撮ったら、多くの人が、いいねを押しますよね。家の近所の、コンビニの写真よりも。

大森 たぶんね。

奥野 一方で、ネット上にあふれている金閣寺のキレイな写真が、どこか面白みに欠ける、無個性に見えちゃうようなことも、あると思うんです。

大森 観光パンフレット的な写真とかね。

奥野 そのあたりは、どう思われますか。

大森 ひとつには単純に、大勢の人がアクセス可能な場所に行って、似たような機材で写真撮ったら、そりゃ、デフレになるよね、イメージは。でも、どんな写真であっても、撮る人が本当に感動していたら、何かが写真に宿ると思ってます。

奥野 なるほど。

大森 自分が感動しているかしてないかは、やっぱり、どうしても、写真に出ちゃうんじゃないかな。

奥野 出てほしいとも思いますし。さっきの、青森の……。

大森 そうそう、「ああ、この人、ここにいたんだなあ」という生きる実感が伝わってくるというか。そういう写真が、いいじゃないですか。

奥野 誰かが撮ったんだ……の「誰か」を感じるような写真。それが誰だか、知らなかったとしても。

大森 その意味で言うと、ボクが、デジタルカメラで撮るときに、ひとつ気をつけていることが

ロベール・ドアノー（1912-1994）：フランスの写真家。
ロバート・キャパ（1913-1954）：ハンガリー出身の写真家。
工藤正市（1929-2014）：写真家、新聞記者。

あるんです。

奥野　なんですか。

大森　つまりね、フィルムで撮るときよりも「何のために撮るか」をより強く意識して写真を撮ってるんです。なぜなら理由や動機の部分が薄くても、フィルムだと、それなりの「強度」が出るんですよね。

奥野　たしかにフィルムで撮った写真って、何やら「いいもの」に感じますね。

大森　ようするに昔って、写真を撮るのにも、手間がかかったわけですよ。露出を計って、シャッタースピードや絞りを決めて、撮って、現像。さらには選んでプリントしないと見ることができなかった。フィルム代も印画紙代もかかったし。

奥野　ええ。

大森　そうやって手数をかけるということが、アウトプットの「強度」に、絶対に表れると思ってるんです。

奥野　最近、石内都さんが、大きなロールにプリントする作業の動画を見たら、水を張ったトレイの中で何度も何度も、写真の表面を手で撫でていたんですね。薬品を落とす作業だったみたいですが。

大森　うん。

奥野　そのさまを見たら、写真って、本来は立体的な作品なんだ、ということがわかったんです。物体としての「強度」を、持っている。デジタルの写真とは、根本的に別のものなんだと思いました。

大森　そうだよね。

奥野　だからこそ、デジタルの場合には「何のために撮るか」がいっそう、問われてくるんですね。

大森　そう。

奥野　今日の冒頭の話に戻ってきました。

大森　やっぱりさ、写真ってどうしても写ってるものの話になりがちだし、それは、とっても大事なんだけど。写真の技術の話をするときには、やっぱり「何のために撮ってるんだろう」という点を考えざるを得ない。

奥野　なるほど。

ジャン＝ポール・サルトル（1905-1980）：フランスの哲学者、小説家、劇作家。
アルベルト・ジャコメッティ（1901-1966）：スイスの彫刻家。
アンセル・アダムス（1902-1984）：アメリカの写真家。

大森　だって、僕が写真を撮るのは、撮りたい理由があって、撮ってるわけだから。僕は、そこのところをずっと考えてきたし、いちばん大事だとも思ってるんです。

奥野　その上で、写真は「ピント」であると。つまり「自分は何を見ているのか」「ほかならぬ、ここを見てるんだ！」ということだと。

大森　はい。でもね、「光」とか「直感」も、とっても大事だね。それに、撮影した写真をどうやって「選ぶ」かっていうことも。チャンスがあれば、そんな話もいつかしましょう。

奥野武範（おくの・たけのり）１９７６年、群馬県生まれ。宝島社で雑誌編集者として勤務後、２００５年より「ほぼ日刊イトイ新聞」編集部に所属。数多くのインタヴュー記事を手がけ、写真家のインタヴューも多数。

対談

岡本仁×大森克己

「インスタグラムから始まる写真の話」

この対談は2016年7月7日、東京の書店「SHIBUYA PUBLISHING & BOOKSELLERS」にて開催された岡本仁さんによる公開イベント「誰でも撮れて、誰でも発信できる時代の写真〝論〟」の第4回を文字起こし、編集したものです。当日は約50人の観客の方がいらっしゃいました。スマートフォンやSNSが広まり、一般の人と写真の距離が近くなった時代だからこそ、プロの写真家がどのような思いで仕事に取り組んでいるのか、また、SNSを使っているのか、といったことについて、岡本さんがゲストの写真家に公開インタビューをするというシリーズイベントで、その後『#TALKINGBOUTPHOTOGRAPHY 4』というタイトルで第3回目の登壇者の奥山由之さんの回の記録とともに「SHIBUYA PUBLISHING & BOOKSELLERS」から一冊のZINEにまとめられました。

確信を持って、撮って、ポストしてる

岡本　ボクはインスタグラムが好きで、それをやりだしたら、写真に対していままでとは違う疑問が出てきて、そのことがベースになって始まった公開インタヴューなので、どうしてもインスタグラムの話が中心になってしまいます。大森さんは90年代にデビューをされて、フィルムカメラでずっと作品を撮り続けてきた方ですけれども、そういった立ち位置の方

がインスタグラムを始めてそこで何をやるかっていうと、わりと態度としてはインスタに対して引き気味というか、ある種の告知媒体として使うとか、何かこう線を引いているような気がするんです。けれども、大森さんのインスタにはそういう線引きがない感じがします。だから、それについてどういう考えでやってらっしゃるのかを聞けば、このシリーズを始めたきっかけになっているボクの疑問に対する、いちばん核心に迫る答えをいただけるんじゃないかと思ったりしちゃったりして（笑）。

大森 それは質問ですか（笑）？

岡本 いやいや、いまから質問します（笑）。普通の興味で聞きますけれども、インスタグラムを始めたのはいつ？

大森 2015年の、2月か3月あたりだったと思います。1年ちょっとですね。

岡本 どういうきっかけで、やってみようと思われたんですか？

大森 さらに遡ること半年、携帯電話をiPhoneにしたんですね。それまでもスマホだったんですけど、いま思うとあんまり使い勝手が良くなかった。それまでの機種がね。iPhone6を買ったときに、初めていいカメラだなと思ったんですよ。ボクは携帯電話を、ないしはちっちゃいパソコンを買い替えたつもりでいたんです。そうしたら、カメラとしてすごい優れているなっていうふうにまず最初に思ったんですね。だから、それでバシバシ撮り始めました。それまでは携帯で撮るというと、ロケハンのついでに撮って、本番は別のカメラとか。そういうニュアンスは確かにあったと思うんですけど、iPhoneになってから、iPhoneで撮っているときからもう「本当の写真」みたいな感じに、すぐになっていったんですよね。

岡本 それで、撮ったものをインスタグラムに、そのままではないと思うんですけれども、ポストし始めたわけですか？

大森 そうです。

岡本 どこがって聞かれると、まだ上手く言えないんですけれども、始めた当初の大森さんのインスタといまのは、だいぶ違ってきているような気がするんです。ご自身では、始めたときといまと変えているとか、違ってきたと感じる部分っていうのはありますか？

大森　ありますね。前より確信を持って、撮って、ポストしてるっていうのはあるかもしれない。

岡本　「インスタにポストするぞ」っていう前提で撮っているってことですか？

大森　いや、そういうことじゃなくて。SNSにツイッター・ストリートとか、フェイスブック通りとか、タンブラー横町みたいな感じでタイムラインがいっぱいあるわけですよね。でも、そこがどういう風情なのかが、最初はわからないじゃないですか。少ししか投稿していないときは特にね。SNSって自分が投稿しないと、見ているだけだと実感ってつかめないと思うんですよね。だから、インスタグラムで何を言えばいいというか、写真なんですけど、どのようにボクはそこで佇んでいればいいのかが、最初わからなかったんだと思います。いまは、岡本さんがおっしゃったように、はっきりと言葉にはできないけれども、なんとなくこっちかなっていうのはあって。でも、インターネットの面白いところは、全体像が見えないというか、奥の奥の奥まで行っても、どんどんどんどん出てくるじゃないですか。いまもわかっているって話ではないんですね。当たり前ですけど。そんな感じかな。

iPhone の写真を仕事で使う

岡本　今度、沖縄で写真のワークショップをやるんですよね？　その呼びかけをフェイスブックで見たんですけれども、受講者に事前にハッシュタグつけてインスタにどんどん写真をポストしてくださいって呼びかけをしていたと思うんです。ワークショップっていうのはiPhoneを使ってやるっていうことですか？

大森　今回はそうですね。別にiPhoneで撮影した写真じゃなくてもいいわけですけど、インスタグラムをプラットフォームにしてワークショップをします。3年前に、ミームデザイン学校というデザイナーや編集者のための学校で、川内倫子さんと一緒に写真の講師をやりました。倫子さんと話をしたのは、写真家志望でない人たちに「写真を撮ってきてください」といっても面白くないよねと。写真をどう見れば面白いのかなっていうことを上手く教える、考える方法はないものかなと、いろいろ考えたわけです。それで、受講者それぞれがテーマを決めて、あるテーマの元に写真を集めてきてくださいって言ったんですよ。ウェブでもいいし、新聞の切り抜きでもいいし、雑誌の切り抜きでもいいし、とにかくさまざまな形で世の中にある写真の中から、たとえば「黒板」っていうテーマだったら、いろいろな「黒板」の写真をたくさん探してきてもらうわけです。その写真を必ず紙にプリントアウトして、とにかく持ってきてくれと。その中から、さらにどういう基準でセレクトしていくと面白くなるか、ということを、授業でやったんですね。そのときに印象的だったのは「あなたがいままで行った場所の中でいちばん遠いところの写真を送ってください」と友達や知り合いにメールを送った人がいたんですよ。そうすると、そのメールを受け取った人は自分が行った「いちばん遠くの写真」を送ってくるわけですね。その写真は一見すると、まったく脈絡がないんです。でも、何か独特のオーラを放つんですよ。並べてみると。アメリカの写真があったり、沖縄の写真であったり、遠いところっていうんで半分くらいは海外だったんですけれど、でも日本の写真もある。言わないとなんだかわからないんだけど、その集め方が面白いじゃないですか。その人は、そのテーマで本をつくったし、グーグル画像検索で「ギター画像」とやって、ひたすらグーグル画像検索をばんばん出力して、ギターの絵とか写真を一冊にした人もいたし、人それぞれなんですけど。いま思うと、かなりインスタのハッシュタグ的でしたね。それで、2015年の秋には東京藝術学舎で初めてインスタグラムを使った写真編集のワークショップをやりました。インスタグラムに満ち溢れている写真の中から好きなハッシュタグをひとつ選んできてくださいと。選んだハッシュタグの中から自分の気になる写真をプリントアウトして、12点くらいの写真に最終的に絞り込んで、写真集をつくりましょうっていう授業をやったんです。それを聞いた、沖縄の大城くんっていうボクの元アシスタントのフォトグラファーが、これ沖縄でもやってもらえませんかっていうことがあってやるんですね。受講生が選んだ、気になるハッシュタグの写真を編集する作業をやってもらうんだけれど、それとは別に、みんなでひとつのハッシュタグの元にポストした写真を分類していくのも、面白いなって思って。たまたま、大城くんが自分のインスタで「いろいろな沖縄がある」っていうハッシュタグでポストしていて、いま二百数十点のポストされている写真があるんですけど、それは当日までに、もうちょっと増えるわけで、全部プリントアウトして、それを編集してみるという授業をやる予定です。

岡本 なるほど。じゃあ、撮った写真を編集するっていう話から、写真を撮るっていうことに話を戻すと、この間1号だけ復刊した『リラックス』の「サンデーピープル」を大森さんが撮られていたので、確認のために担当編集者に「あれは何で撮っているの?」って聞いたら、当時の雰囲気を出すためにフィルムで撮りましたと。でも、よく現場にiPhone持ってきて、iPhoneで撮ることもありますっていうふうに聞いたんです。もうiPhoneで撮って、iPhoneの写真を仕事のものとして使うっていうことはやっているわけですよね。

大森 やってます。それは岡本さんの影響ですよ(笑)。

岡本 いやいやいやいや。

大森 ほんとほんとと。『暮しの手帖』を見ていて、こんなに綺麗に印刷ができるんだったらオッケーだなって思っていて。それはボクがiPhoneを使う前から見ていたんですけど。自分でiPhoneを買って、データを見てみると普

大森　通に使えるので、２０１５年の『SWITCH』の6月号、是枝裕和さんの特集号の中で、是枝さんが鎌倉で自分の映画のロケ場所を訪ねるっていうページで撮影をやって、そのときにiPhoneで撮ったのを印刷したのが最初かな。

岡本　そういうときって、iPhoneしか持っていかないんですか?

大森　さすがにそのときはライカも持っていったんですけど、それは見せないで、リュックサックにほぼ手ぶら状態で、「今日これだから」って言って、ずっとiPhoneで撮ってました。

岡本　「えっ?」とか言われないんですか?

大森　言われます。

岡本　(笑)。

フィルムで撮るには理由がいる

大森　知っている人はまだしも、初めて会った人はだいたい言いますよね。「マジすか?」みたいな感じになります(笑)。

岡本　「なめてんのか?」とは言われないですか?「なめてんのか?」と直接は言われないですが、「なめんなよ」みたいなふうに感じるときはあります(笑)。

岡本　なるほど。ということはiPhoneなら撮るけど、ライカでわざわざ撮る必要ないなとか、そういうような思い方っていうのは、あまりないっていうことですか?

大森　ない、というかですね、そもそもフィルムで撮っていたときから、35㎜のフィルムで撮ることが仕事の場合もほとんどだったんですね。カメラは良いカメラを使っていますけど、「写ルンです」も同じなんですよ、フィルムは。ボクの写真もそうだし、たとえばエグルストンの写真でも、ロバート・フランクの写真でも、ピーター・リンドバーグの写真でも、35㎜のフィルムで撮られているわけですけど、うちの父が撮った運動会の写真とか、母が撮った温泉に行ったときの記念写真も35㎜で撮っているわけですから、同じなんですよね。テクスチャーとか解像度が。その解像度みたいなものの手触りの基準がボクは好きだったので、35㎜のフィルムを使っていたんですよ。要するに、世界中の多くの人が共有しているものの見方というか、普通の見え方というか。8×10の写真もボクは大好きだけれど、自分の写真として考えるとちょっと解像度が高すぎると思っていたんです。そういう側面があったから、デジカメが出てきたときにちょっと困りました。最初はカメラ変えればいいんでしょ、くらいに思っていたんですけれど、どうもそうじゃない。２０００年代中頃くらいに、わりと良いデジカメを買ったんだけれども、解像度が自分にとって高すぎるようにも思えるし、かといってガラケーの写メだと低すぎるし。デジタルってなんなんだろうなって。嫌いじゃなかったけど、よくわからないところがあって。どうすればいいんだろうっていう気持ちが、ずっと続いていたんですよ。フィルムは安心感があるので、ずっとやっていたんですけど、それもいずれなくなるというか、少なくとも産業としては終わっていくし、いまも使っているけどめっちゃ高いですからね。そんなタイミングでiPhoneの画像を見て、これちょうどいいんじゃないのっていうふうに思ったってことですよね。雑誌の見開きとかも印刷できるし、iPhoneで撮った写真で。トーンとか画像を調整するっていうことを含めて、皆が思っている写真ってこれなんだなって思って。そのくらいの解像度でやるっていうことです。35㎜のフィルム時代から、そうだったから。

岡本 大森さんより若い人でもそういうことを言う人が多いと思うんだけど、フィルムがなくなりつつあり、デジカメを買ったけどなんか違うと思ったときに、やっぱりフィルムでしか撮らないみたいに戻ってくることが、多いような気がするんです。そこで「やっぱり俺はフィルムだ」とは思わないんですか？

大森 思わないですね。思わないっていうか、フィルムはもちろん好きだしこれからも撮りますし、絶賛営業中ですけど、いま２０１６年ですからね。単純にそれだけかな。逆にフィルムで撮るには理由がいるっていうことです。

岡本　自分がフィルムで写真を撮り始めたときの感じが、iPhoneで撮った写真とか、人が撮ったものをたくさん見られるインスタにはあるよというようなことを、どこかで発言されていたと思うんですけれども、自分が最初にフィルムで撮ったときの気持ちっていうのはどういう感じだったんですか？

大森　いや、フィルムっていうか、最初に写真を撮った……。

岡本　あ、フィルムしかない、からね。

大森　フィルムしかなかったってだけで、その、中学、小学生くらいかな。カメラを父にプレゼントしてもらったりとか、あるいはそれ以前から、大人が使ってるカメラを、これちょっと撮っていい？とか。たまに、優しい大人が撮らせてくれるじゃないですか。そのときに「ウワッ！」って思う。自分が見たものの前でシャッターを押すと、それが画像になって出てくるってこと自体がすごいですよね。時差はある、ポラでもないし、デジでもないから時間はかかるけど、「あのときのあれが、こうなるの!?　スッゲェ！」っていう単純な喜びを、最初、iPhoneを触ったときに思い出しましたよね。

岡本　それはたとえば、瞬時に「こうなるのか」ってわかってしまうことに慣れてしまっている世代にとっては、奥山由之くんもそうだったんですけど、時間が経ってからじゃないと自分が何を撮ったかわからないっていうことに面白さがあるって言ってたんですよ。iPhoneで撮ってすぐ見られるってことに対しての違和感みたいなのはない？

大森　まったくないわけではないですが、フィルムのときからプロなんで、プロというか長くやってるのでだいたいわかるんですよ。どんな感じに撮れているかっていうのは。それで、思った通りに写っていないときが面白いし、新しいプロジェクトのヒントにもなります。デジカメは撮影直後に画像を確認できるわけですが、ディテールまで見れるわけではないですし、そのときにモニターを見たからといって、自分が何を撮ったのかをすべてわかっているわけではないですよね、やっぱり。ただネガというか、ベタ焼きができた、みたいな感覚じゃないですかね。ベタを見ている感じ。

岡本 なるほど。

ボクはハッシュタグ大嫌い

大森 iPhoneで撮る場合、普段はこのモニターのサイズでしか見てないから、小さいわけですよね。プリントで見るとディテールが見えるので、別のものなんですよ。で、最初から、インスタグラムに投稿することもあるけど、印刷することや印画紙にプリントすることも想定はしているから、大きくしないと見えてこないっていうところもあるんですよね。

岡本 はい。たしかに、うん。ボクは想定はできないんですけど、撮ったものがページ大になって、色校正が送られてくると、びっくりします。何を写したかを憶えてはいるんだけども、これは写した覚えはないみたいなものまで写ってる面白さっていうのは、たしかにiPhoneの写真にもぜんぜんありますね。ただそれを大きくしないで、ずっとiPhoneの中に閉じ込めておくと、気がつかないものがいっぱい写ってるってことですね。

大森 岡本さんがさっきおっしゃった、プロのフォトグラファーの人でインスタに距離感のある人って、結構その辺が大きいと思いますよ。基本的にインスタグラムが、PCよりはスマホかタブレットで見るように設計されてるから、ちっちゃいよねっていう。「タンブラーの方が好き」みたいなフォトグラファーの人いっぱい知ってるし。だけど、その、おっきな見せ方は別のやり方があるので、インデックスみたいな形としてもインスタは面白いし、あとやっぱりハッシュタグが圧倒的に大きいですね、ボクの場合は。

岡本 ボクはハッシュタグ大嫌いなんですよ（笑）。よく言うんですけど、特に本文をハッシュタグにしてるのとかすんごい嫌なんですよね。

大森 （笑）。

岡本 友達でもやってる人がたくさんいるし、大森さんもそれをやってるし、でもちょっと意味が、ボクにはあまりわからなくて。ハッシュタグが長すぎて、途中からハッシュタグのリンクが外れるくらい長いハッシュタグをする必要あるのかなとか思ったりするんですけど、ハッシュタグの面白さっていうのはなんなんですか？

大森 インスタを続けている、たぶんいちばん大きな理由のひとつかもしれない。言葉と写真の関係を考えるのにもってこいの装置だなって思えるんですよね。２０１２年くらいから、フィルム、デジタル問わず『sounds and things』というプロジェクトをやっているんです。

岡本 はい。大森さんのハッシュタグに出てきますね。

写真のドキュメンタリー性に対する疑い

大森 音と事柄ということですね。音っていうのは目に見えないもので、things っていうのは目に見えることっていう、それはなんだよって聞かれたら「全部！」っていう話なんですけど。ボクは基本的には、見せる見せないはともかく、出会ったものは全部撮りたいと思っていて、えっと……、その話は長くなるのでまたの機会にしますが(笑)。いま、ボクが撮ってる写真は、フィルムであれデジタルであれ『sounds and things』の一環なんですね。以前は、たとえば『サナヨラ』っていう２００7年に出した写真集があるんですけど、写真をまだちょっとなめていたっていうか、自分が傲慢だったというかですね、写真があって、この写真にキャプションが「Los Angeles」っていう場所のみで、巻末を見ると「Los Angeles 1994」っていう情報だけなんですね。突き放しているわけです。でも写真ってどんどんどんどん増えていくし、自分はいったい何者なんだっていうボク自身の問いかけがあるわけですね。そして時間の経過とともにある写真を撮影したときの意図や思惑を超えて、その写真の意味や手触りが思いがけない形になってきます。それでね、一枚の写真に潜んでいるさまざまなレイヤーを考える仕組みが必要なんじゃないかっていう考えが強くなってきて、『sounds and things』以前は、作品に一枚一枚のタイトルは付いてなかったんですが、『sounds and things』に関しては作品にタイトルを付けているんですよ。えっと、2015年の夏に恵比寿のMEMというギャラリーで開催した個展の画像で、たとえば服が道路に置いてある写真ですが「Saint Laurent by Hedi Slimane」ていうタイトルなんですね。これはまあ、そのまんまというか、皆さんが信じてくれるなら「このコートはそうなんだな」と思いますよね。で、もしこれ「Saint Laurent by Hedi Slimane」ていうタイトルがないとちょっと入りづらいと思うんだよね。入りづらいというか、いい写真かどうかは別にして「Saint Laurent by Hedi Slimane」っていうタイトルがあることによって、まずそこから入っていって、でもそうじゃないものがもし写真に写っていたら見えてくるものはある。ちょっと変化球のタイトルでいくと、落語家の柳家喬太郎さんのポートレートなんですけど、タイトルが「ここはメンフィスではない」なんですよ。それはなぜかっていうと、写真史上の名作を模倣してみようっていう企画を『BRUTUS』の写真特集でやったんです。ダイアン・アーバス、ウィリアム・エグルストン、ウィージー、リー・フリードランダーの4人の名作写真のオマージュを落語家の人をモデルにしてつくってみようっていうね。柳家喬太郎さんの写真の元になる写真は、ウィリアム・エグルストンが撮っていて、そのタイトルが「east memphis」ていうタイトルなんですね。で、これエグルストン好きの人が見ると、結構わかるんですよ、エグルストンを下敷きにしてるっていうことがね。で、知らない人はわからない。「喬太郎さんだな」ってきっと思うし、喬太郎さんのこと知らない人はもうなんだか、和服着たおじさんが街に佇んでいるということになりますね。それで、なんてタイトルにしようかなって考えたときに「ここはメンフィスではない」という言葉が「遠くに行けるな」って、思ったんですね。個人的には撮った動機や、モチーフを思い浮かばせるし、落語っていうローカルな事象と、エグルストンがメンフィスを撮った土着のようなものとのつながりも面白いし、タイトルが写真の中に複数潜んでるレイヤーをあぶり出す入り口だと思ってるんですよね。それはインスタとは関係なかったんですけど、インスタグラムのハッシュタグって、そういうことの練習になるな、練習というか、それが非常にヴィヴィッドな形でわかるなっていう、それがすごい面白いと思ってますね。

岡本　なるほど、なるほどね。面白い答えだなあ(笑)。これもどこかで大森さんがおっしゃってたと思うんですけど、35㎜のカメラシステムしかない時代は、誰もが同じ仕組みで写真を撮ってるから、その写真について喋ることができた。デジタルが登場して、すごい勢いで進化していくと、写真そのものの話よりも、システムの違いみたいなものに話が移行してて、多分それはフィルムなのかデジタルなのかっていうところに写真論がいって、その後にiPhoneやスマートフォンの登場で、また共通のフォーマットがひとつできたから、そこでまた自由に写真の話ができるじゃないかって。

大森　言いましたっけ？

岡本　あれ、大森さんだよね？　あれ、違うかもしんない。

大森　でもまあ、そうだよなって思う部分も結構ありますが。

岡本　はい、じゃあ、いま言ったようなことについて、大森さんはどういうふうに考えてらっしゃるかを聞きたいんですけど。

大森　写真を語ることが複雑になったとは思います。写真の持ってる刹那的なるものとか、初めて出会って、「ウワッ！」て思って誰かが見たものを撮る、ある種のドキュメンタリー性、写真が備えている「目の前にある光が、レンズを通してカメラなりフィルムなりデジタルなりが反応して像になる」ということ自体の仕組みは変わってないと思うんですよね。ただその広がりとか、あと「かけがえのなさのあり様」みたいなのは、変わりつつあるなあと思いますし、動画と静止画の境目も曖昧になりつつあるなと思うし、もともと写真が「真実を記録する」とは思わないけれど、画像加工が以前より簡単になったので、写真のドキュメンタリー性に対する疑いみたいなものも、以前よりは増してると思います。ただそれは写真が登場したときから存在していた問いだし、そもそも写真ってある部分だけを切り取ってるわけだから。それがあまりにも現実に相似形な画像が出てくるから、うっかりしやすいというだけで。人が何かを見て「ウワッ!」て思う部分はそんなに変わってないとも思います。

岡本 うんうん。たとえばそういう意味で、カメラで撮ったものと、iPhoneで撮ったものに、その意味は違いがないはずなのに、現場にiPhoneしか持ってかないと「なめんなよ」っていうビームを出されるのはどうしてだと思いますか。

大森 それはやっぱりプロに頼んでるっていうことではないでしょうか。

iPhoneって、レンジファインダーっぽい

岡本 プロらしい機材を持ってきてくれっていうこと?

大森 はい、だからちょっとこう、演技しろよってことだと思います(笑)。もちろんiPhoneで撮ること自体もある種の演技なので。でね、ボクが撮ると、「いやぁ大森さんが撮ったiPhoneの写真、わたしが撮ったのと違う」とかって言うんですよ。だけど別にそれ前からそうだったっていうか、別にボクが上手いっていうわけでもなく、なんですかね、それはフィルムの時代にビッグミニしか持ってかないときもあって、そんなときにも言われたことがありますから。そんな違いはないというか。

岡本 「写ルンです」とかも使ってるとか。

大森 「写ルンです」もときどき使っていましたね。

岡本 うんうん。それはなんか、ある種のパフォー

マンスとして、こうじゃなきゃ写真家じゃないとか思ってるお前らに対して、あえてこういうのをぶつけるみたいな気持ちもあるわけですか？

大森 そういうことではないんです。ボクがライカを使い始めたのは、実は「サンデーピープル」からなんですよ。

岡本 あ、そうなんですね。

大森 「サンデーピープル」の1回目は、まだ一眼レフカメラで撮ってたんですね。で、会いに行ってですね、有名で忙しい人にする質問が「日曜日、何してるんすか？」っていうあまりにも素朴なもので（笑）。

岡本 （笑）。

大森 で、そのときに、一眼レフカメラとか、プロっぽいカメラだと違うんだよ、なんか（笑）。違うっていうか、きっちりしすぎちゃうんですね。それで、ちょっと変えてみようと思って、ライカを買ったんです。で、ライカっていうのは良いカメラですけど、基本構造は「写ルンです」と同じですし、風情がなんというかお仕事っぽくないんです。カメラってレンズで撮るわけです。覗いてるのはファインダーですよね。だから、レンズで写る映像と、ファインダーで見てる映像は違うんですよ。

岡本 それを忘れてた、ボク。

大森 一眼レフのカメラっていうのは、覗いたのがほぼほぼ、その通りに写るわけです。そうするとね、ファインダーの中でデザインしちゃうんだよ。だから、「ハッ」と思ったのに、「あれ、こっちの方がカッコいいかな」とか、なんかこうデザインしちゃうんだよね、

岡本 ああ、探しちゃうわけですね。シャッターを切る瞬間に。

大森 探しちゃうんですよ。それは、世の中の商業写真の大半はそっちの方がいいんでしょうけど、感動は薄れる。だからフォーカスだけ合わせて「はい」って撮った方がいいんですよ。でも4×5のカメラも実はそうだし、写ってる画面を撮る瞬間には見れないんで、だいたいレンズの上からこのぐらいが写ってるんだろうなくらいに撮るんです。ライカも「こっ

からこの辺くらいだよね」っていう器具なんですね。フォーカスだけをどこに合わせるかを決めて撮るから、同じ35㎜のフィルムでも、性能がいいとか悪いとかっていうことじゃなくて、レンジファインダーと一眼レフのカメラでは世の中の見え方が実は根本的に違うんです。iPhoneって、レンジファインダーっぽいんですよ。これはなかなか、向いてる人と向いてない人がいて、それぞれ。どっちの方が得意って、人によって違うと思うんですよ。ここからここまでが写っているときっちりわかって撮りたいっていう人と、まあなんかこの辺だよね。ていうあたりにカメラをたまたま置くみたいなやり方と。なので、えーっと、まだライカを持ってなかった時代に、ビッグミニを持ってくっていうのは、カジュアルに撮影したいっていうのとは別に、レンジファインダー的に世界を見たいっていうのはありました。なのでそれは理由はあるっていうことですね。

岡本 うんうん、なるほどね。じゃあ、大森さんがiPhoneをいいカメラじゃんって思うのは、レンジファインダー的なカメラと同じような感覚で使えるからってことですか？

大森 それは、とてもあります。はい。

結局、ポラロイド690とiPhone6

岡本 知り合いの写真家の方々と「大森さぁ、iPhone使ってんだって？」とか言われて、それについて熱弁をふるったりする機会とかあるんですか？「お前も使え」とか。

大森 いや、ないですないです。それを売りにするもんでもないというか。自分が「iPhoneで撮ってます」っていうのは別に売りではなくて、いい写真が撮れれば、それはなんでもいいですし、あと他人に勧めるものでもないというか。やっぱカメラって、それは昔からですけど、どんな名機でも、向いてない人が持っていてもしょうがないんですよね。しょうがないっていうか、合わないので。ただまあ、同じカメラずーっと使い続けてて、どうも面白くないっていったときに、「カメラ変えてみれば？」って勧めることはあります。もし若い人が、悩んでるっていうか「ずーっとなんとかってカメラでやってんですけど、なんかしっくりこない」というのは、ひょっとしてカメラが合ってないのかもって。

岡本 なるほど。まあたしかにボクも、こうは言ってもいろいろ買ったり、持ってた時期もあるんですけど、結局、ポラロイド690とiPhone6が、自分にとっていちばんいいやって思ってるんですよね。ただその理由が、自分ではよくわかんなかった。撮ったらすぐ見られるっていうことが自分にとってはいちばん大事なのかなっていう、まあ、単純な結論付けをしてたんですけど。

大森 すぐ見られるけど、さっきおっしゃってたみたいに、おっきくしないと何が写ってるかわからないっていうのは本当にあって。いま、千葉の川村記念美術館で、サイ・トゥオンブリーの写真展をやってるんですけど、あれはたぶん岡本さんが持ってたSX-70のようなポラロイドフィルムで撮ったものを、スキャンして拡大してプリントしてるんですよね。だから、おっきい。ディテールを拡大してるからちょっとぼやける部分も逆にありますけど、見えてくるものがやっぱりあると思うので。

岡本 なるほど。あとね大事なことを聞き忘れてました。大森さんインスタグラムにポストするときは、正方形じゃないですか。あれはどうしてですか？

大森 ほぼ最初から正方形で撮ってます。で、たまに横長・縦長の写真もありますが、その場合でもインスタにあげるときはトリミングします。

岡本 大森さんの「ドキュメンタリー写真の心得」っていう有名な文章があって、「タテ位置は断定、ヨコ位置は客観」っていう言葉は、もうネット上にいろんな形で流布してますけど、それでいうと正方形はなんなんですか。

大森 それはね、質問されると思ってた（笑）。

岡本 そう、ボクは正方形ラバーだからね。

大森 最初にスマホを買ったときにね、縦横いろいろ撮るわけですよね。で、インスタにポストする前は、あんまり正方形は意識してなかったんですけど、「そうかインスタ、デフォルトが正方形に設計されてるよな」って思ったんだけど、それによって気づいたことがあって、やっぱフィジカルな問題なんですよ。スマホという機械自体が縦長じゃないですか。だから、「あ、岡本さんだ！」と思って撮るときって、基本は縦長なんですよね。

岡本 はい、縦長です（笑）。

大森 でね、縦長の写真ってのはちょっと縦長すぎるんですよ。自分の視覚はどっちかっていうとヨコ位置に近いっていうか。

岡本 はい、そうですね。

大森 なので、それこそ「ドキュメンタリー写真の心得」で「タテ位置は断定」って言ったぐらい、ちょっとなんか意思的なものを感じる。意思がないと縦にはならないんですよ。でもスマホはデフォルトが縦だから、ヨコ位置を撮ろうと思うと動かさないといけない。そうするとさ、なんか「あ、岡本さんだ！」って思ったのに、動きとしては、無駄っていうわけではないですが、ヨコ位置で見るためにひとつ余分なアクションを起こさなければいけないこと自体が、ちょっとイラッとするんですよ。カメラはやっぱり、パッと見て「あっ！」と思ったときにパッと撮りたいですよね。そうすると、「あっ、正方形って理にかなってんだな」ってことなんです。最初はインスタ用に正方形を見てたんだけど、それによって気づいたっていうか。「正方形よくできてる」って。

岡本 でしょ？

iPhone を横にしない

大森 前は嫌いだったんですよ。他人が撮った正方形の写真はすごい好きだったんですけど、自分には向いてないと思ってたんです。それもやっぱりフィジカルな理由で。ほぼほぼすべての、正方形のローライフレックスとかのカメラって、上から覗き込んで撮るんです。ボクは上から覗き込むことに実感が持てない。一眼レフであろうがレンジファインダーであろうがやっぱり、自分の目の高さで見たいんですよ、ボクは。そうすると正方形のほとんど、マミヤ6以外のすべてのカメラは、上から覗き込んで撮らないといけないわけだから、自分にとってはリアルじゃない。だから、何度か買ったことあるんですけど、すぐ売っちゃったりあげちゃったりして使わなかったんです。でも、ボクも高校生のときはLPレコードを聴いていたので、ほんと「LPのジャケット撮りたいからカメラマンになろう！」みたいに、憧れたところもあったので、正方形の写真は好きです。だから良かったなーと思って、iPhoneに変えて（笑）。こういう巡り会いがあるんだなと思って。

岡本 なるほどなるほど。フィジカルな理由で、iPhoneを横にしないよねっていうのは、まあボクも横にして撮ることほぼないんですよ。入り切らなかったら自分が徹底的に下がる、強引に縦で撮るんです。やっぱり昔こう、撮影の現場で編集者としてタテ位置に撮ってほしいから、縦にしてくんないかなぁって思って、「縦は撮らないの？」って聞くと、「いやカメラをわざわざ縦にするの、不自然だから嫌だ」って言われたこともあるし、まあたしかにフィジカルな問題だなっていうふうに思ったんですけど。ということはですね、カメラより先にiPhoneから写真を撮るっていうことを覚えた人にとってはですね、縦は断定にならなくなるよね？

大森 はい、なりますよね。それはもう、ぜんぜん、そうなると思いますよ。

岡本 だから、写真を見る感覚っていうのも変わるんですよね？

大森 うん。あの「ドキュメンタリー写真の心得」を書いたのは1998年ぐらいだと思いますけど、ほとんどの人が35㎜フィルムで撮ってたわけで。ヨコ位置のフォーマットが基本でしたよね。それは、やっぱり変わっていきますよね。あと、いまはウェブでイメージを見る人も多いと思うので、スクロールしていくこの縦の流れっていうのが加わるから、そういう意味でも、正方形はいいと思います。ヨコ位置の写真をスマホで見るとちっちゃすぎる。PCで見るとまあ、横の写真の方がいいんですけど。なので、インスタを開発した人が正方形にしたのはなかなか理由があるなぁと思いました。たぶん世界中のいろんな写真を研究したと思うんですよね。それこそスナップ写真とかアマチュアの撮ってる写真も見ただろうし、ダイアン・アーバスとか川内倫子さんとかの写真、正方形で有名な写真とかさ、いろんな写真をリサーチしたと思うんですけど、最終的にデフォルトが正方形に落ち着いたっていうのは、特にスマホに絞ってのアプリっていうことでは「なるほどな！」って、やってみて思いました。

岡本 じゃあもう大森さんの撮る写真っていうのも、非常にこう、さっきからお話を伺っていると、「フィジカル」っていうことがすごい大事なようだから、現場でiPhoneを使うようになったら撮る写真も変わってくると思います？　もう変わってきてると思います？

大森 思いますねもちろん。でも、この間、町口覚さんに初めてiPhoneのプリントを見せたら「いや大森さん、悪いけどこれ、トリミングしてるようにしか見えないわ〜」って言われた（笑）。

岡本 普通に35㎜の写真を？

大森 そうそうそう。35㎜のボクの作品を見慣れてる人が、初めて、この正方形プリントの束を見たときに「なんかトリミングしてる？　みたいに見える」って言われて（笑）。

岡本 正方形、いいですよね（笑）。

大森 いやいや、俺は別に薦めないから（笑）。

岡本 いやボクは大絶賛です。みんな、インスタは正方形だよ！

大森 （笑）。

岡本 この会が始まる前に、インスタにポストしたんですけど、久しぶりに「写ルンです」を使って、写真を35㎜のヨコ位置で撮ったら、ぜんぜん撮れてないわけですよ。それで、それによって、いかにいま、縦で見ることが自分の身に付いてしまっているのかっていうのをまざまざと見せつけられて、結局ボクはその、縦で見ることから入った人が、横で見ることが普通の35㎜のフィルムで撮られたものを見たときに、その写真をどう思うんだろうっていうのが、すごく気になるんですよね。で、自分自身にとっては、自分が撮ったヨコ位置の写真にものすごい違和感があって。ただ実際にプリントして、光沢のあるプリントにしたらテカテカしてるじゃないですか。で、それをiPhoneで撮ったら、窓の写り込みがすごく綺麗で、そうやって撮るとちょっとカッコいい作品に見えたりして。なんかこう、だんだんなんて言うんですかね、どっちが写真なのっていうのがわかんなくなるんですよね。

岡本 的な観点からもそうかもしれないですけど。現在進行中の何か「写真、あるいはそのようなもの」じゃダメですか？ 完全にわかってから始めたら、それは何十年も先のことになっちゃうんで、かくかくしかじか、と全部を言語化できなくても、なんでそんな写真と写真じゃないものをわけますか？ 皆さん、っていうことも、素朴に思ったりもします。

大森 はい、なるほど。いや、でも、インスタやってると気になるんですよ。

岡本 （笑）。

写真ですべて伝えられるとも思わない

大森 なんかボクがすごく不思議なのは、皆さんなんでそこを気にするんですかね。思うんですよ。写真か写真じゃないかっていうことを「え、そんなわけたいの？」って。それは美術史的な観点からもそうかもしれないし、マーケット的にもそうかもしれないし、編集

大森 いや、つまりボクは自分でやってて、だんだん思ってきたのが、さっきの言葉と写真の関係で言うと、自分は説明したいことがあるから写真を撮ってるんだなあって思い始めた。

岡本 あ、ボクとは逆ですね、それは。

大森 そうそうそう、編集者的だと思うんですけど、言いたいことが先にある。伝えたいことが先にあって、それで写真を撮るから自分の写真を見てて「つまんねぇな」って思うわけです

よ、いつも。だから写真を撮ろうっていう欲望だけで撮ったりすることって、自分は多分ない。っていうことがおそらく、自分がいいと思うほかの人の写真と、自分が良くないと思う自分自身の写真との差なのかなとか、なんとなく思ったり。

大森 でもボクは写真ですべて伝えられるとも思わないですけどね。

岡本 ああ、大森さんと話してて、そこが意外だったんですよね。

大森 もし言葉で言いたいことがあれば、やっぱり言ったほうがいいし、写真っていう枠の中だけでやっているものは意外につまんないかなっていう気が、最近しています。あらゆるものを同時に使って知りたければ知ればいいし、見たければ見たい、わかりたければわかりたい、騒ぎたい、っていうのがあって、写真ってかなりへんてこりんなんだけど、そこだけそんなに特権的に考えてると間違えるよ。写真の良さが逆に失われるような気もちょっとするんだよね。

岡本 たとえば、インスタで誰かわからないけどほかの人のばーって流れてくるのを見て、面白いと思うことはありますか?

大森 ありますあります。ただタイムラインだけ見てても、あまりにも偶然性によるし、そんな暇はないので、それはたまにしか見ないけど。だからそこでハッシュタグを見ます。自分のつけたハッシュタグから飛んで、ほかの人がそのハッシュタグでどういう写真を撮ってるかっていうのを見ます。今日だったらさっきボクは、朝に食べたごはんをポストしたんですけど。

岡本 珍しいな、と思った。

大森 そう、珍しくちょっと。今日は岡本さんと会うから、やってみようかな〜と（笑）。

岡本 そこを意識してポストされたものだなと思ったんですけど（笑）。

大森 まあメッセージですよね（笑）。で、ちょっとメキシコ風にスープをつくってみたのでハッシュタグはスペイン語なんですよ。トマトスープとかアステカスープっていうのを見て、ああこれは面白いなあって。写真として面白いっていうのもあるし、情報としても面白いなあっていうのもありますね。

岡本 なるほど。なにかを手繰り寄せるための手段としてハッシュタグを使うっていう感じもあるわけですよね。

大森 あと「これは何枚目の写真なんだ?」っていうのは常に意識しているんですよ。それはインスタってことだけではなくて、自分が撮る写真は何枚目なのかってことなんですよ。

岡本 うん?

大森 たとえば、写真史上で、昨今すっごい数の人が写真を撮ってるから、何兆枚かわからないですけど、さっきボクが岡本さんを携帯で撮った写真は、携帯写真史上において何京枚目の写真なのかなっていう考え方もするし、岡本さんのポートレートっていうことでいうと何枚目だろうって思うんですよ。で、アイコンになるかならないかとか、岡本写真、岡本仁が写った写真史っていうのがあるわけですよね。で、岡本仁写真史上の中でボクがさっき撮った写真はどのぐらいの場所にあるかなとか(笑)。それは、有名人を撮る場合もそうで「大森さん、六本木のハイアットでクリント・イーストウッド、来日しているんで撮ってください」って依頼されて、イーストウッドの写真がボクの写真集の『サナヨラ』に入ってるわけですが、そうするとクリント・イーストウッドのポートレートは世界中にいっぱいあるけど、これは何枚目かなっていうのは考えます。

岡本 へぇ〜。その感覚は想像したこともなかった。

最後のローリング・ストーンズになるかも

大森 写真史上で何枚目なんだろうとか、歴史の中で自分の写真がどこに位置するかっていうのは常に考えていて。たとえばもう少し言うと、仮にいま「ローリング・ストーンズの写真、大森さん撮ってくださいよ」って頼まれたとしますよね。そしたら、まあ多分やるとは思うんですけど、それは何枚目のローリング・ストーンズなのかっていうことをめっちゃ考えます。そしてそれは写真じゃないですけど、1968年にゴダールが撮ったローリング・ストーンズよりもカッコ良くなりうるのかとか、1972年にはロバート・フランクとかアニー・リーボヴィッツがローリング・ストーンズ撮ってるんですよね。それを超えるものになりうるのかっていうのは考えるんですよ。それで、まあ絶対なんないなと思うわけ。

岡本 なんで！

大森 エイミー・ワインハウスの写真を、「もういまは撮れないよね。死んじゃったから」というのにかなり近いです。ブライアン・ジョーンズやビル・ワイマンのいない2016年のストーンズはストーンズたりうるのか？ まあ絶対っていうと言い方は変ですけど、可能性を残しつつも、99％ぐらいは無理だろうなあとか。でもそうするとローリング・ストーンズの写真としては多分ダメだけど、なんだろうな、「カッコいいイギリス人のおじいさんたち」っていうジャンルだったらどうかな、とか。いろいろ考えるわけですよね。あの、ローリング・ストーンズっていう切り口だと、ひとつだけですが、写真にはいろんな有り様があるからね。ひょっとしたらボクが撮るローリング・ストーンズが、最後のローリング・ストーンズになるかもなあっていうのも思うんです。で、クリント・イーストウッドは、もうほんとこの写真、めっちゃ好きだし「ヤバい、ひょっとして最後の写真かも」っていうのは思いましたね（笑）。「この写真がクリント・イーストウッドの最後の写真になるとヤバい！」と思ったんだけど、クリント・イーストウッドはやっぱり、その後もピンピンしてますね（笑）。

岡本 （笑）。

大森 生きてるだけじゃないよ。毎年、映画を撮ってますよね、ということなんで、ボクの目論見は思い切り外れてるんですけど（笑）。そんなことを考えたりもします。もちろん撮影のときは、人や風景と対峙しちゃうと、無意識ですよ。無意識っていうか、魂の交感としか言いようのないものがあるんだけど、明日イーストウッドに会うんだよっていうときの心構えとして、そういうのはあります。

岡本 「死んでくれ」って（笑）？

大森 でもそうなんですよ、ある写真がどういう意味を持つのかっていうのは、ボクだけが決められる話じゃないんですよね。未来をざっくりと予測はするけど、でもほとんど当たらないし、写真の意味がどんどん変わっていくのがすごい面白いです。「恋人の写真」が「元カノの写真」にも「奥さんの写真」にもなりうるという。

岡本 うん、わかりました。えっと、もうなんか自分の興味だけでここまで進んできましたけど、11時も過ぎてますので、会場にお越しの皆さん、大森さんに聞いてみたいということを。ボクの質問も相当に拙かったと思うので、「せっかくならこういうこと聞けよ！」っていう質問はありませんか？

質問1 岡本さんが「インスタ、正方形はいいですよね」って強調されてますけど、たとえばこれがあと10年、インスタブームが続くとして、ボクは続くとは思えないんだけど、なぜかっていうとやっぱりその正方形っていうのが、あまりにも主張が強すぎる。誰が撮っても正方形、誰が撮ってもタテ位置をちょっとトリミングしたような、そう見えてしまったときに写真自体が、どんなに良い写真であっても、もう全部が一緒に見えてしまう危険性があるわけです。さっきダイアン・アーバスと川内倫子、そう「正方形といえば」っていう写真家って必ずいるんですよ。で、ボクは大森さんの写真はやっぱり35㎜のフォーマットで、町口覚さんとまったく同じ感じなんですよ、大森さんの写真が「なんか切られてる」って。

大森 （笑）。

質問1 誰かほかの人の写真みたいに見えてしまう。だから正方形は、いまは良いかもしれないけれど、この先そのインスタっていうのが蔓延していってそれが写真のフォーマットってなったときに危険性とか感じないですか？

大森 感じますよ。感じるけど「もう少し続けてみてから考えればいいんじゃないかな？」とも思います。っていうのは、えっとまず……なんだろう……。じゃあ、ヨコ位置の35㎜の写真はなんで同じに見えないんですかね？

質問1 そこが不思議なとこなんですけど、35㎜の場合はやっぱりヨコ位置に、わりと人間の見る視覚に近い感じ？ 正方形って結構無理してるとボクは思ってます。誰が撮っても綺麗に見えちゃうっていう、すごく不思議な感じはあるんですね。つまりたぶん、比率的にもすごく良くって。ヨコ位置の写真っていうのはそこが難しかったりする。わりと見たものが出てくるものだから、作家性っていうのがすごく出るんですよね。だからそこが、さっきその長方形っていうのは結局カメラの構造がそうなってるからと言ってたし、iPhoneも構造としてタテ位置になる。だからカメラが、逆に、人の目を強引にそっちに持っていっているっていう考え方もできるわけじゃないですか。

大森 それは最初からそうだと思いますよ。あの、ラルティーグが撮ってたときからそうなので。合わせてるよね、人が機械に。で、それはカメラという機械を使う写真っていうものの宿命っていうか。なので、半分ぐらい受け入れつつ、でも、常に疑いを持ってやってるっていうことですよね。

質問1 合う人と合わない人ってやっぱしいるじゃないですか。

大森 はい、だからボクは全員には薦めないっていう話ですよね。あとインスタが続かないかもしれないっていうのも全くそうなんですけど、ボクもインスタを全面的に信じているわけではないので。「インスタで見せてるのも、作品の一部です」っていう……デジタルになって違ってきたのは、前はプリントがオリジナルで、そのデジタルコピーをインターネット上でもお披露目しますよっていう形はあったんですけど、いまは「インスタも作品の一部です」っていうことはありますね。

質問1 もうひとついいですか。では作品というのは、その「イメージ」としての作品ですか、それ

是枝裕和（1962-）：映画監督
ピーター・リンドバーグ（1944-2019）：ドイツの写真家。

とも「写真」としての作品ですか？　つまり、大森さんはMEMなどのギャラリーで、ブツとしての写真をフレームに入れて見せてるじゃないですか。値段もつけてエディションもあって、作品として見せてるけれど、インスタっていうのは当然そのSNS上の、デジタルの世界のウェブで見る写真であって、厳密な写真とはちょっと違うんですよね。「イメージ」なんですよね、結局。

大森　えーっと、両方ですね。

質問1　両方とも言えるけど、たとえば、インスタの写真をプリントアウトして、ギャラリーで見せたりする可能性も当然あるんでしょ？

大森　ええ、もうやってます。

質問1　やってるんですか。そこはもうぜんぜん違和感はなし？

大森　ないですね。つまり、インターネット上でも見ることのできる写真のブツってことです。たとえばいま、スイスのリートベルグ美術館のカタログを持ってきたんですけど、『GARDENS OF THE WORLD』っていう、世界の庭をテーマにした展覧会をやってるんですね。なかなか面白い展覧会で、10月までやってるんです。庭をめぐるさまざまな芸術作品を世界中から集めてきて、展示していると。こういう現代アート、トーマス・シュトゥルートのような現代アートもあるし、いろんな古美術の中の楽園のイメージもあるし、東洋の庭のイメージもある。その中に「龍安寺の石庭」っていうセクションがあるんですよ。ジョン・ケージの龍安寺のスケッチ、楽譜のようなものとか、デイヴィッド・ホックニーのコラージュ。そこで現代の日本人の作家に作品をつくってくれっていう依頼が自分のところにきて、龍安寺の石庭をテーマに『A New Balance』というタイトルで15点のシリーズ作品を展示しています。すべてiPhoneで撮影しました。額装して展示しているプリントそのものは、多分いまおっしゃった言葉に従えば「写真」です。ただ会場にもカタログにも、その写真のイメージがインスタグラムにも投稿されていて、これこれこういうハッ

奥山由之（1991-）：写真家。
ウィリアム・エグルストン（1939-）：アメリカの写真家。
アニー・リーボヴィッツ（1949-）：アメリカの写真家。

シュタグがついて投稿されていることも書いてあります。「そこも含めて作品です」っていうことですよね。だからインスタグラムのイメージが美術館にあるプリントのコピーっていうわけではないんです。でももちろん、おっしゃっているようにそれは、デンジャラスなことだとボクは思うんですけど、デンジャラスなことをやった方がいいな、「写真の輪郭」を拡げたほうがいいな、と思ってやっています。いわゆる「作品」の写真をインターネット上で見せることはかつては、デンジャラスだったと思います。ひょっとして、いまもそうかも知れません。もうほんとに普通のアマチュアの人と全く同じやり方でつくった写真を投稿してるっていうのも、ちょっとでもこっちの脇が甘いと「え？　これ誰でもいいってことですよね？」っていうことになりかねない。自分の態度が甘いと、すべてがなし崩しになっていく。でもそういう所でやった方がボクは面白いなと思ってやっています。

岡本　そろそろ終わらなければいけない時間なんですけど、ほかに何かありますか？

￥100ショップに魂は宿るのか？

質問2　大森さんは「みんなが思ってるいまの写真はこれなんだ」っていうことで、以前は35㎜をお使いになってて、いまも続けてらっしゃるわけですけど、iPhoneもお使いになってる。そこってすごく、すごく広い舞台で、みんなと同じ舞台で勝負をして、そこの上でやっぱりご自身の、大森さんの作品を出したいっていうのは何を追求する行為なんですか？

大森　うーん、あのね、ボクは自分自身のことも、自分がいま生きている環境もほとんど「￥100ショップ」だと思っているんですね。みんなと同じようなチェーン店でコーヒー飲んで、同じような服を着て、同じようなモノを食べて。だからボクが撮っているものはすべて「￥100ショップ」的なものです。「￥100ショップ」を撮るのにね、フィルムはね、ちょっと高級すぎるよね。かつては「写ルンです」とかコンパクトカメラに

エイミー•ワインハウス（1983-2011）：イギリスのシンガーソングライター。ソウル、R & B、ジャズシンガー。
ブライアン・ジョーンズ（1942-1969）：イギリスのギタリスト。ローリング・ストーンズの結成時のメンバー。
ビル・ワイマン（1936-）：イギリスのミュージシャン。ローリング・ストーンズの元ベーシスト。

「¥100ショップ」感があったけど、いまはスマホがぴったりじゃないかなと思っています。そしてね「はたして¥100ショップに魂は宿るのか?」っていうのが『sounds and things』をはじめとする、ボクのすべての写真の重要なテーマのひとつなんです。

岡本　では、今日はここまでにしましょう。ありがとうございました。

岡本仁（おかもと・ひとし）1954年、北海道生まれの編集者。マガジンハウスにて『BRUTUS』『relax』『ku:nel』などの雑誌編集に携わったのち、2009年よりランドスケーププロダクツ所属。

ジャック＝アンリ・ラルティーグ（1894-1986）：フランスの写真家、画家。
トーマス・シュトルート（1954-）：ドイツの写真家。
ジョン・ケージ（1912-1992）：アメリカの作曲家、キノコ研究家。

写真と言葉

大森克己⇔川内倫子

写真家

川内倫子⇕大森克己

以下10編の文章は「写真と言葉」というタイトルで〝二人の写真家が「写真」と「言葉」を送りあう異色の連載。大森克己と川内倫子が綴る、二つの「言語」をめぐる物語。写真を通して響きあう、共通言語に描かれる新たな世界とは〟というリードとともに雑誌『TRANSIT』21号（２０１３年6月6日発売）から30号（２０１５年10月30日発売）に掲載されたものです。川内倫子さんの撮影した写真を見てボクが文章を書き、ボクが撮影した写真を見て川内さんが文章を書くことを交互に繰り返しました。この本に収録するにあたって、それぞれの写真を掲載するかどうか迷ったのですが、思い切って文章のみを掲載することにしました。いったいどんな写真を見ながらふたりがこの文章を綴ったのか、想像していただけると嬉しいです。

大森⇩川内

逆光に照らされた海岸の足跡。この写真を川内さんは、ノルマンディーで撮影したという。ついさっき誰かが向こう側から、いま川内さんが立っている「この場所」へ向かって歩いて来て通り過ぎていった。女か男、近所に住んでいるのか遠くの人か、愛する人への想いで胸がいっぱいなのか、明日の選挙で誰に投票するのか、もうすぐ学校に提出しなければならないレポートのことを考えているのか、長く伸びすぎてしまった前髪をいつ切ろうか、ただ海風を感じて微笑んでいるのか、どんな人がどんな気持ちで「この場所」を通過していくのだろう。ボクは写真を眺めながらそんなことを考える。そしてたとえば、渋谷のスクランブル交差点やＮＹのタイムズスクエアの交差点でも同じように多くの人が「この場所」をいろんな想いを胸に通過していく。

あるいは、１９４４年６月６日に始まったノルマンディー上陸作戦では３００万人近い連合軍の兵士たちがドーバー海峡を渡って「この場所」に上陸して足跡を残し、ナチス・ドイツ占領下の西ヨーロッパへ侵攻していった。日々、渋谷でもタイムズスクエアでもノルマンディーでも無数の足跡が刻印され消えていく。ささやかな個人の日記の中ですら、その足跡のことはほとんど顧みられず、人は昔のことを忘れ、遠くで起こっていることはよくわからない。

この写真には向こうからやって来た写真家自身の足跡は写っているのだろうか。それともこれから向こうに歩いていくのだろうか。ノルマンディーっていうのは「北の人間の土地」という意味だそうだ。

川内⇒大森

奇妙な写真だ。右の光線を纏った少年は一見するとアルコールかドラッグがきいているかのようにも見えるし、シャーマンに何か妖しいキノコを食べさせられたようにも見える。とにかくある種の恍惚状態にあるようだ。この少年を取り囲んでいる人びとの中には宇宙人かなにか見たことのないものに遭遇したような顔をしている人もいるし、無関心な人もいる。この写真をひと目見た瞬間に、自分もその場にいて彼を見ているひとりに突如なったような錯覚に陥る。

これは、１９９２年に撮影されたらしい。つまり大森さんが写真家としてデビューする前、きっと南米を旅されていたときのことだろう。約21年前の大森さんが出会った光景をいま目の前にすると、ある種の熱量が時間を飛び越えて迫ってくる。写真は当然のことながら過去が写っているし、他者が撮影したものは自分が見ていなかった景色だ。自分たちのまわりはそういったもので溢れている。この写真でいうと、大森さんを通した目線で見た光景をさらに自分が見ていることになる。

当時20代だった大森さんが抱えていたなにかが自分にも入り込んできて、まるで新しい体験ができる。ある意味シャーマンが媒体になって他者の意識を取り入れたトランス状態のようだ。これはまさにこの写真に写っている少年のような状況なのかもしれない。それをまた見ている自分。そんなことを考えると、ぐるぐると出口のない思考のラビリンスに迷い込んでしまう。やっぱり奇妙な写真だ。

大森⇩川内

大通りの木陰になっている舗道を歩く十数人の人影。逆光なので一人ひとりの表情ははっきりとは判らないが、みんな正装ではなく、丈の短いワンピース、シャツや短パンなどのカジュアルな服装をしている。そして通りの向こう側には、強い光に照らされている大学や図書館のような公共建築の雰囲気のあるレンガ色の近代建築と、その前のバス停の並びにカフェのパラソルがふたつ。路上にはシルヴァーのハッチバックのクルマが一台。画面の左には通りに面した6階建ての建物のほんの端っこが写っている。通りと平行する、こちら側の建物の影のエッジのやや右上がりの横に走る真っ直ぐな線と、信号と画面の真ん中の街灯と右端の樹の幹の垂直の力が交差して、横長の画面が縦に揺れているかのような動きを感じる。

静止しているこの写真から読み取れることを、こうやって言葉にしてみて不思議なのは、写真家はこの光景を一瞬のうちに、同時につかまえている、ということだ。川内さんは移動中のクルマの中からどの一点を見て、何に反応してシャッターを押したのだろうか。濃い緑に呼応しているかのような信号の緑色のサインなのか、髪をかきあげる女性の仕草なのか、それともクルマの窓ガラスがつくり出している、この光景を均等にぼんやりとさせているハレーションなのか。

そして、この瞬間に接続している瞬間の直前も直後も写真に撮られることはなく、ボクはその撮られなかった写真のことが何だかとても気になる。

川内⇒大森

この写真を見たときに「カメヤマローソク」と大きく書かれた文字がまず目に飛び込んできた。それで自分では撮らない写真だなあと最初に思った。

文字というのは強い情報力をもつ。意味を考えてしまう。だから自分が撮影する被写体には極力文字が入らないようにしている。でもこの写真には堂々とど真ん中に赤い文字が写っている。少し戸惑う。背景は美しい緑で初夏の空気を感じ、さわやかな風が吹いていそうだ。でもとにかく「カメヤマローソク」である。何かお題をつきつけられているような気がして、しばらくこの写真をパソコンの画面上で眺めて放心した。

しばらく経ったある雪の日、東京・恵比寿のギャラリーに出かけた。大森克己さんの個展が目当てである。しんと静かなギャラリーの扉を開け、左手の壁から順番にきれいに額装された写真を見ていく。するとふたつ目くらいの写真が「カメヤマローソク」であった。ぐるりとギャラリーを一周してもう一度最初に戻る。二周目でなんだかこの文字が気にならなくなった。

そうか、文字は文字だけど、同時に一つのそこに存在する被写体であるのだと至極あたりまえのことに気づく。なんだか少し自由な気持ちになってギャラリーを出た。

大森⇒川内

川内倫子とボクは仲がいい。どのくらい仲がいいかというと、特に約束もなくいきなり電話してお互いに呼び出して夜中の酒場で飲みながら最近調子どう？　とか、いろんな人のゴシップを話したり。共通の知人も多くて、昔のボーイフレンドのことをほんのちょっとだけ知っていたりもする。川内倫子はボクのことを「大森さん」と呼ぶが、ボクの方は「倫子さん」だったり、「りんちゃん」だったり、「りんこ」と呼びすてにしてしまうときもある。

彼女はいつもお洒落な踵の高い靴を履いて現れ、立ち姿が凛としてカッコいい。久しぶりに会って、会話にエンジンがかかるまでは「あいかわらず、こいつツンデレだな」と思うこともあったりして、「つまり、照れ屋で上品なのだな、川内倫子は」とか思ったりする。写真のことを話し出すと会話は止まらなくなり、高校の放課後の文化祭の打ち合わせとかって、こんな感じだったよな、とも思う。ふたりとも関西出身なので興奮すると関西弁で話すことも多い。あの映画、めちゃよかったなぁ、とかね。

別に有名写真家と友人であることを自慢したくてこんなことを書き連ねているわけではなくて、ただそんなふうに仲がいい友人の撮った写真として、4月に撮影されたという写真を見る。色合いの違った何種類かの花咲く山桜の樹の向こう側に、少し霞みがかった残雪の山と麓の里の家並み。この写真を撮影したのはいったいどんな川内倫子なんだろう、と想像してしまう。人が写真を見るときに、撮った人のことを考えずに見ることはなかなかに難しい。そういえばこのところ倫子ちゃんと話してないなぁ。元気でやっているかしら、明日電話してみよう。

川内⇓大森

駅のホームの写真である。これを見てまず見覚えがあると思い、どうやら中央線みたいだ、と気づく。10年くらい前に住んでいたことがあるから、それで見覚えがあるのかと納得する。しかしまた、それだけではないことにも気がついた。皆が下を向いていて、携帯を見ているようだ。電車に乗っているときに車内を見渡すと、車両のほぼ全員が携帯を触っていたりすることもある。そんな景色を見るとちょっとぞうっとするのだけれど、自分もその一部であることも知っている。自分の場合は主にメールのチェック。たまったメールの返信、もしくは長い英文の仕事のメールを再度読み直し、時々ネットのニュースを読んだり。人によってはゲームをしたり、ネットで買い物をしている人もいるだろう。いずれにせよ何かにつながっているわけで、そこに何か安心感のようなものがあるのかもしれない。多くの他人に囲まれてしまう駅の構内と車内の環境から、自分のスペースを確保する結界の役目を果たしているともいえるのだけれど、東京のそんな生活に慣れてしまうというのもなかなか怖いことだとこの写真を見て考える。

数日前に北極圏に近い場所から帰ってきたばかりだから、余計に「ああ東京の景色だな」としみじみ思う。向こうにいる間に友人からメールをもらったのだけど、「何もないことを楽しんでください」と書かれていて、ちょうどその日はネットがつながらない島に行く日だったから、そうだな、たまにはそういう日も楽しまないとと気が楽になったことを思い出した。大森さんもそんな風に思いながら撮ったのかどうかはわからないけれど、写真を見ていると同じようなメッセージを感じたりした。

大森⇒川内

羽田空港から離陸した直後の飛行機から自宅（千葉県なのです）を眼下に見下ろしながら遠ざかって小さくなっていくのを眺めることが何度かある。我が家では家族が暮らしていてTVで『ごめんね青春！』を観て大笑いしていたり、自分が不在の部屋で時計の針が進み、障子の格子が畳に影を落としている。集合住宅の隣の部屋からは毎度おなじみになっている夫婦の怒鳴りあう声が響いているかもしれない。大学のサッカー練習場ではフリーキックの練習に励んでいる人影が見え、彼が好きになってしまった彼女にはステディなボーイフレンドがいて、どうしようもなく切ない気持ちでいるかもしれない。電車のホームから借金で首がまわらなくなって思いつめてしまった男が飛び込み自殺をしようとしているかもしれない。

世界というのは離れてみると美しい。人間同士のいろんな諍いも、どうしようもない貧困も、自然が人間が作ったものに対して残す残酷な爪痕も、その場所から遠ざかっていくにつれて、ただの宇宙のなかの小さな粒に思えてくる。高台や高層ビルの窓や飛行機から見下ろす地上の景色はそんなことを思わせる。そして、ほんの少しだけ神の視点に近いところから世界を見下ろしている自分を担保しているものは何だろうと考えてしまう。この倫子さんの写真に映り込んでいる太陽は世界を照らしているのだけれども、太陽そのもの、光源そのものが写り込んでいるがゆえに、世界を見下ろしている写真家その人もまた煌煌と光にさらされているわけで、そのことに少しホッとする気持ちになり、また同時に少し恥ずかしいような気持ちにもなる。

川内⇓大森

写真に文字が入り込むことによって混乱することがままある、というようなことを以前も書いたけれど、今回も大森さんからなんだかわからないけど速い球が投げられてきたなという思いだ。受け止めた自分の手は球の摩擦を受けてまだ熱を感じるほどだ。いつも大森さんの写真を見て思うことだけど、彼の目線の先にあるものは「ただ在る」。実際にその写っている場所に行ったとして自分の目で見たとしてもやはり同じようにそこに「在る」のだけど、彼の写真として切り取られたそれは「ただ在る」といったほうが合うような気がする。目の前のことを、ただそのまま撮影することは実は難しい。写す側の策略や、自意識が写ったりするからだ。大森さんの写真はいつもそういった余分なものがないのだ。

今回写されているのは「リーマンブラザーズ」だ。それを見てまずは世界的金融危機を思い出す。経済にうとい自分でもその影響は受けていて、当時ニューヨークのコマーシャルギャラリーがどんどん倒産していくなか、自分の所属するギャラリーも急に閉めることになり、そのときの自分の作品が売れた分の未払金はいまも返ってはこないので「リーマンブラザーズ」という言葉にはなんだかすっきりしない、もやっとした気持ちがいつもセットでついてくる。だからこの写真を見たときにそのもやっとした気持ちも同時に呼び起こされた。いま思えばあのときお金を支払ってくれなかったことよりも信頼していたギャラリストの応対があまりに稚拙で雑だったことにずっと傷ついていたのだなあ、と気がついた。

そんなことを思いながら写真を眺めていたら、この社名が刻まれた石碑はなんだか墓石のようにも見え、そう思うとだんだん心も静まってきて、自分を含むリーマンショックの打撃を受けた人たちのかなしみに対して心のなかで合掌した。そんな気持ちになれたのも大森さんの写真力である「ただ在る」ことがもたらしたのだと思う。

大森⇒川内

高校3年のとき、文化祭が終わり10月から1月までの4ヶ月間だけ懸命に受験勉強した。浪人したくなかったのだ。自宅の最寄り駅からひとつ隣の西宮市甲東園の市役所支所の学習室で自習して、帰りによくお好み焼きを食べた。スジ肉やネギが入ったそれは本当においしかった。店の名前を「道」(＊1)という。——「月日は百代の過客にして、行きかふ年もまた旅人なり。舟の上に生涯を浮かべ、馬の口とらへて老いを迎ふる者は、日々旅にすみかして旅を栖とす。古人も多く旅に死せるあり。予もいづれの年よりか、片雲の風にさそはれて、漂泊の思ひやまず」——芭蕉の『奥の細道』の冒頭である。若い頃はたんにロマンティックなものとして旅をとらえていたが、旅とはつらいものである。終わりを自分で決めることができない。渋谷区代々木の山手通りを東に上がった切り通し。岸田劉生が1915年に描いた道路と土手と塀がそこにある。——「いままで、アメリカの荒野はぜんぶ西部にあるものだと思っていたが、サスケハナ川の幽霊はそうじゃないことを教えてくれた。そうじゃないのだ、東部にも荒野はある。郵便局長だった頃の牛車の日々にベン・フランクリンがとぼとぼ歩いたのとおなじ荒野がある。ジョージ・ワシントンが鹿皮のインディアン討伐隊の一員だった頃のとおなじのが、ダニエル・ブーンがペンシルヴァニアのランプのもとで語らいながら、山脈を越える道（ギャップ）をきっと見つける、と約束した頃のとおなじのが、ブラッドフォードが道路をつくって男たちがログキャビンでそのお祝いのバカ騒ぎをした頃のとおなじのが、いまもある」(＊2)——女のみち。イージーライダー。フェリーニ。道はどこにでもあるんだな。ここにも。向こう側にも。

＊1 「道」http://tabelog.com/hyogo/A2803/A280301/28001354/

＊2　ジャック・ケルアック『オン・ザ・ロード』青山南訳（河出文庫）より

川内⇓大森

正面に写るこの女性。「あら、いらっしゃい」という感じで出迎えてくれているようだが、右手が玄関をさえぎっているみたいで歓迎していないようにも見える。表情も厳しそうだけど口角が少し上がっているので笑っているように見えなくもない。両方の気持ちを抱えている場合もあるだろう。あまり歓迎しないお客さんが来て、でもなんらかの理由で断れなくて、「いらっしゃい」と言いながらつい態度に出ちゃった、とか、もしくは来てくれてうれしいと思いつつ、過去にわだかまりのあった息子が久しぶりに尋ねてきて素直に喜べない、などなど。

見た感じ老齢のこの女性は自分の祖母を思い出させる。2年前に他界したのだが、晩年は認知症になり、両親が介護をしていた。毎回帰ったときにわたしの目をじっと見て、しばらくしてから「ああ、倫子か、帰ってきたんか」と言われるたびに、自分のことは忘れてないんだな、まだちゃんと認識してくれているのか、とほっとしたものだ。

ある日母のことを祖父の愛人だと妄想したことがあったらしく、「黙っておいてあげるから、もう帰ってください」と言ったらしい。それを聞いて苦笑いしてからなんだかかなしくなったものだが、いったい祖母の脳内ではどんな状況だったのだろう。認知症になってまで浮気を心配するぐらい、祖父のことが好きだったのかなと思うとなんだかほほえましいような、ちょっと怖いような気持ちになった。そのときの祖母はわたしの母である妄想の愛人に嫉妬を感じつつ、寛容に赦そうと努めたのだから相反するふたつの気持ちのあいだで揺れ動いていたのかもしれない。どんな顔をしていたのかわからないが、この写真の女性みたいにいろいろな要素が混ざった表情をしていたのだろうか。そのときの彼女の顔を想像する。

川内倫子（かわうち・りんこ）１９７２年、滋賀県生まれの写真家。代表作に『うたたね』『あめつち』『Halo』など。

岸田劉生（1891-1929）：画家。
フェデリコ・フェリーニ（1920-1993）：イタリアの映画監督。
ジャック・ケルアック（1922-1969）：アメリカの詩人、小説家。

初出一覧

2022

写真の歌
　『写真』創刊号
あのふしぎなよろこびの感覚
　『ソトコト』２０２２年３月号「写真で見る日本」
名前のない4つのはなし
　スピーカーブランド「listude」パンフレット

2021

ボクが見た日比谷。東京の風景。
　『日比谷ＯＫＵＲＯＪＩ』ウェブサイト「ＯＫＵＲＯＪＩ百景」
浦安
　『Subsequence Magazine』Vol.4

2020

いま、なにが見える?
ショーン・ペンも同い年
ショーン・ペンは3つ上
サミー・デイヴィス・Jrはサントリーホワイトがお好きでしょ
寝ても覚めてもなこと
夢よ、もう一度
物学びし日々
説明できるかな?
『心眼』を編む
はじまりはおわり
　『dancyuWEB』「山の音」
『心眼』ができるまで
　写真集『心眼 柳家権太楼』あとがき
桜の咲かない春はない
あらあらかしこ
　『dancyuWEB』「山の音」
「トランスの帝国」からの帰り道
　https://www.instagram.com/omorikatsumi/
「写真が上手い」って、なんだ?
続「写真が上手い」って、なんだ?
　https://www.facebook.com/katsumi.omori.1
家族のかたち
　『SIGNATURE』２０２０年７月号
数々の貿易と通訳の困難さゆえ
　『一等星の詩』最果タヒ展オフィシャルブック

2019

誰もが写真を撮る時代になった
誰だって食べなければ空腹を覚える
欲望という名の会話
春になると桜が咲き誇るから
最後に大きな声で叫んだのはいつだ?
ひとりで生きているわけじゃない
あの列車に乗って行こう

音楽をわかち合うには、いま
出逢いは街の中
わからないということが、わかるということ
自然に振る舞おうと考えて行動した瞬間、それは不自然な振る舞い
　になるのかな?
見る、追う、語る、叶える、食べる、夢
文字を書く想い、文字を打つ意識
はじめての家族写真
写真に未来はうつらない
歩いて考える、歩きながら想い出す、歩くから気づく→もう歩けま
　せん
いまなお矍鑠として
ドリンクアンドドランク
　『dancyuWEB』「山の音」
フランツ・シューベルトのこと
　『文藝春秋』２０１９年９月号「風の詩」銀座ウエスト広告
夏の匂いを知っている
君の名は、なに?
　『dancyuWEB』「山の音」
大人の読書感想文『坊っちゃん』
　『& Premium』２０１９年10月号「夏の終わりの、大人の読書感
　想文。」
あの夏の日のことを忘れない
やっぱり常夏じゃなかった

気がつけば、関西で過ごした時間よりも、関東で暮らした時間の方
　が長くなった
世界がもし関西弁で喋り出したら
カレーライスの夜
賭けなければ当たらない
信じる自由、信じない自由
神という名のもとに
確かに特別な夜
寄ったり、引いたり
未来はいま
もしいま高校生だったら
父がいて母がいて
キョンキョンと言えば
匂いの記憶
待ち人の流儀
感じるな、考えろ
京都のメモリーズ
　『dancyuWEB』「山の音」

2018
同級生は日置武晴
シックスティファイブ
　『小説すばる』２０１８年１月号、３月号「目次月記」

2017
少しずれている

『小説すばる』２０１７年１月号「目次月記」

『トーク・トゥ・ハー』と「武満」

『POPEYE』２０１７年３月号「二十歳のときに、読んでほしい本と観てほしい映画。Part.1」

カクテルと現像

『小説すばる』２０１７年２月号「目次月記」

ホックニーが教えてくれたこと

『IMA』Vol.19「親愛なるディヴィッド・ホックニーをめぐる12の考察」

あっというまに

母と会う

さくらさくころ

記憶にございません

パンクと金髪

『小説すばる』２０１７年３月号、４月号、５月号、７月号、８月号「目次月記」

『狂おしき一日、あるいはフィガロの結婚』について

『IMA』Vol.20「写真家たちが開く、音楽の新たな扉」

機上の窓から

同級生は渡辺英明

夏が終わる

『小説すばる』２０１７年９月号、10月号、11月号「目次月記」

２０１６

写真を盗る

サンキュー２０１５&ハロー２０１６

『小説すばる』２０１６年１月号、２月号「目次月記」

カメラ

『アネモメトリ』京都芸術大学通信課程ウェブマガジン「手のひらのデザイン」

フェイシズ

お兄ちゃんと声を掛けられて

山男に惚れた男

広島「源蔵本店」にて

『小説すばる』２０１６年３月号、４月号、６月号、７月号「目次月記」

オバマ 広島に来る

『SWITCH』Vol.34 No.7

『喜納昌吉&チャンプルーズ』を聴いたのは

長池、福本、マルカーノ

出来ないことを出来るって言うな

地下街と銀河テレビ小説

『小説すばる』２０１６年９月号、10月号、11月号、12月号「目次月記」

２０１５

パリへ

２０１５年のクリストファー・ノーラン

あまり縁のないネクタイのこと

撮らなかった写真は存在しない

朝まで飲む
音楽があって良かった
ある猛暑日の過ごし方
名は体を表す
ボクたちのギター
北へ

『小説すばる』２０１５年１月号、４月号、５月号、６月号、７月号、８月号、９月号、10月号、11月号、12月号「目次月記」

２０１４

写真は年をとらない
はじめてのベースボール
動物園の檻の中
景色が変わる
ボクらはみんな生きている
そんな気持ち分かるでしょう
スイスからパリへ
高橋さんは藤井さん
男はひとり、女はふたり
自分の家じゃない家
いつもの夕方じゃない
ベネズエラで寿司

『小説すばる』２０１４年１月号、２月号、３月号、４月号、５月号、６月号、７月号、８月号、９月号、10月号、11月号、12月号「目次月記」

２０１３

八百万の神を見る
水
誕生日が近い人たち
朗読の時間
音楽の時間
アイスランドへ
とりとめもなく哲学的
きゅうりの馬に乗って
若き者たちが奏でる音
しゃっくりは、いつのまにか止まる
京葉線に乗って

『小説すばる』２０１３年１月号、２月号、３月号、４月号、５月号、６月号、８月号、９月号、10月号、11月号、12月号「目次月記」

〈すべては初めて起こる〉をめぐるいくつかの日付と思い出すことがら

東京都写真美術館 日本の新進作家 vol.12『路上から世界を変えていく』展カタログ

２０１２

あてもなく浅草で
18歳って
取手にて
三島にて
夢の続き

音を楽しむ
千葉を感じて
ドライヴしたら
西瓜を飲む
群衆の中で
海街の記憶
クリマスはバースディ
『小説すばる』２０１２年１月号、２月号、３月号、４月号、５月号、６月号、７月号、８月号、９月号、10月号、11月号、12月号「目次月記」

２０１１

新浦安液状化
『SWITCH』Vol.29 No.5「世界を変えた３日間、それぞれの記録」

ジャン＝リュック・ゴダール「まだこんな野蛮な音楽を？」
『真夜中』No.13「映画のことば」

『すべては初めて起こる』のためのメモ
写真集『すべては初めて起こる』

２００８

ＳＡＮＰＯ＝散歩
『here and there』Vol.8

『ティファニーで朝食を』、
あるいは思い出すことの切なさと、
それゆえの甘美について
『coyote』No.26

２００６

サナヨラ
写真集『サナヨラ』あとがき

２００２

想ひ出の銀座シネマデートＢＥＳＴ５
『relax』Vol.29

１９９８

『サルサ・ガムテープ』
写真集『サルサ・ガムテープ』

ドキュメンタリー写真の心得
『ウラＨ ホンマカメラ』大爆発号

１９９７

三度目のフィリピン滞在中
（１９９６年12月18日〜１９９７年１月21日）のメモより
写真集『very special love』

対談

奥野武範さんと「写真が上手いとは何かから始まるピントの話」
『ほぼ日刊イトイ新聞』「写真家が向き合っているもの。」

岡本仁さんと「インスタグラムから始まる写真の話」
『＃TALKINBOUTPHOTOGRAPHY ４』

写真と言葉

川内倫子さんと綴る「写真と言葉」
『TRNSIT』21号〜30号

がクルマを止められない。そして目が覚めると新幹線の中である。さっき聴こえた金属の摩擦音は線路が軋む音だった。

12月24日
夜中、230頃に一度目覚めるが、トイレに行った後、8時前まで眠る。午前中はデータ整理、返信すべきメールへの返事。電話連絡など。午後、倉庫にGHのネガを探しに行くが発見できず。5月の引っ越しの際に誤って捨ててしまったのか?夕方、船堀の「鶴の湯」に行った後家で和風カレーを作る。由香利が早く帰ってきて、一緒にTV『vs嵐』を視ながら買ってきたクリスマスケーキを食べる。酒なし。久莉子はバイトで帰りが遅い。

12月25日
筒見恭平、中村泰治、なかにし礼、昭和の歌謡曲のマスター達が逝く2020。小中学生時代に口ずさんだメロディー。毎年、友人たちが催してくれる誕生日会。0次会 前谷有紀さん 神楽坂「飯島酒店」角打、18時〜「トキオカ」。金谷仁美さん、葛城真さん、宇川静さん、森彰一郎夫妻、小野隼人さん。

12月27日
窓ふき、ソファ近辺、キッチン廻りの掃除。サッカー天皇杯中継をみながら。

東京の新規感染者708人。日曜日(に発表された数)としては最高とのこと。

12月28日
夕方、八丁堀「湊湯」。銀座「カーブフジキ」。虎ノ門「赤バス」。山野さんと小さな忘年会@「升本」柿本真希さんも参加してくれる。新橋のバー「Artium en」。

12月29日
朝、8時起床。由香利が注文したソファが届く。昼過ぎ、バルコニーから見下ろすと、子供が片足に紐をつけ、その先端に小さな缶のような、カウベルのようなものをつけ、その紐を回しながら、紐の付いていない方の足でなわとびのように飛び越え続ける。不規則な、乾いたパーカッションのような響きが団地に響く。カリブとかアフリカへの変換。夕方、久々に家族3人で森美術館『STARS』展へ。既視感。赤坂の「一龍別館」にてソルロンタン。

12月30日
自分の部屋にある仏壇の掃除。野村浩さんから連絡をもらって、新浦安のマクドナルドでお茶。買い物。葛西の「エスカットショップ」で散髪、その後「葛西の湯」夕食はカレーを作る。夜、Facebookをつらつらと眺めていて、中学の同級生、というか、ほんの少しだけの間「付き合っていた」女性が10月10日に癌で亡くなっていたことを知る。Wデートで甲子園に春の高校野球を見に行ったっけなあ。7、8年前だったか上京した際に連絡をくれて、銀座のバーで酒を飲んだのが最後に直接会った機会。それも30年振りぐらいだった。彼女がやっているバンドの話や息子さん、娘さんの話をうれしそうにしていた。切ない。

12月31日
8時起床。快晴。トイレ、風呂掃除。14時過ぎ、船堀へ。「チェスト」でバゲット買って『鶴の湯』。夜、ローストビーフを作る。蕎麦、山形ロケの際にもらった「庄司屋」のもの。カーブフジキで買ったマグナムのBROUILLY PAT 'JO' COTTON。家人は嵐の最後のコンサートの配信を見ている。いろいろ酒を飲みながら年越し。TV『ねほりんぱほりん』。東京都 新型コロナ 過去最多の1337人の感染確認 初の1000人超。

12月20日
ゆうべは23時半に就寝。3時前に目が覚める。ローソンに寄ってコーヒーを買い、鼓童村に6時着。雪道の運転がだんだん楽しくなる。豊田組はモノリスを使って、そのモノリスを狙って全方位から回転しながら撮影する、ということをやるので、画角の死角が無いので居場所が無い。なので眠くなったら断続的にクルマで仮眠。トキ太郎役の俳優、渋川清彦さん到着。数年前に雑誌『T.』での北村道子さんの連載、スタイリングで勝鬨橋の上で会って以来。昼食後、春日崎へ移動。中込健太さんが岬から海へ向かって大太鼓を演奏するシーン。ずっと太陽は雲に覆われていたのだが、演奏のピークとともに日が射してくる。奇跡と云うよりはむしろ究極の日常だろう。その後、また小木方面へ戻り、岩屋洞窟内で鬼太鼓の撮影。鬼役の2人は佐渡市新穂・青木青年会のメンバー。撤収して千種のホテル到着が21時半頃。部屋で弁当。データをバックアップして、シャワーを浴びて、23時半就寝。

12月21日
3時15分起床。相川の北、入崎の海際の岩場で能面を着けた男（渋川）が海に向かって松明を太鼓のバチに見立てて、海に向かって太鼓を打つシーン、夜明け狙い。動画が終わって自分が撮り始めたのは7時過ぎ。昨日の春日崎があまりに風が強く寒かったので、覚悟していたのだが、耐えられないほどの寒さではない。待機時間は自分のクルマで暖をとる。心地よい孤独。岩谷口に移動して、ハルモニウムを弾く日野さんと、遠くから（海岸から）太鼓の音が岩盤に反射して響く、というシーン。自分の立つ場所によって4つの太鼓の音の響きが違うのが面白過ぎる。これは写真にはうつらない。大野亀での撮影を経て両津へ。鷲崎を通る際、昨年12月にブリ祭りで来た事を思い出す。去年は気温が高くて暖かかった。
夜は椎崎諏訪神社の能舞台で「Duet in 7.5/4」の撮影。このプロジェクト唯一のヴォーカルの入った曲。阿部好江さんと中谷憧さん、2人の声。直に人間の体温を感じる母音の響き。ほんの少しだが、イタリア・ルネッサンスのマドリガーレ、たとえばカルロ・ジェズアルドの音楽を思い起こす。準備が始まったのが20時前。動画本番スタート21時半くらいで、その後自分の撮影終了は23時30分。明日は鼓童村で録音機材などのモノ撮りなど。飲みに行きたいがホテルに到着しても、近所の飲み屋「銀」も「かとうレストラン」も、バー「東雲」も全部閉まってる時間。何でこんなに飲み屋を知っているのかと苦笑い。昨年夏の『dancyu』の仕事以来、いったい何回佐渡に来たのだろう？　縁というものか。部屋で夕食の弁当、サバと大根の煮物、海老と竹輪の天婦羅、などをつまみながらエビス缶ビール＆平島さんに頂いた酒、真野鶴「Brease」を飲む。美味い、沁みる、沁みる。

12月22日
いつのまにか眠っていた。7時30分頃目覚め、頭が痒い。大浴場。その後、再び眠る。撮影は午後スタート。12時前に「長三郎」でカレー。鼓童村へ向かって、録音前の日野さんと合流。ハルモニウムといっしょにポートレート撮影。録音機材などを撮る。自分の撮影はここまで。明日以降もムーヴィーの撮影は続く。夕方「クアテルメ佐渡」羽茂温泉。小木港で一瞬、黒瀬さんと話したあと千種に戻る。温泉に入るとメチャ眠くなり、目覚ましをかけずに眠ると30分ほどで目が覚め、ちょっとスッキリ。「かとうレストラン」で食事、真野鶴「Brease」、刺身、イカの煮付け、イゴネリ、etc。豊田組、徐々に合流。豊田さんと久々にじっくり話をする。一昨日、健太さんが岬から海に向かって太鼓を叩いたあと「初めて太鼓を叩けた気がする」とクルマで号泣していた、とのこと。豊田さんは「まあ、1つ魔法をかけてたんだけどさぁ」と笑う。「魔法ってなんだよ？」と訊ねると、映画が完成したら話す、と煙に巻いていた。先に失礼して「銀」のカウンターで1人呑み。お通しは4品も出る。なのでつまみは頼まずビール＆ウイスキー。そして最後に「東雲」でラフロイグ。

12月23日
5時頃目が覚め、クルマでローソンに寄ってカフェラテ。もう一度寝て8時前にホテルをチェックアウトして両津港へ。レンタカーを返却してターミナルで月見蕎麦。9時15分発のフェリーで新潟港11時45分着。きょうはほとんど揺れない。おだやかな航海。新幹線のなかでは爆睡、実感としては10分も経たずに東京に着いた。怖い夢で目が覚める。クルマを運転していて、瞼が開かず、ひたすら眠い。ハンドルを握っていてあまりスピードを出さずにひたすら直進。ブレーキを踏もうと思うのだがそれが出来ない。金属の摩擦音が響き、交差点を通過していることは感じているのだワイダの墓。

12月13日
田中みゆきさんから1月10日に依頼されていた「音遊びの会」の撮影が、コロナ感染者増のため夏に延期になった、との連絡。夜、車で聴いたNHK FMで杉真理さんが紹介していたfab fourというビートルズのトリビュートバンドのビートルズ風クリスマスソングが秀逸。

12日14日
橋本治『失われた近代を求めて』

12日15日
夢。古いビルの屋上にてサンデーピープルの撮影。ソフィア・コッポラ。見学者があまりに多い。屋上が斜面になっていて、そこに垂直の電柱やスピーカーのついた柱、コンクリートの立方体に近い塊、無彩色。その場所を撮影場所に決めて、見学者に立ち去ってくれるように求める。ライターは阿久津さんという女性で、その顔が江口のりこ。京橋の「MONT BELL」ダウンのパンツ購入。芳恵から写真を受けとった、との連絡があり。米屋でのカジュアルな服装で撮影した写真を額装したのだが、喜んでもらえてようで良かった。

12月16日
船堀「あけぼの湯」「RUBAN」

12月17日
PS いぶき、野球、ソフトボール。
低音。東京のコロナ新規感染者これまでで最多の822人。

12月18日
4時起床。佐渡へ。5時18分新浦安。6時8分「とき」301号。8時13分新潟着。佐渡汽船「ときわ丸」新潟港9時20分発、両津港11時50分着。結構揺れたが、横になっていると、揺れの方向と自分の身体が上手く同期して心地よくウトウト。港で四駆のレンタカー、赤いマーチを受け取り、鼓童村へ。小木6℃。両津は雪が結構残っていたが、真野、小木はそれほどでもない。きょうは録音の日。黒瀬さんと打ち合わせ。衣装のフィッティング、録音の頭の部分に立ち会い、ホテルへ。録音は恐らく深夜に及ぶかと。明日から動画チームも撮影がはじまる。ホテルへ戻る途中、昨年『dancyu』の仕事でお世話になった酒蔵「真野鶴」に寄ったら平島社長がいらっしゃったので挨拶&正月用の日本酒を購入して発送。中野さんには会えず。19前に千種の「かとうレストラン」で刺身定食。バカ美味い。ブリ、マグロ中トロ、タコ、サーモン、山芋千切り、味噌汁、漬け物。あー、酒飲みたい、が止めておく。明日は5時起きなので。ホテルの部屋が寒いのでエアコンの温度を上げると部屋がみるみるうちに乾燥していって、足のあちこちが痒くなる。しまった、久しぶりの出張なので忘れ物がないかどうか気にして準備したつもりだったが、皮膚に塗る薬を忘れた。クルマでマツキヨまでいって市販の塗り薬を買う。部屋も低めの温度に設定して厚着するしかないな。で、もうちょっと頑張って24時頃まで起きていようと思ったが、昨夜あまり眠れなかったからか20時にはちょう眠くなり、すぐここにベッドがあるので当然寝てしまい、23時半頃目が覚める。苦笑い。ボルヘスを読む。

「不死であるためには人生はあまりにも貧しい。しかし、われわれは自分の貧しさをまだはっきりと認識していない。というのも、感覚的には反駁できる時間も、知的な意味では反駁できないからである。なぜなら、知的なものの本質は連続性の概念と分ちがたく結びついているからである」
(「時間に関する新たな反駁」ホルヘ・ルイス・ボルヘス『ボルヘス・エッセイ集』平凡社所収)

12月19日
結局、その後ほとんど眠れずホテルを6時前に出て、ローソンに寄ってコーヒーを飲み、小木の鼓童村へ。道中は吹雪。現場着後クルマで30分ほど仮眠して映像撮影スタートは9時前。映像の本番後、写真撮影のためにメンバーたちに演奏してもらう。「越島」を演奏の際、2列に並んだ太鼓の間で撮影していると、身体中の細胞が直接震えて覚醒し、時空が別のところに連れていかれる。写真に最もうつりにくいであろう体験、時間。7曲分の演奏シーンを撮影。時々外に出るが、きょうは気温が上がらない。最高気温2℃。風が吹くと、とても寒い。天気は曇り、時々青空が見え、そして夕方からあっというまに雪。撮影終了は20時。雪道の運転は何年ぶりか、スノータイヤの4WDだが、やはり慣れていないので怖い、小木から真野辺りまでは、そもそも街灯も少なく、そこに雪道&強風。

問いかける。そしてその会話に長澤まさみが満面の笑みを浮かべて参加してくる。その後、何故か自分はシャワーを浴びる事になる。コンクリート打ちっ放しのシャワー室に向かうと左が男性用で先客2人の背中が見える。右が女性用でSの背中。石鹸置き場が日本酒で満たされ、それで身体を洗う。
アミン・マアルーフ『世界の混乱』（ちくま学芸文庫）権威、権力の正当性について。

12月4日
渋谷へ出るのに新木場&永田町で乗換える筈が、乗り過ごして八丁堀&銀座で乗換。銀座線の車中で突然思った事。「ポートレート～その人の考えうる、いちばん上品な表象と下品な表象」パルコミュージアム『最果タヒ展』熊谷新子さん、佐々木俊さんと会う。
南千住「湯どんぶり栄湯」「遠州屋・高尾」

12月5日
ふと点けたTV NHK Eテレ サヘル・ローズ「こころの時代」こころの時代～宗教・人生～「砂浜に咲く薔薇（ばら）のように」個人が受けとめられない苦しみを「公共」で分かち合うことも必要な時がある、のかもしれない。「それを何故僕たちに話して下さるんですか?」

12月6日
夢。今川橋の上にクルマを停めて、その前でシャンプーとリンス。大佛次郎『帰郷』佐渡ロケのための、簡易PCR検査キットが届く。

12月7日
快晴。グレインハウス 寺屋宣康さんへパルコのポスターを届ける。フォートウエノで芳恵のプリント、ピックアップ。改良湯。山野英之展@nidi gallery、山野さんと飲む。「縄のれん」ほか。小野英作さんのこと、心眼のこと、呪文、コロナ祈願、地方のクライアントのこと、グルーヴィジョンズの仕事は共産主義的であったなあ、ということなどなど、よもやまに。途中からKITTAさんと彼女の友人と合流。「よろぴ」と「ぜひよろ」の語感、用法の違いなど。

12月8日
東西線、浦安駅まで徒歩。八丁堀、湊湯で一風呂浴びたあと、西麻布「Qwang」にて中川節子さん、赤間賢二郎さんと。『居酒屋兆治』を再映画化する場合のキャスティング、「女子高校生」を「JK」と略する事の是非について、「女子」っつうのも要らない場合がほとんど、などについて話す。

12月9日
夢。小さな工場のような場所の小部屋で、イチゴを半分に切ってショートケーキに載せる作業をしていると、うしろにいる「スピードワゴン」の井戸田から「丁寧にやらないとダメだよ、ハンバーグ!」と声をかけられる。その後、かなり混んでいる電車が海辺の線路を走る。数人が車内で煙草を吸い始め、自分は「お兄さん、ここは禁煙だよ」と声をかけていると、車内にあった洗面台を掃除する女性が現れ、雑巾でシンクの回りを拭き始めるのだが、その女性は両手ともに指が無く、丸い手の先で器用に布を掴んでいて、ボクは息をのんで見つめていると「そんなに見ちゃダメ」笑いながら云われ「あ、スミマセン!　いや、そのこと（指の無い手のこと）じゃなくで、ホントはぼくがやらなきゃ、なのに」とボクも洗面台を拭く。その女性、髪の毛が肩までくらいで、ワンピース姿。車窓からはずっと海がみえ、水が透けて沈んでしまった速度標識の20という数字や桟橋が見える。PCR検査&発送。倉庫へ。和田さん&芳恵の写真を額装するための額を取りに。ファミレス「ココス」に初めて入る。

12月10日
YNから来週月曜日に会う約束を延ばしたい、との連絡。Z¥11,000-。PCR陰性の通知メール届く。

12月11日
「poetic scape」額。「光明泉」。中目黒「でん」。

12月12日
NHK TV「ヨーロッパ トラムの旅 ポーランド」軽いギターのBGM。クラクフ。
何の変哲もない曇りの日の秋、の東欧の町。路面電車、市場、教会、カジミェシュ地区、シナゴーグ、乳母車の親子3人、ゲット一英雄広場停留所、赤いコートの女、椅子、野外の椅子、アウシュビッツ・ビルケナウ収容所、鉄条網、オスカー・シンドラーの工場、
青い路面電車、聖ユゼフ教会、クリスマスツリー、ヴァヴェル城、ヨハネパウロ2世の銅像、スオヴォツキ劇場、フロリアンズ門。いつのまにかギターから弦楽、そして弦からピアノ。ニコラウス・コペルニクスの銅像。ショパン?

11月15日
本橋家で集まって食事。あたたかいので最初は外で。金目鯛とホタテのアクアパッツアを作って持参。

11月16日
SONYレコード小沢暁子さんからの仕事。NHKのジョンとヨーコのドキュメンタリー番組でナレーションを担当するKING kgnuの井口さんの、その収録風景の撮影。1330 NHK。撮影は冒頭の15分ほどのリハのあいだで一瞬で終了。その後現場でデータをセレクトしてレタッチャーの小野隼人さんに転送。天気がメチャ良い。ちょうあたたかい。帰りに行きも帰りも代々木公園を通った。紅葉が美しい。HPの写真を撮っている病院の担当者から連絡があり、来週に予定していた撮影が延期。院長の手術シーンを撮る筈だったのだが、院長先生、PCR陽性になってしまった、とのこと。

11月19日
公園通りギャラリーにて田中みゆきさんと建築家の中山英之さんと展覧会『語りの複数性』の打ち合わせ。心眼のL判のテストプリントを持参。

11月23日
山口瞳『居酒屋兆治』『血族』

11月24日
『ほぼ日』にて柳家権太楼師匠との対談連載が全8回できょうからスタート。

11月25日
徹子の部屋、生誕100年の大スター100年!!!山口淑子さん、スゲエ人生、面構え、眼力。全編見たい!　「堤柳泉」「NEW DUTE」。

11月26日
「大森さんは写真家としての自分の作品というより、写真そのものを一人でずっと掘り下げてんのかもしれないなと思った。大森さんは10年もしたら『日本の写真』みたいなものを背負わないといけなくなってるような気がする。なんとなく。大森さん嫌がりそうだけど」高橋宗正さんがFacebookで『ほぼ日』の権太楼師匠の対談をシェアしてくれている。そこに添えられた文章。うーん、イヤだよwww。でも、彼がそういう理由も、ほんのりと想像出来なくもなく、まあ、いつか話そうか。

11月27日
「poetic scape」にて『語りの複数性』の「心眼」の額装、相談。夕方、荻窪でダニエル・アビーと焼き鳥。ボルヘスの話。金井美恵子のマティーニの小説を思い出す。ボルヘスのスペイン語の文体がシンプル、と言う話。サンフランシスコ、黒海、オデッサ。喫茶「邪宗門」神田「お酒の美術館」を覗いてみたが、ウエノさんいなかったので、帰ろうとするとシードルの店発見。「エクリプス ファースト」シードルとカルヴァドス。

11月30日
新宿にて黒瀬さんとデザイナーの鈴木聖さんと、越島プロジェクト、12月中旬からの佐渡での撮影の打ち合わせ。出発前にPCR検査が必須とのことで、前回、といっても、つい先日と状況が変わってしまった。もしプロジェクトの主要メンバーが陽性だったら?　と考えると洒落にならない。ロシアンルーレットだな、ほとんど。ところで打ち合わせ場所の喫茶店「ピース」は喫煙可能でメチャ混んでいる。3人とも喫煙者なのでこういう店が続いているのはありがたいが、長く話しているとさすがに煙くなってきて、打ち合わせ後半、スケジュールの擦り合わせは別の店に移動。しかし、新宿、久しぶりに来たがたくさん人が居る。

12月1日
『ほぼ日』「心眼 柳家権太楼＋大森克己」の最終回更新。何故かホッとする。山野さんから面白かったとのメッセージ。平凡社の日下部さんからも。小林健太さんがインスタのストーリーでタグ付け、メッセージをくれて『心眼〜』を購入してくれたとのこと。意外だが、うれしい。感想を聞いてみたい。

12月2日
雨。1530に山谷のカフェ・バッハで金谷仁美と待ち合わせ。その後2人でマジック・コバヤシが営む吉原のカレー屋「ギャラリーアンドスパイシーフーズ P」へ。マジックと6月のグループ展「東京時層空間」以来、ほぼ半年振りに顔を合わせる。その後、金谷さんと2人で「大林」八丁堀「カドノ」

12月3日
三島由紀夫と一緒に歩いていて「君はひょっとして…?」と訊ねられ、しばらく間があった後、自分が「三島さんは反知性なんですか?」とて黒いウインドブレーカーを着た角田さん、なんで「日本就職会議」なんていうところに居るのですか？

天気が良く、暖かい。14時過ぎに家を出て銀行などで用事を済ませ、浦安駅までバス。そこから南砂町まで歩く。7㎞くらいか。浦安橋を渡ってすぐの肉うどんやでTV。ミヤネヤ。大統領選、かなりトランプが有利とのこと。どうなんだろう。また東西線で茅場町まで出て「湊湯」「kahdono」「栖」ラーメン。

11月5日
きょうも天気が良い。『ほぼ日』の権太楼師匠との対談で作るページのための写真セレクト。原稿、担当の奥野さんはとても面白い、と云ってくれている。ただこの3年、権太楼師匠の写真を当事者として撮影し、編集し、本を造り、宣伝にも積極的に関わっていているので、自分自身の師匠の「話を聴きたい！」という欲望の輪郭が、やや掴みづらくなっている様な気もして、ホントのホントに面白いか、客観的に見れず少し不安。直しは週末にやろう。アメリカの大統領選のニュース。バイデン有利に変わっている。黒瀬万里子さんと来週の佐渡ロケのための準備のやりとりを電話とメールで。日程、交通、もちろん内容、コンセプトも。佐渡での日野浩志郎×鼓童の制作、ライブのドキュメントの撮影の件。来週のマッチのフェアのトークの事を考える。言葉、体力、金。

11月7日
トム・ペティ＆ハートブレイカーズ。地味だが気持ち良い音。ピーターバラカン「ウィークエンドサンシャイン」から、の、ゴンチチ「登場人物の音楽」で、夢心地。海岸沿いの部屋の中は人がいっぱい。何かを修理？　音響。急に立方体の3つの空間が出来て、音がなる装置。響きが気持ちよく、ラジオのゴンチチと解け合う。

11月9日
佐渡へ。7時4分東京駅発の「とき」に乗車して、新潟9時2分着。で9時40分新潟発のジェットフォイルで11時前に佐渡着。小木の鼓童村へ。天気、悪くない。ずっと晴れではないが、時々日が差す。雨も時々降る。佐渡は広く、地形も複雑なのでクルマでほんの少し移動するだけで天気が変わる。昼食後に日野浩志郎＆鼓童の6人を鼓童村内の畑で撮影。その後、リハーサル、新曲のクリエーションを見学しながら撮影。夕食時にムーヴィーチームのスタッフ、そして豊田利晃にあいさつ。豊田さんと仕事をするのはメチャ久しぶり。映画『アンチェイン』以来、19年ぶり。

11月10日
午前中、日野さんと鼓童の住吉佑太さんの2人を島内を巡って撮影。岩屋口、大野亀、賽の河原、両津港。時折、ハンドクラップをやってもらいながら。大阪へ戻る日野さんを送ったあと、さらに島内で風景を撮影。能舞台、トキ、清水寺、滝など。夕食は「石山」にて。やはり魚介類、蟹、鰤が美味しい。その後、バー「東雲」で黒瀬さんとPCを持ち込んで写真を一緒に確認。

11月11日
8時前にホテルを出て、蟲谷へ。昨年の8月、泳ぎに来たが、やはり盛夏とはちがった様相で、ボク達のほかには誰もいない。快晴で風も穏やか。素晴らしい空気感。澄んだ場所と逆光のオーラ。1時間ほど海岸にただ佇む。その後、洞窟、佐渡国小木民俗博物館を見学して両津港。14時22分新潟着。スタッフと別れ、大学の同級生・登石木綿子と合流。彼女が宮司を務める諏訪神社へ。参拝してから、1時間ほどお茶を飲みながら雑談。えらんにアイサツして新潟駅まで送ってもらう。

11月13日
20時から代官山蔦屋書店で「bookshopM」のフェア、トークショー「M through the pandemic」で、その前に風呂、中目黒の光明泉。サウナで読書する人多し。モノを置くラックに『リキッド モダニティを読み解く』『ケーキを切れない非行少年』などの本。浦安や江戸川区の銭湯ではこれは無い。岩根愛、町口覚、T&Mの松本さんとトーク。『encounter』の話。1時間はあっという間。どういう話の流れか忘れてしまったが「コロナ禍におけるアーティストの表現活動」のことになり、闇雲に「コロナ禍を表現」するのではなく、もっとちゃんと途方に暮れるべきじゃないか？　現在を噛み締めるべきじゃないか？　という話や、何かの向こうに何かがあって、何かの手前に何かがあるという話をした。「藤八」から、もう1件流れたあと、ラーメン屋で始発を待って帰る。

テップは会場構成の建築家の中山英之さんと11月中旬に会うまでに、小さいテストプリントを作るということ。

11月28日
13時に家を出て、14時30分、横浜、戸部で銭湯「萬歳湯」16時桜木町改札で佐々木さん、堀岡さん、元アニエスbの杉本さんと待ち合わせ。野毛ツアー、「ぴおシティ ホームベース」jazz喫茶「ダウンビート」中華「萬」bar「キネマ」ビアバー「antenna america」関内bar「Luz」6件もハシゴしたのは何年ぶりか?
その後、新浦安に戻ってとどめの「RUBAN」飲み過ぎにもほどがある。

10月29日
夜、20時、浦安で野村浩をピックアップして、2人でクルマで船堀の「鶴の湯」へ。
久々に酒を抜く。

10月30日
夕方、新木場から月島経由で八丁堀まで歩く。約2時間弱。「月島温泉」以前より狭くなってしまった気がするな。八丁堀「しずる」新浦安で「RUBAN」

10月31日
YUKIのツアー? ライブ? ロケ? でホテルに泊まったのだがボク一人寝過ごしてしまってチェックアウトの時間をとうに過ぎ、フロントの40代くらいの女性に延々と怒られている、という夢。夕方、銀座「カーブフジキ」で明日、実家の新婚の妹夫婦に持って行く手土産でシチリアのワインを購入『フランク コーネリッセン【ムンジェベル ロッソ CS 2016 赤】』

11月1日
8時21分東京発の「のぞみ」209で大阪へ。新大阪で神戸線に乗換えて、11時15分西宮着。芳恵(妹)、和田徹さん(芳恵の夫)、淳子(妹)と合流。芳恵と約束していた結婚記念の写真を撮る。@甲山森林公園の中央広場、噴水前。よい天気。和田さんの軽自動車で向かう。和田さん、かなりのヘヴィースモーカーらしく、車内の煙草の匂いが、なんだか昔っぽく懐かしい。芳恵は「徹が、徹がね」とメチャ嬉しそう。お茶したあとで、長尾山霊園に墓参り。淳子とは仁川駅近くで別れる。実家に着いたのは16時過ぎ。17時過ぎから飲み始める。和田さんのピッチの速さに驚く。和田さんは19時過ぎには撃沈。持参したワインはとても美味しい。昨日あまり寝ていなかったので22時には眠くなって寝る。が1時過ぎに目が覚める。

11月2日
12時過ぎに目覚めるが、当然ながら、かなりの2日酔い。外は雨である。小林駅近くでカレーを食べるが、スッキリしない。14時に昨日から関西に来ている妻と娘と「げんまい屋」(和田さんの経営する米屋)で合流。記念写真を撮ったあと、芳恵がかつてバイトしていたカフェでお茶。15時に芳恵と別れ、大阪へ。雨なのでぶらつくのも冴えない天気。18時東通り商店街にあるカジュアルなイタリアンで晩ご飯。新梅田食堂街の「サンボア」「北海」。20時過ぎの新幹線で東京へ。

11月3日
夕方までだらだら。18時過ぎに家を出て徒歩で堀江ドック経由で元町の「松の湯」。
焼き鳥をかって、バスで帰宅。

11月4日
夢。貸し会議室の控え室。山野さん、ボク、網野奈央さんほか、女性が3人ぐらい。何のために集まっているのか、ちょっと不思議な会。隣の集団には主婦やおじさん達、そして角田純さん。スーツを着た人やフォーマルな服を着た人は誰もいなくて、町内会、あるいはPTAの会合風。隣の集団の中の1人の主婦、彼女の顔を見るなり、山野さんの機嫌がめちゃくちゃ悪くなって行く。それでボクは角田さんを山野さんに紹介しようとするのだが、もちろんそれどころではない。ボクは何かの資料か画面を出したいらしく、スマホの画像を触り続けているのだが、いつまで経っても上手く行かない。そして、時間になり、会議室に移っても隣の集団との間には仕切りも何もなく、場所を変えて欲しいとフロントに伝えるがそれもかなわず、山野さんの機嫌は悪くなるばかり。隣の集団は「日本就職会議」という。隣の集団に2人組が遅刻してきて、そのうちの独りは黒いコートを着た、昔、サルブルネイにいた葛西恵さん。彼女とボクの隣の女性(多分網野さん)は知りあいらしく「あ〜、久しぶり〜」とか挨拶を交わしている。そしてボクは相変わらず、スマホの画像を小さくしたり大きくしたり回転させたりしているのだが、いつまで経ってもそれは終わらず、自分の見たい画面にはならないのである。キャップを冠っを薦められている夢。

10月11日
朝、8時過ぎに目ざめ、由香利をクルマで駅まで送って行く。帰宅後ぼんやりとベッドに潜り込み、ラジオをかけていると、NHK FMで何だか凄い演奏が。「幻の名ピアニスト アナトリー・ヴェデルニコフのドイツ音楽」

10月13日
夢。ワークショップのようなところ。自分が参加、そこにカップルでの参加者がいて、女性はお腹が大きく妊娠している。7ヶ月とか、8ヶ月ぐらいか。みんなの前で男は女性の下半身に毛布を巻き女性を後ろ向きにさせて、そのカップルは後背位でセックスを始める。エクスタシーに達した女性はのけぞって、全身の血管が赤黒く浮いて見える。その後、ボクが講師となって写真の話をしている。マンションの小部屋のような場所。サッカー日本代表。コートジボワール戦。サッカーにおいては点をとられない、という事は重要なんだな。頑張って相手の攻撃の芽を摘み、耐え、時間を稼ぎ、そうこうしていると終了間際に得点、勝利。テレビをみながら、ピーナツを食べ過ぎ（夜中の2時！）しゃっくりが止まらない。

10月14日
古本を片付けいている。三好悦子さん、林央子さん、由香利などと一緒に。ときどき雑誌の同じ号がまとめて出てくるが、そのことに少し腹を立てながら由香利に声をかけ、掃除機でホコリをとる。という夢。

10月16日
「鈴音」鰻の串。「RUBAN」でアブサン。

10月20日
エリフ・シャファク、ポール・セロー。伊勢丹『FOODIE』撮影。M、S、喧嘩？　行き違い？森、アートのTVショッピング、アブサン。崩壊というか、浮遊、危機、なんというか。「カドノ」の五郎さん、料理のゲシュタルト崩壊、カレーを作っている途中でいったい自分が何を作っているのか分からなくなってしまう話。面白い。西船橋の銭湯。

10月23日
黒瀬万里子さんから久しぶりに連絡。日野浩志郎さんが鼓童のためにオリジナル楽曲を作り、佐渡の「鼓童村」で録音するプロジェクト。その演奏、録音、リハーサル風景を写真撮影してもらいたい、という依頼。同時に豊田利晃さんが映像を作品を制作する、とのこと。楽曲のクリエーションは既に始まっており、来月には日野さんが打ち合わせ&リハで佐渡へ行き、豊田組のロケハンもあるそうだ。

雨。夕方まで降り続いていたが、15時過ぎに小雨になったタイミングを見計らって家を出る。浦安駅の手前で雨が激しくなり、駅前の喫茶店「もん」で休憩。そのあといったことのない江戸川の銭湯「竹の湯」まで歩こうと思っていたのだが、そこまでいくと19時に野村浩との約束に遅れてしまいそうで、江戸川沿いの千葉県側を今井橋まで歩いて、東京側を戻って、浦安の「松の湯」に入って、19時に寿司屋「凛」野村浩お薦めの寿司屋。ちょっと頑固そうな料理人が握る江戸前寿司。美味しい。日本酒3合。ロイホで食後のコーヒー。バスで新浦安まで戻って「RUBAN」。

10月24日
引っ越して、荷物を完全に移動していなければならない筈の部屋、3階建ての家。何故か自分の荷物が未だ残っている。運び出さなければ…どうしよう。と、その2階に、20年近く前に亡くなった章弘伯父さん（父の兄）が突然ふらりと入ってきて「おー、あれ、うどんくれや〜！」うどんはうどんではない。自分が写真集『心眼 柳家権太楼』を差し出すと「おー、これや、これ」といいながら、うれしそうにページをめくっている夢。

10月25日
田中みゆきさんから来春の企画展のタイトルが届く『語りの複数形』（註：のちに『語りの複数性』に）良いタイトルだと思った。感情に訴えかけていないのが良い。ことばを文法的に解析するのは面白い。時制も面白い。過去形、過去完了、現在、現在進行、未来、未来完了、などなど。

10月26日
マッチアンドカンパニーにて、11月の「bookshop M」の代官山蔦屋書店のフェア、トークの打ち合わせ。『GOOD TRIPS, BAD TRIPS』のテスト印刷を受けとる。「東京都渋谷公園通りギャラリー」にて田中みゆきさんと『語りの複数性』の会場を見せてもらう。次のス

10月2日
昼。代々木公園のレストラン「Ostu」『食楽』の井川直子さんの連載のロケハン。
サラダ、ローストビーフとツナ、サバとナスとトマトのパスタ、グリッシーニの衣のカツレツ、洋梨のコンポート。白1杯、赤2杯、グラッパ1杯。昼からほろ酔い。当たり前だが、眠くなる。恵比寿まで歩いて山手線に乗って逆回りに東京駅を目指して車内で仮眠。山手線で寝るのは悪くない。夜、井川さんから編集の中川さんと3人でやっているグループLINEに間違いメッセージ。ホントは旦那さん宛「おそろしく眠いので、先に寝るトォます。気をつけて帰ってね。」と来たので「ありがとう。気をつけて帰ります。」と返信。ご本人はチョウ恥ずかしいであろうが、なんだかほっこりした。トランプ大統領、コロナ感染のニュース。

10月3日
夕方、元町まで散歩。野村浩に連絡をとってお茶。野村さんには珍しく、ぱっとしない愚痴を言い合う。昨今の美術館の展示のキュレーションのダサさについて。最近目につく、感じる、様々な雑な事象。失礼な仕事のやりとり、など。劣化の激しい、さまざまなクォリティ。近々に美味しい寿司でも食べよう、と約束。夜は明日の本橋家での久々の飲み会のためにビーフシチューを作る。

10月4日
18時から今川の本橋家に久しぶりに集う。本橋夫妻。猫本夫妻。由香利と久莉子と3人で参加。昨日から作って、きょう人参のグラッセを加えて完成させた牛スネ肉のシチューとOKストアで買ったバローロを持参。

10月5日
Yahooニュース。高田賢三さん死去。新型コロナ。横田めぐみさん、56歳誕生日。
15時、恵比寿のレタッチャー「Shiro」の小野隼人さんの事務所にて峯田さんの写真のトーン、レタッチの打ち合わせ。夕方から夜にかけての自然光と街の灯がミックスした状況での撮影だったので、感覚的な擦り合わせが重要。打ち合わせ後「FOOTNIK」と「なかよし」。

10月6日
原宿駅から代々木公園を縦断、散歩。普段散歩している浦安周辺と歩いている人の佇まいがかなり違う。お洒落度高し。1630より、『食楽』「Ostu」宮根美苗さんの撮影。撮影後「アヒルストア」に寄って、先日亡くなった関根さんに献杯。『GINZA』のビオトークで齋藤さん、紺野さんと一緒に築地に買い出しにいって料理を作ってもらったことがあったのだ。齋藤さんから、お母さんの本を献本してもらう。その後「丸木屋商店」。

10月7日
朝、ヴァン・ヘイレン逝去のニュース。町口覚から電話。代官山蔦屋書店で11月上旬にbookshop Mのフェアを開催し、その際に『STARS AND STRIPES』『incarnation』『Bonjour!』の三部作と『すべては初めて起こる』をフィーチャーしたい旨。プリントの展示も。昨年から進めている『GOOD TRIPS, BAD TRIPS』のテスト印刷が上手くいったので、これからどうするか。『パリ左岸』などなど、話す。きのうの「Ostu」の美苗さんの写真データをぼんやりと見る。エルンスト・ユンガーの『パリ日記』（月曜社）を読み続ける。Facebookで中島敏子さんの投稿を読んで心に沁みる。「今が人生で最高に幸せだと思う時に、これを大事な記憶の宝物として世間から封印するために自分の人生にみずから区切りをつけるという選択は、社会的には許されないかもしれないが、芸術の中では、つまり人間の想像力の中では何でも許される。そこには陳腐で教育的な言葉は必要ない」

10月8日
古い駅の高架下、三宮から元町？　のような場所の近く、庭のある和室で稲垣吾郎さんを撮影していると元SMAPのメンバーたちが偶然通りかかり、折角だからみんなで記念写真を撮ろうということになるのだが、機材の具合が調子が悪く、どのカメラでもシャッターが押せなくて、新しい機材を探しに高架下を全速力で走る、というところで目が覚める。昨夜から雨が降り続いている。きょうは最高気温も20℃に届かず、16℃との予報。肌寒い。夜、自宅近くのビストロでアクアパッツァ。料理は美味しかったが、サービス、ワイン、かなりチグハグ。聞くと、店長が辞め、体制も変わったらしい。良くなると良いけどなあ。

10月10日
H&M的なファストファッションの店でムスリムの多分、マレーシアとかインドネシアのスカーフを被り、かつ肩を露出した店員から、何かも思える。

9月23日
雑誌『七緒』の撮影。作家の山内マリコさん、いとうせいこうさんの対談撮影。浅草を巡るあれこれ。三社祭の話を中心に。浅草神社にて和装の2人。なんとか雨に降られず、無事に終了。撮影後、編集の藤田さんと「志婦や」「NEW DUTE」で飲む。平松洋子さんのレシピのいわしの丸干しのマリネの話。カレーの話。台風はどうやら関東を直撃することはなさそうだ。太平洋のほうへ逸れている。菅政策？ 携帯電話料値下げ、デジタル、不妊治療保険適用。

9月25日
「イングランド・リーグ杯3回戦は24日、各地で行われ、同1部リバプールの日本代表ＭＦ南野拓実（25）はアウェーで行われた同3部のリンカーン戦で2ゴール1アシストと活躍。7—2の勝利に貢献した。」（2020年9月25日9時5分スポーツ報知）

「杉田水脈議員「女性はいくらでもうそをつける」発言が物議、福島議員「差別と偏見」（9/25（金）21:58配信デイリースポーツ）

倉庫でパルコのプリントセンターの企画のポスターの写真選び。葛西の湯。AEONのワインバー、タイムサービス¥500－。安過ぎるなあ。生ハム、ソーセージ、オリーヴ、チーズ、バゲット、赤ワイン。

9月26日
図書館〜「松の湯」〜「新助」。旭岳初冠雪。

9月27日
0時のニュース。フランスでDV加害者を監視GPS足輪を導入（NHK TV）

朝起きると、女優の竹内結子さんの訃報をきく。ちょうど、今から10年前の2010年の10月、講談社の雑誌でカンボジア、アンコールワットを一緒に旅して撮影したことがあった。快活な方だった。切ない。米富繊維のムービーが仕上がって、メールで届く。いい感じ。夕方、散歩。自宅を出て、鉄鋼団地を抜け、見明川を北へ、そして江戸川に合流して、川沿いの道を東西線の鉄橋まで歩くロングコース。「松の湯」で身体を洗っていると、入船のバー「RUBAN」で時々会う、整骨院の先生、深作さんとバッタリ。不思議な感じ。ちょっと恥ずかしい。うちまでクルマで送りましょうか、と言って下さったが、遠慮して帰りはバスで。

9月28日
なんか、コロナが関係あるのか無いのか、複数の知り合いが夢のことをFacebookなど、snsにポストしているのを多く目にする。久しぶりに朝から天気が良い。16時から六本木、アートプラザにて、菅田将暉さん＆石崎ひゅーいさんの撮影。『CUT』。その後、また六本木で峯田和伸さんの撮影。『MUSICA』。先月、山形の山辺町へ仕事で行った際に彼の実家の電気屋さんの前を通った話をしたら盛り上がった。そしてなんと、米富繊維の大江社長と同級生だったことも判明。撮影後、編集長の有泉さんと「Qwang」で一杯。

9月29日
グレインハウスにて。パルコ『ART POSTER TRADE PARCO PRINT CENTER 2020』展のため、2010年撮影の『Los Angeles』のシリーズから1点プリント立ち会い。EAST LAのマーケットで購入したピンクのオーヴを初めて太陽に翳して撮った作品。塩田正幸さんに遭遇。

9月30日
「WALTZ」大山さんのインスタでパリの関根拓さんの訃報を知る。

10月1日
朝、キンモクセイの香り。銀行で残高チェック。2件振り込まれていないものがアリ、ショック。午前、峯田さんのデータ、仮で色、濃度を調整してレタッチャーの小野さんに送る。『選別と解釈と饒舌さ〜』のレイアウト、データ確認。午後、散歩。浦安駅までバス。旧江戸川を東京側に渡り川沿いを北上。新小岩まで歩く。ナンテン？　センリョウ？　マンリョウ？　赤い実。途中、仁岸湯。新小岩探検「浜新」という飲み屋。先客常連2人。親切。小松菜と浅利の煮物が絶品。ホッピーの焼酎がメチャ濃い。生活保護を受けている常連客が最近顔を見せない、などのうわさ話。総武線、武蔵野線で新浦安まで戻る。「RUBAN」でかずなさんが、キンモクセイの切り花を見せてくれた。

ェル&ドビュッシー：2台のピアノのためのトランスクリプション集」が気になる。「ピアノならではの粒ぞろいのいい響きで奏でられることで、音楽の骨格がより鮮明になる」大坂なおみ、かっこいいぞ！　浦安市総合体育館プール。N響、武満。自宅の集合住宅のエレヴェーターに、敷地内でセアカゴケグモが発見されたので要注意、のチラシ。

9月14日
『心眼 柳家権太楼』などで翻訳を手伝ってくれたネトルトン太郎と久しぶりに飲む。コロナ禍以降、野菜中心の食生活にシフトして肉、魚はほとんど口にしない、ということで店をどうしようか少し迷ったが、出汁から完璧に動物タンパクを排除する、というところまではやっていない、ということで、松濤の「日和」でイタリアの自然派ワインを飲みながらおでんを食べた。店長の望月さんとは、昨年一緒に『dancyuWEB』の企画で佐渡で日本酒作りをご一緒した。きょうはお休みで釣りに行ったそうだが、ボクらが店に居る時にクーラーボックス一杯の鰹をクルマに積んでやってきた。日焼けが凄いな。会えて良かった。

9月15日
日本の首相は変わったが、何か新しい時代、新しいことが始まるという雰囲気がまったく無い。憂鬱である。夜、2030から武蔵小山の「高い山」にて、開沼博さんのプロジェクト『選別と解釈と饒舌さの共生』のジャケット&ブックレット写真のデザイン、セレクトの打ち合わせ。終電ギリギリになりそうな気もしてクルマで東京へ。皇居前で驟雨。ショスタコービッチのピアノ・ソナタ/24の前奏曲のピアノの音の粒とクルマの幌を叩く雨の音が混ざり合って気持ちいい。ピアノはプラメナ・マンゴヴァ。1930に武蔵小山に着き、打ち合わせの前に清水湯へ。黄金の湯、沁みる。打ち合わせでジャケットのデザイン、タイトル文字の大きさ、ブックレットのミニ写真集のセレクトなど、を詰める。CDのタイトルは『選別と解釈と饒舌さの共生』だが、開沼さん、古川日出男さんの文章タイトルは『選別と解釈と饒舌さの矯正』、そしてボクが撮影した写真のタイトルは『選別と解釈と饒舌さの強制』ややこしい。

9月17日
夢を見た。渓谷にある孤児院。日本？、どこか外国なのか。自分の養子にするために、孤児を引き取るものは「当然ながら」その際にピアノを子供のために弾かねばならない。どんな曲でも良いのだが、ボクの頭の中ではベートーヴェンの悲愴の1楽章、とか、ワルトシュタイン、とかが響いている。あ〜、さっきまで、夢の中ではそれが何故「当然ながら」なのか、はっきり分かっていたのだが。ピアノを弾き終わると、何かが浄化される、いや浄化は違うな。大袈裟すぎるし、ニュアンスも。何かが等価に、あるいはチャラになる、そんな感じ。90年代以来、ずいぶんお世話になったラボ・東京カラー工芸社からメール「印画紙プリント業務を全面的に終了することとなりました。フィルム及びデータからの印画紙プリント全てが対象となります。これまで長きに渡りご利用いただき、誠にありがとうございました。」五木田智央展@Taka Ishi。

9月20日
午前230　NHK TV「ヨーロッパ トラムの旅」ただトラム沿いの風景&トラム車内からの眺め。今宵はウィーン。正午、昼に起きる。自作の料理、ローストビーフ、アクアパッツァ、サラダ。夜、NHKベートーヴェン エロイカ マリス・ヤンソンス。関ジャニ、MISIA。DAZNサッカー、プレミアリーグ　リヴァプールvsチェルシー、ゴルフ、全米オープン。

9月21日
朝までゴルフ中継を見ちゃって、お腹が減り、御飯&味噌汁作って食べて7時に眠る。
オードリー・タンのような、スピリチュアルなファーストサマーウイカのような、グルみたいな人に圧倒的に推薦される何か。しかし声高ではなく、優しく諭すような声で。ひとつではない、複数。音楽？　短い話？　そんな夢。「だらしなさ」とか「脇の甘さ」さえも芸になってしまう人が確かに居て。それは気になる。

9月22日
台風が近づいている。うーん、明日は久しぶりの撮影なのだが、外で撮る予定なので、かなり心配だ。14時〜15時頃でも雨足が弱まってくれれば良いのだが。先月、山形ロケで撮影したニット工場の動画の編集チェック。北海道で紅葉がはじまるニュース。大雪山。4連休、全国の観光地が行楽客で混雑、とのニュースも。冷静に考えてみれば4月とほとんど状況は変わっていないのであるが、みんな疲れている&考えることを停止しているように京の方、ご遠慮ください」の張り紙。夜は「メルカド」からのバー「ぶるーめん」最高に美味しい酒。久しぶりの旅、出張を満喫。

8月19日
「池田屋酒店」をのぞいてから帰京。

8月21日
14時、小泉進次郎環境大臣と『VOGUE』編集長・渡辺三津子さんの対談の撮影@環境省。編集は名古摩耶さん。2人で銀座「サンボア」。

8月23日
下北沢で米富繊維の仕事の続き。ニットを着ている「カレー屋ヤング」の2人のポートレート。

8月25日
20時、開沼博さんのイチエフの音のプロジェクトのテレカン。

8月26日
西麻布の「SPBS」のスタジオ。若木信吾さんがパーソナリティをやっているラジオにゲスト出演。

8月28日
安倍首相辞意表明。「八月上旬に潰瘍性大腸炎の再発が確認された。国民の負託に自信を持って応えられる状態でなくなった以上、首相の地位にあり続けるべきではないと判断した」（東京新聞）

9月2日
三ノ輪「大林」psりり

9月3日
浦安市総合体育館プール

9月4日
13時〜。外苑前の「ほぼ日」にて権太楼師匠と対談。山野さんも同席してくれる。司会は奥野武範さん。夜、山野さんと「アヒルストア」。

9月7日
驟雨。渋谷のラジオ収録。綾部徹之進さんの番組。

9月10日
東京都写真美術館『あしたのひかり』展。岩根愛さんの展示は素晴らしかった。

9月11日
山火事の影響でサン・フランシスコの街がオレンジ色に染まって火星のようだ。白鵬と鶴竜、来週から始まる場所、休場。14時『渋谷のラジオ』on air。モーツァルトのピアノソナタ、K570。K331、トルコ行進曲。そしてベートーヴェン弦楽四重奏13番。綾部徹之進さんが持ってきた、リーベルマンの授業用の解説付き演奏が面白い。自分の声って変である。それもそうだが、喋り方もだらしない。何故か「と」を「とぅ」と云ってしまっている。イガいたい、痛いたい、胃がいたい。ショスタコービッチの伝記（亀山）。昨晩も寝る時は窓を開けてクーラー無しで眠れた。（この夏2日目）昼間は暑くとも、確実に秋になっている。

9月12日
8月からの連続飲酒がたたり、ここ数日ずっと胃が痛い。そしてきょうは気温も低く、起きている間ずっと眠い。昼前に図書館へ。本、CDを借りる。ブラームスのクララへの手紙。ダン・タイソンとフランス・ブリュッヘン&19世紀オーケストラのショパン・ピアノコンチェルト、ショスタコービッチのピアノソナタ、ベートーヴェンの「ディアベリ変奏曲」。昼間、8月に行った山形ロケの米富繊維の写真、本番データ作成作業。昼寝したら変な夢を見る。ヨーロッパの大きな駅の構内にある古いホテル。19世紀とか、18世紀の建物。ドイツ？　ロシア？そのホテルのホールで何かのチャリティのような催しがあって、自分はそのホールの2階のバルコニーの角、少し広くなったスペースで人を待っていると、2人の肩の見えるドレス姿の女性が慌てて到着する。楽屋か何かの前のようでもある。1人はかなり太った30代くらいのアジア系の女性。もう1人はダイアナ妃似のやはり30代から40代の白人女性。夜、「葛西の湯」。

9月13日
3時30分に目が覚める。コーヒーを淹れ、新聞を読む。日経一面“膨張する「無国籍通貨」”“菅氏、追加給付「必要あれば」あす自民総裁選出”“コロナ診療報酬上げ 中等症向け、対応病院支援 厚労省”“火星探査機向け低燃費エンジン IHI、23年度めど納入”名作コンシェルジュで鈴木淳史さんが紹介しているヨープ・セリス/フレデリク・マインダース「ラヴる。メチャ面白い。ナチス占領下から戦後にかけて、ボーヴォワールとサルトル、そしてカミュを軸にセーヌ左岸に集った知識人、芸術家、小説家、ジャーナリストたちの群像を描いている。脇役がアンリ・カルティエ=ブレッソンとかマイルズ・デイヴィスとか、だからなあ。本や雑誌を作ることの教えがたくさん詰まっていた。翻訳は木下哲夫さん。この、旅に行きづらい、ゆるい、茹でガエルのような状況に、あまりにもフィットする読書体験。それにしても、ボーヴォワールとサルトルは本当にモテモテ、というか奔放な恋愛を重ねながらも、ドラッグやりながらも、とても勤勉。

7月29日
浅草演芸ホール。トリは古今亭文菊師匠。

7月30日
西麻布「葡呑」『食楽』井川連載ロケハン。

先日から読んでいる、『パリ左岸 1940-1950年』のなかにエルンスト・ユンガーが登場する。ナチスがパリを占領している時のドイツ国防軍の大尉として。あれ、この名前聴いたことあるな、と思ったら以前読んだブルース・チャトウィンの『どうして僕はこんなところに』（角川書店）に「エルンスト・ユンガー、戦う美の追求者」というエッセイが収録されていた。読んだこと無かったユンガーの『パリ日記』いまから読んでみたい。以下はチャトウィンの本の引用。

“にもかかわらず、ドイツ国内よりもおそらくフランスに多いユンガーの熱狂的支持者は、彼こそ「偉大な作家」、ゲーテに通ずる思想家であり、極右についての学識ゆえに然るべき評価を受けていない、と主張する。確かにユンガーの該博な知識は、巨人と呼ぶにふさわしい。独自の論点は揺るぎをみせず、八十五歳という高齢にもかかわらず、過去六十年以上の長きにわたって感心を寄せてきた数々のテーマを、今もなお追求している。ユンガーには、軍人、美学者、小説家、随筆家、独裁政党の理論指導者、筋金入りの分類植物学者と、さまざまな肩書きが付されてきた。趣味は一貫して昆虫学で、ナボコフの蝶にあたるものが、ユンガーにとっては甲虫、とりわけ装甲種である。また幻覚剤にも詳しく、リセルゲ酸の発見者である友人のアルバート・ホフマンと、数しれず「トリップ」を経験した。アルバート・ホフマンは、1980年、マグロー・ヒル社から出版された、『LSD ーマイ・プロブレム・チャイルド』の第七章「エルンスト・ユンガーの輝き」で、このことに触れている。ユンガーは硬質な、澄んだ散文の書き手である。作品の多くは、著者の揺るぎない自尊心、伊達と冷血を読者の心に刻み、時にはそれが素っ気なく映る。にもかかわらず、最も生彩を欠いた一節でさえ突如として格言的な響きを帯び、最も悲惨な記述でさえ非人間的世界における人間性への希求によって光が射す。鋭い観察力と意志の力でコントロールされる感受性を併せ持つ人間にとって、日記は最良の表現形式である。”（神保睦・池央耿訳）

8月1日
先日申請した持続化給付金¥1,000,000ー、7月30日に振り込まれていた。
ホッとする。

8月3日
立川志の輔師匠の撮影@六本木ヒルズ　編集は佐々木直也さん。『ヒルズライフ』。

8月5日
「葡呑」熊坂智美さんの撮影。

8月10日
16時。恵比寿「GEM by moto」深津麻紀さんの料理&日本酒のペアリングが素晴らしい。

8月16日
上野、鈴本『さん喬・権太楼 特選集』「へっつい幽霊」「井戸の茶碗」齋藤由希と。

8月17日
山形へ。快晴で野外は酷暑。午後から山辺町の米富繊維でニット工場の写真撮影。クライアントはLUMINE。『アムヒト キルヒト。』のキャンペーン。ディレクションはアカオニの小板橋基希さん。プロデューサーは元雛形の菅原良美さん。夜は蕎麦「庄司屋」宿はホテルステイ・イン七日町。

8月18日
終日、米富繊維にて動画の撮影。カートに乗ってカメラをのぞいている自分を菅原さんと小板橋さんが押してくれて、なんだか映研みたいで楽しい。撮影後、市内に戻り菅原さんお薦めの、とある喫茶店に入ろうとすると「東の撮影。映画『僕は猟師になった』のパンフレットのため。編集は加藤基さん。リトルモア代表の孫家邦さんと久しぶりに会ってお茶。

6月13日
16時『dancyuWEB』での「d酒」について語るオンライン・トークに出演。佐渡の「真野鶴」学校蔵杜氏の中野徳司さん、前編集長の江部拓弥さん＆沼由美子さん@プレジデント社。久々に楽しい会だった。

6月15日
14時。リリー・フランキーさんの撮影。東京タワーを背景に@三田通り。『BRUTUS』。

6月16日
きょうから、神田「TETOKA」にて、塚田耕司さんの企画するグループ展『東京時層空間』に参加。国立近代美術館にて「ピーター・ドイグ展」

6月18日
東京ステーションギャラリー神田日勝展『大地への筆触』。映画「ミッドサマー」@イクスピアリ。

6月20日
シタール奏者、ヨシダダイキチさんの撮影@厚木、丹沢。

6月22日
9時、伊勢丹『FOODIE』の撮影。

6月23日
サラーム海上さんの撮影@西荻窪。

6月26日
「TETOKA」から作品搬出。とても淋しい気持ち。久しぶりにライター・編集の西野入智紗さんと八重洲「ふくべ」。お店のお母さんが先日取材でうかがった『Hanako』の写真をとても喜んでくれたようで、一皿ご馳走になる。その後、八丁堀「栖」。

6月29日
最果タヒさんの単行本のための詩を書く。15時、久しぶりに「アヒルストア」。若い女性客が多くてビックリする。

7月2日
東京都写真美術館で森山さんの展示を見たあと、落合の角田純アトリエを訪ねる。アブサンKübler持参。

7月5日
アルモドヴァル新作映画「ペインアンドグローリー」@イクスピアリ。ペネロペ！！！

7月9日
佐野郷子さん＆塚田耕司さんと食事。三宿「kong tong」

7月10日
リチャード・フラナガン『奥のほそ道』(白水社) 収容所にいるような気分の日々に、戦争の、捕虜収容所のはなしはぴったりだ。

7月12日
散歩の途中、堀江ドック近くの公園で松崎しげるの「愛のメモリー」を絶唱する50代ぐらいの男性に遭遇。FILAのポロシャツを着ている。

7月16日
神楽坂「カド」森彰一郎＆山野英之さん。開沼プロジェクトについて。

7月19日
讀賣朝刊の書評欄。木内昇さんが『心眼 柳家権太楼』を取り上げて、書いて下さっている。感謝。

7月21日
角田純さんの展示@「ユトレヒト」。作品集を購入。南青山、杉田比呂美さんの展示。

7月23日
13時、小雨のなか、渋谷と恵比寿の中間の線路沿いで小山田壮平さんの撮影。『MUSICA』。編集は有泉智子さん。

7月27日
雨。渋谷で『ナタリー』の取材を受ける。80年代から続けて来た音楽関係の仕事について。インタヴュアーは佐野郷子さん。

7月28日
昨年、白水社から出たアニエス・ポワリエ『パリ左岸 1940-1950年』(白水社)を読んでい

5月8日
夕方、事務所に森彰一郎＆のんちゃん夫妻、来訪。隅田川テラスで酒を飲む。

5月11日
暑い。突然の夏の訪れ。齋藤由希、金谷仁美が事務所整理を手伝ってくれる。
夜、そのまま3人で飲む。

5月14日
昼間、引っ越しの準備。軽トラを借りて、自宅にオーディオセット、スピーカーなど運搬。齋藤由希が手伝ってくれる。夕方、金谷仁美、葛城真、間部百合、中村有希、事務所来訪。近況を伝えあう。

5月15日
ダイナースクラブ会員誌『シグネチャー』のためのエッセイを書く。「家族のかたち」

5月18日
うすら寒い天気。雨。引っ越し。12時に事務所。頼んだ業者から運転手含めて3人。八丁堀〜浦安・北栄。すべてが終了したのが、17時すぎ。その後、手伝ってくれた齋藤由希と新浦安AEON3階のスペイン料理屋へ駆け込む。客は我々2人だけ。

5月23日
西東三鬼『神戸・続神戸』を読む。それで思い出すこと。「夏のあさ しんと静まる 小学校」という俳句、のようなものを毎日小学生新聞の俳句欄に投稿したら、採用されたことがあった。昭和7年生まれの父は六甲の出身で空襲の時に防空壕に避難した話を時々していた。伯父は海運会社に勤めていて、遊びに行くと船員さんからのお土産のアフリカの彫刻やお面が居間に飾ってあって、ちょっと怖かった。「泣いてどうなるのか♬」は1972年。「GODIEGO」が「ポートピア」を歌っていたのは1980年のこと。1995年の震災の時はボクは東京にいて、1月後くらいだったか、伯父の家に見舞いに行くのに西宮から初めて船に乗ってポートアイランドに行った。

5月28日
建築家の中山英之さんが『心眼 柳家権太楼』のレヴューを書いてくれた。感謝。『IMA online』「反復、提示、そして援助」「ここには無い時間にあった生が、気の遠くなるような反復の果てに、あるとき私たちの頭の中に瞬く」中山さん自身が劇場設計に携わっていた時の寄席体験、ピーター・ブルックの『なにもない空間』そして『心眼 柳家権太楼』の3つが折り重なるスリリングな文章。

6月2日
鎌倉「オル・トレヴィーノ」『食楽』井川連載のロケハン。

夜、『美術手帖』webのヘンリー・テイラーのインタヴューを読む。インタヴュアーはネトルトン太郎 "「展示作品で最大サイズのメキシコのグアダラハラで描いた風景画や過去作品にも現れる黒馬のモチーフについて聞くと、少し無口になり、「うーん、なんというか現れるんだ。どうしてかは正確にはわからない。ロバに似ているからか、もしくは俺の祖父が牧場をやっていたからか、あるいは馬はパトカーのような存在だからかもしれない」。この答えひとつにしても、奴隷制度廃止時に黒人が一時的に「40エイカーの土地と1頭のロバ」を与えられた史実、そしてかつてKRS-ONEがリリックで綴った現代の警官と過去の奴隷監視人との共通性に関連している。表層的にはスーザン・ローゼンバーグが10年間近く描き続けた馬たちに近いのだが、彼女にとって空のイメージにすぎなかった馬はテイラー作品では自由と抑制を同時に象徴する、きわめて強い両義性を持ったシンボルなのである。〜中略〜別れ際にテイラーから「おまえ、俺のライターを持っていないか」と聞かれた。持っていないよと答えると、彼は手をポケットに沈め、間髪を入れずに言った。「ごめん、入ってたよ。ハッハッハ。でもいまので、黒人として生きることがどんな感じか少しわかっただろ」"

6月5日
鎌倉「オル・トレヴィーノ」古澤千恵さんの撮影。雑誌の撮影の仕事はほぼ2ヶ月ぶり。

6月7日
武蔵小山「高い山」

6月10日
虎ノ門のCurator's Cube角田純さんの展示。

6月12日
松濤スタジオ、千松信也さんと池松壮亮さん京新聞に『心眼 柳家権太楼』の紹介記事。
ここ数日、なんだか薄ら寒い。浅草「NEW DUTE」にタコスのテイクアウトを買いに行こうかと思ったら、きょうは休み。さて、散歩に行こうかどうしよう。西麻布「Qwang」のデリバリー&テイクアウトのカクテルも気になる。いろいろ、集中出来ない、時間はたっぷりあるのに。Soundgardenの『Superunknown』をヘッドフォンで大音量で聴く。

4月20日
引っ越ししてから5月で丸2年経つ八丁堀の事務所。先月、更新の旨を不動産屋に伝えていたが、先行きが全く読めず、浦安北栄の倉庫「A&B」の広い部屋も借りれたので、思い切って事務所を解約することに決める。6月からは新浦安の自宅を拠点に仕事をすることに。GWは引っ越しの準備だ。

4月22日
『CAKES』の鈴木涼美さんのコラム「ニッポンのおじさん」“実は語源的に「可愛い」は「かはゆし」(元は「かほはゆし(顔映ゆし)」)が変化した言葉で、もともとの意味は「見るに耐えない」”鈴木さん、おもしろいなあ。

4月24日
森山記念病院で終日撮影。

Facebookの「ブックカバーチャレンジ」で田中晴花さんが写真集『very special love』をとりあげてポストしてくれている。うれしいなあ。田中さんは高校生の時にパルコギャラリーで展示を見て、アシスタントに応募してきてくれたのだ。アシスタントとしては採用出来なかったのだけれども(なんせ高校生だったので)。彼女はその後、日大の写真学科に進み、いまは家業の浅草の老舗の漆器店を継いで頑張っている。

4月30日
午後、浦安、当代島の野村浩アトリエにワインを持って訪ねる。4階の角部屋なので、窓を開け放ち、風通しが良くて気持ち良い。幸子さん、はなちゃんとも少し話す。

5月1日
17時、八丁堀の事務所で阿久根さん、山野さんの3人で、ささやかな『心眼 柳家権太楼』の打ち上げ。窓を開けて。3人とも、このところ朝まで起きて昼前に起きだす、暇な大学院生のような暮らしをしている、と笑う。

5月5日
夢。フリッパーズ・ギターが再結成されることになりボクがアルバムのジャケット写真を撮影した。そして、なかなかの良い写真で仕上がりを楽しみにしていたら、まったくセンスの無いデザインが戻って来て、ボクは激怒して、アートディレクターに対して文句を言いまくっている、というところでいったん夢から覚めた。で、またウトウトしていると、真っ黒の背景の前で3人の人物を撮影している自分。写真館のようでもあり、ファッション撮影のようでもあり、バンドの写真のようでもある、ひょっとしたらダチョウ倶楽部かもしれない。そしてモニターに映った画像を妻に見せながら説明している「こういう風に、ごくなんでもない風に、適当な感じに撮るのが一番難しいんだよ」それを少し離れた所で『MUSICA』編集長の有泉智子さんが聞いていて、深く深く頷いている。そしてまたまた、ウトウトと続く。メキシコの、コロセウムの様な円形の建築物があり、建物の外側を縁取ったレストランがあって、多分そのコロセウムはホテルなのだが、そのレストランで、たくさんの人が朝食を摂っている。中華丼とかオムライスとか。メキシコなのに。猛烈に空腹を感じている自分はタコスを求めて“Desayuno,desayuno, desayuno!!!”“Por favor !”とブツブツ云いながら、そのレストランを徘徊する。

ここ数日はずっと事務所退去のための整理。膨大なネガとプリント。

5月6日
事務所に齋藤由希が手伝いに来てくれる。捨てるプリントと保存するプリントを分類して、片っ端からFellowes Bankers Boxに詰めていく。
満月の夜に、ただひとり、誰もいない部屋で、思いっきりハナクソをほじるというのは人生にとってなかなかに大切な時間だと思うのだけれど、covid-19は個人が思い立ったときに、誰にも邪魔されずにハナクソをほじるという行為さえも躊躇させる。よく手を洗って、爪の汚れもしっかり落として、アルコールで消毒して、か。あー、つまらん。

ルフローレンのスイムショーツ、ヴィトンのバッグ。@ギャラリーtrax & 八ヶ岳山麓の「吐竜の滝」。三好悦子さんの美味しい御飯をご馳走になった。ほんの一時だが、ワサワサ、モヤモヤしている東京を脱け出せてホッとした。

4月6日
晴れ。着物の雑誌『七緒』の撮影13時@新高円寺「のん」大塚美咲さん。16時浅草@「スケマサコーヒー」の木村佐理さん、猪戸翔太さん。編集は藤田優さん&鈴木康子さん。

4月7日
『七緒』の続き。11時@浅草観音裏「オマージュ」荒井麻友香さん。「水口食堂」での昼食(鯵フライ)をはさんで。14時@銀座「竹葉亭本店」別部淳子さん。

4月8日
「緊急事態宣言」が発効。7都府県に新型コロナ「東京など7都府県を対象に『緊急事態宣言』が行われたことを受け、宣言の内容を記載した官報が7日夜、東京・港区の国立印刷局の掲示板に張り出され、宣言が発効しました。安倍総理大臣は7日、政府の対策本部で「全国的かつ急速なまん延により国民生活および国民経済に甚大な影響を及ぼすおそれがある事態が発生したと判断し、特別措置法に基づき『緊急事態宣言』を発出する」と述べ、「緊急事態宣言」を行いました。』
(NHK2020年4月8日0時03分)

「緊急事態宣言 7都府県対象、来月6日まで108兆円の緊急経済対策」(朝日朝刊)

しばらくいろんな仕事がキャンセルになる予感&新規の撮影依頼はほとんどないだろう。

iPhoneが故障。液晶がおかしい。新浦安『クイックガレージ』へ持ち込む。野村浩と交通公園でお茶。ソメイヨシノはほとんど散って、八重桜が咲き始めている。

4月10日
八丁堀のバー「栖」緊急事態宣言終了まで、しばらく閉店するとのこと。

4月13日
葛西。森山記念病院で終日撮影。

4月14日
新浦安で野村浩とお茶。公園でマクドナルド。スティーブン・キング『何もかもが究極的』(浅倉久志訳)

4月15日
快晴。このところ、時間があるので、ただただ歩いている。きょうは、明海海岸沿い緑道〜総合公園の海岸沿い〜日の出海岸沿い緑道〜新浦安駅の海岸コース。ほかにも、明海から境川沿いに北上し、堀江ドック〜松の湯〜浦安駅のコース。鉄鋼団地〜見明川〜江戸川〜堀江ドック〜浦安駅のロングコースなど。そして、夜は自宅で酒を飲む。
人前でマスクを外せない日々がPierre Cardinの作品集『past present future』を思い起こさせる。久しぶりにページを繰ると、まるで予言のようだ。

4月17日
ゆうべは、また少し飲み過ぎた。ミネストローネの夕食時ワインを飲み始め、デザートにローソンのクリームブリュレとジン&イット、ウイスキー、マティーニなどなど。SNSには「BAR OMORI」と洒落で投稿。「バーテンダー俺、客俺、DJ俺、飲み放題、ノーチャージ、絶賛営業中」結局4時前まで起きていた。武満徹の12のギター(Kohki Fujimoto)が沁みる。ベッドに入った途端に季節外れの蚊。ベープマットをつける。
8時30分ころいったん起き、また寝て11時30分起床。

日経朝刊「全国に緊急事態宣言」「13都道府県「特定警戒」に指定」首相「GW、移動最小限に」「期間、来月6日まで」「国民一律10万円給付へ」「米、失業保険新星524万件」「JAL200億円赤字」なんとなくだるい気持ち。四月上旬の躁状態(自分も世間も)から下降線。テレビで浅草雷門、大提灯修理終え復活のニュース。

在宅勤務の由香利に、散歩とはいえ外出し過ぎじゃないか?と云われ、喧嘩しそうになる。久莉子もずっと授業、ゼミはZOOMなので、家族3人がこんなに長く家にいるのは初めてのことで、ちょっとピリピリする。大きな気持で、朗らかに過ごそうと思うのだが。森山記念病院のデータ制作。『CUT』尾崎世界観使用データ決定、shiroの小野隼人さんに発注。東印刷の担当の方と印刷の方向について、色校正を見ながら最終の打ち合わせ。

2月28日
広尾の住宅街にて『マカロニえんぴつ』のボーカル「はっとり」の撮影。雑誌『MUSICA』。顔の雰囲気が、友人の葛城真くんに似ていてびっくりする。様々なイヴェントがキャンセルになり、音楽家たちも大変そうである。写真集の日本語テキスト、責了。

3月3日
13時半より、雑誌『Hanako』の撮影。大銀座特集のうち、八重洲、茅場町、八丁堀界隈。「ふくべ」「かめじま商店」編集は梅原加奈さん。日下部さんと電話。4月1日に予定していた代官山蔦屋書店での発売記念イヴェントは、コロナの先行きが見えないために延期が決定。本当に残念。

3月4日
きのうの『Hanako』の続き。「今田商店」「カドノ」「焼きはまぐりスタンド」「玉の光酒蔵」

3月5日
原宿。14時、カフェ・モントーク。SDPの『余談』スチャダラの3人と藤原ヒロシさんの座談＆撮影。編集は辛島みどりさん。きょうは山野さんに大日本印刷・白岡工場にて『心眼 柳家権太楼』印刷立会いしてもらっている。18時に銀座で山野さんと待ち合わせ、刷りだしたものを見せてもらう。上手く行きそうでよかった。おでん「お多幸」にてささやかに打ち上げ。

3月6日
『POPEYE』「Hello my name is」撮影@浅草。エルメスのリュックサック、ヴィトンのブレスレット、ストーンアイランドのジャケット、ディオールのシャツ。

3月7日
森山記念病院の副院長・本橋英明さんと、HP撮影の打ち合わせ。ブライトンベイ東京「季布や」コロナに関してもいろいろ話す。先行き、実体がまったく分からない。

3月11日
16時、神保町、平凡社。ついに『心眼 柳家権太楼』完成!!!　色も良い感じに落とし込めている。よかった。まだ客観的に内容を吟味出来ないが、とにかくうれしい。というか、むしろホッとした、と云う方が近い。その足で浅草 gingrich。阿久根さんに届ける。そして、目黒のイメージスタジオ109で仕事中の山野さんに届ける。二人ともとても喜んでくれた。

3月12日
14時、板橋の権太楼師匠のお宅へ、日下部さんとうかがって、写真集を届ける。「素晴らしいね！」の一言をいただいて、とても喜んでくださって、ホッとする。コロナのためにイヴェントが開催できなくなったのが、本当に悔しい。夕方、町口景、川田洋平、桑島智輝、齋藤由希らと入谷の村田屋酒店。みんなに『心眼 柳家権太楼』を見てもらう。その後、「NEW DUTE」。

3月13日
山下ナツコさんと王子。「山田屋」ウイスキーを注いでくれるおじさんの所作が格好良過ぎる。

3月18日
長島有里枝さんと新宿でランチ。「大森さん、マスクしてないの？」と言われる。3丁目の中華料理の後「珈琲貴族エジンバラ」

3月20日
快晴。今年は桜の開花が例年になく早い。家の前のオオシマザクラは既に7分咲きだ。

3月25日
葛西の森山記念病院にて撮影。先生たちのポートレート。本橋先生の手術の様子など。

3月26日
午後、恵比寿の書店「nadiff」へ。『心眼 柳家権太楼』にサイン入れ。館野帆乃花さん。

3月30日
朝、志村けんさんの訃報。午後、「六本木スタジオ」集合で尾崎世界観さんの撮影。桜が満開の公園にて。『CUT』。インタヴュアーは山崎洋一郎さんで、めちゃ久しぶりに顔を見た。

4月3日
『POPEYE』「Hello my name is」の撮影。自分が撮影担当して、デザインを「白い立体」の吉田昌平さんが担当するのは今回が最後。グッチの半袖シャツ、チャーチのブーツ、ポロ・ラ

1月31日
朝一で両津港、魚市場の風景を撮影してフェリーに乗船。さすがに飲食店の撮影が続いたので、今回は内臓にこたえる。帰京。

2月1日
京都へ。佐々木直也さん、堀岡恵子さんと一緒に。15時より長岡京市民会館にて長岡京室内アンサンブルのコンサート。林 光映画『裸の島』より「裸の島」のテーマ、映画『真田風雲録』より「下剋上の歌」、中村滋延「ポンニャカイ、セダーに化ける」「弦楽のための音詩」武満徹 映画『ホゼー・トレス』より「訓練と休息の音楽」映画『黒い雨』より「葬送の音楽」映画『他人の顔』より「ワルツ」、ウェーバー「クラリネット五重奏曲」変ロ長調 Op.34 J.182(弦楽合奏版) クラリネットソロ 吉田 誠、ドヴォルザーク「弦楽四重奏曲第12番」へ長調「アメリカ」Op.96, B.179 (弦楽合奏版)
素晴らしかった! 特に林光、武満、ウェーバー。夜は新京極「蛸八」その後「くまのワインハウス」など。新型コロナウィルスの影響か、海外からの観光客が以前より少ないね、と話す。

2月4日
「代官山蔦屋書店」の2階。権太楼師匠に「心眼」を演じて頂くイヴェントの下見。日下部さんと。4月1日に写真集発売記念イヴェントとして実施する方向で進める。当日がエイプリルフールなのも、落語っぽくて良いかも、と話す。夜、阿佐ヶ谷「VOID」。夏目知幸さんの展示。しまおまほさんに遭遇。何年ぶりか! いや十何年ぶり!

2月6日
朝『POPEYE』の「Hello my name is」の 撮影@馬喰町 DDT ホテル。エルメス・馬のキーリング、カナダグースのポンチョ、グッチ・サイケなハット、チャーチ・タッセルのローファー。午後から銀座、資生堂にて『花椿』(web.じゃなくて雑誌の方) の打ち合わせ。編集の上條桂子さん、資生堂の渡部あやさん。デザイナーの丸橋さん。「わたしの銀座物語」というページ。朝吹真理子さん、青木明子さん、Mike Abelsonさん、小谷実由さん、荒神明香さん、糸井重里さんの6人が銀座に関するエッセイを書く。それぞれに添える6点の写真を銀座で撮影することを依頼される。写真のトーンなど。横位置。ライカ。デジタル。

2月8日
Bunkamura『永遠のソール・ライター』展

2月8日
花椿のため、銀座界隈を歩いて撮影。奥野ビル、歌舞伎座周辺、金春通り、など。

2月11日
きのうに続いて銀座界隈。明るいうちに喫茶店「パウリスタ」
夕方から交差点の夕景など。
観光客が減っていて、ちょっとさみしく感じる。中国人観光客のための団体バスがまったくいない。

2月15日
15時。浅草にて権太楼師匠と打ち合わせ。写真集の文章の最終確認をしていただく。

2月17日
あざみ野フォト・アニュアル。田附勝『KAKERA きこえてこなかった、私たちの声』展。夜、久しぶりにthrough瀬戸くんと食事@代々木上原「笹吟」。

2月19日
19時、田原町gingrichにて写真集英文テキストのことなど、阿久根佐和子さんと打ち合わせ。

2月20日
「心眼」に登場する茅場町の薬師さま「智泉院」にお参り。「ぼんのうよ———/わたしがわるいのだ」と書かれた墨文字が掲示されている。

2月22日
午後、クリーンスパ市川のプールで泳ぐ。それ以外はずっと写真集のテキストを何度もなんども読む。

2月23日
多田薫さんと浅草。「水口食堂」から「NEW DUTE」。

2月26日
18時@「高い山」山野英之さん&阿久根さん。写真集の英文テキスト責了。

2月27日
17時@平凡社。山野さん、日下部さん、大日本ほぼプロモーター兼舞台制作的に関わったので、何を話したかほとんど覚えていない。とにかく師匠に無事に（普段、落語をやる場所ではないところで）落語をやって頂きたいという一心で、無事終わってホッとした。会の後、多くの方が「よかった」と言ってくれて肩の荷が下りた。

12月26日
『語りの複数性』最終日

12月27日
『ソトコト』レイアウトが上がって来たが、いまひとつ。写真の使い方、キャプションなどをもう少し細かく指定して送り直した方が良いな。

12月29日
『ソトコト』にレイアウト案を2つ送る。田原町の「遠州屋」金谷仁美、前谷有紀、森彰一郎、のんちゃん、中村有希、小野隼人。

12月31日
「片手の拍手の音を聴く」白隠の答えを導き出そうとするプロセス。

2020

1月1日
ひとりで帰省。新大阪から六甲道まで出て、灘温泉、六甲道店に寄って一風呂浴びてから仁川へ。母、芳恵に久しぶりに会う。尼崎・園田の施設から一時帰宅している昭和6年生まれの母は、一瞬、ボクのことが分からないようだが、すぐに「克己さん！」と腑に落ちたようである。

1月2日
朝日新聞の小沢健二さんのキラキラネームに関するコラムがおもしろい。夜、淳子、頼子、秀樹さんも集まって蟹鍋。

1月3日
東京に戻る。新幹線18時9分発の「のぞみ44号」を予約していて、早めに新大阪に着いたのだが、18時44分発と自分の中で勘違いしてしまい、のんびりコーヒーを飲んでからホームに向かうと「のぞみ44号」はとっくに発車済みで、後発の自由席に乗るはめになり、東京までの二時間半、デッキで立ちっぱなしだった。

1月8日
神保町の「さぼうる」で平凡社の日下部行洋さんと打ち合わせ。『心眼 柳家権太楼』の入稿スケジュールを確認。

1月13日
晴れ。仲野太賀さんを恵比寿で撮影。雑誌『CUT』。スタイリストは石井大さん。

1月17日
東京都写真美術館で『至近距離の宇宙』展。その後、山野英之さんと「縄のれん」

1月26日
雑誌『食楽』の井川直子さんの新連載『地球は女将で回ってる』飲食店を切り盛りする女性に焦点をあてる。その一回目、幡ヶ谷の「サプライ」にて。小林希美さんの撮影。編集は中川節子さん。

1月27日
『心眼 柳家権太楼』のあとがきを書く。

1月28日
佐渡へ。佐渡観光交流機構のPR誌『さどじまん』の撮影のため。江部拓弥さん、編集の沼由美子さんと。7時4分東京発「MAX とき303」9時2分新潟着。新潟港からジェットフォイルで11時45分両津港着。昼「長三郎」で撮影。「たびのホテル」にチェックイン後、夜には佐和田海水浴場近く「かっ八」撮影。「かっ八」の店の佇まい（外見）が、ちょっとあり得ないやる気の無さで面白い。料理、酒、ホスピタリティは最高。

1月29日
目当ての寿司屋「角」がアポとれず残念。佐渡金山など撮影。夜、両津「しらつゆ」撮影。

1月30日
牡蠣小屋「あきつ丸」この店はロケーションがヤバい、加茂湖の船着き場の隣。トキセンター見学後、真野の居酒屋「ごしま」撮影。ホテル近くの「銀」で〆。

x 2とホットコーヒーを頼んだのだが、そのママが着ていたアメリカンな、カントリーなセーターがとても彼女に似合っていたので「めちゃ可愛いですね」と云うと「うわぁ、兄さん、ジゴロやなあ!」と返されて、人生で初めてジゴロと呼ばれて苦笑い。前回と同じ焼肉「やる気」京都八条口店、ノンアルで帰京。

11月12日
同級生の塩坂芳樹から電話があり、大手町の居酒屋「玉の光酒蔵」にてホンマタカシと3人で飲む。

11月15日
12時過ぎに江古田着。マクドナルドで昼食をとった後、駅、日大芸術学部周辺を撮影。
14時に改札で落合由利子さん、金谷仁美さんと待ち合わせ。『NeWorld』の連載、2回目。30分ほど江古田を歩いてポートレートを撮ったあと、18時まで「珈琲館」で喋りっ放し。その後「備中家」aka「備中」。

11月18日
落合さんのインタヴューのテープ起こし。夕方、散髪。わたらいさん。

11月19日
1日中、落合さんの原稿を書く。夕焼けが美しい。今宵は月食。

11月23日
14時。南青山のカフェ。「DOWN THE STAIRS」が、リニューアルオープンということで、HPのために料理・店内など撮影。PARIS「MAISON」の渥美創太シェフの料理。ソニア・パークと久しぶりに会う&仕事。

11月25日
『心眼』イヴェントの件。蔦屋といろんなやりとりがあったが、話しがまとまって12月17日に開催決定で進める。内諾していただいていた師匠&おかみさんにすぐ連絡。

11月29日
秋田へ。8:50秋田空港着。10時半から先生、学生など。午後は景観・まち歩きのワークショップほか、さまざまの1年生向けの実習など撮影。18時から竿燈クラブの撮影。

11月30日
午前中、木村伊兵衛回顧展@秋田県立美術館。伊兵衛の影響を受けた秋田の写真家たちの展示のコーナーがあって、そこには初めて見る写真が多くて刺激的だった。あの有名な笠を被った「秋田美人」の写真は地元の写真家が案内して木村に撮らせたもので、先にその地元の写真家が撮影していた同一人物の写真には、木村の写真とまったく違った素朴さ&ワイルドさがある。帰京。『心眼』イヴェント情報解禁&チケット発売開始。

12月1日
『very special love』のプリントを3グループに分ける作業@MEM

12月5日
16時。八丁堀、山下ナツコアペロ。

12月9日
「代官山蔦屋書店」ラウンジを下見。江川賀奈予さん、田中みゆきさん。office-gonに確認、報告するため、天井の高さ、高座になるテーブルのサイズ、音響のこと、出囃子のCD等チェック。ライブで実際に見てもらえるチケットは完売。

12月13日
総合公園体育館プール。

12月14日
『&プレミアム』より「私の喫茶店の思い出」というテーマでのインタヴュー依頼。雑誌『ソトコト』より4pの企画「写真で見る日本」に参加の依頼への返信。住んでいる千葉県浦安市で撮影した写真を寄稿し、浦安に関するエッセイを書くことにする。すぐに写真候補を送る。

12月17日
ケータリングのサンドイッチなどを恵比寿駅の「神戸屋」、「ナチュラルローソン」で購入後、17時に「代官山蔦屋書店」。中山英之事務所の若手、川本さん&磯さんが高座のためのコンパネを運んでくれた。間部百合が会場写真を撮影してくれる。19時にスタート『心眼を聴く、見る、語る』@代官山蔦屋書店ラウンジ。権太楼師匠に『心眼』を演じて頂いたあと、師匠、中山&大森でトーク。そして写真集にサイン。と云う流れ。今回は出演だけでなく、

12時前に秋田空港。レンタカー移動の車中、熊谷さんと、仲條正義さんと服部一成さんのはなし。マクドナルド。午後中、秋美校内で先生、学生など撮影。終わって、18時から川反のおでん屋「さけ富」「ジャニス」21時過ぎにホテルに戻って、眠ったが、1時前に目覚める。10人くらいで酒を飲んでいて、そのうちボクを含めた3人で、どうしてもクルマで帰らなきゃいけなくなり、クルマに乗って、ボクは後部座席にいたのだが、工事現場かと思ったら、警察の飲酒検問で、ナントカ切り抜けるも、みんなべろべろ。路肩にクルマを停めて、さあこれからどうしよう？　というところで目覚める。

10月29日
学長のポートレートほか、終日学内で学生、先生、授業、実習など撮影。

10月30日
午前中、秋田国教養大学と秋美の学生の共同授業「吹きガラス体験」撮影。午後、学生2名のポートレート。夜、テレビマンユニオンの2人と熊谷さんと「酒盃」

10月31日
午前中。文化創造館のイヴェントをPR誌（その編集も熊谷新子さん）のために撮影して、回転寿しの昼食後、帰京。

11月1日
月次支援金10月分の申請。

11月5日
午後、銀行で残高チェック。舞浜まで歩いてイクスピアリで映画。『リスペクト』アレサ・フランクリンの伝記映画。映画としての煌めきは少なくちょっと平版だが、音楽そのものの力で最後まで持って行く。売れなかったデビュー直後の数年間のNYのミュージシャンたちとの音と、ヒットしたマッスルショーズのスタジオ・ミュージシャンたちとのセッションとの違いが、音そのものでハッキリと表現されていることに、アメリカのショービズの底力を感じる。その後、八丁堀で「湊湯」「VIVO」「パパン」「栖」新浦安で「RUBAN」。また飲み過ぎである。「RUBAN」では鈴木さんと息子さんに会う。鈴木さんの次男、はじめさんは娘と明海小の同級生である。

11月6日
昼飯を作る。ほうれん草の卵とじ、味噌汁。うちでダラダラ。阪神vs巨人、0：4。晩飯も作る。トマトソースのパスタ。味が薄過ぎた。クルマで船堀「鶴の湯」。明日の渋谷での映画の予約。マンチェスターユナイテッドvsシティ、0：2。

11月7日
朝食、ゆうべのパスタソースの残りで、ソーセージのパスタ。
14時から渋谷文化村「ル・シネマ」でヴェンダース『ベルリン 天使の歌』。

11月8日
京都へ。「MOKSA」のための撮影。京都からレンタカーで琵琶湖湖畔にある、陶芸家・清水志郎さんのアトリエにて、ポートレート、窯、轆轤を回す作業など撮影。「MOKSA」がある八瀬の土を使った、ひょっとして伝統的な陶器には向かないかもしれない土を使った新作に挑戦している、とのこと。大原で昼食後、ホテルの部屋の撮影。福田晴美さん、北澤みずきさんにあいさつ。夜は岡崎の上海家庭料理「七福家」激美味い。

11月9日
午前中、ホテル内の撮影の続き。午後、庭で市川孝さんの茶車の撮影。夜は東山、宮川筋の「ごはんや 蜃氣楼」だんだん部活っぽくなって来たこの仕事、なかなか楽しい。田中みゆきさんから連絡があり『語りの複数性』会期中に代官山蔦屋で権太楼師匠に『心眼』を演じて頂くイヴェントができそうだ、とのこと。うれしいが、ただ、ギャラリー外のイヴェントになり、今回は出版社も絡まないので、いろんなことをボク自身がやる必要があるので、ちょっと緊張してのぞまなければ、と思う。

11月10日
9時市内発。クルマで、南丹市美山へ。約2時間半のドライヴ。薬瓶作家の芦田尚美さんのアトリエ「アメツチ」。14時過ぎに撮影終了。帰りに目に留まったカフェ「マタタビ」という不思議な店に寄る。すごい情報量で、タロット占い、暖炉、ジュークボックス、絵本などなど。で、飲食店の女性の主人、女将とか姉さんとかお母さんとか、呼び方はいろいろあれど、ここは「ママ」しかない感じで、別に酒を頼んだ訳でもなく、クルマだし、ガラナ

10月9日
東京都渋谷公園通りギャラリーにて展覧会『語りの複数性』開幕。自分以外の出展作家は岡崎莉望さん、川内倫子さん、小島美羽さん、小林紗織さん、百瀬文さん、山崎阿弥さん、山本高之さん。作品を体験する際、聴覚や触覚をフルに駆使し、せざるをえず、その結果、様々なことばやら感情やら、得体の知れない何かが、たえまなく鑑賞者の身体の中を行き来する刺激的、官能的な作品が並んでいるが、そのなかでボクは一人「目の前にあるものの姿、形、瞬間をレンズを通した光として捉える」という原初的な写真の機能をストレートに使った写真作品を展示している訳で、ほとんど修行のような感じもする。(川内倫子さんの展示も単純に写真作品だけを見せている訳ではない) そして自分のインスタレーションを含めて、この展覧会、写真に撮りにくい&写りにくい。写真に撮って「カッコいいなあ!」と思える作品ももちろんあるが、その写真写りの良さ=作品の語っていること&魅力、ではほとんどなく、改めて見ること、写真を撮ることの意味を考える。写真における音の欠落って、当たり前と思い込んでいてあまり意識しないが、とても深い、重要なこと。

10月11日
浅草「水口食堂」で迫田キクさん、中村有希さん。隅田川テラスで2次会。風が心地よい。

10月12日
18時に阿久根佐和子さん、山野英之さん、中山英之さんと公園通りギャラリーで待ち合わせ。展示を見てもらう。その後、キュレーターの田中みゆきさんも加わって西麻布「Q wang」へ。

10月15日
細倉真弓展を見に天王洲アイルへ。夜、公園通りギャラリーで展示を見に来てくれた森彰一郎夫妻・金谷仁美と合流。「魚金」。みんなで歩いて恵比寿まで散歩。「trench」。

10月17日
馬喰町「kanzan gallery」で開催中の酒航太展『ZOO ANIMALS』ギャラリートークにゲスト出演。「動物と人間をめぐる雑談」司会は菊田樹子さん。ポートレートを撮る際の場所の重要性、サンフランシスコ時代の話など、たのしい時間だった。

10月18日
ZOOMにて『CANON PHOTO CIRCLE』誌の取材。『すべては初めて起こる』の原型となった2010年にEAST L.A.で撮影したピンクのオーブ越しの風景について。

10月19日
午後、倉庫にて『very special love』プリント整理。野村浩とロイヤルホストでお茶。

10月20日
月次支援金9月分申請。夕方「粗餐」石井英史・美穂夫妻、中川節子さん、井川直子さんが展示を見てくれて、その後、渋谷の「酒井商会」合流。素敵な夫婦。レディースのコートを着た石井さんが可愛い。

10月21日
映画『トーベ』@イクスピアリ

10月22日
9時　伊勢丹『FOODIE』撮影。午後、映画『プリテンダー』@渋谷ユーロスペース

10月23日
14時新宿住友ビル三角広場　秋美の粘菌の研究サークルの展示の撮影。熊谷さん、佐藤さんと「思い出横丁」で一杯のんだあと、新井薬師のギャラリー35分。佐伯慎亮展。佐伯さんのパートナー、真有美さんは「あふりらんぽ」のメンバーで、15、6年前に『H』という雑誌で撮影したことがあって、そのプリントを持って行って進呈したら、とても喜んでくれた。

10月25日
不在者投票@新浦安「wave」

10月26日
夕方、権太楼師匠がご家族揃って展示を見に来て下さるとのことで、ギャラリーにてご挨拶。そこで赤間賢二郎さん、中川節子さんにも遭遇。3人で「アヒルストア」へ。

10月28日
6時起床。若木さんに『young tree press』のための日記の校正を送って、朝食。8時過ぎに由香利にクルマで送ってもらって出ようとするが、急に便意を催し、835発の羽田行きバス、ギリギリに。1035JAL 163便で秋田へ。

9月9日
朝イチ、クルマで八瀬へ。建設中のホテル「MOKSA」周辺を撮影したあと、ケーブルカーで比叡山へ。道中もずっと風景など撮影。ケーブルカーの駅から延暦寺まで結構な距離で、往復で汗をかく。スタッフ全員銭湯好きで、17時に市内に戻り、百万遍の銭湯「東山湯」その後、レンタカーを返却し、京都駅南口の焼き肉屋に閉店間際に駆け込む。ノンアル。

9月13日
映画『サマーオブソウル』@日比谷シャンテ

9月14日
『BRUTUS』編集部。@styleのセレクト。

9月17日
文藝春秋本社ロビーにて打ち合わせ。『週刊文春』のグラビア。マスターソムリエの高松亨さんを、北海道余市の「ドメーヌ・タカヒコ」に訪ねる取材。ライターは江部さん、編集は中本麗光さん。

9月18日
スクリプカリウ落合安奈さん個展@六本木ANBにて。人生ってすごいSFみたいだな、と思う。日大の同級生、落合由利子さんに遭遇。娘さんを紹介していただく。

9月19日
中野で多田さん。

9月20日
新浦安で野村浩とお茶。間部百合の記事を作るために、インタヴュー時に話に出たV・ウルフ『ダロウェイ夫人』をこのところ読んでいるのだが、橋本治の『桃尻娘』と時代と場所は違えどもかなり共通点があるなあ、なんて思ったりもする。

9月22日
「葡呑」にて食楽打ち合わせ。

9月30日
『la nuit』の香水のため、フィンランド、ピエルパヤルヴィの森の写真を選んで、グレインハウスでプリント立ち会い。

10月1日
雨。午後、東京都渋谷公園通りギャラリー『語りの複数性』展の外に面した大きな写真の設営。中山さん、田中さん。実際に置いてみて、当初の写真の並びと変更する。窓の映り込みなどのノイズが気持ちよく、またそれによるのか、模型で見ていた時の雰囲気とずいぶん違う。山崎阿弥さんに挨拶。カッコイイ佇まいの人。ボクが着ていたシャツを、さりげなく誉めてくれてうれしかった。

10月3日
北海道へ。江部さん＆中本さん。空港でレンタカーピックアップ後、札幌市内で泊。
すすき野のおでん屋で夕食。

10月4日
朝イチで余市へ、曇り空だが、思ったほど寒く無い。「ドメーヌ・タカヒコ」を目指す。ピノ・ノワールの収穫が始まっている。曽我貴彦さん、高松亨さんのポートレート、ブドウの収穫風景、ワイナリーの中の樽など撮影。昼食は余市市内でパスタ。14時過ぎに撮影終了。札幌に戻る途中、えべさんお薦めの小樽の純喫茶「光」レトロな店内、トイレ。昭和の名残。夜はススキノで鮨処「いちい」緊急事態明けから間もないので、大将は「寿司の握り方、忘れちゃったねえ」とボヤく。

10月5日
午前「モエレ沼公園」へ。イサムノグチの遺作、一度見てみたかった。歩く場所、自分が立つ場所によって見える景色が変化するのが、めちゃ面白い。そして肩肘張らないリラックスした雰囲気なのに、全体的に品格がある。日本中にダサい公共施設、建築が乱立しているが、ここは数少ない例外かも。志、ってやはり重要だな。『&プレミアム』編集部の利根さんから「自然の音が聴こえる場所で」と云うテーマで、写真提供と短文の依頼。ニセコ蘭越町の大湯沼のことが思い浮かぶ。

10月6日
10時に公園通りギャラリー。廊下に設置する小さい作品の設置。滞り無く進む。1時間ほどで終了。久しぶりに川内倫子さんと会って話す。元気そう。

10月8日
14時、鎌倉の「粗餐」にて石井美穂さんの撮影。『食楽』の連載。

8月28日
「クリーンスパ市川」プール。夏休み最後の土曜日だからか、こどもがメチャ多い。
これはクラスターとか大丈夫?という気もする。

8月31日
森美術館『アナザーエナジー』展。森彰一郎から連絡。目黒で飲む。駅前の「サンフェリスタビル」地下の立ち飲み。最高気温 31.9℃。最低気温 25.9℃。

"首相、9月中旬解散意向 党役員人事・内閣改造後 総裁選先送り"
「菅義偉首相は自民党役員人事と内閣改造を来週行ない、9月中旬に衆院解散に踏み切る意向だ。複数の政権幹部が31日、明らかにした。自民党総裁選(9月17日告示、29日投開票)は衆院選後に先送りする。首相は衆院選の日程を10月5日公示、17日投開票とする案を検討している。」(毎日新聞 22:27)

9月1日
気温が急に下がった。エアコンの室外機の音が聞こえなくなって、遠くの音が聞こえるような気がする。最高気温 23.4℃。最低気温 18.4℃。

"首相「解散できる状況でない」 総裁選先送りも否定"
「菅義偉首相は1日午前、9月中旬に衆院解散に踏み切るとの観測に関し「最優先は新型コロナウイルス対策だ。いまのような厳しい状況では解散できる状況ではない」と述べた。17日告示—29日投開票の自民党総裁選についても「先送りは考えていない」と明言した。」(日経 9:34)

9月2日
新雑誌『写真』編集長の村上仁一さんと打ち合わせ@喫茶『銀座』恵比寿。
『三体』読む。MEM17時。『very special love』の件。Kの会社の上司が微熱があって、PCR検査の結果をまっている、とのこと。もしその人が陽性であれば、Kも濃厚接触者の可能性高し。

9月3日
「菅首相退陣へ 総裁選への出馬見送り表明」
"菅義偉首相は3日、退陣を表明した。17日告示—29日投開票の自民党総裁選への出馬を見送る。6日に予定していた党の執行部人事は取りやめた。人選が行き詰まり、政権運営の継続が難しくなったとみられる。総裁選は首相以外の候補が争う。"(日経 11:53)

Kの上司のPCR検査は陰性。だらだら。『三体』読む。深夜、NHK ヨーロッパ トラムの旅「チェコ・プラハ」プラハ、モーツァルト、交響曲38 ヴァーツラフ広場。クーデルカ。スーク。長岡京、森悠子先生。

9月4日
深夜 NHK 海外ドラマ『アンという名の少女』(赤毛のアン)

9月5日
『very special love』の撮影場所、撮影時期の整理。夕方、久しぶりに堀江ドックまで歩く。日付が変わる頃、なんの気なしにチャンネルを変えたら、素晴らしい演奏だった。
NHKクラシック音楽館『コンサートα』ピアノ…イゴール・レヴィット ピアノソナタ第31番(ベートーヴェン)

9月6日
きょうも寒い。最高気温は21℃とか。昼前からPCに向かって「listude」の原稿を書こうとするのだが、どの方向から書いても2、3行で頓挫してしまう。こういう言い方はどうかと思うのだが(生産性が高いとか低いみたいな)夏の間いろんなことをサボったつけが回ってきた。思考力、体力、集中力の低下、いろんなことがクリアにならず。ユーモアのセンスの鈍磨。新浦安のスターバックスまで歩くのにコートを着る。

9月7日
千駄ヶ谷にてクラリネット奏者、吉田誠さんの撮影。『BRUTUS』@style。村上春樹特集の後編の号。国立競技場周辺はオリンピックの名残。蒸し暑い。撮影後、表参道の喫茶店「Café Les Jeux Au Grenier」で吉田さんと、煙草を吸いながら話す。撮影を楽しんでくれたようで、よかった。森悠子先生の魅力について。

9月8日
京都へ前乗り。小酒井さんと一緒。京都着21時過ぎ。緊急事態で店は開いていないので、佐藤さん、中野さんたちに挨拶したあと、すぐに就寝。

8月24日
何かのエンタメ？　をやっている。結構長い時間。xxがいて目を合わせてキス。冷房が効いて、天井で扇風機が廻っている、旧国鉄？　近鉄？　特急電車の一番前の車両で移動中。そんな夢。

「服ぬれてない、金縁眼鏡…亡命希望？　ロシア人　不審に思い通報」19日午後5時ごろ、北海道中標津町の中標津警察署標津駐在所前で、外国人が立っているのを不審に思った町内の男性（70）が話しかけると「パスポートを持っていない」などと答えたため、同署に通報した。男性が毎日新聞の取材に通報の経緯を証言した。この外国人は男性で自らをロシア人と名乗り「国後島から泳いで渡ってきた」と話していたという。ただ、眼鏡をかけ、服はぬれていなかった。（毎日新聞　21日18：57）

八千代の山崎家に花を持って行く。お線香だけあげて、和ちゃんと少し話して辞去。
スーパー銭湯「みどりの湯」田喜野井店。確か、2011年の3：11のあと、いったところ。パラリンピック開会式。吉田誠さんのマネージメントから@styleのモデルの件、快諾いただく。楽しみだ。

8月25日
MEM北野謙展『未来の他者』赤ちゃんのフォトグラム。身体が重い蒸し暑さ、堪え難い湿度。寺屋さん「改良湯」小野隼人「JOLLYS」隼人事務所「Qwang」。

8月26日
私は馬の愛人だ、私はバレリーナだ。馬を撫でるバレリーナ。阪急今津線のような、東急大井町線のような線路に沿った公園。遊具が廃墟のように、あるいは廃墟が遊具のようでもあり、雨に濡れた谷のようでもある。左手を上がっていくと視界が開け、サッカーグラウンドでかつての有名なJリーグの選手たちが子ども達を指導している。ラモス、ビスマルク、カズ、エドゥ。雨は強い。そして、ロックフェスの会場を彷徨うボク。快楽を追求しない、面白い場所にあえて行こうとしない雑誌のスタッフ？　オーガナイザーたちに、それは何故なのだ？　と問うボク。彷徨っていて気がつくと寝台車に自分は乗っていて、寝台から美容室が見下ろせるのだが、そこにxxさんがいて再会する。そして神戸の塩屋に住むと云う高齢の婦人を紹介され、その人の書いた？　あるいはその人が登場する本を、妹の芳恵が読んで知っている、と云う旨をその婦人から聞く。私とxxさんとその婦人は電車から？　階段を降りていく。ボクは結婚していて、さっきロックフェスの会場を彷徨っている時に妻とすれ違う。和服姿でその髪型は大正、昭和初期の耳隠しの雰囲気。平塚らいてうのような、緒川たまきのような。

ひょっとして24日の夢の続きなのか？

猛烈に暑い外苑西通りを西麻布から広尾に向かって歩く。以前と比べ、かなり貧乏臭く感じる。いろんな店が無くなっている。銀座「教文館書店」～八丁堀「カドノ」で久しぶりにカレーを、タイカレーをたべる。

“「ネヴァーマインド」の赤ちゃん、ニルヴァーナを性的搾取で提訴”
【AFP＝時事4:22】米ロックバンド「ニルヴァーナ（Nirvana）」のアルバム「ネヴァーマインド（Nevermind）」に使用され、史上最も有名なアルバムジャケットの一つとなった画像に、赤ちゃんのころの写真が使われた米国人男性が、性的搾取を理由に同バンドを提訴した。

マッチから新創刊の雑誌『写真』の編集者、村上さんへの紹介の電話。
写真「そのもの」がただそこに「在る」凄み。

8月27日
アフガン爆発の死者79人に、負傷者120人超＝病院関係者
アフガニスタンの首都カブールの空港周辺で26日発生した2回の爆発による死者が79人に達したと、病院関係者が27日、ロイターに明らかにした。負傷者は120人を超えるという。爆発では米兵士13人も死亡。過激派組織「イスラム国」（ＩＳ）が犯行声明を発表している。（27日　ロイター）

Al Jazeera English
@AJEnglish
At least 72 Afghan civilians and 13 US soldiers have been killed in two explosions claimed by ISIL outside Kabul airport, say sources

18時間
Pakistan says it is ‘closely following’ situation in Afghanistan, while its emba ssy is open and ‘ offering assistance' to those seeking consular help or visas https://aje.io/7bbmje

Al Jazeera English
@AJEnglish
16時間
Taliban fighters have entered Afgha nistan ’ s presidential palace hours after President Ashraf Ghani fled the country — in pictures

Al Jazeera English
@AJEnglish
16時間
Afghan President Ashraf Ghani said he left the country in order to avoid blo odshed, as the Taliban entered the pre sidential palace in Kabul.

「タリバン、アフガニスタンでの『勝利』を宣言　ガニ大統領の出国後に首都掌握」
（BBC 日本語）

そういえば、と思い出し、夏の恒例『さん喬・権太楼祭り』を鈴本のwebでチェックしてみると、さん喬師匠がご病気とのこと。公演は喬太郎師匠、柳亭左龍師匠が代演。心配だ。あすは喬太郎師匠がトリで演目は『心眼』。チケットはもちろん売り切れで残念。見たかった。

8月17日
こんなに雨が続く8月があっただろうか？　起きてテレビをつけると、大雨の中で高校野球をやっている。大阪桐蔭7-4東海大菅生＝8回表1死降雨コールドゲーム。『週刊文春、中づり広告を終了へ 「一つの文化だった」』（朝日新聞デジタル）15時半、月次支援金7月分の申請に小伝馬町。その後gingrichへ。阿久根さん、齊藤くんと久々に話す。「＃すべての女は誰かの娘である」についてなど。午前はまだ雨が残っていたが、午後から日が射してきてとても蒸し暑い。

8月18日
午前中は青空だが風は強い。14時頃に天気が急変して30分近く大雨。洗濯物を慌てて取り込む。そして、また晴れる。「【速報】東京都で新たに5386人感染発表　過去2番目の多さ」（TBS NEWS16：45）1日中、だらけていた。

8月19日
晴れ、風はまだ強いが、きのうより湿度が低いか。午前中に小学生の声が響くと、あ、夏休みか、と思う。先日の間部百合インタヴューを通してヘッドフォンで聴きながら、気になる箇所をメモ。しかし、自分の声はへんだな。「と」を「とぅ」と発音してしまう気持ち悪さ。

「大谷翔平、両リーグ最速の特大40号ソロ！ 自己最多8勝目に自ら祝砲 本塁打王は2位に5本差でキングも独走」（ABEMA TIMES）

宅急便で八千代から梨が届く。もうそんなシーズンか。夏の終わり。

夕食、ナス、アスパラガスの焼き浸し、そうめん、など作っていると久莉子が帰宅し、飲みながら晩ご飯食べる。一段落して21頃、身体が鈍っているような気がして、歩きたくなり散歩に出る。境川、中央公園、シンボルロード、ゆっくり歩いて1時間弱。初めは風もあり涼しく感じたが、歩いていると蒸し暑さが増す。

8月20日
八丁堀「かてて」「小諸蕎麦」。

8月21日
13時浦安市総合体育館プール
泳いでいると、天窓から射す自然光の反射と影がプールの底に写る。
平泳ぎ。リトル・レッド・ルースター、スライドギターの夢。

8月22日
14時、浦安市総合体育館プール、15時過ぎ、図書館V・ウルフ。
八千代、山崎の叔父さんの訃報。8月12日に肺ガンで逝かれた、とのこと。悲しい。

8月23日
千駄ヶ谷『BRUTUS』＠styleのロケハン。林道雄、大場千鶴、辻田翔哉。モデルをクラリネット奏者の吉田さんに？　昼「七井戸」でチキンカツ。夜、船堀「鶴の湯」

七維さん＋伊東陽菜さん
体育館内とても暑い。途中ガストで休憩。
1730に大曲でレンタカー返却。
1743大曲発のこまちで帰京。2104東京駅、22時前に帰宅。うどん茹でてビール。

8月5日
夜中に1度目覚めるが、1本煙草吸って、すぐ寝る。8時起床。メールなど。
『音遊びの会』セレクト＆本番データの制作、メール。
「トルコ山火事、「過去最悪」と大統領　発電所にも拡大」（ロイター）

8月6日
昼前に野村浩から連絡。新浦安でお茶。「ドトール」で話しているとほんの少し声が大きくなり、初老の男性に怒られる。「話をするな。気をつけなさい」と。男性のトレイを持つ手がブルブルと震えている。15時「poetic scape」にて『語りの複数形』の額装チェック。サッカー日本：メキシコ三位決定戦。1：3。豚肉ソテー＆ゴーヤ。オクラ、ミニトマト＆鶏肉の炒め。

8月7日
ワクチン2回目接種＠明海皮膚科。倦怠感、あるような、ないような。『小田急線切りつけ、逮捕の男「誰でもよかった」…「幸せそうな女性見ると殺したいと」』（讀賣新聞オンライン）

8月8日
身体、関節がザワザワする感じだが、発熱は無い。ダラダラと過ごす。チェーザレ・パヴェーゼ『流刑』読む。午後、久莉子を駅まで送っていく、そのついでに弁天の塚本さんに秋田のハタハタを届ける。そこで山下さんに偶然遭遇。森彰一郎さんに借りていたDVD『百万人の大合唱』見る。70年代の郡山の街がグッと来る。酒井和歌子が美しい。オリンピック閉会式。

8月9日
昼過ぎまでダラダラ。体調は戻っている感じ。
チェーザレ・パヴェーゼ『流刑』読了。
「ギリシャで山火事相次ぐ　2人死亡　過去30年間で最悪の熱波」（毎日新聞）
夕方、秋田の写真をセレクト＆共有するカットを仮調整。夜、NHK「映像の世紀」ヤルタ会談、ポツダム会談、核、冷戦…

きのう？　おととい？　の夢
須磨海岸の近く、アーヴィング・ペンに会う。
ホテル？　どこかの部屋？

8月10日
『食楽』の本番データセレクト作業
京都・八瀬に来春開業予定のホテル「MOKSA」の仕事の打ち合わせ＠siun 原宿
オレンジカンパニー佐藤剛史さん、AD小酒井祥悟さん、動画の中野道さん。

8月12日
11時＠サトウサンカイ　単行本の打ち合わせ。江部さん、佐藤亜沙美さん。佐藤さんと話が出来て、デザインを快諾していただいてホッとする。来春発売予定。10月いっぱいでテキスト完成目標。蕎麦。山手線で仮眠、八丁堀「湊湯」。17時「RUBAN」。

8月13日
雨、気温30度に届かず。午後、墓参り。松田青子『持続可能な魂の利用』

8月14日
雨。月次支援金のステータスが、4、5月分、振込手続き中に変わっていた。

8月15日
雨。三遊亭圓生師匠が若い落語家が多数集まったセミナーのような会場で壇上に立ち、スキージャンプの降下中のジャンパーの様な恰好で自分の身体の右側を見せ、着物の右ひじに穴があいていて「この穴のことをxxというのです、みなさん覚えておきなさい」と云っている。そんな夢。

8月16日
twitter
Al Jazeera English
@AJEnglish
8月15日
“We woke up this morning to the Taliban white flags all over the city.”

The Taliban's capture of Jalalabad effectively leaves Kabul as the last major urban area under government control
https://aje.io/6q558g
Al Jazeera English
@AJEnglish

0。女子ソフトボール決勝 日本vsアメリカ2：0。音楽プロデューサー渡辺善太郎さん逝去。同い年かあ。さみしい。「Oh Penelope!」のジャケット撮影でパリへ一緒に行ったなあ。合掌。

7月28日
バナナジュース。久しぶりに午後プール。都内のコロナ感染者数、3000人越え。2030〜『ほんとのはなし』オンライン読書会『青べか物語』ファシリテーター 川上洋平さん、蔦屋書店 磯谷香代子さん。終了後、録画したサッカー、日本vsフランスを見る。4：0。

7月29日
15時、神宮前のとんかつ「七井戸」女将・今井あゆみさんの撮影。『食楽』の連載。井川さんから、秋田お薦めの場所リストの追加をもらう。

7月30日
ちあきなおみの「夜間飛行」口ずさみながら、小麦粉をこね、パン？　ナン？　のようなものをひたすら焼き続ける自分、という夢。430に目覚める。目玉焼き、ベーコン、西瓜、バナナ、コーヒー。朝、晴れだが、TVの天気予報では都内では雨も。835羽田行きバス、やはり途中、お台場辺りから雨。1130秋田着、熊谷さんと合流。レンタカーピックアップ、雨。イオンで蕎麦、秋田公立美術大学。学内ロケハンなど。晴れて来る、めちゃくちゃ蒸し暑い。通り雨、虹。タルコフスキー、野外上映の準備の学生撮影。19時〜　上映会撮影。せみしぐれ。雨の音、靴の音、バイオリンの響き。夕暮れ。クルマのライト。蚊取り線香。虫除けスプレー。ダバイ、ロシア語の響き。「秋田ホテル」にチェックイン。21時〜「永楽食堂」。ホテルでタバコを吸いに下に降りる時、廊下で、別の部屋から「またね〜！」といって出て来た若い（20代前半）デリヘル嬢らしき人とエレヴェーターで一緒になる。手の甲の星の入れ墨。

「緊急事態宣言」「まん延防止」対象地域の方針は（30日現在）
新型コロナウイルス対策で、政府は、緊急事態宣言の対象地域に、埼玉、千葉、神奈川、大阪の4府県を追加するほか、北海道、石川、兵庫、京都、福岡の5道府県に、まん延防止等重点措置を適用し、期間は、いずれも8月2日から31日までとするとともに、東京と沖縄の宣言の期限も、これにあわせて延長することを決めました。（NHK）

本日の新感染者数
東京3300、千葉753、神奈川1418、埼玉853、秋田4、

7月31日
6時前に一度目覚め、7時起床。
快晴。朝食バイキング最高。朝10時、副学長の岩井成昭さん「ここで会うとは！」という感じで再会。20数年振り。昼ご飯　蕎麦屋『萬八』13時、アーツ＆ルーツ専攻：黒木美佑さん、岩崎有紗さん、石田愛莉さん＠アラヤイチノ15時　学生＆子供たち、柚木先生＠秋田市文化創造館。前田優子さんと再会＆挨拶。スーパー銭湯「華のゆ グランティア秋田」夜「酒盃」「バーレディ」「ル・ヴェール」

8月1日
1130　デザイナー佐藤さん到着、合流。雨模様。昼食後　大森山公園、鳥の巣箱のプロジェクト撮影。雨が激しくなる。男鹿半島「なまはげ館」、「真山神社」。夜「おもろ」、稲庭うどん「無限堂」秋田駅前店

8月2日
630　起床、朝食、快晴。9時　大学　先生たち、事務の方々に挨拶。11:00〜　ものづくりデザイン専攻、瀬沼先生〜3年生の様々な制作現場＠ガラス工房集合
昼「天八」14:00〜アーツ＆ルーツ専攻：早坂葉さん＠エオス像。15:00〜アーツ＆ルーツ専攻：杉澤奈津子さん＠ももさだ。夜「永楽食堂」から川反のバー「JANIS」。

8月3日
10時 菅原果歩さん＠暗室。サイアノタイプにプリントされた美しい雄物川の鳥の手作り写真集＆展示。市民市場の回転寿司で打ち上げ。もつ焼き「からす森」
コンビニでジンかって、ホテルの部屋でサッカー観戦。日本：スペイン0：1
徒歩で「ル・ヴェール」佐藤さんのマンハッタン。

8月4日
さすがに胃が少し疲れている、朝食は具を入れない味噌汁ととろろ、と御飯少量。湯沢へ。13時「社会連携・コミュニケーションデザイン専攻 湯沢絵燈籠の設置」＠横手市総合体育館。石川先生＋景観デザイン専攻：伊多波

は、華やかな紅炎から牡丹色に変り、やがて紫色になると、中天に一つはなれた雲が、残照を一点に集めるかのように、いっとき明るい橙色に輝いたが、それも見るまに褪せて、鼠色にかすみながらはがね色に澄みあがった空へ溶けこんでいった。土堤の上も暗くなり、ときたま往き来する人たちも、影絵のようにぼんやりと黒く、こころもとなげに見えた。

斜面のこちらは東の空の反映で、却って明るくなったようだ。しかし、本当はまえより暗さを増しているのだろう、風に揺れ動くくさむらも、すっかり色や陰影を失って、ただ非現実的な青銅色ひといろに塗りつぶされてしまい、そこに若者がいるということも、いまは殆んど判別がつかなくなった。」
（山本周五郎「土堤の秋」『青べか物語』所収）

7月20日
熊谷さんと秋田のスケジュールについて電話で話す。江部さんから連絡。電話で少し話す。ほっとする。オリンピック関係の様々なスキャンダル、気が滅入る。

7月21日
単行本の『山の音』、原稿推敲。

東京オリンピックの開催をめぐって、菅総理大臣はアメリカの有力紙ウォール・ストリート・ジャーナルのインタビューで「やめることは、いちばん簡単なこと、楽なことだ」としたうえで「挑戦するのが政府の役割だ」と強調しました。（NHK）

「Stark silence on Tokyo's dead streets mirrors Olympics only just tolerated」（Guardian）

「小林賢太郎氏を解任　五輪開会式演出担当、ホロコーストを揶揄」（毎日新聞）
「開閉会式担当 小林賢太郎氏解任 ユダヤ系団体 過去コント非難」（NHK 1201）

「オリンピック 東京五輪、2兆円規模の大失敗に経済効果と世界の評価を期待した日本、コロナ下の開催に国民の不満強く」
（Alastair Gale, Miho Inada and Rachel Bachman WSJ）

7月22日
17時、根津「楽聞」佐渡から送って頂いたサザエを食す会。江部、沼、藤田、阪本、吉田の面々。夜、録画したサッカー 南アフリカvs日本0：1久保のゴール。

7月23日
1430　うちを出て、銀座の「カーブフジキ」で手土産の赤ワイン。1530武蔵小山の銭湯「清水湯」。17時　西小山の山野さん宅にて、「listude」（ex.「sonihouse」）の鶴林夫妻と4人で会食。「listude」の新しいパンフレットのためのエッセイの打ち合わせ。結局終電が無くなるまで飲んで、山野宅で仮眠後、始発で帰宅。

7月24日
1日中、寝たり、起きたり、いろんなやる気が出ない。

7月25日
昼、うどんを作る。夜、小松菜と油揚げ。しめじとオクラの炒め物、カプレーゼ、白菜とジャガイモの味噌汁など、つくる。夕方、淳子に電話。秋田の仕事のためのPCR検査投函。五輪サッカー、メキシコ戦。2：1で日本が勝つ。

7月26日
昼、パスタ。ミニトマトとオリーブ。夜、サザエ御飯を解凍してリゾット風に。
午後、単行本の原稿を推敲。16時『ほんとのはなし』うちあわせ。芳恵と電話。
夜、日付が変わる頃、PCR検査の結果メール。早いなあ。陰性。

7月27日
430ごろに目が覚める。朝、ジャガイモのオムレツ、コーヒー。クルマで東京へ。グレインハウスで『大邱フォトフェスティヴァル』に出品する『すべては初めて起こる』のプリントの色見本キャビネ制作2点、立ち会い。寺屋さんと昼食、唐揚げ&ミニ親子丼。きょうはちょっと卵を食べ過ぎだ。昼食をとった焼き鳥屋でオリンピック・サーフィンを放映していた。五十嵐カノアの準決勝。台風で波が高い。黒い波。「フォートウエノ」で澤野よいなのプリントピックアップ。MEMに色見本を預けて大邱に送ってもらう。帰りに船堀「鶴の湯」新浦安イオンでキハダマグロかって漬けをつくる。オクラ、豆腐、蕎麦を茹でる。
女子サッカー予選リーグ最終戦 日本vsチリ1：

かつきつつ、16時に一枠空いていたので、その場で予約する。窓口の人は親切だが、システムの不備を上に伝えるようにいっても、微妙な顔でそうするとも、出来ないとも云わない。銀行名が入らなかったのがWindowsじゃなくてMacだったから、との可能性があるって、意味が分からない。そんなシステム構築するな。4、5月分の申請を完了。が達成感はない。「湊湯」「栖」。夜のニュースで、4度目の緊急事態宣言が発令されることが決まった、とのニュース。

7月8日
28日のONLINE読書会のために『青べか物語』のポイントを整理。本来であれば、とても楽しい作業であるはずだが、グッと集中するのがむずかしい。

「政府、酒類提供店との取引停止を要請　販売事業者に」(産経)
「命令応じぬ飲食店には金融機関からも働きかけ　西村担当相」(産経)
「五輪、1都3県は一律無観客に決定「完全な形」ならず」(朝日)
気が狂っている。

7月11日
延期になっていた『音遊びの会』@渋谷公園通りギャラリー、撮影。

7月12日
外苑前、とんかつ「七井戸」、『食楽』ロケハン。午後、白金の井川直子さん宅にて、飲み会。中川さん、「ロッツォシチリア」のサービスの阿部努さん&奥さん。ワイン5本。+ハイボール。

7月13日
田崎健太さんより鳥取大学病院に新設される本屋「カニジルブックストア」のために選書の依頼。馬喰横山にて月次支援金6月分の申請。

7月14日
八丁堀のバーで客から聞いた話。緊急事態宣言中の都内のとあるもんじゃ焼き屋に入ると、数名の客が美味そうにビールを飲んでいる。おっ!　酒が飲める、と思った彼が「ビール1つ!」と元気良く注文すると、お店の人は少し顔を曇らせて「あのー、それ、小さな声でお願いします」MLB オールスターゲーム TV観戦。

7月15日
きょう夏になった。オリンピック開会式の小山田圭吾さんの件、過去のいじめ問題が炎上している。憂鬱。

7月16日
関東、梅雨明け宣言。14時広尾駅で金谷仁美さん、間部百合さんと待ち合わせ。新しいウェブマガジン『NeWorld』の連載「あの人に会いたい」1回目に写真家の間部百合のことを書くため。有栖川宮公園で写真撮影したあと、2時間ほどインタヴュー&雑談。「covid19のおかげで2020年より前にやったいろんなことが、ちょっとだけ古く感じちゃったりするよな」というと「いいじゃないですかあ、新しいことが出来て!」とケロッという間部。最高だな。そのあと恵比寿、明治通り沿いのの角打「JOLLYS」で飲んだあと「縄のれん」で肉、ハラミステーキで〆める。「縄のれん」では酒なし。

7月17日
「明海皮膚科」にてコロナ予防接種、1回目。

7月18日
1330〜　西荻窪、善福寺のサラーム海上さんの中東料理教室配信のゲスト出演。
終了後、ハイレゾ音源聴きながらワインを頂く。

7月19日
『青べか物語』再読。

「十月下旬の昏れがた。土堤の斜面の下に、一人の若者が腰をおろして、泣いていた。
　斜面は草が茂っているので、土堤の上を通る人には見えない。かなり強い西風が、その茂ったくさむらを絶えまなしにそよがせ、茶色にほおけた草の穂が、風の渡るたびに、若者の着物をせわしく撫でた。空には、金色にふちどられた棚雲がひろがり、土堤の上へ片明りの強い光をなげているが、斜面のこちらはもう黄昏の冷たそうな、青ずんだ灰色のなかに沈んでいた。
　若者は立てた膝の上に両手を置き、手先をだらっと垂らしたり、片手で眼をぬぐったりした。ふと大きく溜息をつくかと思うと、首の折れるほど頭を垂れ、その頭を左右に振り、そしてまた眼をぬぐった。
　棚雲のふちを染めていた眩しいほどの金色

6月9日
日比谷にて『アメリカン・ユートピア』素晴らしい。映像＆音に耽溺するまえに、どうしても字幕が気になって読んでしまったので、もう一度見たい。最新のテクノロジーの使い方の方向性。関わっている出演者、スタッフのプロフェッショナル度の高さ。素朴な人間への信頼。シンプルな行為の積み重ね。ユーモア。映画館の出口にて、河内タカさんとバッタリ。NY味の濃いこの映画で偶然出会ったのが面白いね、と。18時「Qwang」にて『食楽』の作戦会議。井川さん、中川さん。ゲストで「葡呑」の熊坂さん。

6月10日
Yahooニュース、見出し。
大規模接種対象者全国に拡大へ / IOC観客判断「期限は6月末」/ NZ「東京五輪に予定通り参加」/ 心折れ接種予約業務で離職続出 / 朝日新聞27年ぶり値上げ4400円 / 日本最古の時計台論争に終止符 / 呪術廻戦 作者の体調不良で休載 / 知念侑李＆トラウデン 交際報道

6月14日
午前、歯医者。午後、公園通りギャラリーで額を壁にかけて展示・照明のテスト。中山さん、磯さん、田中さん。

6月16日
映画『アメイジング・グレイス』＠文化村

6月19日
銀座Sony Imaging Galleryにて菅野純さんの個展『Planet Fukushima 2021』を見る。その後、菅野さんと2人で無観客配信トーク、収録。

6月21日
齋藤由希さんがチケットを取ってくれて、深川で権太楼師匠の会。その前に「山利喜」でいっぱい。

6月29日
ISETAN『FOODIE』の撮影。「吉兆」とウイスキー売り場。

7月1日
昨夜から雨。気温は低いが湿度は高い。薄ら寒く、でも蒸し暑い7月最初の日。石田さんと電話で話して、先日参加依頼のメールがあった『大邱フォトフェスティヴァル』に参加する旨のメールを返す。展示プラン、点数、作家招待の有無、など、条件を詰めること。八丁堀「湊湯」「VIVO」「栖」。

7日2日
Yael Naim「New Soul」FBを見ていて、昨秋亡くなった中学の同級生、岡田亜紀子さんのことを思い出す。自分がライブで弾き語りしてこの曲を歌っている様子を送ってくれたことがあった。13時から秋田公立美術大学のパンフレット撮影に関して、zoom打ち合わせ。編集の熊谷新子さん、デザイナーの佐藤豊さん、大学事務の三富さん。『大邱フォトフェスティバル』参加受諾のメール送る。1730〜「RUBAN」偶然、千葉県からコロナ対応のチェックが来ていて、天野さんに換気、アクリル板、営業時間、チラシ掲示などについて説明していた。このやりとり見れて良かった。かなりのマンパワーが無駄に使われているような気がする。ほかにもっと対策、やるべきことはあるのでは？

7月3日
久しぶりに一家3人で昼食＠ポポラマーマ。永井荷風『すみだがわ』熱海で土石流のニュース。

7月4日
月次支援金申請のための経理書類を準備、PC作業。夜「浦安万華鏡」。

7月6日
月次支援金、事前面接＠浦安商工会議所。その後、自宅でPCから申請するがめちゃ時間がかかる。そして振込先情報というとても単純な、銀行の番号を入れるだけのところでフリーズしてストップ。電話で問い合わせるも解決方法は示されず、業を煮やして、対面の相談センターを調べてみると馬喰町にあったので、明日の午後に枠の空きがあったので予約。書類をしっかり揃えて、指定どおりのOSからアクセスして受け付けられないって、日本はまったく後進国だ。

7月7日
1430、馬喰横山の貸会議室にある月次支援金申請サポート会場へ。3ヶ月分申請したいと云うと、うすうす予想はしていたが、一枠につき一件の申請しか出来ないとのことで、むォレットに送金いただくだけで止められます（方法がわからない方は、オンライン検索すれば、段階ごとに方法を説明した記事が沢山見つけられるはずです）。

私のビットコインウォレット（BTC Wallet）：
xxxxxxxxxxxxxxxxxxxxxxxxxxxxxxxxxxxxxxxx

貴方の入金が確認できるとすぐに、卑猥な動画はすぐに削除し今後私から２度と連絡がないことを約束します。
この支払いを完了させるために48時間（きっちり２日間）の猶予がございます。
このメールを開くと既読通知は自動的に私に送られるため、その時点でタイマーは自動的にカウントを開始します。

私のメールに返信しようとしないでください。（送り主のメールアドレスは自動的に作られ、ネット上で拾ったものですので）何も変わりません。どこかに苦情を送ったり、通報したりしないでください。私の個人情報や私のビットコインアドレスはブロックチェーンシステムの１部として暗号化されています。
色々と私の方でもヘマしないように調べてあります。

このメールを誰かに転送しようとしていることが分かると、すぐに貴方の卑猥な動画を公開させます。

合理的に考えて、バカな真似はこれ以上しないでください。わかりやすい説明を段階を踏んでお伝えをしたつもりです。今貴方がすべきことは私の指示に従って、この不快な状況を取り除くことです。

ありがとうございます。幸運を祈ります。

5月31日
倉庫に徒歩で向かう。その途中、セブンイレブンでトイレにいったのだが、倉庫に着いて携帯をトイレに忘れたことを思い出す。戻ってみたら、トイレは使用中で10分ほど、出て来ない。イライラする。不安。普段いかに携帯に依存しているのかが分かる。結局、携帯はトイレにあったのだが。倉庫にて『very special love』のプリント、ネガを整理。重い雑誌の段ボールを動かしていて腰を傷める。山本周五郎『さぶ』。

6月1日
腰の痛み、様子を見る。山本周五郎『風流太平記』船堀「鶴の湯」。

6月2日
歯医者。レントゲンを撮ると、右下の奥から４番目の歯にかなり大きな虫歯が。
神経をとる治療。麻酔。その後、整形外科で腰のレントゲン。骨、椎間板などには異常なし。筋肉が落ちている、とのこと。歯の麻酔でモノが上手く食べれず。そして、時間が経つにしたがって、歯の痛みが増す。何もしない時は良いのだが、食べ物が触れると激痛が。夜、スーパー銭湯「浦安万華鏡」。

6月3日
Dream Amiさんから連絡があって、Leica M3の使い方を教えて欲しい、とのことでデザイナーの我妻さんと彼女の自宅へお邪魔して、いろいろ話す。スウェーデンでの撮影以来だがとても元気そう。近所を撮影しながら散歩。はじめて降りる地下鉄の駅。関西から上京してずいぶん時が経つけれど、まだまだ知らない街がある。東京って広い。18時30分、西麻布「Qwang」山野さんと。

6月4日
きのうまで、かなり神経を抜いた歯が痛かったが、今朝からほぼ痛みを感じない。1530、poetic scape『語りの複数性』のための額装のテスト。良い感じの１点を仕上げてもらう。つい先日までコロナ陽性で歌舞伎町のホテルで隔離・療養していた知り合いと話す。ある朝、いつものようにコーヒーを飲もうとして全く匂いを感じずに、あっ、と思って酢など匂いのキツい食べ物でも試してみたが、やはり何も感じず、それで検査を受けた、とのこと。

6月8日
久々にクルマで都内へ。フォートウエノで『語りの複数性』のためのプリント依頼。
千駄ヶ谷の中山英之事務所へ見本の額を届ける。MEMにて『very special love』のプリントをどう整理するか、打ち合わせ。石田さん＆高橋さんが、スキャンして一覧にしてくださる、とのこと。

5月16日
山本周五郎『虚空遍歴』
『―――芸の中では、持っている才能を、使ってはならない、という場合がある―――』
『「自分の知らないことを語るな」とやがて文字太夫は云った。死ぬほど惚れたことがないなら、惚れあったために、心中しなければならなくなった人間のことを、語ってはいけない、―――そういうものをこなせる才能がある場合には、なおさらのことだ」』

夢。若い女性と2人で温泉旅館に来ているのだが、その彼女は家族ではなく、しかし恋人と一緒の旅行という訳でもない。その旅館は団体客でとても混雑していて、自分の泊まっている部屋ではないところで、何故か自分の食事のお盆を受け取り、自分の部屋に運ぶ途中で横浜流星似の青年が、そのお盆を運ぶのを手伝ってくれるのだが、やっぱり自分でいく、といって自分で運ぶ。彼とすれ違ったのは別館？の5階とか。自分の部屋は本館のどこか。渡り廊下で繋がっている。

倉庫で写真整理。『very special love』のヴィンテージプリント（1997年にパルコ・ギャラリーでの展示のために焼いたもの）をMEM石田さんに見せるため。

5月19日
MEM

5月20日
朝、鳥のさえずり。動き始めたトラック。朝。霧。透過光のポジを眺めること。世界との出会い。『encounter』のこと。

5月26日
黒田菜月展『写真がはじまる』野村浩と。写真のむこう側とこちら側、そしてフレームの外でさまざまなことばが紡がれる。「おぬしも悪よのう、黒田さん」とちょっとだけ思った。

5月27日
『パスカル・デュサパンの音楽』@オペラシティ。弦楽四重奏とオーケストラの共演、という特異なアンサンブル。緊張感＆情熱溢れる演奏。曲の構造も面白い。石上真由子さんのsnsを今日見て知った。

5月28日
迷惑メール〜文体が面白いなあ。

どうも、こんにちは。
まずは自己紹介をさせていただきますね。私はプロのプログラマーで、自由時間ではハッキングを専門にしております。
今回残念なことに、貴方は私の次の被害者となり、貴方のオペレーティングシステムとデバイスに私はハッキングいたしました。

数ヶ月間、貴方を観察してきました。
端的に申し上げますと、貴方がお気に入りのアダルトサイトに訪問している間に、貴方のデバイスが私のウイルスに感染したのです。

このような状況に疎い方もいらっしゃいますので、より細かく現状を説明いたします。
トロイの木馬により、貴方のデバイスへのフルアクセスとコントロールを私は獲得しています。
よって、貴方の画面にあるもの全てを閲覧、アクセスすることができ、カメラやマイクのON/OFFや、他の様々なことを貴方が知らない間に行うことが可能です。

その上、貴方のソーシャルネットワークやデバイス内の連絡先全てにもアクセスを行いました。

なぜ今までウイルス対策ソフトが全く悪質なソフトウェアを検出しなかったんだろうとお考えではないかと思います。

実は、私のスパイウェアは特別なドライバを利用しており、頻繁に署名が書き換えられるため、貴方のウイルス対策ソフトでは捕らえられなかったのです。

画面の左側では貴方がご自分を楽しませている様子、そして右側ではその時に視聴されていたポルノ動画を表示するようなビデオクリップを作成いたしました。
マウスを数回クリックするだけで、あなたの連絡先やソーシャルメディアのお友達全員に転送することができます。
この動画を公開アクセスのオンラインプラットフォームにアップロードしたら貴方は驚くかもしれませんね。

朗報は、まだ抑止することができることです。
ただ17万円相当のビットコインを私のBTCウ

のような年齢？　その家に下宿している、というか、半分囚われていて、大きなグリーンのボストンバッグをその女性が預かっていて、ぼくは小さなリュックだけを持っていて、教会？　寺？に行く際に、大きいバッグをそのまま残して逃走しようか、迷っている。そんな夢。気持ちの良い晴れなのだが、図書館に行った後、午後から夜まで、ただダラダラTVを見て過ごす。J1川崎vs広島、クラシック音楽館のストラヴィンスキー特集、花火、バレエ3部作。など

4月19日
快晴。『ほぼ日』の「ピントの話」を朝から校正。ブレッソンがシャッタースピードを1／125、絞りをf8に決めて撮影にのぞんでいた、という逸話の出典が気になる。答えではなく、自ら発する問いかけとして言葉があるかどうか、書いた文章を読むと気になる。久々に総合公園の海沿いを歩く。

4月21日
「湊湯」〜「葡呑」〜「Qwang」。山下さんと。

4月22日
野村浩と新浦安でランチ。『ほぼ日』のピントの話を校正する際、ブレッソンのことが改めて気になって、いろいろ調べたら2016年に出た『カルティエ＝ブレッソン 二十世紀写真の言説空間』（佐々木悠介著・水声社刊）という本に辿り着く。面白い。単純にブレッソンが何を、どう撮ったか、だけではなく、彼の作品が当時のどのような人たち、社会の文脈で受け入れられていったのか、ということが、同時代の他の写真家や文芸作品などと比べられながら詳細に書かれている。特に佐々木さんがパリのアンリ・カルティエ＝ブレッソン財団で新たに発見した、1933年にNYで開催された初個展の作品リストとそれについての論考は刺激的。「決定的瞬間」とか「完璧な構図」という神話を抜きに見えてくるブレッソンの姿。

4月23日
緊急事態宣言の発出。25日から。酒の提供も事実上の禁止。むちゃくちゃである。

5月3日
自分が村崎節子さん、阿久根佐和子さんにインタヴューされていて、佐野郷子さんが編集。3人の女性に囲まれて、「なにか」について話していた。ついさっきまで、その「なにか」はあまりにも明瞭だったのだけれど、3人の名前を確認したところで目が覚める。

5月4日
野村浩アトリエにてランチ。ワイン。帰りに風呂に入りたいと思い「米の湯」に寄ると4月で廃業したとのこと。浦安に普通の銭湯が無くなってしまった。

5月6日
Yahoo news 見出し　5/6（木）0:29更新
感染状況に都知事「厳しい」/ 緊急宣言2週間-1カ月延長で調整 / 1万人接種は自衛隊次第 河野氏 / 日米韓外相 北非核化へ連携確認 / ナポレオン岩で2人孤立 救助 / ポテチ売上1.3倍に AIの正体 / 間違い風メール だまされてみた / 八村塁・阿蓮兄弟に人種差別DM

5月7日
「poetic scape」額装の打ち合わせ。見積もり。南青山、佐々木直也の事務所でワインを飲む。

5月8日
井出幸亮さんに依頼された、雑誌『subsequence』の原稿を仕上げる。浦安のはなし。

5月10日
『食楽』白金の鮨「いまむら」にて女将、今村くるみさんの撮影。その後、井川直子さん事務所で、中川さんと3人でワイン。はじめての「BAR OMORI」出張「ジンアンドイット」「ロブロイ」「マティーニ」

5月11日
図書館　蓮實重彦『言葉はどこからやってくるのか』山本周五郎『虚空遍歴』伊東信宏『東欧音楽夜話』

5月14日
13時すぎ。目黒まで、クルマで澤野よいなを迎えに。浦安で『subsequence』のための撮影。堀江ドック、フラワー通り、新浦安の境川沿いのブラシの木、総合公園。撮影後、彼女をクルマで東京まで送って、白金の「利庵」で蕎麦。せいろ、田舎、しそ。

5月15日
失踪、夜逃げ、駆け落ちに最適な街、という見方で土地を歩く。「居酒屋ポルシェ」で働きながら…

明治生命ビル前。

3月18日
堀江ドックで若木信吾さんに『youngtree diary』の取材で写真を撮ってもらったあと「新助」アトレ新浦安店で刺身定食を食べながら「映画『素晴らしき世界』の役所広司の佇まいとか雰囲気とか喋り方って、角田純さんにめちゃ似てましたよねえ」「いや、まじでそう！」とか話をした。桜があちこちで開花。

3月23日
雑誌『七緒』作家の山内マリコさん、神田伯山先生の対談、撮影@新宿・末廣亭。

3月24日
webサイト『ほぼ日』の写真特集のためのインタヴュー@グレインハウス。インタヴュアーは奥野武範さん。「ピント」を通じて写真のことを考える。

3月25日
神保町、集英社へ。秋に出す予定の文章だけの単行本のために、かつて『小説すばる』で6年間連載していた「目次月記」というコラムを資料室でコピーさせてもらう。当時の編集長・横山勝さんに久しぶりに挨拶。

3月27日
由香利、久莉子が大阪へ。図書館、総合体育館プール。「RUBAN」花の会に招かれる。

3月28日
総合体育館プール、イオン、鴨を買ってソテー、昨日のワイン、ジン。相撲、照ノ富士、優勝、良い顔。スーパーサッカー終了。岡山のロケ『孤高のレストラン』放映の日。

3月30日
NHKプロフェッショナル 志村けん「自分で飽きちゃあダメなんだよ」

3月31日
リトルモア、大嶺さん、加藤さん。昔、真夜中に書いた記事をコピーしてもらったのを受け取りに行く。モニカ茂木さんの水原希子さん写真展@パルコミュージアム

4月1日
夢。蒲団の敷いてある部屋を横切って行く、とても細い針金のようなゲジゲジがカエルに巻き付いて、もつれあいながら、網戸に向かい、そしてカエルの腹にその針金のような身体が突き刺さって、通り抜け、カエルはあっけなく絶命して窓の下に落ちる。それを、ぼくが起き上がって、スコップでカエルをすくい、どこかに捨てようとしている。八丁堀「湊湯」。

4月5日
会ったことのない、知らない編集者からインスタグラムのDMで仕事の依頼。東京都のレターヘッドの入った企画書。「東京オリンピックを応援するため」のとあるプロジェクト。自分は、2021に東京でオリンピックを開催することには反対なので、とお断りする。

4月6日
孫さんと電話、女優Kの話。船橋聖一『ある女の遠景』八丁堀「栖」

4月7日
東京都写真美術館。澤田知子さん『狐の嫁入り』素晴らしい。恵比寿にて山野さんと会う。「縄のれん」〜「TRENCH」〜「Qwang」。
いまは仕事、プロジェクトごとに丁寧なチューニングが必要だよね、という話。

4月9日
秋に予定されている展示『語りの複数性』の打ち合わせ。@千駄ヶ谷の中山英之建築事務所。中山さん、磯亮平さん、田中みゆきさん。

4月12日
東京駅の喫茶店「アロマ珈琲」にてプレジデント社の江部さんと打ち合わせ。秋に出版予定の文章の本。dancyuWEBで連載していた「山の音」、小説すばるの「目次月記」などを中心に。写真を掲載しない文章だけの本、という方向性で。デザイナーの候補などざっくばらんに話す。その後「ふくべ」へ移動していろいろ話す。吉行淳之介の『街角の煙草屋までの旅』中身も装丁の佇まいもいいですよ、と江部さん。

4月18日
『ある女の遠景』舟橋聖一、『スーベニア』しまおまほ、『酒場のたしなみ』『ややややのはなし』吉行淳之介、『戦争育ちの放埒病』色川武大

なにかの宗教の信者である年上の女性、母親

8. “MORRE-SE ASSIM”
カエターノ・ヴェローゾ & ジョルジ・マウチネル

9. “Moro, lasso, al mio duolo”「私は死ぬ、悲しみや苦しみゆえに」
作曲者：カルロ・ジェズアルド
指揮：マルコ・ロンギーニ
歌：デリティエ・ムジケ

10. “The Tears of A Clown”
スモーキー・ロビンソン & ザ・ミラクルズ

写真を撮るとき、見るときに、積極的に音楽を聴くことは多くない。風の音、雑踏、人間の呼吸、衣擦れ、クルマの音、波の音、そんなこんなを感じているのだ。しかし、たまにはスマートフォンとヘッドフォンで音楽を聴きながら街を歩いてみるのも悪くないかもしれない。音楽は身体と魂を浮遊させるのでモノの見え方が少し変わって新しい何かが立ち上がって来ることもあるだろう。今回セレクトした曲は、すべてスマートフォンが普及する以前に作曲されたものばかり。特にモーツァルトは18世紀、バッハは17世紀から18世紀、ジェズアルドにいたっては16世紀から17世紀を生きた人なので写真術の発明される随分前の音楽である。写真が発明される前に人間はどのように世界を見ていたのか？　僕たちはそれを忘れてしまっている。古い音楽を聴いているとそんな問いかけが浮かんできて楽しくなる。人類の長い歴史の中で、写真が無かった時間の方がとんでもなく長い訳で、自分のなかに眠っているスマートフォンの無かった時代、写真術の無かった時代の記憶を思い出しながら、音楽を聴いて踊ってみる、というのが今回の選曲のテーマである。メロディーやハーモニーだけでなく、歌に潜む子音やアクセントを聴きながら踊るということ。『愛と微笑みと花』っていうのは6曲目の「O PATO」のオリジナル・ヴァージョンが入っているジョアン・ジルベルトが1960年に発表したセカンド・アルバムのタイトルです。

2月25日
快晴。salyuの新曲「TAXI」のMVの動画撮影@横浜郊外のホテル跡。ダンサーの酒井直之さんが曲に合わせて即興的に踊る姿を撮影。監督は平野文子さん。

3月4日
岡山へ前乗り。BS-TBSの番組『孤高のレストラン』撮影では無く、出演のため。
大学の同級生の写真家・日置武晴といっしょに。後楽園、岡山駅周辺を徘徊。「禁酒会館」という建物の存在感。17時、ホテルで日置と合流。夜の飲食街が普通に深夜まで営業していて、うれしくなる。

3月5日
朝からロケ地へ移動。出演者に前もっては場所を知らされずに、少し変わった場所（レストランがありそうでない場所）にあるレストランを探して訪ねる、という企画。撮影はJR日生駅前からスタート、みなとの見える丘公園→カキオコ→鹿久居島→頭島（かしらじま）。元郵便局だった建物をリノベーションしたレストラン。地元の海の幸だけを使用したイタリアン。オコゼのコンソメ、絶品でした。@頭島レストラン クチーナ テラダ。日置と久しぶりに会えて&街で酒を飲めて良い旅だった。

3月10日
快晴。延期になっていた日比谷「okuroji」のWEBのため、日比谷・銀座界隈の撮影。

3月11日
渋谷DOMMUNEにて開沼博さんのCD『選別と解釈と饒舌さの共生』発売記念の配信トーク。東京電力福島第一原発のサウンドスケープ。2019年の1月に同行して撮った写真がジャケット、ブックレットなどに使用されている。司会・山岸清之進さん、出演・山野英之さん、森彰一郎さん、そして自分、というのが第一部。第二部は開沼博さん、宇川直宏さん、竜田一人さん。LIVE：中原昌也 a.k.a Hair Stylistics、Nami Sato。

3月16日
映画『あのこは貴族』@ヒューマントラストシネマ有楽町 ITOCIAとても面白い。キャスティングが素晴らしく、カメラワークも秀逸。東京のいまの風景がしっかり写っている。

3月17日
久莉子の卒業式@東京国際フォーラム。キャンパスが豊洲、芝浦、大宮などに分れているので、いちど有楽町に集まって式典を行い、その後、各キャンパスに向かうとのこと。自分は式には出ず、式の前に記念写真を撮る@

デザインの相談をした。多くの人々に手に取って聴いていただきたい「音の風景」である。プロデューサー森彰一郎さん。アートディレクションは山野英之さん。中原昌也さんa.k.a. Hair Stylisticsによるremixボーナストラック収録。ネトルトン太郎さんによる英訳テキストもあり。

2月9日
13時、雑誌『&プレミアム』のために俳優の安藤政信さんの撮影@恵比寿。彼とは20年振りくらいか。1630 『食楽』「地球は女将で回ってる」撮影@ビストロエビス、平尾有紀さん。赤ちゃんを抱いてワインをサーブして下さる素敵なマダム。

2月10日
『La Nuit musique』でのピアノ曲に関するインタヴューが公開。インタヴュアーは海老原光宏さん。

2月11日
『TRANSIT』水上タクシーで浅草から柳橋を経て神田川を御茶の水、日本橋方面へ。そして八丁堀から晴海、お台場。天気も最高だった。東京って面白い、と素直に思えるトリップ。

2月12日
石岡瑛子展@現代美術館。

2月14日
映画『クラッシュ』D/クローネンバーグ監督。@イクスピアリシネマ。最高だな。

2月17日
ISETAN『FOODIE』の撮影。肉屋さん&お菓子屋さん。
映画『ほえる犬は噛まない』@早稲田松竹 ペ・ジュナのたたずまい、いいよなあ。
都内の名画座は郊外のシネコンとはまったく雰囲気が違うな。
17時　STUDIO 35分にて『TRANSIT』のインタヴー。写真撮影は酒航太さん。

2月18日
映画『素晴らしき世界』@イクスピアリ。主演の役所広司さんがあまりにも角田純さんに似ていて笑ってしまう。

2月19日
salyuのPV撮影の打ち合わせ@代々木上原、through

2月22日
11時。『&プレミアム』野宮真貴さんの撮影@恵比寿

2月23日
コロナで入院していた友人Mの快気祝い。
新富町「マチルダ」にて「クリストフ・ルフェーブル」を開ける。

2月24日
『IMA ONLINE』「写真家のプレイリスト」第1回目の選曲を担当した記事が公開。

『愛と微笑みと花 2021』

1.“Singet dern Herrn ein nettes Lied” BWV225「主に向って新しき歌をうたえ BWV 225」
作曲者：ヨハン・ゼバスティアン・バッハ
指揮：コンラート・ユングヘーネル
演奏：カントゥス・ケルン

2.“FUNKIER THAN A MOSQUITO'S TWEETER”
ニーナ・シモン

3.“Gigue en Sol majeur” K.574「ジーグ（小さなジーグ）ト長調 K.574」
作曲者：ヴォルフガング・アマデウス・モーツァルト
演奏：アンドレアス・シュタイアー

4.“O Astronauta De Mamore”（Starman）
セウ・ジョルジ

5.“2 Kool 2 be 4-Gotten”
ルシンダ・ウィリアムス

6.“O Pato”「ガチョウのサンバ」
ナタリア・ラフォルカデ

7.“Soave sia il vento”「風が穏やかで」
作曲者：ヴォルフガング・アマデウス・モーツァルト
指揮：テオドール・クルレンツィス
演奏：ムジカエテルナ

1月20日
14時過ぎに恵比寿「改良湯」。1630、ビストロ・エビスで中川さん、井川さんと『食楽』連載のロケハン、食事。若者のマスク越しのキス、緊急事態宣言下の18時55分のバーのラストオーダーの話。スピーカーの話。深夜130、アメリカ大統領の就任式を見る。レディガガの国家斉唱。

1月21日
Twitterを見ていると、NHKで生中継されなかった、詩人Amanda Gormanのスピーチを発見。リズムと強度。雑誌『TRANSIT』の東京特集、昭和篇の写真を頼まれているのだが、それについて電話で打ち合わせ。散歩、境川を北へ堀江ドックまで歩くコース。「松の湯」駅前の焼き鳥屋、「RUBAN」。ルネサンスの合唱、ジョスカン、ラッスス、パレストリーナなど聴きたくなって、一昨日の夜辺りからずっと聴いている。

1月23日
冷たい雨。午後、神田のKANZANギャラリーへ。山田脩二展、かねてから見たかった雑誌『SD』1972年3月号「続・いま建築に何が問われているか」が展示されていた。雑誌の下半分に山田さんの作品『日本村』がレイアウトされ、上部には、それとは関係の無い記事、文章というページがその号のなかでかなりの部分を占めている。いま見てもとても斬新なレイアウト。

2月1日
『TRANSIT』日本橋の撮影。

2月2日
『TRANSIT』旧東京市店舗向け住宅の撮影。

2月3日
一日中、森山記念病院HPのための撮影。本橋先生の手術など。

2月4日
『TRANSIT』東京タワーの撮影@六本木ヒルズ屋上。風も無く、快晴で素晴らしい夕景。富士山も綺麗に見えて編集の佐藤桂子さんと2人で子どものように気分が上がる。

2月5日
『TRANSIT』撮影、新橋、浅草。

映画『戦慄せしめよ』ウェブ公開。見えない建築のように打楽器の音が重なっていく日野さんの楽曲。もし劇場で見れたなら音が耳からだけでなく皮膚をダイレクトに揺るがすだろう。たたみかける精緻なリズム。演奏している人間の息、呻き、叫び。ボク達はつい太鼓の音を「ドン」あるいは「dong」と単純化して表現してしまうけれど、はたして太鼓の音に母音のoの響きはあるのか？　人間の声以外に宿る母音はあるのか？　そんなことも思う。改めて、訓練された鼓童の技量に舌を巻く。中込健太さんの筋肉、皮膚の艶。そして響きを構造として捉え、再構築するレコーディングエンジニアの葛西敏彦さんのセンス、技術も素晴らしい。空気と水（風、海、川、滝）の移動と摩擦。自然の音と太鼓の音が前景でも後景でもなく、共鳴し、ねじれながら一体となり、また拡散する。進行形で立ち上がっていく不可視の空間。見るために目を閉じるという教え。

2月7日
新幹線で佐々木直也と日帰りで名古屋へ。「長岡京室内アンサンブル」の公演@三井住友海上しらかわホール。シュヴァリエ、ウェーバー&チャイコフスキー。アンコールはボッケリーニ「マドリードの夜警隊の行進」素晴らしかった。東京公演がコロナで中止になってしまったけれど、わざわざ名古屋まで足を運んだ甲斐があった。

2月8日
社会学者の開沼博さんが、東日本大震災以降、研究の一環として取材し続けてきた福島第一原子力発電所の構内でフィールド・レコーディングした「音の風景」がCDとして発売。『選別と解釈と饒舌さの共生』というタイトル。ボクは2019年1月23日に同行して福島第一原子力発電所を訪れ、その際に撮影した写真をCDのジャケット、ブックレットに寄稿している。ちょっとややこしいが、そのささやかなブックレットの写真のタイトルは『選別と解釈と饒舌さの強制』という。そしてそこに記されている開沼さんのライナーノーツと小説家・古川日出男さんのエッセイのタイトルは『選別と解釈と饒舌さの矯正』。べつにことば遊びをしている訳ではなく「共生」「強制」「矯正」それぞれのことばの意味はまったく違うが、音は同じだ、ということを言いたい訳でもない。3つのことばの違いを考えながら写真を選んだり、ーを借りる。京葉線の八丁堀駅で地下鉄に乗換のためエスカレーターに向かっていると、20代のカップルのマスク越しのキスを目撃。14時に代々木八幡で黒瀬万里子さん、鈴木聖さんと会って、佐渡の写真セレクトの打ち合わせ。海の多重露光を中心に方向性を決める。その後「クリスチアノ」で食事。いわしのロースト、肉のグリル、ジャガイモとタラ、人参、いちじく、赤ワイン。

1月11日
登石木綿子からLINEで友人のスタイリスト平野京介の訃報を聴く。悲しい。年末から入院していてコロナ感染が分かる。高校サッカー決勝TV観戦。山梨学院がPK勝ち。PKは好きではないが、延長が終わった時に山梨のキーパーがうれしそうで、あー、山梨が勝つな、と思った。山梨の1点目を決めた広沢選手、とてもいい。

1月12日
円錐形の人工的な山状の場所で行なわれる、パフォーマンス、ダンス?、演劇?
客席のその円錐形の斜面の下の方からさらに谷になっていて、向こう側がステージ。
客席の最前列は濃厚な獣臭。その写真を撮らなければならないのだが、途中まではまったくシャッターが押せず、そしてショーが終わったあと、楽屋かロビーへ行きたいのだが、道が分からない。時計は10時を指していて、それを意識した途端にすべてを忘れそうになるのだ。

『La Nuit musique』(ラニュイ ミュジーク)インタヴュー。@グレインハウス 好きなピアノ曲、ピアニストについて。モーツァルト Gigue en Sol majeur K.574、K.570、K.576。シューベルト ナハトムジーク、ブラームス ピアノ三重奏曲、スクリャービン。など。

1月13日
孫家邦さんと会う。1730銀座「教文館」。女優Kの話。

1月15日
立石「二毛作」へ。緊急事態宣言で日高さんがワンオペでお店を切り盛りされている、ということを聞いたのも理由のひとつ。いまはワンオペなのでセットが酒肴の初めに出て来るのだが、その内容が素晴らしい。帰りに閉店間際の西船橋のバーでカルヴァドス。家に帰って、最後のいっぱいのつもりでジン&イットを飲む。その途端に猛烈な吐き気を催して嘔吐。飲み過ぎの気持ち悪さではなく、アレルギー反応的な何か。吐いたあとも身体中が痒く、顔がむくみ、腫れている。

1月16日
朝、起きると痒みは収まっているが、身体が芯から疲れている感じ。残り物の野菜を1時間ほど煮て、出汁をとって、その出汁だけで味噌汁を作って飲んで過ごす。お腹は減るが、身体がどんどんクリーンになって行く感じ。頭も冴えているような気がする。田中みゆきさんからメール。中山さんから展覧会の会場構成プランが届く。外に面したウィンドウに大きなプリント6点、+室内に小さなプリントの額数点。要検討。

1月17日
最近、ピアノの音源を良く聴く。先週取材を受けたから、と言う訳でもなく、もっと大きくいうと、3年まえに八丁堀に事務所を引っ越した際に、寺屋さんがプレゼントしてくれたスピーカーが、ピアノの音によくマッチするような気がするのだ。以前はピアノ、とくにソナタなどの独奏作品はほとんど聴かなかったのだが、シフなどのよい演奏に出会ったから、というのもあいまって。今朝はチョウ久しぶりに、アンジェラ・ヒューイットのバッハを引っ張りだして聴いている。

1月18日
17時、大橋修さんの事務所にて、豊田監督、黒瀬さん、安沢さん、沖さんと動画公開に向けて宣伝用の写真についてなど、打ち合わせ。

1月19日
ミサ曲。『聖母マリアのための夕べの祈り』のようでもあり、『ロ短調ミサ曲』のようでもあり、『パンジェ・リングァ』のようでもある音楽を指揮しているのだが、何かのピース、要素が足りずに曲にならない、という夢。14時、銀座「オーバカナル」にてモーグリーンの木村さんと日比谷のJR高架下のモール「okuroji」のサイトの写真について打ち合わせ&ロケハン。コロナ禍であまりの人出の無さに、いま撮影する意味は無いのでは?　と率直に思ったので、その旨伝える。数寄屋橋「サンボア」に2人で行って話をする。

大吟醸「月明かりの下で」芳恵から電話。

1月2日
境川を海へ。三番瀬。

1月3日
久しぶりに気になって、SMITHONIANの『ANTHOLOGY OF AMERICAN FOLK MUSIC』に収録されている1曲、Bascom Lamar Lunsford という人の「DRY BONES」という曲を聞いている。「I saw the light come shining」という一節がBOB DYLAN、THE BANDの「I shall be released」を思い出す。
「I see my light come shining」箱根駅伝、駒澤大が創価大を抜いて優勝、をTVで見た後、家から船堀まで歩く。14時に出て、途中トイレに行きたくなって、AEONにと寄ると、Stevie Wonderの「Black Man」をサンプリングしたHIP HOPの曲が流れている、誰の曲かなぁ。「チェスト」に着いたのが1530。ナスのマリネとサラミのフォッカチオサンド、美味い。ワイン、スパーリング&赤。店主が銭湯好きで、このあと「鶴の湯」に行くというと銭湯のはなしで盛り上がる。バスで西葛西、東西線、またバスで新浦安まで。「RUBAN」でマティーニ。家で豚鍋。

1月4日
鈴本演芸ホール 正月初席三部。客席がやはりさみしい。権太楼師匠の顔が見たくて。『代書屋』トリは三三師匠『素人鰻』喬太郎師匠の『総司やるTHIS筆箭』『農耕接触』たまらん。ほかに雲助、白酒、のだゆき、林家あずみ、林家正楽などのみなさん。のどが痛くて風邪っぽい？　少し筋肉痛。こういう時期だけに心配。酒も飲まずに直帰。権太楼師匠にメール。

1月5日
端数が気になる。なんとか・ブラック・ナインティーン。海外のお札、で19なんとか札というのを数えている。20なんとか札、もあって。そしてヴィデオのようなものを撮っているのだが、その秒数の端数が20秒ぴったりのと、ほんの少し長いヴァージョンがあって、その違いの吟味。そんな夢。やはり酒を飲まないと早く目覚める。いま6：45。のどの痛みは、やや収まっている。ちょっとホッとする。ただの風邪気味でもモヤモヤするなあ。7時のNHKニュース「緊急事態宣言あさってにも」21時のNHKニュース「東京都 新型コロナ 年末に次ぐ1278人感染確認 重症は過去最多」

1月6日
15時に浅草「神谷バー」で町口覚と待ち合わせ。2人で小さな新年会。ホッピー通りのモツ屋を経て「NEW DUTE」。「ことばだよ。ことば！」を連呼するマッチ。懸案の『GOOD TRIPS, BAD TRIPS』を今、印刷して出版するのは無い、ということで2人の意見は一致。ほかにやるべきことはあるな、と。マッチがお父さんに「いままでこんな雰囲気を経験した事があったか？」と問うと「これは初めてだ」とマッチ父、という話を最近したという。何か新しいことが起こりそうな、清々しい予感。自分のことば、魂のことば、ふるえ、子音の響き。広場と洞窟、部屋。孤独なことば、呼びかけと応え。魂の震えを感じたことのない相手に対しても、それでも詩であれ。

1月7日
緊急事態宣言。

1月8日
船橋法典「法典の湯」。「RUBAN」。白菜のくたくた煮。

1月9日
暴風雨の地中海に船出。ここはレバノンのベイルート？　あるいは、マルタ？　バルセロナを目指すのだ。船はとんでもなく揺れている、という夢。9時前に起床。11時前から総合公園、三番瀬沿い歩道散歩。13時、野村浩とイオン4階のスペイン料理屋でパエリア。
「ブライアン・イーノが語る、ポストコロナ社会への提言とこれからの音楽体験」
「そして、人間は身を委ねるのが好きなんだと思う」「Radio Garden」のこと
https://rollingstonejapan.com/articles/detail/35164/1/1/1

1月10日
夢。山、渓谷に連なる貧しい村、流れる川は透明で青い。目覚めると、娘がZOOMでゼミの教授と話していて、卒論の書き方についてダメだしされている。頑張れとは思うが、教授に同情する部分もかなりある。立ち聞きする気はまったく無かったのだが、キッチンで水を飲みながら会話が聴こえてしまうのだ。図書館に行ってシフとポゴレリチのインタヴュ

ジュース。

5月19日
午前中『山の音』の原稿。野村浩から連絡あって新浦安で昼食。

“屋外で会話少なければ必ずしもマスク必要なし”専門家会合
（2022年5月19日21時04分NHK）

5月20日
午前中『山の音』の原稿。夕方、川崎の銭湯「政の湯」。道ばたで何かを要望されている何かの業者的な人が、携帯で怒っている。「あのね、金曜日の夕方にメールが来て、普通そのメールを見るのは月曜日の朝なんですよ！」

5月21日
「enrica」のweb.&インスタのための撮影。デザイナーの町田栄子さんの希望で、久莉子をモデルに。江部さんの紹介&編集。スタイリスト伊佐山さん。浦安、新浦安にて。集合時間の10時〜11時あたりは雨が結構降っていて、11時頃から堀江ドックでスタート。15時、終了。娘の写真を撮ったことはもちろん何度もあるけれど、それはあくまでも日々の暮らしの中の一瞬のことで、このようにスタイリングをしてというのは初めてで、なんだか緊張する、そして不思議。

5月22日
晴れ。12時過ぎに浅草。「吉野屋」で牛丼。13時前に待乳山公園。聖天町会の三社祭写真展。阿久根さんはじめ、青年部の面々に久しぶりに会う。その後、公園のすぐ隣の事務所で川田洋平、そして久しぶりにデザイナーの藤田裕美さんに会う。16時八丁堀、山下アペロ。「柊」。

5月23日
六本木の国立新美術館へ。ダミアン・ハーストの『桜』を見に行く。最終日。それぞれの作品のタイトルのつけかたが興味を引く。「素晴らしい世界の桜」「神の桜」「帝国の桜」「知恵の桜」「この桜より大きな愛はない」etc.ちょっと笑ってしまう。「MOTI」でカレー。銀座「三省堂」。新浦安「Nexus」で散髪。

5月24日
web.マガジン『TOKION』から取材を受ける。普段愛用している道具について。「マスターピース」のリュックサックのことを話す。浦安の堀江ドックにて。カメラマンは濱田晋さん、ライターは坂崎麻結さん、編集は「Mo-Green」の木村慶さん。

5月25日
終日『山の音』の日記の推敲。

5月26日
恵比寿へ向かう電車の中で、先週買った鈴木涼美『娼婦の本棚』を読む。「ありえないほど汚れた場所の、ありえないほど高貴な信仰」という一篇を読んで、一瞬泣きそうになる。「この世で最も不公平な関係」も凄い文章だった。まだ読了していないが、読むのが楽しみ。若い人に向けた本の紹介というか、ブックガイドという体の哲学書。「ドキュメンタリー写真の心得」のなかの「タテ位置は断定。ヨコ位置は客観」というフレーズに関して、スタジオ・エビスに勤務していた時に誰だったか先輩からこの言葉を教えてもらったような気がして、ひょっとしてそれは元々、ある写真家の写真集に収録されている言葉だったのかもしれないと思い、心当たりのあるその本がスタジオ・エビスの蔵書に確かあったはず、とスタジオの事務所に伺って、お願いしてその本を見せてもらう。だが、まったくの勘違いであった。夜、『山の音』の日記以外の本文を入稿。

5月27日
午前中『山の音』の日記の推敲。きょうは由香利も在宅で久しぶりに昼食を2人で一緒に食べる。彼女が作ってくれたうどんを食べながら、このところ健康診断に行っていないことを心配される。

2021

1月1日
雑煮、煮染め、くりきんとん（由香利作）、黒豆（フジッコ）。本橋夫妻来訪。ウイスキー、ジョニーウォーカー18年を頂く。1420サッカー天皇杯中継。フロンターレvsガンバ。サッカーTV観戦のあと散歩。境川沿いに堀江ドックまで歩き、江戸川を北上して、浦安駅へ。そこからやなぎ通りを真っ直ぐ明海大学。約2時間。夕食はカニ&ブリ鍋。「真野鶴」の飲む酒は本当に良い。その後、タクシーで「NEW DUTE」。

5月13日
小雨。沖縄と奄美はすでに梅雨入りしたとのニュース。

「ドコカニイッテ、ハヲミガク!」大リーグ実況での意味不明な日本語絶叫、最近増えた2つの理由 「意味不明」だと話題になったのは、昨年5月12日のアストロズ戦の一幕。大谷が内角に投じた鋭い変化球で相手打者を見逃し三振にとると、突然、実況が「ドコカニイッテ、ハヲミガク!」と絶叫した。これは、「Go away! And brush your teeth!」(歯でも磨いてきな!)という「慣用句」で、日本語でいうと「顔を洗って出直せ」に近い言葉を「直訳」したもの。その後、アナウンサーも「グーグル翻訳しました」と“種明かし”していた。同局はツイッターにもこの動画を上げていて、「意味不明で大笑いした」というコメントもついている。(讀賣オンライン)

ずっと家で読書、堀部篤史『火星の生活』、『京都の迷い方』夜、坂本慎太郎さんの本番データ制作。

5月14日
午後、来週の「enrica」の撮影の資料のために、久莉子の私服姿をいくつか撮影。夕方「法典の湯」。深夜、サッカーFAカップ リヴァプール:チェルシー　0:0:でPKでリヴァプール。

5月15日
連休前に図書館から借りて、延滞してしまった本。『親密なるよそ者』スチュアート・ホール回想録、『オーケストラ』クリスチャン・メルラン、『民謡とは何か』島添貴美子、『新宿書房往来記』村山恒夫、『月を見つけたチャウラ』ピランデッロ。返却。
きょう、沖縄復帰50周年。昼飯を作る。もやしと小松菜と豚肉の炒め物。しめじとネギの味噌汁、など。3人で一緒に食べる。午後、有楽町「ビックカメラ」へ。Canon EF 16~40㎜購入。Canonの売り場で写真家の長野陽一さんに会う。16時、八丁堀、山下アペロ。「サイゼリヤ」プレミアリーグ　マンチェスターシティ:ウェストハム　2:2　ウトウトしながら見る、寝る。

5月16日
小雨。朝、由香利を駅まで送った後、江部さんから来た原稿をダンンロード、整理。
「4月の企業物価指数 過去最高に原材料費上昇や円安影響」「マリウポリ市長顧問『占領者は焼い弾か白リン弾を使用』」(NHK)

17時30分御徒町北口で江部さんとまちあわせ。「enrica」の事務所で、土曜日の撮影の打ち合わせ。その後、居酒屋「真澄」でデザイナーの町田栄子さん、江部さんと食事、酒。そこに写真家の川島小鳥さんと野村恵子さんが合流。

5月17日
『山の音』の原稿を読む。17時恵比寿の「フォートウエノ」にて『NeWorld』の連載の撮影、取材。上野さん親子、伊藤さんの写真撮影、インタヴュー。編集は金谷さん。終了後、上野さんと代官山「間人」。インタヴュー中、お客さんが入れ替わりいらっしゃったので、インタヴューの後半部、覚えているかどうか、ちと不安。しばらく酒をやめよう。

5月18日
福島第一原発の処理水 原子力規制委 東電の放出計画を了承
(2022年5月18日11時47分 NHK)

米議会下院 約50年ぶり「UFOに関する公聴会」映像公開も
『UFO＝未確認飛行物体をめぐっては、アメリカ国防総省が特別チームを設けて調査を行うなどしていて、アメリカ議会下院で17日、関係者が出席して公聴会が開かれました。この中で国防総省の高官は「アメリカ兵たちが未確認の航空現象に遭遇していることを把握しており、飛行の安全性へのリスクとなるため起源の特定に取り組んでいる」と説明しました。』(2022年5月18日13時29分 NHK)

写真家の木原悠介から誘われて16時過ぎに御徒町の銭湯「燕湯」、南インド料理「アーンドラ・キッチン」でヴェジプレート。18時半「MAHER SHALAL HASH BIZ」(工藤冬里さんのユニット)のライヴ@上野水上音楽堂。説明がむずかしいライヴ、笑。全編リハーサルのようでもある。料金1,000円。ネトルトン太郎にも久しぶりに邂逅。湯島の大衆居酒屋に少し顔を出す。きょうは酒なしでアップル・

5月8日
くもり。昼前に御飯を炊いて、大根の味噌汁を作って昼食を3人で。おかずは先日作ったシチューの残りなど。午後、久しぶりにぼーっとFMラジオを聴く。NHK FMの『X(かける)クラシック』民謡の特集。選曲が良くて。初めて聴く素敵な曲も多く、聴いて良かった。コパンチンスカヤ親子の「ツィガーヌ」、ヨーヨー・マ&キャサリン・ストットの「シェナンドー」、さまざまな「グリーンスリーヴズ」など。市川紗椰さんが選曲したスティル作曲の「アフロ・アメリカン交響曲」市川さんのコメントも良かったな。

5月9日
Tシャツに薄いコートを羽織って外に出たが、寒い。昼飯を新浦安駅の「ゴンクル」でヴェジプレート食べて、恵比寿へ。「グレインハウス」に顔を出して、寺屋さんとオーディオ話を少し。1530〜「リッキッドルーム」で坂本慎太郎さんの取材、撮影。『BRUTUS』。ライターが渡辺克己さん。編集、村田健人さん。雨が心配だったが、取材が終わってから降り始めて来た。森彰一郎から連絡があって目黒で飲むことに。その前にプール。目黒は「シナトラ」。のんちゃんも一緒。

5月10日
『listude』の原稿チェック、坂本さんの写真整理・セレクト。洗濯。17時〜映画『C'MON C'MON』@イクスピアリ。音、声、そして子役の演技が印象に残る。
主人公のPSBの番組みたいな子供へのインタヴュー、とくに後半はちょっとウザく感じてしまった。あの部分はドキュメンタリーなんだろうか?　夜、船堀「鶴の湯」。

5月11日
朝、ニュースで「ダチョウ倶楽部」の上島竜兵さんの訃報。久莉子を市川まで送って行って、そのまま銀座へ。webで安い駐車場を検索する。歌舞伎座は満車、ヤマハはうちの「ヤリスクロス」は高さがオーバー。で、7丁目のヤマハの一本裏に「ビーフラット銀座7丁目パーキング」と云うのがあって、24時間¥1,700ー。リーズナブル。7丁目界隈をウロウロ。「バーニーズ・ニューヨーク」久しぶりにのぞいてみる。もちろん、のぞくだけ。13時に「オーバカナル」で徐美姫と待ち合わせ。先月末から日本に帰って来ていて、大阪、福井、仙台などに家族で行ったとのこと。東京では西荻窪の葛城家に滞在していて、明後日13日にニューヨークに帰ると。会うのは7、8年振りで、いまは写真の仕事はストップしていて、マッサージの資格をとり、個人でいろんな人に施術していて、そのかたわら大学で学ぶ準備中らしい。元気そうでなにより。お互いの仕事のこと、家族のことなど、近況報告するが、あまり久しぶりな感じがしない。合羽橋へいくというので、クルマで送る。車中、Spotifyの「J POP MIX」で長渕剛「とんぼ」がかかったのが何だかいい感じ。あ、クルマに乗る前に銀座でポートレート、首筋のタトゥー(様々な言語の「YES」)を撮影。その後、現代美術館で藤井光、山城知佳子展。山城さん、前から気になっていたのだが、なんとなく、いままで見ていなかったのだが、宮沢和史さんの本を読んで積極的な興味が湧いたのだ。動画、3面マルチチャンネルの作品『肉屋の女』がグッと来た。喜納昌吉&チャンプルーズのアルバム『BLOOD LINE』のなかの「イヤホイ」と云う曲と「すべての人の心に花を」の曲間のことを思い出す。ボクの持っているCDでは曲間が無く、あまりにも滑らかに、滑らか過ぎに2つの曲はつながっている。しかし、オリジナルのLPではA面の最後が「イヤホイ」で、B面の1曲目が「すべての人の〜」なのでレコード盤を裏返す作業が入る訳で2つの曲が直に接続することはない。「イヤホイ」は沖縄の未来が失われていくことをウチナーグチで嘆く歌詞。「すべての〜」は標準語の歌詞。アルバム『BLOOD LINE』はSpotifyでは聴くことが出来ない。帰りに船堀「乙女湯」。

5月12日
13時に東銀座、三原橋のプロントにて税理士さんとミーティング。今年の経費の使い途についてアドバイスをもらう。その後、「IG PHOTO ギャラリー」にてタカザワケンジ展。「SCOTCH GRAIN」をのぞいたら、素敵なプレーンな靴があって、試履して購入。三ノ輪へ出て銭湯「改栄湯」サウナが修理中、とのことでめちゃ空いていた。18時湯島「シンスケ」にて熊谷新子、佐藤豊と秋美の学校案内の打ち上げ。2人はきょうは朝から浦和で印刷立会いで、無事に終了したとのこと。仕上がりが楽しみ。久しぶりの「シンスケ」料理がみんな素晴らしい!　酒は「両関」のお燗。佐藤さんは札幌「赤星」。2人は初めてとのことでうれしそう。ちゃんと仕事を終えた後に

4月28日
浅草橋で安野谷昌穂展@「parcel」、「KANZAN gallery」にて横山大介展『I hear you』。阿久根さんと電話、今年の三社祭のイヴェントの件など、税理士さんと電話、来春の申告の件。

4月29日
一日中雨。朝イチで総合体育館プール。17時から「ロッツォシチリア」へ老眼鏡を取りに行く。宮沢和史『沖縄のことを聞かせてください』安東嵩史さんの編集。彼のFacebookで知って購入。

4月30日
昼食を準備していると野村浩から連絡。昼食後にお茶することに。コンビニでコーヒー買ってクルマで高洲海浜公園へ。天気は良いが風がちょっと強い。その後、倉庫。プール。
夜は家で食事を作る。カツオのたたきのマリネ、カプレーゼ、豚のソテーなど。イオンで買ったバローロ。TV『藤井風テレビ with シソンヌ・ヒコロヒー』

5月1日
朝、プール。ふと思う「努力して学べば何でも理解できるというのは傲慢だが、目の前のものがすべてだ、というのは傲慢ではないような気がする」夜中、NHK TV『佐野元春のソングライティング』。小田和正さん。

5月2日
きょうもなんだか雨模様。午前中プール。夕方、虎ノ門の「CURATOR'S CUBE」。澤野よいな写真展。「升本」、「RUBAN」。新浦安駅から傘無しで歩いていると雨にずぶぬれになる。

5月3日
きょうは快晴。10時過ぎに由香利と久莉子、3人でクルマで出かける。国道357線が大渋滞で高速に乗るのに2時間以上かかる。13時前に佐倉の「DIC川村記念美術館」、『カラーフィールド』展。その後、成田山へお参り。鰻「川豊」そしてスーパー銭湯「龍泉の湯」。帰り道はさほどの渋滞は無く、20時30分帰宅。江部さんと電話で話す。『山の音』のマドンナの原稿のことと、別件の仕事。「enrica」というブランドの服を来て久莉子をモデルに写真を撮影して欲しい、との依頼。以前『dancyu』の江部さんのエッセイのために、久莉子が写っている写真を寄稿したことがあって、デザイナーの町田栄子さんが、その写真をとても気に入って、とのこと。本人に伝えると「やらせていただきます」と。

5月4日
昼、プール。昼寝。17時〜、浦安。野村浩と夕食&酒。@四季旬菜「つくし」、「RUBAN」

5月5日
江部さんのメール返信など『山の音』関連のいろいろそして「enrica」の件。プール。

5月6日
原稿の初出の日付整理をして江部さんに送る。原稿の順番を思案する。夕方「ヤオコー」一階「肉処 大久保」でスネ肉、スジ肉を買ってシチューを作る。TVをだらだらと見続ける。『関ジャム完全燃SHOW』平成ソングランキングベスト30ベスト10は、宇多田ヒカル、キリンジ、サザン、フジファブリック、SMAP、バンプ、椎名林檎、宇多田、ORANGE RANGE、髭ダン。久莉子と二人であれこれ突っ込みながら。洋楽版も見てみたいという彼女。マイケル・サンデル「中国の寝そべり族」について。マイケル・サンデル、年取ったなあ。寝そべり、いいじゃないか。これはある種の禅じゃないかしら。本気で寝そべってずっとずっと寝そべって、飽きるまで寝そべって、床ずれするまで寝そべれば。東アジアには寝ている仏様、たくさんいるじゃないか。松本清張のドラマ『天城越え』演出・和田勉。昭和の役者の佇まいが面白い。宇野重吉、大谷直子、佐藤慶、鶴見辰吾（子役）、そして松本清張そのひと。音楽は林光。1978年制作。

5月7日
夕方まで原稿直したり、家でこまごまと作業していたら、齋藤由希から連絡があって「いま辰巳にいるんですが、ごはんどうですか?」と。八丁堀「gare du lyon」で落ち合う。教え子を引率して水泳大会に行っていたとのこと。ひとり、10歳の女の子が初めはぜんぜん記録が伸びていなかった子なのだが、最近急成長して決勝にいったんですよ！　とうれしそうに話してくれる。ワインも美味しかった。「CRETE DU JOUR JUS DE PRESSE 2019 DOMAINE ANTOINE COULY」というサボワのガメイ。

4月18日
7時30分ごろシャワーを浴びて、朝食。10時30分にチェックアウトして11時に秋美へ。NPOアーツセンターあきたの責任者 三富さんの撮影。これが今回の秋美の学校案内の最後の撮影。マクドナルドで昼食。運転免許をとったばかりの熊谷さんが運転したいとのことで、初心者マークを持参。文化創造館まで助手席に乗る。熊谷さんは会議。佐藤さんと2人で「強首温泉」へ往復。16時30分にレンタカーを返却し、永楽食堂で18時過ぎまで打ち上げ。かわはぎ、セリ、肉団子、ポテトサラダ…駅からバスで空港へ行って、20時05分の飛行機で羽田へ。東京は雨だ。

4月19日
午後「グレインハウス」。「MOKSA」のHPのための追加プリント立ち会い。途中、「shiro」で秋美の修正データのレタッチ確認。夕方、マガハの『POPEYE』編集部で榎本さん。自動車メカニックの色校確認。東銀座のカウンター割烹?的な店に入ってみる。「離亭 三ぶん」

4月20日
17時、原宿リトルモア。孫さんに写真を届ける。その後2人で西麻布「葡呑」。

4月21日
午前中、石田さんから宮の森美術館に購入してもらった作品代金入金の知らせ。ほっとする。『七緒』の和装若旦那の本番データのための調整&隼人くんにRAWデータを送る。夕方から雨。「鶴の湯」。

4月22日
銀行で色々支払い、振込。昼食@「カドノ」緑黄色プレートカレー。「グレインハウス」にて「MOKSA」のプリントチェック。その後渋谷経由で外苑前まで歩く。17時30分。山下さんと待ち合わせて、神宮球場。阪神・青柳、ヤクルト・高梨。大山、ロハスJr.の2発。青柳完封。天気も試合もビールも最高。「Qwang」。

4月23日
午後、総合体育館のプール。それ以外は1日中ダラダラ。

4月25日
フランス大統領選の決選投票が24日、投開票され、仏メディアは中道の現職、エマニュエル・マクロン大統領(44)が極右「国民連合」のマリーヌ・ルペン候補(53)を破り、再選を確実にしたと報じた。(毎日新聞)

10時に開店してすぐの「ケーズデンキ」にて、前回見て良さげだなと思ったDENONのCDプレイヤーDCD-50(¥38,000ー、スロットインのタイプ。タテ置きも可能)を購入。帰宅してすぐにCDをかけてみるが、2/3のCDが読みとれず演奏不能。一度、店に戻って状態を説明しようとしたら店のデモCDは演奏出来る。もう一度家で何度かトライすると、半分ぐらいのCDは読み取るが、半分はかからない。新品でこれは無いよな〜、ともう一度店に行き、返品、返金してもらう。なんだかモヤッとして、クルマで秋葉原へ。「ハイファイ堂」と云う店で、3、4万円の中古品のプレイヤーがあるか探すが、いまCDプレイヤーは品薄とのこと。壊れないのなら10万円出しても良いのだが、というと、そういうものは無い、と。だいたい2〜3年で、動作不良、読み取り不良は生ずる、と。そういうものなのか?
うーむ…「ダイナミック・オーディオ」という店でヤマハの新品を購入。明後日、配送してもらう。TEACの製品も気になったのだが、午前のDENONの件もあり、スロットインタイプは、ちょっと不信感が出て来てしまった。

4月26日
午後、小野さんから『七緒』の本番データが届き確認。雨。家を出たときは小雨だったが、16時30分に白金高輪で金谷さんと待ち合わせで、喫茶店でも探そうと地上に上がると、けっこうな激しさ。駅からすぐのスタバ。『NeWorld』の連載の打ち合わせ。「フォートウエノ」の上野さんどうかな、と。良いかも。18時に「ロッツォシチリア」で食事、ワイン。齋藤由希、中村有希の2人も合流。ワイン3本飲んで、恵比寿「TRIAD」へ。アブサン飲んで解散。新浦安「RUBAN」。家に戻って老眼鏡をどこかに忘れて来たことに気づく。

4月27日
朝、秋美の色校が届く。それを元に佐藤さん、熊谷さんとZOOMミーティング。
16時前にCDプレイヤーが届く。気持ちの良い音。トレイの開閉の音がちょっと雑な感じ以外は満足。17時30分八丁堀に出て「湊湯」。「さくら家」で焼き鳥、「栖」。

「New Coast」の「サイゼリヤ」。「RUBAN」。

4月12日
午前中、七緒の和装の若旦那シリーズのデータ整理。アタリデータ送付。『雛形』の本番データ、送付。午後、15時から野村浩アトリエにて油画の複写、河出書房新社からでるアンソロジー『おいしい沖縄』の表紙のために野村さんが描いた油絵の絵の具が乾かないので、入稿用に撮影。編集は杉田さん。夜「バーミヤン」、船堀の「乙女湯温泉」。

4月13日
晴れ、そして暑い。最高気温は25℃あたりまで上がりそう。12時前に家を出て、有楽町「BICカメラ」でCDプレイヤーをチェック。4万円台か12、3万円という2つの価格帯。違いはなんだろう？　銀座シャネルにて写真展『Soul』ジェーン・エヴリン・アトウッド展。16時渋谷。単行本『山の音』の打ち合わせ@サトウサンカイ。500ページを想定した、軽い紙で、表紙の模型を佐藤さんが既に作ってくださっていて、びっくり&うれしい。江部さんと2人で気持ちが上がる。「麗郷」、「Qwang」。

4月14日
一日中家で『山の音』の初出調べ、原稿チェック、『雛形』の追加データ制作などなど。
きょうは、きのうとうってかわって薄ら寒い。

4月15日
ロシア国防省は14日夜、ウクライナでの軍事作戦中に損傷した黒海（Black Sea）艦隊旗艦のミサイル巡洋艦「モスクワ（Moskva）」が沈没したと発表した。国営タス通信（TASS）が伝えた。（AFP＝時事5:28配信）

4月16日
7時45分羽田発の飛行機で秋田へ。学校案内、最後の撮影。表紙候補の桜の撮影のため。秋田8時50分着。曇っているが、地平線は晴れて来ている。10時前に秋美に着く。図書館前の桜は満開。まだ曇っているのでクルマで少しウトウト。11時前から、どんどん晴れてきて、正午には雲がない完全な快晴に。学内、秋田西中学校、新屋周辺を歩きながら撮影。桜を撮っているときの切りがない感じ、写真集『Cherryblossoms』をつくっていた時を思い出す。13時前に終了して「天吉食堂」でカレー。ネットで秋田市内から最も近い天然温泉を調べてみると、大仙市の「強首温泉」というのがあるのが分かり、日帰り入浴をやっているか電話で確認すると大丈夫だったので、クルマでむかう。大学から空港の前を通って30分ぐらいで到着。雄物川沿いの集落。かつては地震や洪水など自然災害との戦いが絶えなかった場所のようである。秋田市内に戻って17時前にホテルにチェックイン、データをバックアップした後、小1時間眠る。川反のおでん屋「江戸中」→バー「ル・ヴェール」→「永楽食堂」夜の町、今までで一番人が多いような気がする。桜が満開の土曜の夜。「永楽食堂」では4人がけのテーブルに相席で他の3人も全員1人客だった。ボクを含めて3人は関東からの客で、1人男鹿半島から仕事で市内に来ているお兄さんがいて、その人がせっかくだから飲んで行ってよ、と3人に一杯ずつ男鹿の酒をおごってくれた。「稲とアガベ 改良信交 どぶろく」1杯￥1,500 ーかっこいい人だった。そして凄いお酒だなあ、と。酒というより、デザート。

4月17日
6時過ぎに目覚める。今日も天気は良さそうだ。朝食ビュフェ、その場でオムレツを作ってくれるのがうれしい。食事を食べている最中に『山の音』のあとがきのことばが浮かんで来て、部屋に戻って1時間ほど文章を書く。午前中、千秋公園を散歩。屋台も結構出ていて花見に訪れた人たちが春を満喫している様子は気持ち良い。昨年は屋台は出なかったそうだ。11時半にデザイナーの佐藤豊さん、12時に編集の熊谷新子さんと駅で合流。3人で大学にむかう。昨日、雨上がりの澄んだ空気のなかで写真を撮れているので、きょうはほとんどシャッターを押すことはなかった。2人にきのう撮影した写真の雰囲気など説明する。13時半ごろ「天吉食堂」へ。今までで一番混んでいて、小一時間待つ。焼肉定食。
市内に戻って、文化創造館で3人で、きのう撮った写真を確認、セレクト。夜は食事のまえに「華の湯」で一風呂浴びてから手形新栄町の「おもろ」土田世紀追悼の「新政」。サービスの女性が土田さんの高校の同級生だったとのことで、思い出を話してくれる。究極の普通、と云う感じのお酒。美味い。山菜、クレソン、桜鱒をはじめ料理も最高である。〆に作ってもらった雑煮も。2件目「カメバル」でワイン。

淀屋橋まで歩いて散歩。途中、難波神社、参拝。地下鉄でまたミナミへ戻り、難波から近鉄で奈良へ。近鉄奈良駅近くで麻婆豆腐。「青天」という店。美味しかった。その後、春日大社、東大寺へ参拝。風は冷たいが快晴で空気が澄んで気持ちよい。春日大社の植物園も良かった。観光客も寂しく無い程度にはいるが、わさわさしていない。15時半に「APAホテル」にチェックイン後、銭湯「新花園温泉」へ。待合室に福祉？　的な弁当。500円。『しんぶん赤旗』。17時に大和西大寺駅で淳子と待ち合わせ。病状、治療のことなど、ざっくり話す。毎日会社には行っているとのこと。小1時間で別れて奈良に戻る。ビストロ「seve」ウズラのサラダ、真鯛のロースト、チーズ。バー「フィディック」、「Music Bar Reciaffe」で新浦安に住んでいた「梅田さん」と云う人に会う。

4月2日
ホテル近くの喫茶店「珈琲館」にてモーニング。9時過ぎにチェックアウト後、入江泰吉写真美術館にて須田一政展＆入江泰吉『文楽』。『文楽』のコンタクトシート、オリジナルプリントが素晴らしい。近鉄で京都へ出て、岡崎へ。バスに乗って失敗した。渋滞がけっこう続いてイライラする。河原町でバスを降りて歩く。煙草の吸える喫茶店を見かけたので、入ってうどん定食。京セラ美術館にて森村泰昌展『私という迷宮』奈良から京都へくると、人の多さにクラクラする。帰りは地下鉄で京都駅に戻り、16時13分発の「のぞみ」で帰京。

4月3日
小雨、少し寒い。野村家の撮影、出張写真館「明るい部屋」のためのテスト。@野村家の部屋、公園＆はなちゃん1人ではなちゃんの部屋。カレーの夕食をご馳走になる。

4月4日
1日中家で読書。最高気温、10℃に届かず寒い。中村きい子『女と刀』、ルシア・ベルリン「掃除婦のための手引書』。夜「鶴の湯」。

4月5日
クルマで移動。13時、総合体育館プール。15時30分、中目黒「POETIC SCAPE」にて孫さんへの額を引き取り。柿島さんと打ち合わせをしていた落合由利子に会う。「NEW COAST」の「サイゼリヤ」。「サイゼリヤ・プレミアム」はじめて頼む。「BIFERNO ROSSO」というモリーゼ州のワイン。美味い。「RU BAN」。中西さんと天野さんに奈良のバーで「梅田さん」に偶然会った話をすると驚かれる。

4月6日
あたたかい。桜もそろそろ終わりでかなり散っている。根岸の電気屋「こみや電気」（ネットで調べたSONYの代理店）へCDプレイヤーの修理持ち込み。帰りに「Gingrich」。齋藤くんほか若い男の子たちと話す。Moment Joon『日本移民日記』。

4月7日
晴れ。8時30分　銀座4丁目「もとじ」13時浅草「荒井文扇堂」にて、雑誌『七緒』の若旦那の和装の撮影。途中、浅草「宿六」にておにぎりの昼食。新浦安駅で夕食の材料を買って16時過ぎに帰宅。録画したNHKの朝ドラを見る。

4月8日
晴れ。11時に骨董通りの菓匠「菊屋」の若旦那、撮影。その前に、スタバ。今年たぶん初めてテラスで飲食。日射しが眩しい。日向では暑いくらい。地下鉄で浅草に移動して「ロッジ赤石」でハヤシライス。14時からおにぎりや「宿六」の若旦那撮影。観音裏。
鈴木さん、藤田さんと別れて、銭湯「堤柳泉」19時半、八丁堀「栖」ちはるさんと合流して「gare de lyon」。熊谷さんから秋美のパンフ、桜の写真を撮ることについて連絡あり。

4月9日
晴れ。昼まで寝て、残り物で昼食（人参とジャガイモのオムレツ、トマトソース、ゴーヤーと豚肉の炒め物、大根と油揚げの味噌汁）その後さらに昼寝。疲れているのか、いや、飲み過ぎだな。16時過ぎまで寝てしまう。

4月10日
一日中ダラダラ。夕方、新浦安駅で由香利の誕生日のケーキを買う。

4月11日
午前中から自宅にて、秋美の写真、本番データを制作。約80カット。細かいレタッチ必要分は小野隼人に発注。SONYから連絡あり。先日、代理店に持ち込んだCDプレイヤー、部品は無く修理不能とのこと。残念。18時、の湯」

3月27日
『湯山昭の音楽』@オペラシティ。素晴らしい20世紀のエッセンス。佐々木直也と。新宿三丁目『鼎』八丁堀「gare de lyon」

3月28日
午前中、『POPEYE』のクルマのメカニックの写真のセレクト、調整。夜、「New Coast」の上の「サイゼリヤ」にてラムステーキ、アスパラガス、アンチョビのサラダ。その後「RUBAN」。

「ウィル・スミスさん妻を侮辱され平手打ち
主演男優賞スピーチで弁明」
27日のアカデミー賞授賞式で、俳優のウィル・スミスさんが舞台に上り、コメディアンのクリス・ロックさんの顔をたたく一幕があった。2人はその後もやり合ったが、米国ではテレビ中継が一時期止まる騒ぎとなった。（朝日新聞12:48配信）

3月29日
久莉子の会社の同僚が発熱で自宅待機とのことで、念のため彼女は在宅。昼、野菜炒め、夜、ビーフカレー、作る。夕食後、船堀「あけぼの湯」。「正直であること」と、「開き直り」の違いについて考える。重なる部分が無い訳ではないが、2つはもちろんイコールではない。個人のレヴェルでも、大きな集団の間でも、意図的な意地悪、挑発、攻撃に対して、暴力で立ち向かう、という事象が相次いでいてウンザリする。まあ、世界はずっとそうだったのであって、あまりにも今、実況中継的にそういうこと、そのことに対する第三者のリアクションが伝えられているだけなのか？　サッカー、ベトナム戦。先制点をとられた後、解説のウッチーが一言「仮にこれがW杯本大会だったとしたら、もう終わりですね」

3月30日
ロシアとウクライナは29日、トルコで停戦交渉を対面形式で再開した。終了後、ロシアのフォミン国防次官は停戦交渉を前進させるための信頼醸成措置として、首都キエフと北部チェルニヒウ方面での軍事作戦を大幅に縮小すると表明。ウクライナ代表団は、関係国による安全保障の枠組み創設と引き換えにNATO加盟を断念する「中立化」方針を伝えたと明らかにした。ロイター通信などが報じた。米CNNテレビ電子版は29日、複数の米当局者の話として、キエフ周辺からロシア軍の一部が撤退を始めたと報じた。米側はロシア政府の「主要な」戦略転換だと分析しているという。（イスタンブール共同）

道子伯母さんから電話、6月19日に満江お祖母さんの17回忌をやるとのこと。最後の法事。14時50分横浜聡子監督の映画『いとみち』@キネカ大森。小品だが、良かった。駒井蓮さんはじめ、キャストがフレッシュ。津軽の空気感が明るく撮られている。
MRYさら。ルーツ秋田。久しぶりに焼き鳥「鳥彦」良い店。シンプル。大井町で途中下車してワインが飲みたくて「8ユイット」にトライするが満席。とおりすがった「武蔵屋酒店」という角打にて缶ビール。最高だった。

3月31日
11時過ぎの「のぞみ」で新大阪へ。久しぶりに母と妹達に合うため。梅田でチューリップの花束を買って、園田へ。軽く雨が降っている。15時20分、頼子と待ち合わせ。母を訪問。顔を会わせるのは昨年の正月以来。「はじめまして」と。今回は最後までボクのことを息子と識別せず。頼子が讃美歌405番を歌うと拳を降って応える。頼子の差し入れの、ござ候（お菓子）を、ずっと頬張って噛んでいて、そのまま横になる。「最近何か面白いことはありましたか？」聞くと「面白いことはありません」「でも大切なことはあります」「大切なことは何ですか？」「人を愛することです」と。「チャーム」の庭、周辺では桜が満開だった。1時間弱で辞去。（一応、コロナ禍下での面会時間は30分程度と云うルール）17時、梅田の『ブラッスリー ブー』で頼子と食事。19時過ぎに別れ、心斎橋の「日航ホテル」にチェックイン。鰻谷のバー「TEN」、角打「かね正」（バランタイン17年が400円！）そのあと、2件。最後の店はゆるいガールズバーのような店で、カラオケで何か1曲歌った気がする。女の子にも1杯おごって、「え、1400円!?」大阪の飲み屋、安過ぎる。

4月1日
「心斎橋パルコ」近くの「ドトール」でモーニング。さて、文楽を見ようと思ったが2日からで、今日はやっていない。中之島美術館も休み。陶磁器美術館は長期休業ちゅう。御堂筋を金谷さんと。

3月15日
ロニ・ホーン展@箱根ポーラ美術館。思い立って一人で久々に長めのドライブ。天気は最高。夜、イチローの写真、本番セレクト決定。仮の見本を作ってレタッチ、現像を小野隼人に依頼。

3月16日
午前、銀行へ。支払多数。午後「JINS」にて視力測定して老眼鏡を作る。ルシア・ベルリン『掃除婦のための手引書』23時36分
地震。かなりの揺れ。震源地福島県沖、宮城、福島などの沿岸部で震度6。千葉県浦安市は震度4。久しぶりに気持ちの悪い揺れ。

3月17日
10時千葉駅『雛形』の撮影、取材。ウェブマガジン『こここ』編集長・中田一会さん。ご自宅と「千葉公園」にて撮影。公園のカフェで昼食。帰宅後、データ整理。「RUBAN」。

3月18日
10時50分映画「若草の頃」“Meet Me in St. Luis”@イクスピアリ。帰宅後、ビーフシチューを作る。夕方、総合体育館プール。

3月19日
昼食、ほうれん草の味噌汁、小田原のさつま揚げ、など。図書館。夕方、総合体育館プール。夕食、刺身、蒸し野菜。作る。夜、NHKで2014年放送のウクライナ問題のドキュメンタリー再放送。『歴史と民族から考えるウクライナ』その後、映画『good will hunting』ガス・ヴァン・サント

3月20日
昼食、たらこのパスタ。サバのパスタ。シチューの残りのパスタ。3人で。昼寝後、部屋の掃除、片付け。東京でソメイヨシノ開花。でも今日は暖かくは無い。最高気温15℃。最低気温5℃。今週、22日、23日は寒の戻りもある、とのこと。

3月21日
玉村幸子展@巷房、銀座。ユニクロでシャツ等購入。三ノ輪「改栄湯」「NEW DUTE」

3月22日
朝から寒い。自宅にて、確定申告で税理士さんに送る領収書、書類などの整理。昼過ぎに雪もちらつく。

「東京・東北電力管内に電力需給ひっ迫警報 節電呼びかけ 政府」
（NHK 2022年3月22日13時19分）

17時　新浦安駅のファミマから税理士に書類など、発送。船堀、「鶴の湯」。帰りにファミマに行くと、看板、サインの電気を消灯して営業していた。その後、また新浦安イオンに寄って、豚肉買って、夕食ソテー。きょうの停電は回避された、とのニュース。

3月23日
倉庫へ行って先日の地震の影響がなかったか、確認。特に異常なし。森彰一郎より連絡。『ただようまなびや』の会、高田馬場18時〜、とのこと。そのまま総合体育館プールへ行った後、クルマを置いて東西線へ。古川日出男、開沼博、森、大森の4人で飲みながら近況報告、雑談。1人の人間が受けとめられる量を越えた様々な情報。「戦争や震災に飽きる」話。帰り、浦安駅ラーメン「たかし」「RUBAN」おぐろさん。

3月24日
14時30分上野文化会館前で西野入さんと待ち合わせ。小沢征爾音楽塾オペラプロジェクト『こうもり』。「パパン」にてワイン。「角屋」。重苦しい世界の状況下で、馬鹿馬鹿しいストーリーのオペラを観れる幸福について、など雑談。楽しい時間だった。サッカー、日本がオーストラリアに勝ってW杯に出場を決めたとのこと。

3月25日
9時45分新習志野〜川口〜埼玉〜向島。『POPEYE』のクルマ特集。メカニックのポートレート。ライター仁田恭介さん。自宅までクルマで送ってもらう。またクルマで出かけて、イオンの「REGAL」にて靴購入後「葛西の湯」。青山真治さんの訃報『Helpless』のパンフレットに写真を寄稿したことを思い出す。

3月26日
雨。11時10分〜映画『VOCTOR/VICTORIA』@イクスピアリ。豚鍋の夕食後、船堀「鶴

欧州連合（EU）加盟国は9日の大使級会合で、ウクライナに侵攻したロシアに対する追加制裁に合意した。
これまで科した制裁の抜け道を封じるため、暗号資産（仮想通貨）取引を規制。侵攻に加担しているベラルーシの3銀行を世界の銀行決済網「国際銀行間通信協会（SWIFT）」から排除することも含めた。
ロシア軍が侵攻を続け戦況激化に歯止めがかからない中、制裁の実効性を高めることでプーチン政権への圧力を一層強める。正式決定後、詳細を発表する。
追加策はまた、複数のプーチン政権高官や政権に近い新興財閥（オリガルヒ）を新たに制裁対象に加える。海運分野の規制も導入する。（時事ドットコム18：57）

ロイター通信などによると、ウクライナ北部のチェルノブイリ原子力発電所で9日、電力供給が遮断された。国営原子力企業エネルゴアトムは、使用済み核燃料の冷却ができなくなり、放射性物質が漏れる恐れもあるとして警戒を強めている。一方、国際原子力機関（ＩＡＥＡ）は、冷却に支障はないとの見解を示した。（讀賣オンライン21：39）

3月10日
「韓国大統領選　野党・尹錫悦氏が勝利宣言＝「偉大な国民の勝利」9日に投開票された韓国大統領選で、保守系最大野党「国民の力」候補の尹錫悦(ユン・ソギョル)前検事総長(61)が当選した。尹氏は10日未明、国会で記者会見し、「私と国民の力の勝利というよりは偉大な国民の勝利」と述べた。(「ソウル聯合ニュース」3/10（木）5:07配信)

14時　「グレインハウス」「MOKSA」プリント立ち会い。18時　銀座「サンボア」　ジンソニック1杯だけ。いまひとつ美味く無い。体調のせい。つまりこのところの酒の飲み過ぎ。帰宅してラーメンを作る。

3月11日
晴れ。午前、北栄の倉庫「A&B」へ。SPBS写真集ワークショップのための写真集をピックアップ。野村浩から連絡あり、ロイホでお茶、というか遅い朝食。13時過ぎ、赤羽橋「PGI」にて潮田登久子写真展『マイハズバンド』素晴らしい！写真というメディアの良さがじわじわと伝わる。タイトルが内容を軽く裏切るのも良い。14時クルマで恵比寿「グレインハウス」へ。きのうのプリント立ち会いの続き。船堀「鶴の湯」に寄って帰宅。バターチキンカレーを作る。角田さんからメール。原稿、面白かった、とのこと。特に訂正なし。良かった。週末に写真を選ぼう。

「食料・電力不足の東部マリウポリ　空爆続き20万人避難できず」
ロシア軍が包囲するウクライナ東部の港湾都市マリウポリで、食料や水、医薬品、電力などの不足が深刻化している。住民を退避させるための「人道回廊」設置で両国が合意していたが、9日には産婦人科・小児科病院がロシア軍に空爆され3人が死亡するなど、戦闘は継続。避難を希望する約20万人が取り残されている。（毎日新聞 3/11（金）20:12配信）

3月12日
7時起床。9時から豊洲「ららぽーと」の「SPBS」豊洲にて写真集のワークショップ、ゲスト講師として参加。川田、マッチアンドカンパニーの町口景、SPBS鈴木美波、北村祐の各氏。受講生20名ほど。「情熱と直観」「1枚の写真から何が読み取れるか」「複数の写真をくみあわせるということ」など前半。後半はJ・クーデルカの写真集『EXILES』のこと。田附勝『KAKERA』との共通性のある、「ヘラルド・トリビューン」誌＆食事の写真。自分の足、インスタ的、というかインスタの写真が実は商業化した「亡命者の視線、亡命者の行為」ということ。など。『GOOD TRIPS, BAD TRIPS』のスライド上映。印刷された写真集以前の手作りのポートフォリオのこと。昼食、川田、景と3人で食べて帰る。帰宅後、昼寝して「RUBAN」。

3月13日
午前中『NeWorld』連載、角田さんの写真選び。昼食後、総合体育館プール。夜、本橋家。

3月14日
1050～映画「ウエストサイド・ストーリー」＠イクスピアリ。音楽そのものが素晴らしい。ドゥダメルは適材適所だなあ。映像はちょっと色気が足りないか。帰りは徒歩。江戸川を上がって、大三角線のトンカツ「田」そのまま徒歩で帰宅。昼寝してから、クルマで「鶴の湯」。本橋家で頂き物のビールをピックアップ。帰宅後、角田原稿＆写真の最終調整のやりとりをナ大統領府は「会談の重要な課題は、即時停戦とウクライナからのロシア軍の撤退だ」としています。
こうした中、ロシア国防省は28日、ショイグ国防相が、プーチン大統領に対して、核戦力を運用する部隊で人員を増強し、特別警戒態勢に入ったことを報告したと明らかにしました。ロシア側は、核保有国であることを強調しながらウクライナの非軍事化と中立化を要求していて、停戦が実現するかは不透明です。（NHK 2022年2月28日22時56分）

3月1日
6時34分新浦安、「のぞみ」で京都へ。9時30分 京都駅集合。「MOKSA」の撮影。佐藤、小酒井、道くん。10時30分。八瀬「MOKSA」着。ほぼ完成した設え。部屋、ロビー、アート作品、サウナなど撮影。夕食はシェフの宍倉宏生さんのまかない。鶏胸肉、野菜のロースト、めちゃ美味しい。ハウスワインも良い。スタッフの山口メグさんのサービスも楽しく、みんなで酔っぱらう。

3月2日
9時起床。（寝坊）本来は9時集合。朝食、野菜、肉料理、お茶の撮影。12時45分、「MOKSA」発。14時39分発の新幹線で帰京。16時54分、東京着。

3月3日
「SPBS」写真集ワークショップの1回目の録画をざっと見る。午後「グレインハウス」。「MOKSA」のフィルム15本。

3月4日
6時起床。9時新宿、伊勢丹通用門集合。『FOODIE』の撮影。「銀座あけぼの」の高田さん、「銀座アスター」浅倉さん。その後、移動して豊洲へ。11時より「SPBS』にて写真集ワークショップの打ち合わせ。鈴木、北村、ナビゲーター川田洋平の各氏。帰宅後、昼寝して今日撮影のデータ確認、整理。

「ウクライナ ザポリージャ原発“ロシア軍が占拠”【なぜ？】」
ウクライナ南東部にあるヨーロッパ最大規模の原子力発電所をロシア軍が占拠したと、ウクライナの原子力規制当局が発表しました。一時発生した火災はすでに鎮火し安全に稼働しているということですが、ロシアへの非難は一層強まりそうです。（NHK 2022年3月4日18時43分）

3月5日
9時35分、日の出公民館発のバスで羽田へ。空港でMEM石田さん、高橋さんと合流。
11時50分羽田発ADO 21便で千歳へ。雪のため、条件付運行であったが、無事着陸。13時25分千歳着。空港で画家の谷原菜摘子さんと合流して、JRで札幌、タクシーで「宮の森美術館」へ。日本の現代美術の収蔵作品の量に圧倒される。予想の斜め上をいっている。16時ごろから、地下の写真を展示している部屋の1つの壁に、収蔵してもらったVSLのプリントのうちの約3分の1、27点の展示の指示、立ち会い。19時ごろまで。その後、美術館近くのスタッフのための寮（マンション）で食事。焼肉、焼きソバ、など。22時過ぎまで。「京王プラザホテル」チェックイン。ホテルの部屋で、コンビニで買ったウイスキー「メーカーズ・マーク」。

3月6日
6時30分ごろ、目覚める。1Fのレストランで朝食。オムレツ、サラダ、コーヒー。
10時30分、ホテルを出て「宮の森美術館」。新館の見学。五木田智央ルーム、など。
谷原さんの作品も。12時過ぎに札幌駅まで送ってもらって、JRで空港へ。自宅に戻ったのが18時前。『雛形』の森若奈さんより連絡。微熱が下がらない、とのことで念のため8日の取材をリスケしたい、とのこと。

3月7日
14時、船堀「チェスト」。山下さんと。16時30分、森下「魚三酒場」。
17時過ぎ「山利喜」。タクシーで八丁堀「栖」。

3月8日
小雨で低温。寒い。11時、恵比寿グレインハウスへ。「MOKSA」のベタチェック。
小酒井氏に連絡。昼食後、MEMにてアントワン・ダガタ展。15時25分、イクスピアリにて映画『偶然と想像』

3月9日
11時30分、角田さんに電話でインタヴューの追加取材、確認。その後、原稿を書く。
16時、銀行残高チェック。17時、散髪。わたらいさん。18時「RUBAN」。

歩く自撮り動画をツイート。観光名所のゴロデツキー・ハウスを背にして、「オンラインには偽情報がたくさん出回っている。私が軍に、武器を下ろすよう呼びかけたとか、避難しているとか」と述べ、「私はここにいる。我々は武器を下ろしたりしない。国を守る」と強調した。

ゼレンスキー氏は前夜にも、政府庁舎前で撮影した動画をソーシャルメディアに投稿。自分や政府幹部は首都にとどまっていると示し、国と独立を守ると主張した。

ゼレンスキー氏はさらに26日朝、フランスのエマニュエル・マクロン大統領と協議したとツイート。「武器や装備が協力国から送られてくる」、「反戦同盟は機能している！」と書いた。

インタファクス・ウクライナ通信によると、キーウ市当局は、市内で戦闘が続いていると確認し、シェルターに避難している人はそこにとどまり、自宅にいる人は窓から離れているよう呼びかけた。

一方で、国家安全保障国防会議（NSDC）のオレクシー・ダニロウ書記はウクライナのニュースサイト「Lb.ua」に対し、軍は状況をコントロールできていると話した。

「我々はあらゆる手段を尽くして、襲撃を食い止めている。軍と市民がキーウをコントロールしている」と、ダニロウ氏は話した。

イギリスのジェイムズ・ヒーピー国防担当閣外相は26日朝、BBCラジオに対して、ロシアが侵攻初日に掌握しようとした標的はすべて依然としてウクライナ側にあると指摘。ウクライナ側の抵抗は「見事」だとして、「ウクライナは今、悲惨な状態が何日も何週間も続く事態に直面しているが、それでも見事な対応をしている」とたたえた。

（BBC 2022年2月26日12:30）


『ロシアのSWIFT排除決定間近か、「数日内」とユーロ圏の中銀幹部』

ユーロ圏の中央銀行幹部の1人は26日、ロイターに対し、ロシアを国際銀行間の送金・決済システムのSWIFT（国際銀行間通信協会）から排除する決定が数日内に下されるとの見通しを示した。この高官は匿名を条件に「SWIFT（巡る決定は）あと数日、非常に短期間の話だ」と述べた。（2/26（土）19:15配信　ロイター）

2月27日

「北朝鮮 弾道ミサイル 岸防衛相 “日本のEEZ外に落下と推定”」

岸防衛大臣は防衛省で記者団に対し、北朝鮮が27日午前7時51分ごろ、北朝鮮の西岸付近から少なくとも1発の弾道ミサイルを東方向に発射したと明らかにしました。

そのうえで、岸大臣は「詳細については現在、分析中だが、最高高度がおよそ600キロで、300キロ程度飛しょうし、落下したのは北朝鮮の東岸付近で、わが国のEEZ＝排他的経済水域の外と推定される」と述べました。（NHK 2022年2月27日9時57分）

2月28日

あっというまに2月も終わってしまう。午前、角田さんの原稿をどうしようかと思っていると、野村浩から昼食の誘い。海岸散歩のあと1130新浦安で待ち合わせ。「明海皮膚科」から電話があり、接種券を持ってきて欲しいとのことで、持ち歩いていたので、寄ってから、新助で刺身定食。その後、2人で境川～堀江ドック～浦安駅。駅前で別れて「モン」でアイスコーヒー。西友の「無印良品」をのぞく。その後、また徒歩で新浦安に戻る。浦安の青い写真。


「ロシアとウクライナの代表団が会談 停戦実現するかは不透明」

ロシア軍がウクライナに侵攻してから初めてとなる、ロシアとウクライナの代表団による会談が行われました。

ただ、ウクライナ側は、即時停戦と軍の撤退を求めているのに対して、ロシア側は、ウクライナの非軍事化と中立化を要求していて、停戦が実現するかは不透明です。

ウクライナでは、ロシアによる軍事侵攻が各地で続き、民間人も含めて犠牲者が増えています。

こうしたなか、ウクライナのゼレンスキー大統領は、ウクライナの代表団がロシアの代表団と会談することで合意したと明らかにし、会談は、28日、ウクライナと国境を接するベラルーシ南東部で行われました。

ロシア軍による侵攻が始まってから双方が会談を行うのは初めてです。

会談を前にロシア側の代表団のトップ、メジンスキー大統領補佐官は記者団に対し、「合意は双方の利益になるものでなければならない」と述べました。

一方、ウクライナ側は、レズニコフ国防相や外務次官らを代表団として派遣し、ウクライ昨日のカレーでカレーうどんを作って由香利と食べる。午後、散歩、海沿いロングコースから北栄、図書館、駅、自宅。きょうは今までで見た海で一番の引き潮。牡蠣をグループで大量に穫りに来ている中国人のグループ。晴れるかと思いきや、歩いている間、ほとんど曇り、ときに雨。オリンピック閉会式。

2月21日

権太楼師匠へのプリントデータ、フォートウエノに発注。psこのは。青森・弘前　漬け物やでバイト、夜間高校。八丁堀「gare de lyon」、新浦安「RUBAN」。

2月22日

間部百合の結婚式に招かれている夢。「グレインハウス」にてプリント立ち会い。WEBマガジン『雛形』の森若菜さんから電話。『雛形』を閉じる、とのこと。そして、最後の仕事の依頼。


ロシアのプーチン大統領はウクライナ東部の親ロシア派が事実上支配している地域の独立を一方的に承認したうえで「平和維持」を名目にロシア軍の現地への派遣を指示しました。

（NHK 2022年2月22日21時19分）

2月23日

11時、サーディン&ジャガイモのパスタを作る。ビオトーク同窓会に持って行くため。「カーブフジキ」にて「ファネッティ／Fanetti　ヴィーノ ノービレ ディ モンテプルチアーノ リゼルヴァ1993」購入後、銀座レモン社、新宿マップカメラなどでEOS 1n探すが、見つからない。レモン社で中野のフジヤカメラに1台あるとの情報を教えてもらう。

16時、下高井戸、紺野真さん宅。順子さん、齊藤輝彦さん、高山裕美子さん、横山佐知さん。楽しい、美味しい&懐かしい時間。23時前に辞去。

2月24日

朝、由香利を新浦安、久莉子を西葛西までクルマで送る。午後、15時に家を出る。中野、フジヤカメラでCanon EOS 1 rs ¥30,800－で購入。「ときのん」「柊」。戦争が始まった。


「ロシア軍がウクライナに軍事侵攻」

ロシア軍は24日、ウクライナの軍事施設に対する攻撃を始めたと発表し、ロシアによる軍事侵攻が始まりました。ウクライナ側によりますと、攻撃は東部だけでなく、首都キエフの郊外や南部などの軍事施設にも及んでいて死傷者もでているということです。

（NHK 2022年2月24日22時53分）

2月25日

原宿ナショナルフォートに来週の京都MOKSAロケのためにフィルムを買いにいく。

その後、有楽町「BICカメラ」にて、こわれてしまっていたRズミクロン用のクローズアップレンズを買う。八丁堀まで歩いて「湊湯」「MARU」「RUBAN」。

2月26日

夕方、クルマで恵比寿「フォートウエノ」権太楼師匠へのプリント、ピックアップ。

その後、中目黒「POETIC SCAPE」へ孫さんに頼まれたプリント7点、権太楼師匠のプリント、額装依頼。帰路、船堀「鶴の湯」。


「ロシア軍、首都キーウ市内に爆撃　ウクライナ大統領『国を守る』と強調」

ロシア軍のウクライナ侵攻が3日目に入った26日、首都キーウ（キエフ）市内での戦闘や爆撃の情報が相次いでいる。ロイター通信によると、同日未明にはキーウ南西部で高層の集合住宅が爆撃を受けた。近くにはジュリャーヌィ国際空港がある。ウクライナのゼレンスキー大統領は同日、「国を守る」とキーウ市内から呼びかける動画をソーシャルメディアに投稿した。

ロイター通信によると、キーウ南西部には同日未明、ミサイル2発が撃ち込まれたという。爆撃された高層集合住宅では、少なくとも5階分が被害を受けている。当局によると、住民を避難させており、死傷者の数は確認中だという。

キーウのヴィタリ・クリチコ市長は同日朝、夜間の戦闘で35人が負傷したと明らかにした。そのうち2人は子供だという。35人が全員民間人かどうかは不明。

市長はさらに、キーウ市内に現在ロシア軍は入り込んでいないものの、ロシアの破壊工作員が市内で活発に活動していると話した。

ロシア国防省は同日、ウクライナ南部のメリトポリ市を制圧したと発表した。近くには主要な港湾都市マリウポリがある。メリトポリの人口は推定15万人。

ゼレンスキー大統領は同日朝、キーウ市内をって帰る。人参のグラッセ、ジャガイモをチン、味噌汁つくって、ステーキを焼いて久莉子と食べる。

2月14日
16時過ぎに東京駅の「VYNYL TOKYO」「Kenelephant Web Magazine Collection『NeWORLD』」に写真集『very special love』5冊とどける。イヴェントは28日まで。17時半、赤坂で孫さんと待ち合わせ。タリーズでコーヒー飲みながらイーユン・リー『千年の祈り』から「あまりもの」「黄昏」。孫さんの行きつけの居酒屋へ。「栖」。

2月15日
9時過ぎにシャワーを浴びて家を出る。コロナワクチン3回目@明海皮膚科。その後、倉庫へ行って、VSLのネガピックアップ。野村浩から連絡あって、新浦安。「GRAN VIA」にてランチ。ハラミ・ステーキ。副反応、結構きつい。発熱は無いのだが倦怠感。いろいろやる気がしない。

2月16日
朝、10時前にクルマで久莉子を浦安駅まで送る。いったん家まで戻って、バスで新浦安駅へ。11時半「グレインハウス」。今日も、というか、きのうより今日の方が副反応の倦怠感がしんどい。昼食後、どこにも寄らずに帰宅。2時間ほど眠る。17時半から倉庫へ。「葛西の湯」。

2月17日
午後、吉祥寺「book obsucula」にて、笠井爾示展『Stuttgart』老女の皮膚、乳房の美しさ。写真における笑顔とは何かなど、思う。八丁堀「湊湯」。脱衣所で、股引にチンコを出すための穴を開ける話をするお爺さん。「兄さん、笑ってるけどさあ、年とると我慢できないんだよ。ほかに使い道のないチンコ」待合室でビールを飲みながら「俺なんかお袋の顔知らないから。親父が後妻もらってさ、火の見櫓で立寝だよ。これから佃の部落にかえんだよ」新浦安「RUBAN」。

『ロシア一部撤収の説明、「虚偽」と米高官 NATOなども「確認できない」』
ロシアがウクライナ国境付近からの部隊の一部撤収を発表したことについて、米政府高官は16日、「虚偽」の主張だと述べた。北大西洋条約機構（NATO）トップも16日、そうした動きは確認できないと話した。米政府高官は記者団に、ロシアがここ数日で最大7000人の兵士を増派したと説明。ロシアは「虚偽の」口実にかこつけて「いつでも」ウクライナに侵攻し得るとした。高官はまた、「ロシア政府は昨日、ウクライナ国境から部隊を引き上げているとした」、「その主張は世界各地で大きな注目を集めた。だが現在、それは虚偽だったとわかっている」と話した。（BBC日本語 2022年2月17日）

「東京都新型コロナ ことし最多の24人死亡1万7864人感染確認」
「東京都内の17日の感染確認は1万7864人で、9日連続で前の週の同じ曜日を下回りました」（NHK 2022年2月17日22時33分）

2月18日
11時、東京都現代美術館。クリスチャン・マークレー、ユージーン・スタジオ展。15時、清澄白河「辰巳湯」帰宅してカレー作る。

2月19日
午前中、角田さんインタヴューの文字起こし。食事とって、また昼寝。寒い。

「ウクライナ東部の親ロ派が住民の避難計画を発表、市内にはサイレン鳴り響く」
ロシアの支援を受けるウクライナ東部の分離主義勢力は18日、支配地域である「ドネツク人民共和国」から大勢の市民を避難させる計画を発表した。この発表の1時間ほど前には、ドネツク市の中心部でサイレンが鳴り響いた。過去2日間、ドンバスの支配地域の境界線付近で砲撃が相次ぎ、住民を避難させる動きが出ている。ドネツクとその周辺の親ロ派支配地域の住民を乗せたバスが18日夜、ロシアに向けて出発した。「ドネツク人民共和国」住民のほとんどはロシア語を話す人々で、その多くがすでにロシアの市民権を獲得している。ウクライナ政府は、「ドネツク人民共和国」の幹部らが分離主義勢力ではなくロシアの代理人だと主張している。一方ロシア政府はこれを否定している。（ロイター）

クルマで出かける。映画『coda』@イクスピアリ、その後、船堀「鶴の湯」。

2月20日
昼、カーリング女子の決勝戦を見ながら、一ンタカーをピックアップして、江部さんの運転で出雲へ。撮影場所である松江市朝日町（松江駅すぐ近く）の洋服屋「TERMINAL」をちょっとのぞく。その後、ラーメン屋「太平楽」にいって見るが既に閉店。あきらめて「呉竹鮨」にて昼食をとり、「コメダコーヒー」にて時間をつぶしていると、出雲ドームでの撮影が順調に進み、早めに洋服屋での撮影が始まるとのこと。本来すべてのムービーの撮影終了後にやるはずだった、プレジデントの撮影を先に、とのことで15時には「TERMINAL」へ。1階、出入り口脇の白い壁前でシンプルに撮ることに決めてセッティング、1720に撮影スタート。10分ほどで終了。「お、iPhoneで撮るの？」「はい、画角を確認するために。こんな感じです」「わかりました」「最近、シャッター音のしないカメラってあるよね、あれって苦手なんだよね」イチローさん、面白い。久々の広告、ムーヴィー系の現場感に緊張する。酒くんと駅のスタバで終了を待つ。19時15分にすべての撮影が終わり、石田雄太さん＆博報堂の担当者を空港まで送って、米子駅前のホテル、α oneにチェックインして、データバックアップ。21時から、江部、酒と3人で飲む＆夕食。炭火居酒屋「わかや」宮崎鶏料理の店。イチローの話。広告の撮影現場の話。田附、池田、浅原のはなし。その世代の写真家のはなし。2件目、薫製バー「燻」、ラフロイグ。なれなれしい酔っぱらい、先客1人。3軒目に〆のラーメン。2時頃にホテル。

2月8日
6時に起床。二日酔い。大浴場で一風呂浴びて、朝食、生野菜、シジミ汁、ほんの少しのごはん。また、20分ぐらい寝て、9時ロビー。チェックアウト。鳥取大学医学部付属病院内の田崎健太さん発案のセレクト・ブックショップ「カニジル・ブックストア」をのぞいて（自分も選書しているのだ）空港へ。チェックイン後、搭乗ゲート前の椅子で15分ほど眠る。11時25分米子発のANA NH 386便にて羽田へ。到着後、江部さんと別れて、酒くんと2人で恵比寿へ。「スタジオエビス」でライト、スタンド、ディフューザーを返却。アトレでとんかつ食べて、酒くんにお礼を渡して別れる。15時過ぎに帰宅。

2月9日
8時起床。朝食後、ちょっと寝る。11時家を出る。13時、成城学園前「ヴェローザジャパン」（小沢征爾事務所）にて、イッセー尾形さんの撮影。『BRUTUS』。インタヴュアーは西野入智紗 さん。16時半、新宿シネマート『戦慄せしめよ』爆音上映。新宿三丁目「MARGO1」にてワイン2杯。八丁堀「栖」「RUBAN」。先月末からの秋田、山梨、島根の撮影ツアー。コロナでどれかが延期・中止になるかも、と思いきや無事終える。コロナとのスタンスもクライアント、媒体によってさまざま…世の中良くも悪くもいい加減である。「明海皮膚科」の直子先生から3回目接種の予約できますよ、と云われ、来週15日に予約。

2月10日
8時起床。関東地方に雪が降る、とのことだが、浦安はまだ降っていない。
午前中、倉庫に行って写真集『very special love』5冊、ピックアップ。午後、先日撮影の秋美データのセレクト＆画像の仮調整。

あなたとわたしがここにいる。そして、光が射す。それだけだよな。

2月11日
午前、イチロー＆イッセー尾形のデータ整理。セレクト、仮調整。平野歩夢、ヤヴァイ！
インタヴューされている彼の顔の明るいオーラ、抜け感、ブレイクスルーした雰囲気が凄いなあ。
夜『杜人（もりびと）〜環境再生医・矢野智徳の挑戦』前田せつ子監督のドキュメンタリーをvimeoで見る。

2月12日
11時、自宅を出て渋谷へ。渋谷区文化総合センター大和田さくらホールにて「長岡京室内アンサンブル」のコンサート。シューベルト『ロザムンデ』、メンデルスゾーン『ヴァイオリンコンチェルト二短調』、ストラヴィンスキー『ミューズを率いるアポロ』、ボッケリーニ『マドリードの夜警』素晴らしい！　谷本さんのソロの音色。先生のピアニシモ。
堀岡さん、杉本さん、と。「ロッツォシチリア」へ。

2月13日
1030までベッドにいた。森悠子先生から電話。昼食にトマトとアンチョビのパスタを作って久莉子と食べる。また昼寝。きょうは雨。16時〜、総合体育館プール。帰りに高洲の「OKストア」によって、ステーキ肉、サラダ、ワインなど買でいたという。その後、仙台駅のカフェで、佐藤さんとデザインの打ち合わせ。佐々木俊さんとも合流、パルコのカフェでお茶。夜「伊達路」佐藤、熊谷。秋田着、23時2分。

2月1日
8時起床。チェックアウト後、秋美に10時前に着。12時学食でカレー。午後、ものづくり専攻4年講評会 並川詩織さん（大学院棟）、景観専攻3年講評会（模型と撮影）。
コミュデ専攻3年最終プレゼン＠Webデザイン室。1420、秋田駅。駅ビル内の角打「あきたくらす」で打ち上げ。「新政」「雪の芽舎」「花邑」3種飲み比べなど。1507秋田発『こまち』。東京駅、19時04分着。京葉線内にてDAZNでサッカー、日本：サウジアラビア戦。帰宅後、テレビで。2：0で日本が勝つ。伊東のシュート、美しい。

2月2日
9時起床。午前は銀行。メール整理、データ整理など。15時～ZOOMで木内昇さんと対談。編集 梅原加奈さん、ライター金井悟さん。『Hanako』学び号落語取材。
1630～クリーンスパ市川のプール。MEM石田、角田純、金谷、黒瀬万里子、熊谷新子、江部、各氏と連絡とりあう。

「新型コロナ　全国の新規感染者数が初めて9万人を超える　過去最多　18都道府県で最多更新」「新型コロナウイルスについて、JNNの2日午後6時10分時点のまとめで、きょう全国で新たに9万4931人の新規感染者が確認されています。先月29日を上回り1日の感染者としては過去最多を更新。9万人を超えるのは初めてです。全国で最も多かった東京都はきょう新たに2万1576人の感染を発表しました。先週水曜日（1万4086人）と比べ7000人以上増え、1日あたりの感染発表としては先月28日の1万7631人を上回り過去最多となりました。2万人を超えるのは初めてです。」（TBS NEWS）

2月3日
630起床。10時荻窪で金谷さんにクルマでピックアップしてもらって、甲府塩山の角田純さんのアトリエへ。『NeWorld』の連載の取材、撮影。樋口裕馬さん。蕎麦屋。
アトリエ、自宅、網野奈央さん、佐藤啓さんなどの事務所撮影＆見学。夕方、中島英樹さんの訃報。さみしいなあ、最近は彼とボクはあまり上手くコミュニケーションをとれていなかった。「デザイナーとしては良く生きたんじゃないかな」と角田さん。訃報を聞いた時に角田さんと一緒で良かった。角田さんは清水正巳デザイン事務所で中島さんと同時期に勤めていたのだ。温泉「白龍閣」居酒屋「海」、ベリーA、ポテチ、チョコ、などなど。

2月4日
6時に起きてトイレ、でまた寝る。11時に角田さんのアトリエへ。その後「新田酒店」に立ち寄る。来週の出雲での撮影アシスタントが見つからず、酒航太にアシスタントとして来てもらうことに。その件について江部さんと電話。初狩インターでうどん。15時原宿「ナショナルフォート」～「スタジオエビス」。原宿の交差点で山本康一朗に偶然会う。中島さんのことを話す。帰宅後データなど整理。

2月5日
年下の友人（男性・誰か不明）に説教される夢。やって欲しいことが、頼みがあるのなら、ちゃんと言わないとだめですよ、みたいな。康一郎くんから電話。中島氏の件。「生きている俺たちは頑張っていいもの作ろう」と。康一郎くんらしい。うれしかったな。午後、「スタジオエビス」にて機材ピックアップ。LEDライトと予備のレンズ。帰路、船堀『鶴の湯』作家 西村賢太さんの訃報。

2月6日
今日は寒い。最低気温　－1℃、最高気温7℃。午前、バスで当代島の図書館分館、石田雄太『イチロー・インタヴューズ』を借りるため。帰宅し夜までずっと読む。酒くんと電話で打ち合わせ。「サルヴァトーレクオモ」のピザ、出前。「湯巡り万華鏡」。

2月7日
6時起床。アサヒスーパードライのムックでイチローを撮影するため出雲へ。クルマで羽田空港へいって第二ターミナル駐車場に停める。8時に酒航太と待ち合わせ。2人でチェックイン。荷物が多いのでちょっと時間かかるかと思いきや、1人分の荷物の範囲内に収まり、スムーズにいく。搭乗ゲート前にて編集の江部さんと待ち合わせ。ANA NH383で米子へ。機内は空いていて4割ぐらいの搭乗率か。1040米子着。石田雄太さんと合流、あいさつ。レリオット・ポーター。講評している石倉敏明さん（秋美准教授）に久しぶりに会う。南通亀の町「カメバル」で夕食。ミズダコのカルパッチョ、スバニッシュ・オムレツ、牡蠣と菜の花のアヒージョ、ラザニア、チョコのテリーヌ、全部美味し。

「FNNのまとめによると、29日、全国で新型コロナウイルスに感染しているのが確認されたのは、8万4937人にのぼった（確定値）。1日の全国の感染者数として過去最多。2日連続で8万人を上回った。先週の土曜日（5万4564人）からおよそ1.5倍増えた。」
「東京都では、1万7433人の感染が確認された。2日続けて1万7000人台で、過去2番目の多さとなった。大阪府は、過去最多の1万383人で、2日続けて1万人を上回った。」
（FNN プライムオンライン）

0時過ぎに就寝。

1月30日
3時30分ごろ、目覚める。きょうの秋田の予報気温　最低－3℃　最高－1℃
バス、ボクの前に女子高生、隣に40歳ぐらいの女性、前の高校生が、椅子の下の何かを女性の方に押して、ちょっと何？　と怒る。バッチを落とした彼女、金もないので、バス代が払えないから、彼女に払ってと云う、しかし彼女は何で私？　という感じ、で、ボクが払うが、何かの行き違い、粗相があって、ボクが怒られる。その後、かつて、ボクが住んでいた家賃の安いアパートに修理を呼ぶ。水まわり。そして自分が出演している何かのトークショー、セレブの家。セレブっぽい人たち多数。トークそのものはうまくいくが…XXと手を握って、恋人の様にいちゃつく自分。でも皆は帰ってしまう。彼女はほかにも恋人がいて。会いたい時に会えない…とあるファミレスの社長、アートコレクターだが、アートのことを知らない。アートも見ない。でもその人のコレクションは素晴らしいと誉める人たち。孫家邦さん、坂本陽一さん、今井智己さんと町で偶然出会う。彼ら、特に今井さんはめちゃ酔っぱらっていて、ボクに向かって吠える。孫さんは、今は取り込んでいるから、また今度な、とボクに言う。塩坂芳樹がかつて勤めていた、どこかの飲食店に戻る。自分は帰ろうとし、店の人に勘定を訪ねると、隣の○○屋さんが払ってくれましたよ、と。塩坂は何かのバーゲン的な小売店に行った帰り。さっきまでホンマタカシもそこにいた、という訳の分からない夢。

朝、抗原検査、陰性。平井楓子さん（教員免許合格・ものづくり専攻＠新屋図書館）の撮影。キャップが可愛い。雪の上に佇む姿がスノーボーダーのよう。千葉の人。後藤那月さんの展覧会『息の緒の通い路』（秋田市・新屋NINO）。ビジュアルアーツ専攻3年専攻展ギャラリートーク＠県立美術館。受付で教授の曽根博美さんに「わたし、大森さんにお会いしたこと、ありますよ」と云われ、一瞬分からなかったのだが、西原珉さん、だった。90年代に『very special love』について書いて下さったことを思い出す。岩井副学長。奥羽本線（秋田→横手）永沢碧衣さん＠横手・浅舞スタジオ（マルキン小原）。彼女は画家であり、マタギでもある。秋田の降雪は例年の3倍、とのこと。夕飯は秋田県内のチェーン居酒屋「いいもんや酉二九」（とりふく）安い＆旨い。

1月31日
お台場、近くに自分の仕事場、ナイトクラブのようなバーのような、バーテンダーは「Qwang」の長谷川さん、そこへクルマで行った自分。由香利＆久莉子と待ち合わせ。食事中に音楽ライブがはじまる。ブルース？ボクらのテーブルで、何故かバツが悪く、うざい。ロックフェス？そこで、江部さんと合流。江部さんはどこかの帰りで、サイケなTシャツ＆オーバーオールのお土産をボクにくれる。ボクはそれに着替え。自分の荷物、機材を仕事場に持っていくが、着替えたタイミングで何かを無くしている自分。江部さんと肩を組んで、電車に乗る。上野駅？で酷い喧嘩をも目撃。江部さんはお台場から海に入ってどこかに泳いでいって、また戻って来て、さあ帰らなきゃ、と云う感じ。海際の水面には、たくさんの鳥が群れている。ロックフェスは終了し、あっというまに撤収。がらんとした祭りの後を警備員が巡回している。一件の高級な家からクリス智子的な通訳のようなバイリンガルな人が出て来て「おつかれさま」だか「こんにちは」だか、挨拶する、という夢。

912発のこまちで仙台へ。秋美卒業生、菊地百恵さん＠仙台「デザインココ」の撮影。フィギュアを作っている人。大学時代は漆を学んィッシュ。16時、広尾。うろうろ。17時、「ロッツオシチリア」。中川、井川、3人でワイン3本。帰りは白金高輪から南北線、有楽町線、京葉線。野村浩と計画している写真館のネーミング考えて送る。

1月23日

朝、9時に由香利を駅まで送る。カレーを食べて、再び寝る。17時、鶴の湯。AEONで買い物して、メカジキ&サバのソテー。サラダ。「河内屋」で買ったバローロ。『語りの複数性』カタログのための400字の短文。野村浩から写真館のロゴ案、続々と。

1月24日

昼、海岸コースの散歩。15時に新浦安、サイゼリヤで野村浩と会って、写真館のロゴの件など話す。夜、単行本のため、2020年〜2021年の日記を整理、推敲。夜「浦安万華鏡」。twitterでGがコロナに感染したことを知る。

1月25日

朝、連ドラを見て、少し単行本の文章を推敲。その後、午後にグレインハウスで『very special love』のプリントをピックアップしてMEMに届ける予定で、家を出る前にシャワーを浴びていると、水栓が壊れて水が止まらない。トホホホホ。浴槽を掃除して水を溜めながら考える。玄関脇の元栓を閉めて「ケイヨーD2」へ。ちょうど良い感じの製品が品切れで、葛西の「ホームズ」へ。そこでも、良い感じのは無かったのだが、とりあえず今日中に直さないと、シャワー以外の水も使えないので、18,364円のモノを買って、帰宅し、古い水栓と付け替える作業が終わったのが16時。きょうはグレインハウス&MEMはキャンセルして明日に延期。単行本の「#すべての女は誰かの娘である」問題に関して、ふとアイデアが浮かぶ。案外、水栓が壊れて、邪心なく真剣にその作業に集中したのが良かったのかも。まさにメンタリティとリアリティ。やっと『山の音』の輪郭がハッキリした。

【国内感染】新型コロナ 初の6万人超 過去最多
25日は午後8時45分までに全国で6万2613人の感染が発表されています。
1日の感染発表が6万人を超えるのは初めてです。また、大阪府で10人、北海道で4人、愛知県で4人、広島県で3人、神奈川県で3人、千葉県で2人、埼玉県で2人、愛媛県で2人、鹿児島県で2人、三重県で1人、佐賀県で1人、兵庫県で1人、奈良県で1人、岐阜県で1人、徳島県で1人、福岡県で1人、茨城県で1人、高知県で1人の合わせて41人の死亡の発表がありました。（NHK Web. 25日20:45）

サイゼリヤ。ミネストローネ、モッツァレラ&サリーチェ。「RUBAN」。

1月26日

14時にグレインハウスでプリント確認&ピックアップ。その後、MEMにてサイン。寄贈分のニュープリントをグループ分け。16時〜18時半、広尾の「上島珈琲」にて2020、2021日記の推敲。めちゃ腹が減って、帰りに八丁堀の「日高屋」で五目ラーメンと餃子のセット。久しぶりに「日高屋」に来たが、強烈な化学調味料の出汁のコクに驚く。帰宅後も3時までずっと、日記の推敲を続ける。

1月27日

朝、9時から11時半頃まで、ずっと原稿推敲。うどんを作って食べ、その後も15時まで。16時から総合体育館プールで泳ぐ。「東京都新型コロナ3人死亡 1万6538人感染確認 3日連続で最多」（NHK web 17時54分）「全国のコロナ感染確認 7万8931人 3日連続過去最多」（NHK web 18時28分）サッカー日本：中国　2：0。

1月28日

8時起床。原稿。15時、徒歩でプールまで。深夜、NHK-TV「SWITCH インタヴュー 達人達」宇宙飛行士・野口聡一さん「写真で見る地球は青いですが、実際に宇宙から見る地球は太陽の反射が明るくて、猛烈な眩しさに満ちている」

1月29日

745起床。由香利に新浦安駅まで送ってもらう。10時、品川駅港南口。熊谷さん、秋美OB2人と待ち合わせ。ポートレート撮影。12時20分、秋田へ。東京発「こまち」。車内でcovid-19抗原検査。陰性。「新幹線、乗る前に渡してよ」と熊谷さんに笑う。秋田着後、すぐに文化創造館にて、アーツ&ルーツ3年講評会。夏にブックを見せてもらった菅原果歩さんの「青い鳥」サイアノタイプでプリントされた、秋田の鴉の写真作品が素晴らしい。深瀬雅久、エせしめよ』パンフレットの写真データ、追加分の制作。伊勢丹『FOODIE』の本番データ依頼。『ソトコト』最終のレイアウト、文章チェック。

「東京都新型コロナ 新たな感染確認 3000人超の見通し」（NHK web）

夜、久莉子から迎えに来てと連絡があり、新浦安に23時36分着とのことで迎えにいったら降りて来ない、どうやら寝過ごしたらしいなと思い、いったん家に帰って待っていると、案の定、いま蘇我駅で東京方面の電車はもう無い、という。0時15分頃、家を出て、蘇我駅西口に0時55着。帰宅したのが1時40分頃。

1月14日
『ソトコト』浦安の色校正、届く。ちょっと赤みが強過ぎる旨、伝える。総合体育館プール。料理、タラのムニエル、蛸のソテー。夜「RUBAN」。久しぶりに中西さんと話す。

1月15日
夜「コパ・デル・レイ」（スペイン国王杯）マジョルカ：エスパニョール　久保のフリーキックのゴール。美しい。梅原加奈さんから『Hanako』で落語について語る企画のメール。

1月16日
午前0時48　奄美、太平洋沿岸、ほかで津波警報。南太平洋トンガの海底火山の噴火!? ふんがとんがふんがはーばい？　「火山島フンガトンガ・フンガハアパイ」

散歩、明海海岸沿い緑道〜総合公園〜日の出海岸沿い緑道〜三番瀬沿い緑道。いったん帰宅して、すぐにクルマでプール。夕食、タラの照り焼き、サラダ。クルマで船堀「鶴の湯」。

1月17日
12時半、大宮着。氷川神社参拝、大宮公園。14時「デリカ」。「アヒルストア」に勤めていた山﨑暢さんの店。山下さんと。マッコリ&ワイン。「いづみや」本店、電車で東京に戻って「gare de lyon」。『戦慄せしめよ』パンフレットのレイアウトが届く。

1月18日
15時25分映画『クライ・マッチョ』@イクスピアリ。「すべての人間は誰かの子供だ」

「岸田総理は新たに1都12県についてまん延防止等重点措置を適用する方針を表明しました。適用する地域については、東京都、埼玉県、千葉県、神奈川県、群馬県、新潟県、岐阜県、愛知県、三重県、香川県、長崎県、熊本県、宮崎県です。」（TBSニュース19時05分）

1月19日
6時に目覚める。『音遊びの会』の追加データの依頼が田中みゆきさんからあって、データ制作。午後、グレインハウスでVSLのプリント立ち会い。その後、プール。八丁堀「MARU」「栖」。支払調書が届き始める、そんなシーズン。

1月20日
7時半、起床。倉庫に行って、VSLの納品プリントのうち、マニラでのバスケットボールの写真にシミがあって取れないため、念のため、ニュープリントも作るので、そのネガをピックアップ。郵便局で保険証ピックアップ。プール。見明川の魚影。18時に「凛」で野村浩。雑誌『写真』のこと、twitterの池田土屋論争のこと、浦安写真館計画など話す。2次会はロイホ。その後、1人で「RUBAN」。「写真好きなチハルさん」と遭遇。

1月21日
角田さんに電話、『NeWorld』の連載の3回目、取材のお願い。即答で快諾してもらう。気持ち良い。『Hanako』の落語の対談、木内昇さんとの日程調整など。今日も好天&寒い。グレインハウスにネガ届け&プール「葡呑」「Qwang」。今週は呑みまくり。まあ、しょうがない。「Qwang」でかかっていたDinah Washington の「I've got you under my skin」という歌の中の「Use your mentality, Wake up to reality」というフレーズがダイレクトに心に響く。はっきりと声が聴こえる。作詞作曲はCole Porter。メンタリティとリアリティ。夜、由香利と久莉子と、コロナとの距離感に関して、少し言い争いになる。明日の食事会のことが発端で。

1月22日
8時過ぎに起床。朝食を摂って、また寝る。13時に家を出て、総合体育館まで歩いてプール。修理の上がったレンズのテスト。15時、舞浜イクスピアリのマクドナルドでフィレオフ雑談。1630中目黒上島珈琲にて、雑誌『&プレミアム』「喫茶店と思い出」の取材、インタヴューを受ける。六本木の喫茶店「れいの」について。インタヴュアーは迎亮太さん。雪がどんどん積もっている。明日はきっと路面が凍るな。八丁堀で「湊湯」に寄ろうと思っていたのだが、あまりの寒さに、寄り道はやめて真っ直ぐ帰宅。新浦安駅からバスに乗ろうとしたが、満員で乗れず。歩く。駐車場のクルマのワイパーを起こす。

1月7日
7時過ぎ、目覚める。やはり、前日酒を飲まなかった朝は目覚めが良い。晴れ。かなり冷え込んでいる。野村浩と共同の出張写真撮影、写真館のプロジェクトについて考える。15時銀座にて、黒瀬万里子さんと映画『戦慄せしめよ』パンフレットのための写真セレクト。1700 「サンボア」数寄屋橋。1815 御徒町「ポポラマーマバル」で川田洋平と待ち合わせ。SPBSでの写真集のワークショップの打ち合わせ。そして雑談とワイン。とある鼎談の高額のギャラの話。その後、神田の上野さんの店に行ってみるが、上野氏はあがっていた。川田はいつものごとく眠そうで、立ったまま眠りそう。なので、一杯飲んで早々に引き揚げ、帰りに新浦安「RUBAN」。

1月8日
夢。湖、坂の段々、長屋、たこ焼きや。赤ちゃんをおぶった割烹着の女性。新聞読んでいるおっさん。京都と奈良の境界の湖。きれいな湖で、その水平線を奈良側から撮影。中間に、突然イタリア風な景色の入江。奈良よりの長屋に「くりぃむしちゅー」の有田が親戚、家族と集まっていて、めちゃ楽しそう。フェスにいる。アシスタント久莉子と。2つのバンド。寄れないが標準レンズで斜め左から舞台を見る。手前で久莉子が、バンドのスタッフと楽しそうに雑談。アメリカのバンド。何かピアノのエピソード。たしか、クラシック、思いだせない。そんな夢。やや二日酔い。『ソトコト』の浦安の原稿直し。映画『戦慄せしめよ』のパンフレットの写真、本番データ制作、寄稿する日記の推敲。夜、クルマで鶴の湯。

1月9日
写真。レンズの前にあるもののフォルムと光と時間、それだけだろう。あるいは写される側から見れば、そこにあるレンズと、その背後の写真家との距離、光、時間、それだけである。午前、『ソトコト』の写真の本番データ作り、映画『戦慄せしめよ』に寄稿する日記の推敲。午後、新浦安駅マーレの図書館窓口で岡田育『我はおばさん』を受け取り、堀江ドックまで歩く。「すべての男は誰かの息子である」から書き始めるか!?

1月10日
MEM石田さんより連絡があり、かねてよりプレゼンしていた『very special love』のパルコギャラリーでの展覧会のヴィンテージプリントの販売契約が札幌・宮の森美術館と成立したとのこと。昨年から石田さん、高橋さんにとてもお世話になって進めていた。あのプロジェクトの写真が散逸せずにまとめて残ることは、とてもうれしい。そして何よりも今の自分にとっては経済的にかなり効く。海岸を散歩後「RUBAN」。ローカルの写真館プロジェクトを野村浩さんと相談しよう。

1月11日
745起床。雨。寒い。銀行へ。国民健康保険など支払。あっというまに無くなっていく金。現実とファンタジーを支える金と健康を実感する。イモトアヤコ風、井上咲楽風の太い眉。静岡のサーファー、神奈川、金時山、山登り。Burna Boy。八丁堀「湊湯」「gare de lyon」「柊」「RUBAN」。

1月12日
映画パンフの校正で思い出す。蟲谷の光。逆光線。CHARの曲「逆光線」(作詞 阿久悠)総合体育館プール、15〜16時。ワークマンでスニーカー、防水ブーツを購入。単行本の原稿を書こうと思うが、集中できないなあ。料理、掃除もやる気なし。「ニューコースト」の「サイゼリヤ」白ワイン、ミネストローネ、エスカルゴ、モッツァレラチーズ、煉獄のたまご、レモンシャーベット。緩む方法の模索。海のヌード。海辺のヌード。

1月13日
14時にMEM。VSPのプリントにサインを入れる作業。北野謙さん、元田敬三さん、須藤絢乃さん。続々と写真家が登場して皆さん久しぶりなので、挨拶をする。MEMからグレインハウス寺屋さん。VSPの追加ニュープリントのお願い(97年に展示して、その後、見当たらないもの数点)。家に戻って、映画『戦慄

2022

1月1日

天気予報は一日中晴れ　最低気温0℃、最高気温7℃。牛革に刻まれた不思議な記号、数字、五線譜ではない特殊な楽譜。『心眼』あるいは『語りの複数性』に関係する音楽。小さなオーケストラ、あるいは室内楽団。ボクはその音楽を指揮するために指揮台に上がる。音楽家たちはイタリア人、イギリス人たち。表紙の皮が捲られて、ボクが腕を上げる。音楽が始まる、そこで目が覚める。年末にさぼっていた、単行本のための文章推敲。
昨年から読んでいる倉橋由美子『夢の浮き橋』『城の中の城』。『孤独のグルメ』再放送、茗荷谷「豊栄」の回。午後、散歩。明海海岸沿い緑道〜総合公園〜日の出海岸沿い緑道〜三番瀬沿い緑道〜日の出、順大、保育園〜シンボルロード〜新浦安駅。夜、蟹しゃぶ。
サッカー アーセナル：マンチェスターシティ 1：2　前半はアーセナル良かったが。後半、PK＆一人退場。

1月2日

晴れ。宝塚、芳恵に電話。淳子も帰っていてあいさつ。2人とも元気そうで、そのことはありがたい。頼子は明日に顔を出す、とのこと。午後、散歩。鉄鋼団地、見明川、江戸川、堀江、猫実、当代島。野村家に顔を出す。舞浜地ビール持参。その後「RUBAN」。深夜 サッカー　リヴァプール：チェルシー　2：2。

軽い咳が続く。「写真の歌」にも書いたが、身体の痛みや不調というものが、身体が自分の所有物でないことを教えてくれる。魂が収まるべきところに収まらず、浮遊する。
健康な眠気の素晴らしさが既になつかしい。普通であることに感謝が足りないという因果応報ではなく、そもそも身体も心も誰のものなのか?ここで、安易に神や仏を持ち出すほど、信心深くも無く、傲岸不遜なその態度はなんだ？　勝手に弱くなって行くのは何だ？

1月3日

結局のところ、朝まで寝ないことにして『青べか物語』、フェルナンド・ペソア『不穏の書、断章』など、読み眠る。6時過ぎ？　晴れ。一日中、うちでダラダラ。娘も。由香利は出社。ミネストローネ、ジャガイモ、鶏のソテー、で結局ウイスキーソーダ。ネグローニ。意志の弱さ、というか、だらける根性の無さ、というか、喉の違和感、軽い咳。軽いが故の不穏。何かの向こうに何かがみえる。夜中、マンU：ウルヴス　0：1。きのう、おとといの リヴァプール、シティ、チェルシー、の試合よりインテンシティ、スピード、決定力が低いのがはっきり分かる。両チームの試合見ていると、日本代表をちょっと思い出す。能力はあるのに発揮できない、していない、決めきれない感じ。

1月4日

晴れ。銀行残高チェック。高校サッカー　静岡学園：関東第一　1：1 PK　3：4で関東第一の勝利。圧倒的に静岡学園が優勢の試合で、終了5分前の一瞬の隙をついたカウンターで同点。1630〜、野村浩と浦安でお茶。「カフェ・ド・モン」。バスで行って、2人で新浦安まで歩く。黒瀬万里子さんと電話。映画『戦慄せしめよ』のパンフの写真選びの件。

1月5日

9時起床。喉の痛みは和らぐ。「カフェ・ド・モン」に電話して昨日忘れたマフラーを確認。1230 銀座 Canonサービスセンターにてレンズ修理。見積もり¥30,000－程度。あー、痛い。昼食、恵比寿の吉野屋。1430「代官山蔦屋書店」 中岡亮時さん。社長が先日のイヴェントを見ていて、「おもろかった、次いつやるねん?」と云われたとのこと。図書館からヌードの歴史関係の本がマーレに届く。布施英利『ヌードがわかれば美術がわかる』、宮下規久夫『刺青とヌードの美術史。1730帰宅。江部さんからLINE。単行本の編集、〆切など。後ろにずらして6月刊行の線でいく。今月中に形にしたいがさまざまなモヤモヤ。川田洋平から電話。SPBSで彼がコーディネートする「写真集作り」のワークショップ（全5回）にゲストスピーカーで1日出演の依頼。

1月6日

雪。最高気温の予報が4℃。かなり冷え込む。寒い。先日忘れたマフラーを取りにバスで浦安駅まで出て「カフェ・ド・モン」に寄って、東西線経由で中目黒へ。1430「poetic scape」にて『語りの複数性』に出品していた『心眼 柳家権太楼』の作品返却立ち会い。柿島さんにアクリルを付けてもらうこと、写真の並び順を左側からに変えてもらう旨のおねがい。打ち合わせに見えていた写真家・渡辺敏哉さんに会う。初対面。新作写真集のデザイン、造本が独創的、美しい。その後、柿島さんと

日 記

「いま」「ここ」でボクは「あなた」に出会い、「あなた」の目を見て、そこにフォーカスを合わせて写真を撮る、ということを続けて生きてきました。

でも「いま」「ここ」に存在しない「あなた」のことを思い出す時間もたしかにあって、それはとても不思議です。見えないあなた、聞こえないあなたの声、触れることのできないあなたの髪、あなたの匂い、あなたの味。

写真を撮り続けるということは、写真にうつらないもの、うつりにくいものについて考えることでもありますね。インターネット上の『語源由来辞典』で「あなた」を調べてみると「あなたは、離れた場所や今より以前を表す『彼方（あなた）』が原義である」とあります。

言葉ってすごいなあ。


いまここで、あなたの手に取っていただいている『山の音』が出来上がるにあたってはたくさんの方々にお世話になりました。

お目にかかったことはないのですが、川端康成先生、とり・みき先生、ありがとうございます。偉大な先輩方のお仕事の上にボクの作品も人生も成り立っています。


川端康成（1899-1972）:小説家。文芸評論家。代表作に『伊豆の踊子』『浅草紅団』『雪国』『千羽鶴』『山の音』『眠れる美女』『古都』などがある。1968年に日本人初のノーベル文学賞を受賞。

「ドキュメンタリー写真の心得」を書くことを奨めてくれた日大時代の同級生・本間孝さん、感謝です。あの文章が不特定多数の人に読まれることを前提に書いた初めての文章です。

この本の大切な種のひとつである、２０１２年から足かけ6年にわたる『小説すばる』での連載「目次月記」を書くように奨めてくれた装丁家の緒方修一さん、そして当時の２人の編集長の高橋秀明さん、横山勝さん、ありがとうございました。あの連載がボクに文章を書き続ける上でのリズムの大切さを教えてくれたのだと思います。

対談でお世話になった奥野武範さん、岡本仁さん、ありがとうございます。お２人と写真のことを話せたのはとても楽しく、刺激的な時間でした。

「写真と言葉」の連載でお世話になった川内倫子さん、どうもありがとう。また一緒に美味しいワインを飲みましょう。

すべてのお名前を挙げることはかないませんが、さまざまな出会いの中で写真を撮らせていただいた方々、写真を撮ることを手伝ってくださった方々、個展やグループ展の開催に尽力してくださった方々、雑誌の編集者の方々に感謝です。

いままで仕事をやってきた仲間たち、友人たち、特に一緒に写真集を作ってきた面々にはお名前をここに記してお礼を言いたいです。孫家邦さん、竹井正和さん、後藤繁雄さん、平野文子さん、松本弦人さん、佐々木直也さん、山口哲一さん、町口覚さん、金谷仁美さん、大嶺洋子さん、角田純さん、阿久根佐和子さん、山野英之さん、どうもありがとう。また遊びましょう！

とり・みき（1958-）：1979年デビューの漫画家。『クルクルくりん』『山の音』『犬家の一族』などの作品がある。

佐藤亜沙美さん、ほんとうに素晴らしい装丁と造本をありがとうございます。嬉しいです。dancyuWEBでの「山の音」連載時から寄り添って、本にまとめましょうと提案してくださった江部拓弥さん、お互いに身体に気をつけながら、また新しい旅に出ましょう。ありがとう。

少し離れた場所からボクの仕事を見守ってくれている3人の妹たち、淳子、芳恵、頼子。どうもありがとう。

近くにいて、きっとあきれながらも、ボクのことを助けてくれている2人の家族、妻の由香利、娘の久莉子に感謝です。ありがとうございます。

この本をボクの両親、大森とし子と大森芳弘に捧げます。

大森克己

2022年5月31日　浦安にて

大森克己（おおもりかつみ）

写真家。1963年、兵庫県神戸市生まれ。日本大学芸術学部写真学科中退。スタジオエビスを経て、1987年よりフリーランスとして活動を始める。フランスのロックバンドMano Negraの中南米ツアーに同行して撮影・制作されたポートフォリオ『GOOD TRIPS, BAD TRIPS』で第9回写真新世紀優秀賞（ロバート・フランク、飯沢耕太郎選）受賞。主な写真集に『very special love』『サルサ・ガムテープ』『Cherryblossoms』（以上リトルモア）、『サナヨラ』（愛育社）、『STARS AND STRIPES』『incarnation』『Boujour!』『すべては初めて起こる』（以上マッチアンドカンパニー）、『心眼 柳家権太楼』（平凡社）。主な個展に〈すべては初めて起こる〉（ポーラミュージアム アネックス／2011）、〈sounds and things〉（MEM／2014）、〈山の音〉（テラススクエア／2018）。参加グループ展に〈路上から世界を変えていく〉（東京都写真美術館／2013）、〈Gardens of the World〉（Rietberg Museum／2016）、〈語りの複数性〉（東京都公園通りギャラリー／2021）などがある。写真家としての作家活動に加えて『dancyu』『BRUTUS』『POPEYE』『花椿』などの雑誌やウェブマガジンでの仕事、数多くのミュージシャン、著名人のポートレート撮影、エッセイの執筆など、多岐に渡って活動している。『山の音』は初の文章のみの単著となる。

装幀　佐藤亜沙美
校正　岡本美衣
制作　坂本優美子
編集　江部拓弥

山の音　2022年7月28日　第1刷発行

著者　大森克己
印刷・製本所　凸版印刷株式会社
発行所　株式会社プレジデント社
〒102-8641 東京都千代田区平河町2-16-1
平河町森タワー13階
電話　03-3237-5457（編集）
03-3237-3731（販売）
発行者　鈴木勝彦

ISBN 978-4-8334-5206-9